BASAR

Angela und Karlheinz Steinmüller

Pulaster

Roman eines Planeten

Verlag Neues Leben Berlin

Mit Illustrationen von Regine Schulz und Burckhard Labowski

ISBN 3-355-00160-0

Lizenz Nr. 303 (305/31/86)
LSV 7004
Umschlag: Regine Schulz/Burckhard Labowski
Tyografie: Walter Leipold
Schrift: 10/10 p Timeless
Gesamtherstellung: (140) Druckerei Neues Deutschland, Berlin
Bestell-Nr. 644 090 9
00530

1. Buch

Pulcher aster

Zwei Wege der Evolution

Vor fünfundsechzig Millionen Jahren kollidierte – der gängigsten Hypothese zufolge – die Erde mit einem massiven Asteroiden. Die Wucht des Zusammenpralls warf den Alten Planeten zwar nicht aus der Bahn, lenkte jedoch die Entwicklung der Lebenswelt auf ein anderes Gleis.

Monatelang verdüstert der aufgewirbelte Staub die Sonne und verwandelt den Tag in trübe Nacht. Nach katastrophalen Temperaturstürzen pegelt sich ein kühleres Klima ein. Drei Viertel der Tier- und Pflanzenarten gehen zugrunde. In den Meeren erlöschen Dutzende Familien von Algen und von Kopffüßlern, die meisten urtümlichen Knochenfische und viele Amphibien. Auf dem Lande verfaulen die Wälder. Die eben noch die Welt beherrschenden Dinosaurier, See- und Flugechsen sterben aus, mit ihnen ihre Parasiten und Aasverwerter.

So wurde Platz für Blütenpflanzen und für Knochenfische mit neuerem Bauplan, für Vögel und für die Säuger, die bislang ein kümmerliches Dasein im Schatten der Riesen fristeten. Der Paß, der letztlich zum Menschen führen sollte, war freigebombt worden.

Pulaster ist zugleich jünger und älter als die Erde; älter an Jahren und jünger, gemessen am Stand der Evolution. Kein kosmischer Zusammenstoß in der oberen Kreide hat den Sumpfplaneten aus der mesozoischen Ruhe aufgeschreckt; unter der dichten Wolkenhülle scheinen die Kräfte der Entwicklung zu schlummern. In langen Perioden tektonischer Inaktivität hat die Erosion die Gebirge eingeebnet, weite Feuchtgebiete umschließen die Inselkontinente; Flora und Fauna haben sich auf einem nach irdischem Maßstab primitiveren Entwicklungsniveau recht einseitig entfaltet. Dennoch hat dieser Planet wie sonst nur die Erde eine vernunftbegabte Spezies hervorgebracht, und zwar aus dem auf Terra längst verdorrten Seitenzweig der Reptilbeckensaurier und nicht aus dem in den Wipfel strebenden Ast der Primaten.

Als werkzeugproduzierende Lebewesen können die Hreng auf eine mindestens doppelt so lange Geschichte wie die Menschheit zurückschauen. Dem behäbigeren Schrittmaß der pulastrischen Evolution entsprechend, erklommen sie bis zur Errichtung der Flottenbasis jedoch erst eine jungsteinzeitliche Kulturstufe …

Flottenservice: „Alles über Pulaster“

Ein schöner Stern

Ungelenk stapfte Fabius Grosser die Gangway von der Fähre herab. Dunstig naß und betörend grün und voller verwirrender Geräusche schwappte Pulaster über ihm zusammen. Mit dem ersten Windstoß netzte ihm Nieselregen das Gesicht. Die Luft, dick wie Algenbrühe, stank nach Fäulnis, Raketentreibstoff und verschmorten Pflanzen. Ringsum war das Erdreich von den Fährenstarts und -landungen aufgepflügt, in den Furchen stand brackiges Wasser, und von der grünen Wand des Urwalds schallte schnarrendes Gelächter herüber. Was für ein Empfang!

Fabius hustete. Ihm schwindelte, instinktiv tastete er nach dem glitschigen Geländer. Ein Mann schob ihn beiseite und zwängte sich vorbei, er dagegen hatte es nicht eilig. Vom ersten Moment an wollte er den Urlaub mit offenen Sinnen genießen, die fremdartigen Bilder auf sich wirken lassen, die Atmosphäre dieser Welt gründlich aufsaugen. Pulaster, verregnet und – wie es hieß – voll grobschlächtiger Monster, war nicht unbedingt nach seinem Geschmack, aber wenn er schon das rare Glück hatte, einen Planeten mit atembarer Luft anzufliegen, dann wollte er ihn auch von nahem betrachten.

Der sogenannte feste Boden gab bei jedem Schritt glucksend nach, eine lehmige Masse klebte an den Stiefeln fest. Dazu schwitzte Fabius schlagartig aus allen Poren. Nebelschwaden stiegen aus dem schmutzigen Grün der krautüberwucherten Piste und trieben zerfasernd über Pfützen und niedriges Gebüsch. Trüb und grau verhüllten die schweren Wolken, in die nicht einmal die landende Fähre ein Loch hatte brennen können, den Himmel. Im Wind wogende Gräser luden ihre Tropfenfracht an der Kombination ab. Auf einer zivilisierteren Welt hätte man wenigstens den Raumbahnhof ordnungsgemäß betoniert oder zumindest das Gras niedergelasert.

Schillernde Fliegen tanzten ihm in Schwärmen vor dem Gesicht herum; Grashüpfer, wuchtig wie Metallschrauben, schnellten ihm gegen die Brust und krallten sich an den orangefarbenen Flotteninsignien fest, ekliges, schmieriges, aufgedunsenes Ungeziefer, das sich lieber zerquetschen ließ, als davonzuspringen. Gott sei Dank hatte er sich nie zum Planetendienst gemeldet. In einem Schiff lebte man sauber, trocken und steril. Unverantwortlich, so ein Chaos zu dulden! Nun ja, man sollte einen Planeten nicht nach dem allerersten Eindruck beurteilen.

Mit der Hand wehrte er ein spitzes, flatterndes Wesen ab, das partout seine Nase ansteuerte. Und schon sackte er knietief in ein Wasserloch, aus dem etwas Vielgliedriges hurtig davonpaddelte. Stiefel und Kombination hielten glücklicherweise dicht.

Auch die flache, von rötlichen Roststrähnen überzogene Baracke am Rand des Landefeldes entsprach nicht gerade dem Bild eines funktionierenden Flottenstützpunktes, der seit gut dreihundert Jahren ausgebaut wurde. Zwar verkündete eine flechtenbehangene Buchstabenzeile in längst veralteter Schrägschrift PULASTER ASTROPORT I, doch war das gelogen, denn als Astroport konnte man die verwahrloste Piste, auf der selbst die stabilisierte Fähre ins Holpern gekommen war, kaum bezeichnen, und die römische Eins verriet lediglich, daß alle hochfahrenden Pläne und weitgesteckten Erwartungen gründlich gescheitert waren. An diesem Fakt konnten auch die beiden Bodendienstler nichts ändern, die die Baracke himmelblau anpinselten. Ein Transparent PULASTER GRÜSST D… war zur Hälfte ausgerollt, der Name des hohen Besuchers blieb verborgen.

In einigem Abstand stakste Fabius hinter den anderen Passagieren, sieben Menschen und einem Hreng, her. Erst jetzt, in seiner Heimatwelt, kam der mit einem silbernen Flottenoverall bekleidete Drachen, den Fabius schon in der Fähre verstohlen bestaunt hatte, voll zur Geltung. Wie ein Riese unter Zwergen stampfte er neben den ihm kaum bis zur Brust reichenden Menschen einher. Mit jedem Tatzeneinschlag verspritzte er Schlamm, der dunkelgrüne Schwanz schleppte nach. In seiner linken Vorderpranke baumelte ein winziger schwarzer Aktenkoffer.

Trotz des hartnäckigen Hustenreizes, der ermüdend hohen Schwerkraft und der stickigen Luft war Fabius zufrieden mit sich, zufrieden mit seinem Entschluß, die Zwischenzeit nicht im Kältesarg zu überspringen. Ganz nah lockte kreischend und quärrend der Urwald, und wenn die Hreng auch den Menschen in keiner Beziehung das Wasser zu reichen vermochten, waren sie doch Vernunftträger. Ihretwegen verzichtete er gern eine Weile auf Raumschiffkomfort, klimatisierte Luft und saubere Kleidung. Und hinterher konnte er in einer gemütlich engen Kabine Kapitel um Kapitel des ihm anempfohlenen CompuBuches „Alles über Pulaster“ abrufen und damit seine Erlebnisse vertiefen. Leider sollten die größten und schrecklichsten Echsen, die Stego- und Tyrannosaurier aus den Bilderbüchern, ausgestorben sein. Von den Hreng durfte er ebenfalls nicht allzuviel erwarten. Diese armseligen geschichtslosen Wesen hatten es bedauerlicherweise weder zu bunten mittelalterlichen Städten noch zu stolzen Segelschiffen, ja nicht einmal zu schwerterschwingenden Samurai gebracht.

Vor der Baracke standen unter einem weitgespannten grauen Regenzelt zwei Tische. Hinter dem einen saß reglos ein Hreng, das über einem CompuBuch seine Umwelt vergaß. Es streckte die krallenbewehrten und gräulichblau beschuppten dreizehigen Echsentatzen unter der Platte hervor, so daß jedermann einen Bogen drum herum schlagen mußte. Über das groteske Haupt hatte es sich einen knallgelben Sombrero mit Nackenschutz gestülpt.

Nebenan agierte sein Instruktor. Er hakte die Neuankömmlinge auf einer wasserfesten Liste ab, klärte sie über dies und jenes auf und kontrollierte sie vorschriftsmäßig. Eben forderte er eine in ein rotes Regencape gehüllte Frau auf, ihm doch den Inhalt ihres Gepäcks vorzuführen. Ihr lautstarker Protest rückte sie in den Mittelpunkt der Gruppe.

„Ich bin Georgia Tufail, XXVII.! Extemporalistin! Meinen Vakumkoffer schraube ich in dieser Suppe von Atmosphäre keinesfalls auf! Ich bin persönlicher Gast des Administrators! Nun klingeln Sie schon bei ihm an, wenn Sie mir nicht glauben, Sie!"

Der Instruktor war des dreifachen Vos, Sies, wegen, das schrill aus dem flottenüblichen Latein ausbrach, ernstlich beleidigt. Wortlos klebte er eine in allen Regenbogenfarben schillernde Funkbanderole um den zylinderförmigen Koffer. Die Extemporalistin würde ihn nur unter Aufsicht und Quarantänebedingungen öffnen dürfen. Es war eben auf Pulaster nicht anders als sonstwo: Das neidische Bodenpersonal spielte sich nach Kräften auf und zeigte den Neuen, wer unten das Sagen hatte.

Fabius faßte seine Tasche fester und reihte sich hinter dem Flottenhreng ein. Dessen sackähnliche Flottenkombination war an vielen Stellen ausgebeult. Nässe glänzte auf dem Silberstoff. Ab und an zuckte das Hreng ungeduldig mit dem Schwanz, daß Schlamm Fabius besudelte. Es war einfach unglaublich: Dieses Urvieh gehörte zur Flotte! Da hatte er während der fünfzig Jahre im Kältesarg doch so manches verschlafen ...

Wie um Fabius' Meinung zu bestärken, winkte der Instruktor das Flottenhreng betont freundlich heran. „Bin geehrt, Primus, dich wieder auf Pulaster begrüßen zu können." Dann schaltete er erneut auf geschäftig leere Routine um.

„Grosser, XXVI.", stellte Fabius sich ihm korrekt mit Namen und Stammjahrhundert vor.

„Grosser? Moment." Der Instruktor blätterte in den Papieren. „Meldest dich beim Administrator, ja?"

Fabius stutzte. Er – zum Administrator? Während eines Durchreiseurlaubs? „Hier muß eine Verwechslung vorliegen. – Was will er denn?"

„Wird er selbst sagen. Grosser, Fabius, von der HYPATIA? – Na bitte."

„Aber bis zur Ankunft der FLAMMARION habe ich dienstfrei. Und er ist nicht mein Vorgesetzter."

„Meridor ist Planeten-Administrator von Pulaster." Der Instruktor streckte ihm beide Hände entgegen, die Innenseite nach oben, zum Zeichen, daß er nichts wüßte und das Gespräch als beendet betrachtete.

Mit einemmal erhob sich, als hätte die Lektüre seinen Unwillen erregt, das Hreng mit dem Sombrero und stieß eine schrille Pfeifsalve aus. Dabei prallte es gegen das Zeltdach. Grünlich veralgtes Wasser ergoß sich über Fabius.

„Dürfte ich mir höflichst die Frage erlauben", erklang es aus dem goldglänzenden Oval des Kommunikators, der dem Hreng auf der schuppigen Brust hing. „ob du, Fremdling aus dem Kosmos, in Unkenntnis der Bestimmungen unlizensierte irdische Ein-, Zwei- oder Mehrzeller bei dir aufbewahrst?"

„Wie bit-te?" Fabius blickte zu dem hoch über ihm schwebenden Echsenhaupt auf. Instinktiv wich er einen Schritt zurück.

Akkurat wie ein Computer und geradezu widerwärtig freundlich erläuterte das Hreng, daß irdische Organismen zwar im allgemeinen den lebenstüchtigeren Pulasters unterlegen seien, einige Arten jedoch, insbesondere die ungeprüften, das delikate Ökosystem Pulasters aus seinen bewährten Kreisläufen kippen könnten. Der biologische Unfall mit Bellis perennis vor hundertsiebenunddreißig Jahren, bei dem erst in letzter Minute eine planetarische Katastrophe vermieden worden sei, habe das gezeigt. Heterotrophe Einzeller, Grünalgen insbesondere, könnten gefährlich werden. Obwohl die Biochemien Pulasters und Terras hinreichend differierten, um ...

Stumm ließ Fabius die Wortflut über sich ergehen. Der Kommunikator pendelte, Worte ratternd, in Höhe seiner Augen – bis das Hreng plötzlich den Hals herabkrümmte und ihm eine Wolke weißlichen Atemnebels ins Gesicht blies. Erschrocken torkelte er zur Seite.

„Darf ich annehmen, daß du meinen Gedanken folgen konntest?"

Hilfesuchend wandte sich Fabius um, aber der Instruktor war verschwunden. Wußte das Hreng denn nicht, daß er in der OrbStation einen dreitägigen BioCheck durchlaufen hatte? Nicht der niedrigste Organismus hatte sich da durchschummeln können.

„Das werden wir, deine freundliche Mitwirkung vorausgesetzt, sogleich überprüfen", säuselte der Kommunikator. „Bitte, sei so gütig und drehe deine Taschen um. Da findet man immer etwas."

Fabius hätte wetten mögen, daß sich das Hreng auf seine Kosten belustigte. Doch der Kommunikator dolmetschte die Pfeiftöne mit ewig gleicher, unergründlicher Höflichkeit. Und die Farbnuancen des Nackenkammes? Selbst wenn das Hreng ihn nicht unter Sombrero und Nackenschutz verborgen hätte, wäre Fabius außerstande gewesen, sie zu deuten und die Stimmung des Hreng aus ihnen herauszulesen.

Achselzuckend wendete er zuerst seine Hosentaschen, dann die des Oberteiles um. Die Plakette mit der ZAHL fiel ihm runter, Wasser rann über die mehr als eine Million winzigen schwarzen und weißen Quadrate, die ein unregelmäßiges graues Muster bildeten. Er wischte sie flüchtig ab. Es war ihm egal, welche Schlußfolgerungen das Hreng aus dem Erinnerungsstück zog, falls es überhaupt eine

Vorstellung von der ZAHL hatte. Iris besaß eine ebensolche Plakette, das allein war ihm wichtig.

Geschäftsmäßig beugte sich das Hreng herab. „Und das da?“ Sein wuchtiger Daumen zeigte auf etwas, was sich in den Fäden der Brusttasche verfangen hatte: einen Apfelkern. Fabius stöhnte.

„Pflanzensamen sind besonders heimtückisch.“ Es ergriff den Kern unglaublich geschickt mit zwei Fingern, steckte ihn in das dampfende, von dreieckigen Zähnen strotzende Maul und kaute zufrieden darauf herum. „Willkommen auf Pulaster, Mensch Fabius.“

Ein Hustenanfall enthob Fabius jeder Antwort. Saurier-Luft, Saurier-Wetter und Saurier-Manieren vertrugen sich blendend miteinander. Aber so schnell ließ er sich nicht abschrecken.

Ein paar Exbodendienstler, die dickleibige Taschen und pralle Koffer schleppten, hasteten an ihm vorbei, als könnten sie der Sumpfwelt nach fünf oder zehn Jahren Vertragszeit nicht geschwind genug entfliehen. Vielleicht sehnten sie seit vielen Monaten ein IS-Schiff herbei. Daß nun gleich zwei innerhalb weniger Wochen Pulaster ansteuerten, war gewiß eine unerhörte Ausnahme für den verschlafenen Planeten.

Hinter den Exbodendienstlern marschierte ein Hreng in Flottenkleidung, das sich von dem soeben Gelandeten allein durch eine römische Zwei am Revers unterschied. Ein korpulenter Mann grinste Fabius im Vorübergehen hämisch an. Andere schwankten, fröhlich lallend, in Richtung Fähre. Auch der letzte stieg dann ein, ohne sich noch einmal umzudrehen.

Am Rande einer schnurgeraden Betonpiste wartete Fabius mit den übrigen Neuankömmlingen auf den Schweberbus. In den Wasserlachen auf der Straße kämpften faustgroße Kaulquappen mit furchterregenden Insektenlarven. Fabius tappte in eine quallenähnliche Masse und wäre ausgerutscht, hätte ihn nicht ein Flottenkamerad festgehalten.

„Aristid Nozaki, XXVIII.“, nannte dieser bündig seinen Namen. Dann huschte ein Lächeln über das dunkle Gesicht. „Ist Pulaster nicht ein herrlicher Planet?“ Er wies mit einer umfassenden Geste ins Rund.

„Herrlich?“ Fabius spuckte aus. „Interessant und exotisch vielleicht, herrlich ist nur das All.“

In einer Wolke aufsprühender Tröpfchen raste der Schweber heran. Fauchend senkte er sich auf den nassen Beton. Fabius kletterte als letzter hoch. Auf den vorderen drei Bänken breitete sich das Hreng Primus aus; die Extemporalistin verstellte den Gang mit ihrem Gepäck. Weiter hinten, neben Nozaki, der ihm freundlich zunickte, fand er Platz, und das war ihm recht so.

Die Rotoren liefen gerade singend an, da schrillte es markerschütternd aus dem nahen Dschungel. Starr, hoheitsvoll und stumm ragten die lianenverwobenen Urwaldriesen in den fahlen Himmel. Das Luftkissenfahrzeug hob sich, Nebel wehte zu den Bäumen hinüber. In diesem Moment brachen zwei Sauriergestalten aus dem Unterholz hervor. Äste und Schlingpflanzen wedelten durch die Luft. Die Ungeheuer rangen miteinander, krachend droschen sie mit den Schwänzen aufeinander ein, traten einander mit den Krallenfüßen in die Flanken, als wollten sie sich zerfleischen. Mit einem Ruck fuhr der Schweber los.

Das also waren die berühmten „Geschwister in der Vernunft"! Nackte, blutrünstige Echsen! Kein Wunder, daß sich damals nach ihrer Entdeckung die Kontaktenthusiasten so enttäuscht geäußert hatten. Auch das „zivilisierte" Hreng vor ihm wirkte in seiner kolossalen Reglosigkeit primitiv, was der unförmige Flottenoverall, der über mächtigen Muskelpaketen spannte, noch unterstrich.

Falls der erste Eindruck nicht trog, war Pulaster tatsächlich ein Planet der Monster, urzeitlich und gnadenlos, eine Welt, die sonst nur als Videosimulation existierte. Die rechte Abwechslung nach dem im Grunde sehr monotonen Flottendienst. Wenn Iris ihn am Ende des Urlaubs abholte, würde er eine Menge zu erzählen haben, und womöglich konnte er sie überreden, Pulaster zu besuchen. Oh, wie entzückend würde sie sich gruseln!

Links und rechts der Piste stob die mal grüne, mal nebelgraue Front des Dschungels vorbei, unheimlich und voller Rätsel. Mit dem Fahrtwind prasselten Fabius dicke Tropfen ins Gesicht. Eine Gänsehaut rann ihm den Rücken hinab, Hustenreiz würgte ihn. Weshalb schob man denn nicht das Sichtdach über die Passagierplattform? Nozaki deutete vielsagend auf das Hreng, dann zog er aus der Brusttasche seines Overalls eine Pfeife mit Porzellankopf, stopfte sie zeremoniell und bat Fabius, den Wind abzuschirmen. Schließlich lehnte er sich zurück und paffte genüßlich.

„Ziemlich ungemütlich hier", meinte Fabius, um ein Gespräch anzuknüpfen.

Nozaki lächelte. Das bißchen Feuchtigkeit störe ihn nicht, und ein wenig Urwald liebe er nachgerade. Er sei aus dem Raumdienst ausgemustert, alters- und gesundheitshalber, irgendwann stünde dies ohnehin jedem bevor. Und nun suche er ein Zuhause, wolle sich einrichten.

„Einrichten?" Fabius blieb der Husten im Halse stecken. Planeten sind Brücken, hieß es in der Flotte, auf denen man nicht heimisch werde. Allein die Erde und das Sonnensystem waren Anfang und Ende jeder Lebensreise, und nur Einfaltspinsel bildeten sich ein, irgendwo anders Fuß fassen zu können.

„Nun ja, Terra", brummte Nozaki und sog an der Pfeife. Reichlich unverständlich, was man von dort höre: „mesokosmische Evolution",

„unteres Quintär“, „Populationsstabilisierung“ – nichts für altmodische Leute wie ihn.

„Du urteilst über Dinge, die du primo nicht begreifst und die secundo längst passé sind“, klang es von der Bank hinter ihnen. Ohne Skrupel und Anstand mischte sich die Extemporalistin in ihr Gespräch.

„Eben“, konterte Nozaki, „deshalb vertraue ich auf das, was mir bekannt ist.“

Sie lachte gellend auf. „Pulaster und bekannt!“ Unter der roten Kapuze lugte eine rote Haarsträhne hervor. Ihr schmales Gesicht war unnatürlich blaß, aber welch Strahlen ging von ihm aus! „Der Planet, der von allen die größten Überraschungen birgt – flieg lieber ins irdische Quintär, wenn du in Ruhe deine Rente genießen willst.“ Sie nahm das handtellergroße Terminal, das sie während des Wortwechsels auf die Knie gesenkt hatte, auf und tippte ungerührt Daten ein.

Nozaki verdrehte die Augen in komischer Hilflosigkeit. Tja, weshalb er die Flotten-Veteranenkolonie tunlichst meide, das sei doch klar, dort schwelgten sie nur in Erinnerungen, käuten endlos dieselben faden Abenteuer wieder. Nein, Pulaster sei gerade richtig. Hier könne man neu anfangen.

Ein pyramidenförmiges Hochhaus reckte seine antennenbekrönte Spitze aus dem Nebel. Beiderseits der Straße lichtete sich der Urwald. Tonnenförmige Hügel aus violettem Ton drängten sich zwischen die Bäume, keiner von ihnen glich den anderen: Hreng„burgen“. Gräben um sie leiteten das Regenwasser ab.

„Weißt du eigentlich, was ‚Pulaster‘ bedeutet, Fabius?“

Wieso fragte Nozaki? Gleich auf der ersten Seite des CompuBuches „Alles über Pulaster“, der einzigen, die er bislang genauer angeschaut hatte, stand es schwarz auf weiß: „Pulaster: Sumpfwelt. Von ‚paluster‘: sumpfig, im Sumpf lebend.“ Irgendwer war wohl seines Lateins nicht recht kundig gewesen. Auf jeden Fall traf der Name zu.

Der Schweber bremste, die Grenze der Siedlung war erreicht. Einstöckige IndivHäuser gleichen Typs marschierten an den wie mit einem Lineal gezogenen Straßen auf, Wohneinheiten, die Fabius von der Kindheit her kannte. Nur die Gärten waren größer – und verwahrlost, überwuchert vom Grün oder von bunten Blütenteppichen. Das Bild paßte zu einer Randwelt, auf der man die Dienstjahre möglichst anstrengungslos abschrubbte. Hier schlug keiner Wurzeln. Nur wenige Menschen schlenderten – langsamer als anderswo – die Straßen entlang, dafür aber viele Hreng. Ausnahmslos trugen sie Sombreros. „Sumpfwelt ist eine zu einfache Auslegung.“ Nozaki rieb den Porzellankopf der Pfeife trocken und steckte sie weg. „Glaubst du wirklich, Gij und Chad Luivens hätten, als sie den Planeten tauften, Vokale vertauscht? Nein, Pulaster rührt von ‚pulcher aster‘ her: schöner Stern.“

Der Liebesschuß der Tirambia

Als ein unverrückbares Wahrzeichen der Menschenmacht thronte die Pyramide über Dschungel und Sumpf. Sie beherbergte alles, was für die Flotte und ihr Personal wichtig war: Leitungsbüros und Kantine, das Nachrichtenzentrum und Aufenthaltsräume. Fabius bezog ein Gästeappartement in der sechsten Etage. Er fühlte sich zerschlagen von der Pulasterschwere und übersättigt von all den neuen Eindrücken, zugleich aber war er zu aufgeregt, um sich schon hinzulegen. Also ließ er sich auf der Terrasse den kühlen Wind um den Kopf blasen.

Die Luft quoll über von unbekannten Gerüchen, und neben einer ekelhaften, säuerlich-rauhen Komponente wehte ein Duft wie von betäubenden Blumen oder Parfüm heran. Die Atmosphäre sei biologisch unschädlich und chemisch inaktiv, hatten ihm die Raumdienstler in der OrbStation versichert. Den vorherrschenden Gestank hatten sie verschwiegen, Flottenangehörige haben keine Nase.

Mit beiden Händen stützte er sich auf die Stahlrohrbrüstung, die die Terrasse umgab. Sekundenlang schloß er die Augen. Nein, Sauriermief und Überschwere durften ihm die Urlaubsstimmung nicht verderben. Und wenn Iris landete und dann in einem fort das Näschen rümpfte, konnte er sie köstlich necken. Er würde prüfend einatmen, den Kopf ungläubig schütteln. Wie würde sie staunen! Bis dahin aber sollte er die Siedlung und ihre Umgebung ein wenig erkunden. Gleich morgen ...

Seine Gedanken schweiften ab. Morgen war er zum Administrator bestellt. Es gab einfach keinen Grund, aus dem der ranghöchste Flottenfunktionär einen unbedeutenden Urlauber zu sich rief – es sei denn, der hätte eine gravierende Missetat begangen. Aber selbst eine Bestrafung wurde normalerweise ohne Audienz abgewickelt. Merkwürdig, sehr merkwürdig.

Pulaster hatte gewiß auch seine Reize. Den grau verhangenen Himmel etwa mußte man ja nicht unbedingt düster und trist nennen, schließlich schützte er Tiere und Pflanzen; und der Nebel, der sanft und watteweich über die flachen Dächer der Siedlung wallte, schuf eine verzauberte, märchenhafte Stimmung. Am Hafen wehrten die Kräne mit ihren Auslegern die herandräuenden Dunstmassen majestätisch und reglos ab, und daneben am Kai träumten zwei grünbewachsene Speicherbaracken mit geschlossenen Toren davon, daß Sumpfröschen erlöst würde. Still und träge floß an ihrer Längsseite ein breiter, nebelverschleierter Strom dem nahen Meer zu. Dahinter verbarg gespenstisch finster der Urwald die geheimnisvollen Bewohner des uralten Planeten: Pulaster verhieß Überraschungen und Wunder.

Die nächsttiefere Terrasse war leer bis auf die verkrauteten Blumenbänke. Doch an der Wand, direkt unterhalb der Kante, kroch ein dunkler, schwabbliger Fleck empor, ein schneckenhafter Fassadenkletterer, der endlich die Terrasse erreichte und schleimig quellend mit der Eroberung der Ebene begann.

In diesem Moment rissen die den Horizont verhüllenden Wolken sekundenlang auf, und ein paar dünne rötliche Sonnenstrahlen streiften über die ihnen nur selten zugängliche nasse Welt. Wie in einem Laserblitzfoto erstarrte alles Leben. Die wenigen Hreng in den Straßen hielten inne, die Menschen breiteten die Arme aus, plumpe Vögel, eben noch zielstrebig geradeaus gleitend, stürzten wie Steine herab. Bum bum dröhnte es aus dem Dschungel.

Reflexe tanzten auf der glitschigweißen Haut des Weichtieres. Blaue und smaragdgrüne Organe zuckten in dem milchigen Inneren. Härchen umflimmerten die Basis. Zwei Handbreit vor Fabius' Fuß schleimte das lebende Gallert schmatzend auf dem Steinboden entlang, scheinbar unbeirrt, seiner Umgebung unbewußt. War es nur das soeben wieder abgeschnittene Sonnenlicht, das dieses Tier so rot pulsieren ließ? Das Wesen klumpte zu einer grauen Kugel zusammen und katapultierte heimtückisch blitzschnell ein schwarzes Geschoß aus seinen Eingeweiden.

Vor Schreck und Schmerz schrie Fabius auf. Er hüpfte in sichere Distanz, umfaßte das getroffene Bein. Dann lehnte er sich keuchend an die Glaswand des Appartements und befühlte die Wunde im Unterschenkel. Vergiftung, Wundinfekt, was war nicht alles möglich! Das Geschoß saß wie festgewachsen. Da hatte er seine Überraschung! Sie konnte ihn den gesamten Urlaub kosten. Angstvoll zerrte er an dem Stachel.

Schwere Schritte näherten sich. Dreizehige Krallenfüße gerieten in sein Blickfeld, darüber plumpe, warzenbedeckte Hinterextremitäten, ein Flottenoverall: das Hreng Primus aus dem Weltraum.

„Welch staunenswürdiger Vorfall! – Eine Tirambia!" sagte mitleidlos der Kommunikator. Das Hreng beugte sich gelenk nieder, um die Verletzung zu mustern. Sein Schwanz schlängelte sich wie ein separates Lebewesen auf Fabius zu. Dann grapschten die klobigen, hornigen Klauen nach der Wunde. Fabius hielt die Luft an und kniff die Augen zu. Ein scharfer, stechender Schmerz. Das Hreng richtete sich zu voller Größe auf und reichte ihm das Geschoß herunter, das einem in Teer getauchten Bleistiftstummel ähnelte. Harte Grannen, Widerhaken, liefen von der Spitze nach hinten. Zaghaft und seiner Formulierungen nicht sicher, murmelte Fabius einige gedrechselte Worte des Dankes.

„Was gibt's, Gabriell?" erklang eine helle Stimme vom Nachbarappartement her.

Ein jugendlicher Mann in einem sahneweißen Anzug trat durch

die Glastür. Feiner Duft aromatischer Essenzen strömte von ihm aus. Dieser Mann hatte eindeutig nie in der Flotte gedient.

„Oh, darf ich mich vorstellen? Lich Oulemm, XXX."

Sowie er lächelte, blitzten computergesteuerte Synthesebrillanten an den Ohren auf. Was für ein verweichlichtes Jahrhundert, in dem solch neckische Spielerei Mode war!

Das Blitzen erlosch. „Oi, was ist dir denn widerfahren? Bist du nicht heute erst gelandet? Ich bring dich zum Arzt. Kannst du laufen? Stütz dich doch auf mich."

Fabius zog es vor, tapfer zu humpeln. Oulemm mühte sich nach Kräften um ihn: Er öffnete die Türen, schirmte ihn auf dem Gang vor Neugierigen und Mitleidigen ab, organisierte Platz im erstbesten Lift, ignorierte Vorzimmer, stürmte ohne Umschweife in den Behandlungsraum des MedPunktes und hätte am liebsten mit angepackt, als man Fabius verarztete. Nebenbei überschüttete er Fabius mit Erklärungen. Daß die Tirambiae, wenn man ihre Eigenart berücksichtigte, völlig harmlos seien, daß sie ihre Eier in lebendes Gewebe deponierten, daß die geschlüpften Larven den Wirt von innen auffräßen, daß die Samenkapsel der Tirambia allgemein als „Liebespfeil" bezeichnet werde, dies jedoch auf einer Fehldeutung eines Wortes aus der Berghrengsprache beruhe. „Aber nein, einen Kosmonauten anzuschießen ..."

„Man sollte jeden Neuankömmling vor diesen Bestien warnen."

„Hast du nicht ‚Alles über Pulaster' gelesen?"

Fabius verneinte. Würde er nicht bald genug selbst alles über Pulaster erfahren?

Als sie wieder oben anlangten, war die Tirambia davongerutscht. Das Hreng hatte sich an der Brüstung postiert und die Pranken – für Menschen in Kopfhöhe – ineinander verschränkt. Starr wie ein ehernes Standbild stierte es in die Dämmerung.

Oulemm brach das Schweigen. „Hast du dich mit Gabriell schon bekannt gemacht, Fabius? Genauer Gab-hriell, Flottenname Primus. Müßte eigentlich Primum heißen, aber ..."

Wärme war Fabius in Stirn und Wangen gestiegen, mit ihr erfaßte ihn eine plötzliche Mattheit und Schläfrigkeit. Er wünschte sich sehnlich, möglichst bald ins Bett kriechen und die Sumpfwelt vergessen zu dürfen.

„Wir haben uns bereits angefreundet, bevor Gabriell in der Orbitalstation ausgebildet wurde", plauderte Oulemm voller Überschwang fort. „Den meisten Menschen fällt es schwer, mit den Hrengeng engere Bande zu knüpfen. Ich aber habe den Ehrgeiz, sie ein wenig zu studieren." Die Brillanten strahlten.

„Lich beliebt, meinen Wert als Studienobjekt zu überschätzen." Das Hreng Primus oder Gabriell zuckte mit keinem Muskel. Das Drachenmaul – oder sollte man bei einem vernunftbegabten Lebewesen Mund sagen? – blieb, während es pfiff, halb geschlossen. „Ohne ihm widersprechen zu wollen, möchte ich behaupten, daß mich eher eine Menschenpsyche steuert. Ich bin ein chemisch reiner Assimilant."

Oulemm lachte lauthals. „Glaub ihm kein Wort – siehst du, daß Olivgrün und Hellbraun den Nackenkamm sprenkeln? Es scherzt."

Fabius unterdrückte ein Gähnen.

„Gestattet, daß ich mich in meine Gemächer zurückziehe. Es würde mich freuen, wieder auf dich niederschauen zu können." Würdevoll stampfte das Hreng durch die offene Glastür.

Oulemm dagegen, der seine Erziehung in dem höflichen XXX. Jahrhundert genossen hatte, zerfloß in hilfreicher Mitteilsamkeit. „Du denkst jetzt", ereiferte er sich, „daß Gabriell rührend altmodisch ist. Irrtum. Dieses falsche Bild gaukeln dir die Kommunikatoren vor, die irgendein Holzkragen programmiert hat, der von den wahren Hrengeng nichts ahnt. Ich rate dir, besorge dir einen von den bewährten Nitzeschen Translatoren."

Drunten in den IndivHäusern sprang die Helligkeit von Fenster zu Fenster. Die Lichtwerfer der Schweber bohrten weiße Kegel in den wallenden Nebel. Auf der Hauptstraße zerteilten Infrarotstrahler den Dunst. Eine Flottensiedlung schlief nie.

„Gabriell ist für mich der Schlüssel zu den Hrengeng – und vielleicht auch zu den Menschen." Oulemm rückte näher. In vertraulichem Ton beklagte er sich über die Flotte, die einfältigerweise die Erforschung der Hreng als prinzipiell abgeschlossen betrachte. Nur alle fünfzig Jahre sei ein Überflugplatz für einen Hrengologen frei. Ihre Untersuchungen brächten angeblich keinen praktischen Nutzen. „Dabei sind die Hrengeng die interessantesten Wesen im Universum, und unsere Wissenschaft über sie steht trotz der Luivens und trotz der drei großen Expeditionen erst am Anfang. Manchmal glaube ich sogar, daß wir ein wesentliches Moment ihrer Kultur nicht fassen – oder sie uns etwas verheimlichen. Aber das ist wohl Wunschbild, romantische Spekulation. Allerdings, die Metallstatuette, die wir Wiun-jon verdanken, läßt sich nicht wegdiskutieren. Metall – in der Steinzeit!"

Fabius konnte und wollte das Gähnen nicht länger verbergen. Was gingen ihn die Probleme eines Hrengologen an!

„Du bist natürlich sehr müde", Oulemm legte ihm die feingliedrige Hand sanft, ja zaghaft auf den Unterarm, „also gute Nacht denn. Und falls du Mühe hast, dich hier einzugewöhnen, falls du eine Auskunft begehrst, du kannst dich immer an mich wenden." Er tänzelte, einmal kurz mit den Brillanten aufflackernd, in das Appartement des Hreng. Erleichtert stieß sich Fabius vom Geländer ab und dehnte und reckte sich.

„Ist er weg?" flüsterte es. Im Schatten eines Betonpfeilers kauerte eine Gestalt. Als sie sich vorbeugte, fiel ein ferner Lichtschein auf rotes Haar.

Für einen Augenblick verspürte Fabius den Impuls, mit zwei Schritten in sein Zimmer zu fliehen.

„Fabius Grosser, du trägst doch die ZAHL, kann ich mit dir sprechen?"

„Warum ausgerechnet jetzt?" Er stöhnte.

„Diese Hreng sind wirklich eine Landplage." Sie ergriff ihn an der Schulter und bugsierte ihn durch eine geöffnete Glastür. Kraftlos sträubte er sich, er wußte schon kaum mehr, ob er wachte oder träumte.

In dem für Hreng bemessenen, hallenartig weiten Zimmer herrschte ein Durcheinander wie in einem überladenen Planetenpendler nach einer Serie von Notbeschleunigungen. Papiere waren über die niedrige Liege und den Fußboden verstreut. Über mehrere kleine Terminals flossen Zahlenkolonnen; Kleidungsstücke, meist in Pastelltönen, häuften sich auf dem Tisch; der Deckel des Vakuumkoffers war unter den Stuhl gerollt, die Funkbanderole zerschnitten. Wie hatte sie das bewerkstelligt, ohne einen planetenweiten Alarm auszulösen?

„Hallo, Fabius! Möchtest du einen Drink? Der holt dich aus dem Schlaf zurück, ja?"

Die durchsichtige Flüssigkeit im Plastbecher roch säuerlich. Er nippte: bitter. Weshalb sollte er sie nicht anhören, das verpflichtete zu nichts. Zögernd trank er. Hui, das pfiff durch die Kehle, in den Magen, hoch in den Kopf.

„Jetzt willst du fragen, warum der Überfall, nicht wahr?" Sie fegte ein Moskitonetz vom Stuhl und drückte Fabius auf die harte Sitzfläche. Sie selbst setzte sich auf eine über die Liege ausgebreitete Landkarte.

„Also du trägst die ZAHL, ich trage die ZAHL. Ergo leiten uns die gleichen Ideale. Wahrscheinlich sind wir beide die einzigen auf Pulaster, die im Kontakt das höchste Menschheitsziel erkannt haben. Bist du schon einmal auf einem K-Schiff geflogen?"

„Auf einem Kontakt-Schiff?" vergewisserte er sich schwerfällig; seine Zunge war wie gelähmt, und die Gedanken mahlten nur langsam voran. „Nein, aber in gut einem Monat, wenn die FLAMMARION im Orbit kreuzt ..."

„Schlag dir das aus dem Kopf. Himmelschreiender Unsinn, Kontakt mittels Raumschiffen zu suchen! Mit Köpfchen findet man den. Die Außenzeitler haben uns nicht ohne Grund die ZAHL über das kosmische Hintergrundrauschen zugeschanzt."

Warum schmähte sie die Flotte?

„Reg dich nicht auf. Ich habe dir Besseres anzubieten: eine Expedition. Ich beabsichtige keinesfalls, abenteuersüchtige Saurierfänger anzuheuern oder gar computererwählte Hohlköpfe, die sich nicht im mindesten für die Außenzeitler interessieren."

Sie tastete auf der Bettdecke nach Unterlagen, ihr Redefluß stockte, aber ehe Fabius protestieren konnte, überfiel sie ihn von neuem. „Bist du gesund? – Natürlich, denn flottentauglich. Leidlich intelligent? – Macht nichts, Hauptsache, du kannst dich begeistern, engagierst dich für die rechte Sache."

Das war zuviel, er mußte sich wehren. „Ich will jetzt endlich wissen ..."

„Hör zu. Ich habe Quintillionen Stellen der ZAHL analysiert, in ihr soll ja alles Wissen des Universums verschlüsselt sein, darunter das berühmte Pulsarschema. Das legt auch eine Sternposition fest: die Stachels."

„Was ist Stachel?"

„Spina. Die Sonne Pulasters. – Du solltest unbedingt ‚Alles über Pulaster' lesen. – Ergo deutet die ZAHL auf eine Superzivilisation im Spinasystem hin. Na, klickt's?" Sie hockte vornübergebeugt da und belauerte ihn wie eine Katze, bereit, ihn anzuspringen.

Fabius spreizte die Finger ab, preßte die Hände gegeneinander. „Das ist doch, Entschuldigung ..."

„Heraus, heraus!" ermunterte sie ihn.

„... ausgemachter Humbug. In keinem System hat man eine Spur der Außerzeitler entdeckt – leider. Die bestausgerüsteten Institute haben jahrhundertelang jedes Bit der ZAHL um und um gedreht ..."

„Beweist nichts, es sei denn etwas über diese Institute. Schau dir nur einmal die Hreng an. In biologischer Hinsicht eine absolute, irrwitzige Ausnahme. Vernunftsbegabte Saurier, schön, wer Einfaltspinsel genug ist, zu glauben, daß sich dergleichen von allein entwickelt – meinethalben. Aber ihre Eingeschlechtigkeit! Ein Extrem selbst für Pulaster, parallelenlos. Kein tierischer Verwandter der Hreng besitzt ein ähnlich absurdes Geschlechtsleben. Jetzt fallen dir die Schuppen von den Augen, was?"

„Du meinst", Fabius rang nach Atem, „daß die Außerzeitler ... die Hreng ... auf Pulaster ..."

„Meinen! Meinen!" Sie blies sich amüsiert über seine Verwirrung das Haar aus der Stirn. „Junger Mann, du kennst mich noch nicht. Bereits aus der OrbStation habe ich in der Region von Tebit nahe an einem Hrengdorf eine Magnetanomalie wie von einer Eisenerzlagerstätte geortet. Um dir meine Hypothese mit einem Wort zu umreißen: die Monopolflasche!" Triumphierend reckte sie die Nase in die Höhe.

Das war endgültig zuviel. Wenn es eines Beweises bedurft hätte, daß diese Frau, Georgia, sich verstieg, dann war es jenes eine Wort Monopolflasche. Seit Viltbaks Nachlaß veröffentlicht worden war, spukte es durch die Köpfe der Kontaktbesessenen. Die Außerzeitler hätten einst – so Viltbak – sämtliche magnetischen Monopole des Universums, Relikte des Urknalls wie die Hintergrundstrahlung, eingefangen und in „elektrische Flaschen“ eingeschlossen. Immer wieder waren seither Monopolflaschen in den entlegensten Systemen vermutet worden. Und mehr als einmal hatte die Flotte ihre Schiffe auf die Jagd nach dem Phantom geschickt. Gab es eine wenn auch nur astronomisch geringe Chance, die die erneute Suche rechtfertigte?

„Du glaubst mir nicht. Soll ich es dir vorrechnen, ja?“

„Nein. Außerdem kann ich schon deshalb an keiner längeren Expedition teilnehmen, weil ich in dreißig Tagen meine Gefährtin erwarte.“

Vor sechs Jahren SubjZeit, als er gerade die Flottenakademie absolvierte, hätte ihn ihr Angebot begeistert. Aber hatte man erst einmal einen Zipfel vom Weltall gesehen, verflüchtigten sich die romantischen Flausen. Nach einigen weiteren IS-Passagen und den entsprechenden Sprüngen in die Zukunft erführe er ohnedies die Lösung der Außerzeitler-Rätsel.

Mit einem Japsen schoß Georgia hoch und schlug sich in gespieltem Entsetzen die Hände vors Gesicht. „Eine Gefährtin, der Herr Raumfahrer ist verhindert, weil er treusorgend seine Gefährtin erwartet. Und das mir! Nein, was können alle Außerzeitler der Welt gegen so eine Freundin!“

„Tut mir leid“, meinte Fabius verärgert, „du wirst deine Monopolflasche allein ausbuddeln müssen.“

„Raus! Banause! Und so ein Ignorant brüstet sich mit der ZAHL! Schämen Sie sich!“

Erleichtert eilte er zur Glastür. Doch bevor er sie hinter sich schließen konnte, hatte Georgia ihren Fuß in den Spalt geschoben. „Fabius Grosser, ich brauche dich wirklich. Überleg es dir gut. Welche Chance und so weiter ... Ich bin eben etwas temperamentgeschädigt und mag nicht, daß man mir einen Korb gibt.“

Reichlich verwirrt stolperte Fabius durch das neblige Dunkel der Pulasternacht in sein ebenfalls hallenartiges Zimmer. Behutsam streifte er den linken Stiefel ab. Die Wunde war fast verheilt. Er zog sich aus und schluckte das übliche Schlafmittel. Ja, Planeten waren anstrengend. Bunt zusammengewürfelte Menschen aus den unterschiedlichsten Jahrhunderten mit allen möglichen Marotten trafen hier aufeinander. In der Flotte dagegen wußte man stets, woran man war, da herrschten Ordnung und einsichtige Sitten.

Nun glühte allein die Bereitschaftslampe. Ganz wie in einem Schiff. Weshalb beschleunigte man? Ach ja, er befand sich auf einem Planeten mit 1,1 g Schwerkraft ... Und weshalb dröhnte das Aggregat so gefährlich? Woher kam dieses ungeheuerliche Brummen?

Hellwach richtete er sich auf. Ein Wort, und das Licht brannte wieder. Dafür war das Geräusch verstummt. Er mußte sich getäuscht haben. Doch kaum verblaßte die Beleuchtung, hörte er es aufs neue.

„Licht!" Stille wie vorher. Nur das Blut rauschte ihm in den Ohren. Was um alle Welt hatte so gräßlich gebrummt? Ein Insekt, gewiß ein Insekt! Flüsternd bat er den Computer, die Helligkeit zu mindern. Fahler glommen nun die Leuchtleisten. Schatten machten sich in den Winkeln breit. An der hrengisch hohen Zimmerdecke aber kroch ein vierfacher, undeutlicher Streif, handgroß der Kern. Was für ein Biest! Erschauernd langte er nach dem Kopfkissen und schleuderte es empor. Das Untier wich aus und torkelte plötzlich schattenhaft herab. Er duckte sich und zog rasch das Deckbett über den Kopf.

Nach einer Weile lugte er vorsichtig hervor. Da, direkt vor ihm, saß das Insekt, langbeinig und grünäugig, und putzte sich den Stechrüssel, der wie ein Stahlbohrer glänzte.

Er schnellte nach vorn. Das Insekt flatterte auf, schwirrte dann gemächlich unter den Leuchtleisten entlang. Wie gebannt starrte Fabius auf den unheimlichen Angreifer. Sollte er um Hilfe rufen? Wenn hier sogar Schnecken Pfeile verschossen ...

Im Hellen verhielt es sich anscheinend ruhig. Er räusperte sich und stammelte: „Licht." Das Tier rollte sich blitzartig in seine Flügel und plumpste auf den schmalen Tisch. Vorsichtig angelte er nach einem Schuh, holte aus – getroffen. Das Insekt zuckte noch einmal, dann erstarb die Bewegung. Mit geheimem Ekel pakte er es am Flügel, um es nach draußen zu befördern. Allein der zerquetschte Leib war länger als eine ausgestreckte Hand.

Auf der Terrasse hastete Oulemm ihm entgegen. „Ist dir etwas passiert? Hat es bei dir gepoltert?"

Fabius hob das Insekt.

„Ach, eine Neura." Oulemms Interesse erlosch. „Ein harmloser Blutsauger."

„Harmlos?" Fabius schüttelte sich. Wie mußten dann gefährliche Wesen beschaffen sein?

„Natürlich. Die Neura ist thermotrop. Sie steuert nur Hautpartien an, deren Temperatur der hiesigen Fauna, den Hrengeng und ihren Verwandten, entspricht. Und die liegt eindeutig über der der Menschen. Aber das alles steht ..."

„Ich weiß."

„Also dann gute Nacht, und falls du wieder belästigt wirst, wirfst du einfach einen Schuh gegen die Wand."

Vor der Audienz

Eine doppelte Munterpille, hinuntergespült mit einem Schluck faden Leitungswassers, verhalf Fabius auf die Beine. Aber auf was für Beine! Beim kleinsten Schritt sträubte der Muskelkater sein stachliges Fell. Pulaster forderte von Neulingen seinen Tribut, und mehr als einmal liebäugelte Fabius damit, das piesackende Tier durch ein Schmerzmittel zu verjagen. Humpelnd und ächzend wollte er dem Administrator um keinen Preis gegenübertreten. Die Bodendienstler spotteten ohnehin über aufgedunsene Kosmonauten, die jeder Belastung auswichen und sich selbst für einen Ausflug auf den Erdmond ein Exoskelett anmontierten. Ein wenig Gymnastik konnte also nicht schaden.

Fabius hielt sich an der Tischkante fest und sackte langsam in die Hocke – der Kater kratzte und biß. Er ruhte sich eine Sekunde auf den Fersen aus, dann stemmte er sich Zentimeter um Zentimeter in die Höhe. Auf dem Tisch klebten in bräunlichen Blutflecken Reste der Neura. Ein Lichtreflex von der Deckenleuchte wanderte über einen wie eine Öllache schillernden Flügel. Obwohl der Pulastertag längst angebrochen sein mußte, hatte Fabius die Schwärzung der Fenster nicht aufgehoben, draußen würde es doch nur regnen.

Nach einigen weiteren Kniebeugen meldete sich der Hunger. Fabius rasierte sich flüchtig. Ein hageres, grobknochiges Kältesarg-Gesicht starrte ihm aus dem Spiegel entgegen, wenig präsentabel mit den Augenrändern und dem zwar gestutzten, doch nicht recht gebändigten dunklen Haar. Bis Iris anreiste, sollte er sich im hiesigen Solarium etwas Frische auf die bleiche Haut brennen lassen; mit Pulastersonnenschein war ja nicht zu rechnen.

Dennoch insgesamt zufrieden, stelzte er auf den Flur, ständig bemüht, einen leichten, elastischen Gang vorzutäuschen. Drei Ebenen schwerewärts oder „Etagen tiefer", wie die Bodendienstler sagten, befand sich die Messe. Aus Kosmonautenstolz verschmähte er den Lift und stakste gravitätisch die Treppe hinab.

Als er das Tor mit der Aufschrift „Kantine" aufstieß, glaubte er im ersten Moment, sich in einen halbleeren Lagerraum verirrt zu haben. Runde möbelartige Gebilde wucherten in der unzureichenden Beleuchtung wie gigantische Trompetenpilze aus dem Gußplastboden. In Augenhöhe schloß diese nachempfundenen Gewächse eine Platte ab, aus deren Mitte ein kleinerer Pilz hervorsproß. Um zwei dieser Möbel gruppierten sich, auf Schwanz und Beine wie auf dicke Säulen gestützt, einige Hreng. Die zur Linken versteckten die Nakkenkämme unter den kurzen Schleppen ihrer Sombreros, die zur Rechten hatten Gürtel umgeschnallt, an denen grobschlächtiges Werkzeug baumelte. Sie löffelten mit bronzen funkelnden Kellen Suppe aus Trögen, schmatzten und pfiffen dabei und knirschten mit den Zähnen, als bissen sie auf Kiesel. Bisweilen bedienten sie sich aus der zweiten Tischetage.

Fabius schritt entschlossen auf die Tische zu. Es roch streng und wie nach Honig – gewiß nicht allein von den Speisen. Konnte man die Saurier denn nicht bewegen, ein Deodorant zu benutzen? Es verschlug einem ja glatt den Appetit.

Die Hreng senkten, als Fabius sie passierte, die Löffel und gafften ihn von oben herab an wie Erwachsene ein ungehorsames Kind. Er ignorierte die aufdringlichen Blicke und schlich mit eingezogenem Kopf an den unheimlichen Kreaturen vorbei.

Geradeaus lockte die hellere Abteilung der Kantine, die einer normalen Schiffsmesse glich. Nur die Geschirrfänger für plötzlich aussetzende Schwere fehlten. Jenseits des Dämmers verflüchtigte sich auch der abstoßende Geruch. Nur an den wenigsten Tischen frühstückten noch Menschen, an einem plauderte Lich Oulemm mit einer schlicht gekleideten Frau. Seine Ohrringe flackerten wie zwei Flare-Sterne, als er Fabius entdeckte.

„Guten Morgen, Fabi“, grüßte er in viel zu vertraulichem Ton, „gesell dich zu uns.“ Er rückte einen Stuhl zurecht und schaffte demonstrativ Platz auf dem Tisch.

Die Frau, Sadhana mit Namen, entstammte Fabius' Jahrhundert, war allerdings im Unterschied zu ihm auf der Erde geboren und nicht in einer Weltraumwohninsel. Sie musterte Fabius interessiert, so wie man in den Zügen eines alten Bekannten, der lange abwesend war, forscht. Ihr Gesicht war mattbraun, und bis auf einen winzigen Stein, der ihren linken Nasenflügel schmückte, hatte sie auf jeden modischen Zierat verzichtet.

„Sei mir willkommen auf Pulaster, Fabius.“ Ihre Worte rührten ihn seltsam, fast schmerzlich an, denn sie hatte ihnen durch eine versunkene Sprache eine zeitlose Patina verliehen – durch die Sprache seiner Heimatwelt Kokkygia.

Wie durch eine Zauberformel heraufbeschworen, stürmten Bilder auf ihn ein: die gedämpfte nächtliche Feier, Iris ihm gegenüber im Schein des züngelnden Abschiedsfeuers. Die Eltern hatten sich bereits zurückgezogen, seine Schwester Luisa verhüllte trauernd den Kopf mit einem Tuch. Er redete von den gewaltigen Aufgaben der Menschheit, vom Fortschritt der Wissenschaft und von den hehren Idealen der Flotte und konnte doch die Wehmut nicht lindern. In Gedanken hatte er sich damals längst von der dörflichen, einfältigen Idylle Kokkygias gelöst, hatte den bedächtigen Schritt der Habitatler abgestreift und flog schwerelos den Sternen entgegen. Iris lächelte ihm zu, ermunterte ihn fortzufahren, Luisa aber stocherte betrübt und unwillig in der Glut, daß die Flammen hoch aufloderten. „Kann man auf Flottenlatein auch scherzen und dichten? Wer spricht fern in Raum und Zeit unsere Sprache? Wer singt noch unsere Lieder?“

Auf altmodische, flottenunübliche Weise tauschte er mit Sadhana einen Händedruck. Dann erlosch der Zauber; Sadhana gehörte zum Alten Planeten, sie war kein Kind Kokkygias, sie hatte kein Recht auf seine Heimatsprache.

Der Speisenspender an der Kantinenwand unterschied sich von dem einer Schiffsmesse lediglich durch seinen verlotterten Zustand, Menüschilder und Blenden waren blank gewetzt, und einige Bestellknöpfe hingen aus ihrer Fassung. Außerdem war er mit unbekannten Gerichten vollgepfropft: verklumptem Fleisch – vielleicht Naturfleisch? – , aus dem angekohlte Knochen ragten, aufgebauschtem Blattwerk, bunt geschichteten Naschwürfeln undefinierbarer Zusammensetzung. Frisches Obst aus der Orangerie der OrbStation fehlte. Da Fabius nicht wußte, nach welchen kulinarischen Moden man all diese Nährgebilde synthetisierte und ob sie mundeten, wählte er Vertrautes: Frühstücksriegel mit Kaffeezellen. In ein paar Sekunden hatten die Mikrowellen sie gegart.

„Es freut mich, daß du den Schock so gut verwunden hast“, empfing ihn Sadhana, als er zum Tisch zurückkehrte.

Den Schock? Gewiß, Pulaster wirkte auf einen unvorbereiteten Menschen wie eine kalte Dusche, aber dies zum Planetenschock hochzustilisieren hieß wohl zu übertreiben. Er brach das erste Stück von dem angenehm heiß verkrusteten Riegel und biß die Kaffeezelle auf. Es schmeckte nicht anders als sonst irgendwo in der Flotte.

„Du wirst dich mit unserer Welt schon anfreunden.“

„Und mit den Hreng“, ergänzte Oulemm.

Fabius versprach es – im Rahmen der von der Witterung gesetzten Grenzen. Er war froh, die Unterhaltung in die Geleise gelenkt zu haben, die Erdstämmigen gegenüber angemessen waren.

„Besser ein Zuviel an Niederschlag als ein Mangel. Ein Jahr lang habe ich in der Amazonaswüste Gras gesät und Bäume gepflanzt. Wie sehnten wir damals jede Wolke herbei! Nachts freilich entschädigte uns ein sternklarer Himmel, und oft, wenn deine Welt über das Firmament wanderte, habe ich mich gefragt: Wie leben die da oben? Haben sie es nicht besser ohne die Bürden der Vergangenheit? Aber vielleicht wird ihnen das bequeme Dasein nur langweilig. – Du merkst, ich hatte reichlich unklare Vorstellungen damals.“

Fabius hätte es vorgezogen, weiter dem Singsang ihrer Worte zu lauschen, als ausgerechnet über seine Heimat Auskunft zu erteilen. Man sollte nicht wecken, was tiefer und tiefer ins Vergessen entglitt. Der Höflichkeit halber bequemte er sich zu einem vieldeutigen: Es sei eben Ansichtssache. Langweilig in gewisser Beziehung, ja, manch einer habe mit dem Teleskop hinabgeschaut. Er verriet nicht, wie gern er selbst, angestachelt durch den bald schockierenden, bald verwundernden Geschichtsunterricht bei seiner Mutter, altehrwürdige Städte anfixiert hatte: Alexandria, Xi’an, Cuzco …

„Vielleicht haben sich unsere Blicke einmal getroffen?“

Oulemm kicherte. Das Thema, auf Persönliches abzielend, behagte Fabius immer weniger. Kokkygia war Vergangenheit, und wenn er die Gegenwart charakterisieren sollte – nichts als grauer Nebel und graue Wolken. Sadhana wiegte den Kopf halb zustimmend, halb ablehnend.

Im anderen Teil der Messe veranstalteten die Hreng ein regelrechtes Pfeifkonzert, so als ob Sombreroträger und Werkzeugumgürtete sich gegenseitig niederschreien wollten. Oulemm rutschte unruhig auf dem Stuhl hin und her. Sadhana hingegen beirrte dies nicht. Sie habe gedacht, daß es für einen Habitatsbewohner nicht nur physisch, sondern auch psychisch ein geringerer Schritt sei „von der Heimat in den Raum“. Gewiß, die Motive entschieden. Aber lebe man „da oben“ der Sternen nicht näher?

„Woran hast du eigentlich erraten, daß ich in Kokkygia aufgewachsen bin?“ wich Fabius der Antwort aus. „Steht das so deutlich auf meiner Stirn geschrieben?“

Die Hreng krakeelten, daß man sein eigenes Wort kaum hörte. Einige fuchtelten mit den Löffeln in der Luft herum. Jeden Moment mußte eine Kantinenschlacht losbrechen mit fliegenden Suppenpötten, umstürzenden Tischen und vielen Scherben. Doch der Krach steigerte sich nicht weiter, die Drohgebärden eskalierten nicht, die Saurier schienen unfähig, sich über einen gewissen Punkt hinaus aufzuputschen.

Sadhana bewahrte eine lächelnde, lockere Selbstsicherheit. Sie hätte, meinte sie, besser daran getan, die Begrüßung sogleich durch eine Erklärung zu ergänzen. „Mitunter verfalle ich in den Fehler, meine Mission als allgemein bekannt vorauszusetzen, selbst wenn ich mich um die Neuankömmlinge kümmere. Die Passagierlisten der Fähren ...“

Das Toben der Hreng verstummte auf einen Schlag. Es hinterließ eine vibrierende Stille. Nichts regte sich im dunkleren Teil der Kantine. Stocksteif standen die Hreng an den Tischen, die Vorderklauen hingen starr in der Luft. Zwischen ihnen, genau auf dem Weg, den Fabius gegangen war, bewegte sich ein Hreng gegen das drückende Schweigen voran. Das Hreng im Flottenoverall, Gabriell Primus. Ohne einen Blick zur Seite, stur und gleichförmig schritt es aus. Durchquerte es die drohende Dämmerung. Trat es hinaus ins Licht der Menschenabteilung. Eingeleitet von einigen schrill gezischten Lauten, brandete hinter ihm der Lärm wieder auf.

„Muß Gabriell sie unbedingt provozieren?“ flüsterte Oulemm. „Anderen Hrengeng genügt die natürliche Haut, selbst in die Dreibeiner für Schmutzarbeiten steigen sie nur mit viel Geziere. Und er stolziert herum wie ein Mannequin.“

Zielstrebig steuerte Gabriell den Tisch der Menschen an. Er

beugte sich herab, der Kommunikator gurrte: „Einen herrlichen guten Morgen wünsche ich euch. Gewähret mir die Gunst, mich in eurer Mitte zu dulden."

Ohne eine Antwort abzuwarten, grätschte er die Beine und senkte das enorme Hinterteil auf einen unschuldigen Stuhl herab, der dem Gewicht erstaunlicherweise trotzte.

„Du solltest keine Barrieren zwischen dir und deinen Artgenossen errichten", tadelte ihn Oulemm.

„Es sind Hreng aus den Bergen und Hreng vom Fluß. Sie scheuen das Licht, und sie verachten die Kleidung, welche der Anfang jeder Zivilisation ist. Dagegen: Ich denke wie ein Mensch, ich fühle wie ein Mensch, ich esse wie ein Mensch." Gabriell erhob sich behende und zog sich im Handumdrehen eine Riesenportion Sahneeis aus dem Speisenspender. Genüßlich schleckte er mit einer so langen wie breiten violetten Zunge daran herum.

Menschliches und Nichtmenschliches mischten sich bei dem Flottenhreng in einer Weise, die Fabius abstieß. Er konnte sich des Eindrucks nicht erwehren, daß der Sumpfweltbewohner die irdische „Krone der Evolution" bewußt und heimtückisch nachäffte, und allein er, der Außenstehende, spürte es. Oder sollten die Gemeinsamkeiten von Säugern und Sauriern so weit reichen, daß sie die einen in die Karikatur der anderen verwandelten? Steckte in der warzigen Haut tatsächlich ein Vernunftwesen, das dachte und fühlte wie ein Mensch?

Sadhana wurde über ihren Reif, ein armbandähnliches Gerät, das jeden Menschen per Funk mit der Kommunikationszentrale verband, weggerufen. Bedauernd verabschiedete sie sich. „Wir werden ja noch oft Gelegenheit haben, miteinander über die alten Zeiten oder auch über deine Zukunft zu plaudern, Fabius. Besuch mich einfach mal." Warmherzig lächelte sie ihm, Oulemm und dem Hreng zu und eilte aus der Menschentür, die Fabius verfehlt hatte. Nebenan trampelten die werkzeugbehangenen Hreng pfeifend zum Hrengtor.

Nachdenklich drehte Fabius den Rest des Nährriegels in den Händen. Etwas stimmte nicht, und er ahnte nicht, was. Vielleicht verwechselte sie ihn, vielleicht hatte ein Witzbold irgendeinen absurden Fakt über ihn in die Passagierliste eingespeichert. Sie wünschte mit ihm über seine Zukunft zu reden! Eine Bodendienstlerin, die er durch Interstellarsprünge gewiß um ein halbes Dutzend Jahrhunderte überleben würde. Sie hatte zu ihm gesprochen wie zu einer jener bedauernswürdigen Kreaturen, die sich für fünf oder zehn Jahre an einen Planeten verkauften.

„Eine seltsame Frau", forschte er, „ich begreife nicht recht, was sie von mir wollte."

Oulemm tippte die Fingerspitzen gegeneinander. Ein wenig Abtasten, Sondieren und Umgarnen der Neuen gehöre zu ihrem Beruf. Er bemerkte Fabius' fragenden Blick. „Sie ist die Botschafterin der Erde."

Halbwegs zufrieden mit der Antwort beendete Fabius das Frühstück. Den Botschaftern oblag es, sich um das Wohlergehen jedes Menschen auf ihrem Himmelskörper zu kümmern. Als Urlauber und Flottenmitglied schied er dabei eigentlich aus. Aber manche von ihnen richteten sich wohl mehr nach ihrem empfindsamen Gemüt als nach der Dienstordnung.

Er knüllte die Verpackung des Riegels zusammen und schnipste sie in den Schlucker. Dann quälte er sich gegen die Pulasterschwere hoch. „Also, jetzt besorge ich mir einen – wie nanntest du das Gerät? – Nitze-Translator, ja?"

Oulemms Ohrringe verschossen Funkengarben. „Richtig. Ausgezeichnet. Nitzescher Translator." Die Ausrüstungsabteilung befinde sich zwei Etagen tiefer, und Fabius solle ein Hreng namens Hlan-ci von ihm grüßen.

Zwei Ebenen schwerewärts – er weigerte sich, den Planetenhockerausdruck zu benutzen – herrschte ein reges Kommen und Gehen. An einem Übersichtsschirm orientierte er sich. Der kürzeste Weg zur Kleingeräteausgabe war ihm durch ein „temporäres Hindernis" versperrt. Vermutlich klatschten da einige Hreng, und niemand wagte, sie beiseite zu schieben.

In der Ausgabe arbeiteten ein Hreng und eine für Pulaster sicher zu korpulente Frau, seine Instruktorin. Das heißt, das Hreng arbeitete nicht, es thronte vielmehr wie ein Drachen beim Schatzbewachen vor einem Haufen durcheinandergewürfelter Apparate, schnarchte laut und hob und senkte dabei den Kopf rhythmisch.

„Guten Tag, ich bin ..."

„Grüß dich, Fabius Grosser." Um das feiste Handgelenk der Frau klingelten die Glöckchen einer Goldkette. Fabius wunderte sich nicht, daß sie ihn beim Namen nannte. Er konnte es den wenigen Pulastermenschen nicht verdenken, daß sie jedes IS-Schiff als willkommene Abwechslung herbeisehnten und sich dann über die Neuankömmlinge weidlich austauschten.

„Ich brauche ..."

„Spar dir die Müh, ich hab bereits alles zusammengestellt: Schutzemulsion, Schuhwerk, Kommunikator ..."

„Wenn ich lieber einen Nitzeschen Translator ...?"

Die Frau verschränkte die Arme und musterte ihn, als hätte er etwas Ungehöriges von ihr verlangt. „Einen Nitze. Schau her." Sie ging zu einem langen Regal und wühlte klimpernd in einem Karton herum.

„Den Floh hat dir der Oulemm ins Ohr gesetzt, nicht? Na, der Nitze mag ja für seine Zwecke besser geeignet sein, beim Kommunikator weißt wenigstens, woran du bist. Da wird nicht ein Hrengwort je nach

Nitzes Laune auf fünferlei Weis' gedolmetscht. Glaub mir, ein Nitze ist nichts für dich."

Sie kam zurück und sortierte weitere Apparate, Dosen und Plastpäckchen auf den Tisch, ständig begleitet von einem irritierenden Geklingel und Geläute. „Seil. Fernreif mit Schnatterbox, Molekelzelt, ein Satz Scheuchraketen, Handlichtwerfer ..."

Fabius nagte an der Unterlippe. Nie im Leben benötigte er in den paar Wochen Urlaub einen Schlafsack oder ein Luftstrahlmesser.

„Die Gebrauchsanweisungen kannst aus , Alles über Pulaster' abrufen. Wenn du in den Sumpf spazierst, genügt nun mal *ein* fester Stiefel nicht."

„In den Sumpf? Wieso denn?"

„Ja, ins Gebirg' führt sie nicht, die Expedition."

Wie verbrüht zog er die Hände zurück. „Georgia war hier?"

„Da fragst noch? Schau dir den Armen an, der muß sich sein Menschenbild erst wieder zurechtmeditiern." Sie zeigte auf das schnarchende Hreng.

Angewidert starrte Fabius auf die Sachen. Die Extemporalistin! Was erlaubte sich diese Person! Verfügte über ihn wie über ihren Vakuumkoffer. Er war zu seinem Vergnügen auf Pulaster, nicht als Flottenuntertan im Dienst, und schon gar nicht als Gepäckträger für eine überkandidelte Wissenschaftlerin!

„Ich nehme nur den Kommunikator mit, der Rest bleibt hier."

Die Frau verzog spöttisch den Mund. Sie teilte wohl das Bodendienstlervorurteil über die verweichlichten Kosmonauten.

„Die Georgia", flüsterte sie dann vertraulich, „sie ist eine Belterin, die sich an Normschwere hat anpassen lassen, nicht?"

Er zuckte mit den Schultern. Es interessierte ihn nicht, ob die Extemporalistin auf der Erde, in einem Habitat oder im Astroidengürtel gebürtig war; er hatte mit ihr nichts zu schaffen.

„Übrigens, ich soll ein Hreng namens Hlan-ci von Lich Oulemm grüßen."

Schlagartig erwachte das Hreng aus seiner schnarchenden Meditation und beäugte ihn hoheitsvoll. „Du bist ein Freund von Lich?" erklang blechern die Übersetzung seines Gepfeifs. „Dann steht dir ein guter alter Nitze zu. Ich benutze selbst einen, da vermeidet man dieses Getue: Würden Sie mir bitte gütlichst die Freundlichkeit erweisen."

Das Hreng schaukelte zum Regal und brachte Fabius ein dunkelolives, handtellergroßes Oval. „In verbo veritas" war in dessen Rand eingraviert.

Dankend steckte es Fabius ein. Doch so schnell entließ ihn das Hreng nicht. Es wankte näher und bestürmte ihn von oben herab mit einer Salve außergewöhnlicher Fragen: Was Fabius von der Gregorianischen und der Lavinischen Kalenderreform halte. Ob er die Wochentage aufzählen könne. Welche Bedeutung für ihn „ganz persönlich" die Biorhythmen hätten.

Verdutzt stammelte Fabius die Namen von Dies Lunae bis Dies Solis. In der Flotte und folglich auf Pulaster waren sie längst nicht mehr gebräuchlich; wie sollten sie auch bei Zeitdilatation und Kältesärgen. Zu den anderen Themen paßte er. Ein Kalender wurde eben reformiert, wenn dafür ein gesellschaftliches Bedürfnis bestand. Und die Biorhythmen, nun ja, wer konnte die sich heutzutage noch leisten.

„Der Erdmond soll, wie ich gelesen habe, euer gesamtes Leben bestimmen. Kennst du zufällig die augenblickliche Phasenlage von Georgia? Vicllcicht erklärt diese ihr Auftreten."

„Phasenlage?" Fabius begriff erst, als die Instruktorin des Hreng errötete, sich abwandte und sich glöckchenklingelnd hinter den Regalen beschäftigte. In den meisten Jahrhunderten galt es als unschicklich, ein so intimes Thema anzuschneiden. Aber woher sollte das ein Hreng wissen?

„Da mußt du sie selbst fragen", meinte Fabius boshaft.

Das Hreng neigte sich zu ihm herunter und kratzte sich mit einer riesigen Fingerkralle unterhalb des linken schwarzen Saurierauges. „Manchmal vergesse ich diesen sogenannten kleinen Unterschied: Männchen, Weibchen, Kindchen. Ein Glück, daß der Nitze stets das Personalpronomen im rechten Genus wählt. Also auf Wiedersehen und grüße Lich von mir!" Es schlurfte durch den Apparatehaufen hindurch und langte von einem hohen Regal ein CompuBuch. Sogleich versenkte es sich in die Lektüre. Der Titel huschte, für Fabius gerade noch erkennbar, über die Bildseite: „Alles über Terra".

In der Spitze der Pyramide

Das Vorzimmer des Administrators war in Schiffsmanier ausgestattet: zweckmäßig, nüchtern, kühl. Blau schimmerten die Wände, ein Schema mit verkürzter dritter Dimension bildete den pulasternahen Raum ab, die Trasse der Fähre und die OrbStation auf ihrer fadendünn um den Planeten gezogenen Ellipse. Eine gestrichelte Bahn mit Zeitmarken symbolisierte ein bremsendes IS-Schiff: die FLAMMARION. Einzig drei kniehohe Steintröge mit üppig wuchernden Sumpfpflanzen, die als Raumteiler fungierten, störten den flottenmäßigen Eindruck. Der Administrator leistete sich sogar den Luxus eines persönlichen Sekretärs. Fabius hätte sich heimisch gefühlt, wäre da nicht die Ungewißheit gewesen, weshalb der Planetenchef ihn zu sich rief.

Der Sekretär saß kerzengerade im Brennpunkt eines hyperbelförmigen Tisches. Er studierte eine Datenprojektion und nickte dabei ab und zu verstehend; ein metallenes Namensschild auf seiner Brust nickte mit. Kaum drang Fabius in seinen Waltungsbereich ein, wies ihn der Sekretär zurecht. „Grosser, Fabius, Flottenpatent 491.017?" Er deutete auf die Zeitleiste an der Wand gegenüber. „Bist zu 4.25 bestellt, ergo warte fünf Centis."

Fabius' Erstaunen quittierte er mit einem genüßlichen Grinsen. „Hast wohl gedacht, landest auf x-beliebigem rückständigem Randplaneten, wo man noch mit Fingern rechnet wie auf Terra? Fehlanzeige. Als Meridor, unser Administrator, Pulaster übernahm, haben wir" – er klopfte blechern gegen das Schild, auf dem Fabius „Raf Effarig, XXXI." entzifferte – „als erstes Flottenzeit eingeführt: Großjahr zu tausend Sterntagen, Tag zu zehn Normstunden, Stunde zu hundert Centis et cetera. Weshalb uns nach Spina richten, verbirgt sich ja konstant hinter Wolken. Rotativer Lichtwechsel hat allein für Hreng Bedeutung. – Steuert den Planeten korrekt wie ein Schiff, der Administrator."

„In welcher Angelegenheit will er mich sprechen?"

Der Sekretär verdeckte wie zufällig mit der Hand den Teil des Tisches, von dem ein Sichtschirm blinkte. „Wüßte ich's, dürfte ich's nicht preisgeben. – Setz dich doch! Steckt mich noch an, deine Unruhe."

Fabius wählte die Bank vor der Pflanzenwand. Er starrte auf die Linien, die den Boden akkurat wie ein Koordinatensystem zerteilten. Was wollte ihm der Sekretär verheimlichen? Hatte man vielleicht die Mannschaftslisten verändert, wollte man ihn auf ein anderes Schiff verpflichten? Dazu brauchten sie seine Einwilligung. Oder hatte er gegen eine Dienstvorschrift verstoßen? Ihm fiel nichts ein, zumindest nichts, was einen Planetenchef auf den Plan rief, und beinahe jeder, der in einem Schiff zu lange vor den Instrumenten hockte, dachte sich ab und zu einen Schabernack aus, programmierte dem Computer diese oder jene ungehörige Replik ein oder stocherte in fremden Dateien herum.

Ein Summerton. Fabius fuhr in die Höhe. Der Sekretär winkte ihm ab und beugte sich der winzigen TV-Kamera entgegen. „Nein, der Trâl verspätet sich nie ... Bin ich ein Hreng?" Er hob hilflos die Arme. „Bene, werde den Administrator informieren."

Schnelle Schritte klapperten den Korridor herauf: Aristid Nozaki. Als er Fabius erblickte, stockte er, und seine Miene hellte sich auf. Ob Fabius ihm nicht den Vortritt lassen könne. Er wolle lediglich wegen „einem trockenen Plätzchen im Sumpf" für sein Haus vorsprechen. Wegen einer Kleinigkeit also. Schon dreimal habe er den Administrator um einen Termin gebeten, der sei aber angeblich völlig ausgebucht. „Und das kann ich nicht glauben. Schließlich bin ich Flottenveteran und sein einziger Permanentsiedler und habe ein wichtiges Anliegen.“ Die letzten Sätze waren an den Sekretär gerichtet, der auch sofort protestierte.

Wieder summte es, diesmal das Zeichen für Fabius. Er schob Nozaki zur Tür. Seine Schelte empfing er zeitig genug. Nozaki dankte ihm mit einem verschwörerischen Augenzwinkern.

„Wird nicht viel Spaß haben, dein Freund“, näselte der Sekretär schadenfroh, „läßt sich nicht festnageln, Meridor. Bedenkt ihn gewiß mit Pulastervorlesung: Größe der Aufgabe, langfristige Entwicklungskonzeption, keinerlei individuelle Anarchie, Hreng und Mensch brüderlich Hand in Hand …“

Fabius gönnte den immer noch katergequälten Beinmuskeln eine weitere Verschnaufpause auf der Bank. Die Linien des Fußbodens verschwammen ihm vor den Augen. Also, welchen Schnitzer hatte er sich im Orbit geleistet? Nun ja, er hatte, kaum aus dem Kälteschlaf erwacht, den Nachrichtentechniker der OrbStation beschwatzt, einen Lichtspruch an Iris abzusenden, ihr seine Ankunft auf Pulaster zu melden. Aber das war doch wohl kein Verbrechen! Freilich, er war schon wegen geringfügigerer Dinge abgekanzelt worden – aber nie und nimmer kümmerte sich ein Planetenadministrator um solche Bagatellen!

Die Tür schwang auf, Aristid schöpfte Luft, als hätte er die gesamte Zeit nicht geatmet. Er tastete in der falschen Hemdentasche nach der Pfeife und kratzte sich am Kopf. Als ihn Fabius anstieß, zuckte er zusammen. „Einen regelrechten Vortrag hat er mir gehalten: die Unendlichkeit des Sumpfes und die Zukunft Pulasters. Wozu?“

„Na bitte“, triumphierte der Sekretär. „Darfst reingehen, Grosser.“

Titus Meridor, ein stattlicher Mann mit kühlen braunen Augen, empfing Fabius an der Tür. „Fabius Grosser, willkommen auf meinem Planeten.“ Er winkte ihn in eine Sitzecke.

Das Zimmer wurde von einem wuchtigen Schreibtisch beherrscht, neben dem ein massig-bizarrer Meteorit wie eine abstrakte Plastik auf einem Dreibein ruhte. Hinter der Fensterfront flossen am grauen Himmel graue Wolken ineinander, eine angrenzende Wand strotzte von Intellektronik. Insgesamt war der Raum für die spärliche Möblierung viel zu groß. Kein Schiffskommandant hätte wertvolles Volumen in solchem Maße vergeudet.

Der Administrator füllte zwei rauchgelbe Kristallpokale mit einem grünen Gebräu, in dem glasklare Fasern schwammen. „Das lockert auf“, meinte er und schüttete seinen Drink auf einen Zug hinunter. Die Doppelfalte zwischen den Brauen, die seinem Gesicht einen angestrengten Ausdruck verlieh, verschwand davon nicht.

Fabius spielte mit Zeigefinger und Daumen am geschliffenen Stiel des Pokals. Wenn er sich nicht täuschte, hatten dergleichen „garnierte A-Alkoholika“ im XXVIII. Jahrhundert als ungeheure Errungenschaft gegolten.

„Grosser, wann hast du eigentlich die Akademie absolviert?“

„2594.“

„Also 491 ab classe condita, seit Gründung der Flotte. Dann hast du den berühmten Leif Marunga noch erlebt, den hervorragenden Reorganisator der Flotte und Entdecker der ZAHL.“

Sollte er verraten, daß Marunga zwei Jahrgänge unter ihm studiert hatte – mit miserablen Noten, absolut raumuntauglich und eine Niete im 3-D-Ball? Nein, der Administrator tastete ihn offensichtlich ab, taxierte ihn nach den Antworten. „Seine Mutter, Vela Lipezka, hat die ZAHL aus der 3-Kelvin-Strahlung gefiltert, und zwar 2550, will sagen 447 a. c. c. Wir glaubten damals, der Kontakt stehe unmittelbar bevor.“

„Ach so war das?“ Meridors Stirnfalte vertiefte sich. „Jedenfalls freut mich, Grosser, daß du einer kontaktbegeisterten Generation angehörst. Haben der Flotte die zuverlässigsten Kader geliefert. – Wie viele IS-Flüge?“

„Sechs Interstellarpassagen: Luna-Aldebaran unter Kommandant …“ Weshalb fragte der Administrator danach? Er hätte alle Informationen über seine Laufbahn bequem aus der Zentraldatei abrufen können. Und was kümmerte es einen Planetenchef, daß er damals unter dem mittelmäßigen Kapitän Enchtaiwan gestartet war?

„Und deine SubjZeit?“

„Biologisch bin ich siebenundzwanzig Jahre, Erdjahre, alt.“

„Ausgezeichnet.“ Das Gesicht des Administrators entspannte sich nicht eine Spur. „Und in welcher Funktion hast du gearbeitet?“

Zumindest dies mußte Meridor doch wissen! „Ich bin Antriebswissenschaftler/Magnethydrodynamiker/interstellarer Wasserstoff“, erwiderte er steif.

„Also Hydro/Hydriker. Nun, mit der nächsten Schiffsgeneration, die schon entwickelt sein dürfte, den Monopolschiffen, wird dein Beruf sowieso überflüssig werden.“

Was bezweckten diese Anspielungen? Mochte der Administrator ein hoher Funktionär sein und er ein bescheidener Hydriker, in seinem Beruf kannte er sich bestimmt besser aus. „Auch die Monopolschiffe wird man mit interstellarem Wasserstoff beheizen. Und um den anzusaugen, braucht man den Feldtrichter.“

Meridors Finger schlossen sich um den leeren Pokal, als wollten sie ihn zerdrücken. „Bene, Grosser, reden wir über deine Zukunft.“

Fabius igelte sich ein. Er stellte das Glas auf den Tisch und verschränkte die Arme. Seine Zähne gruben sich in die Unterlippe. Es war kein Zufall mehr, wenn sich nach der Botschafterin auch der Administrator für sein Leben interessierte.

„Habe ein Angebot für dich. Mit deiner Qualifikation und deiner positiven Einstellung zur Flotte gibt es für die Karriere keine Grenzen. Und Pulaster entfaltet sich zu einem Schlüsselplaneten. Um diese Entwicklung nach Möglichkeit zu beschleunigen, wünsche ich mir fähige und einsatzbereite Kader. Leider schreckt das schlechte Wetter viele ab. Aber das können wir bei dir ja ausschließen." Zum erstenmal huschte die Andeutung eines Lächelns über Meridors Gesicht.

Bedächtig holte sich Fabius seinen Pokal zurück und nippte daran. Faser um Faser rutschte ihm zwischen den Zähnen hindurch. Er hatte sich umsonst beunruhigt und sein Gewissen durchforscht, der Administrator wollte ihn nur abwerben. Ungewöhnlich an dieser Angelegenheit war allein, daß die Botschafterin sich daran beteiligte.

Meridor schwamm inzwischen im Fahrwasser seiner Pulastervorlesung. Er sprach von einer „sinnerfüllten Zukunft für Menschen und Saurier", von viel zuviel gelegten Eiern und von Fährenlandeplätzen. „Wirst dich ergo über kurz oder lang in die Problematik dieses Planeten einarbeiten müssen, Grosser. Vorläufig aber, ehe ich dich enger an die Leitung anbinden kann, habe ich für dich eine andere Aufgabe reserviert. Eine, sagen wir, Mission, die dir certissime viel papiernes Vertrautmachen erspart."

Klebriges Naß tropfte Fabius aus dem angekippten Kelch auf den Overall. Mit der abrupten Wende zum Konkreten hatte ihn der Administrator total überrumpelt.

„Die Expedition, die du leiten sollst, dient zuerst einmal der Extemporalistik. Sie beschränkt sich jedoch nicht darauf. Im Gegenteil. Gerade deshalb wünsche ich einen Mann an ihrer Spitze, der weder extemporalistisch noch hrengologisch vorbelastet ist. Und – ich wiederhole das ganz offen – an fähigen Kräften mangelt es auf Pulaster."

„Eine Expedition? Aber …" Fädchenweise verknüpften sich die aufgeschreckten Gedanken zu einigermaßen logischen Ketten. Offensichtlich wollte ihn Meridor ködern, für Pulaster gewinnen. Nun, versuchen durfte er es ja. Wieso allerdings der Administrator an seiner Einwilligung keinen Zweifel hegte, war mehr als rätselhaft.

„Ein zu bombastisches Wort. Also: Exkursion. Das klingt eher nach Entschädigung für ausgefallenen Urlaub und ist bei drei Menschen und zwei Hreng treffender. – Überzeugt?"

„Keineswegs." Mit einem Schluck trank Fabius aus. Bevor ihn Meridor genauer einweihte und er sich in Dinge, die er nicht überschaute, verstrickte, mußte er ablehnen. „Ich bedauere außerordentlich, Administrator", heuchelte er, „aber Pulaster ist doch nicht das Rechte für mich. Als Hydro/Hydriker und Raumdienstler …"

„Einmal im Nachkegel, immer im Nachkegel. Man soll dem Vergangenen nicht nachtrauern. Perspektiven, wie ich sie dir biete, hättest du nirgendwo angetroffen: die Expedition, womöglich mit sensationellen Ergebnissen; Kooptation in die planetarische Leitung; Aufstieg zu meinem persönlichen Mitarbeiter … Dein Name wird in den Geschichtsbüchern der Sumpfwelt erwähnt werden. Muß ich dir noch Pensionspunkte aufzählen? Nun, die hätten für dich ohnehin keinerlei Bedeutung."

Starker Regen prasselte an die Scheiben. Beide schauten zur Fensterfront. Fabius wurde es unheimlich zumute. Konnte ihn der Administrator zwangsweise verpflichten? Warum stellte der sich seinen Worten gegenüber taub?

„Ich fürchte, jedes weitere Gespräch ist Zeitverschwendung, Administrator. Georgia Tufail wird sich ihren Expeditionschef mit Sicherheit selbst besorgen. Ich aber werde in gut einem Monat Pulaster und dein Zeitalter für immer hinter mir lassen." Er erhob sich, um sich zu verabschieden.

Auch Meridor stemmte sich auf. „Moment, Grosser. Vermute, man hat vergessen, dich zu informieren." Er goß erst Fabius, dann sich zum zweitenmal ein. „Nolens volens, du entfliehst mir nicht so schnell. Bist an Pulaster gekettet." Neuerlich stahl sich ein grimmiges Lächeln in seine harten Züge.

Fabius sank zurück auf den Stuhl, ungläubig, aber voller dunkler Ahnungen. War die FLAMMARION explodiert? Sein linkes Augenlid zuckte.

„Also, Grosser, man hat mir deinen MedBericht geschickt. Kannst von Glück im Unglück reden. Hätte man deine Anabiosekammer wie üblich ins nächste Schiff umgeladen, wärst du auf der folgenden Passage gestorben." Hastig leerte der Administrator den Pokal.

„Was ist mit meinem Kältesarg?" Das Wort im Flottenjargon schwoll plötzlich zu seiner buchstäblichen düsteren Bedeutung an. „Ein Defekt? Eine Dejustierung? Muß mir eine neue Kammer angeeicht werden?" Bisweilen munkelte man davon. Oder von Kammerversagen. Aber die Technologie war ja über Jahrhunderte ausgereift!

„Nein, Grosser. Deine Anabiosekammer ist völlig intakt. *Du* bist defekt. Dein Körper hat eine Art Allergie – besser Immunreaktion – gegen den Niedrigniveau-Hilfsmetabolismus der Kammer entwickelt. Kein biochemischer Parameterabgleich kann sie beseitigen. Wenn du die Details wissen willst …" Meridor holte vom Schreibtisch einen Speicherkristall, den eine rote Färbung als Privatdatenträger kennzeichnete. „Bitte, gehört dir, kannst nachlesen."

Die scharfen Kanten des Kristalls schnitten Fabius wohltuend in Handballen und Finger. „Und es ist keine Justierung möglich, nicht mit einer neuen Kammer?"

Meridor zog die Brauen hoch. „Reiß dich zusammen, Kosmonaut. Du hast ein paar Tage Bedenkzeit – wenn auch keine Wahl."

Fabius schoß empor, sein Pokal kippte um, die grüne Flüssigkeit mit den gläsernen Fäden ergoß sich über den Tisch. Er rannte zur

Fensterfront, preßte die heiße Stirn gegen die Scheibe. Auf der Terrasse glänzte Regenwasser. In schmalen Rinnen floß es zur Traufe. Niesel und Nebel und Tränen verschleierten den fast schwarzen Fluß, den Dschungel und den endlosen, endlosen Sumpf.

Abstieg

Was beginnst du, wenn du plötzlich, ohne Vorwarnung, in eine fremde Welt verschlagen wirst? Wenn es dich von einem Augenblick auf den anderen aus deinen Lebensplänen reißt? Wenn du alles verlierst: die Heimat und den Beruf, die Freundschaft bewährter Kameraden, die vertraute Atmosphäre, in der du wohntest, lerntest, arbeitetest? Gibst du auf und schickst dich in das, was da kommen mag? Resignierst du, wirfst du dich weg?

Fabius hatte die Hände unter dem Kopf verschränkt. Hier und da verschandelten braune Flecke die hohe Zimmerdecke, zeugten von Siegen früherer Bewohner über harmlose Insekten. Durch die halboffene Tür zur Terrasse drangen Schwebergeräusche und ein gleichmäßiges, fernes Brausen und Kreischen. Das Beruhigungsmittel begann zu wirken.

In seiner Kindheit hatte er oft auf dem Bett gelegen und davon geträumt, als Kosmonaut mit strahlenden Schiffen bis an die Grenzen des Alls zu fliegen, immer weiter weg von den lästigen Hausaufgaben; von seinen nörgelnden Eltern und den bisweilen engherzigen Regeln Kokkygias, immer weiter weg, den Außerzeitlern entgegen.

Atmosphäriker sollte er werden wie sein Vater, wie seine Großmutter, der Uronkel. „Wolkentreiber", Gebieter über den Regen, über Tau und Wind – ein hochgeachteter Beruf in der hermetischen Zylinderwelt. Aber welch eine Perspektive für einen jungen Träumer! Ein Leben lang Thermiken errechnen und Feuchteanforderungen harmonisieren. Ein Leben lang die Gebläse kontrollieren und Wettermeldungen formulieren, ein Leben lang das gleiche – bis zum wohlverdienten Ruhestand.

„Ich begreife nicht, was es daran zu mäkeln gibt, Fabi, eine nützliche, sinnvolle Tätigkeit, und dabei nicht allzu aufreibend. Glaubst du, in einem anderen Beruf wirst du glücklicher?" Nicht einmal seine Mutter, die gleichfalls hochgeachtete Lehrerin, konnte es ihm nachempfinden.

Er wollte eben mehr. Nicht in diesen engen, vorgezeichneten Kreisen brav Runde um Runde drehen. Er wollte Großes leisten, Sichtbares, sich nicht schonen und nur nach dem Höchsten streben: der Menschheit neue Welten erschließen, die Ausbreitung der Vernunft durch das Universum fördern. Also verließ er mit Iris das Habitat, also bestand er die Aufnahmeprüfung, bei der fünfzehn von einundzwanzig durchfielen, also studierte er an der Flottenakademie. Schließlich verwirklichten sich seine Träume, er besuchte, wie es die Tradition gebot, die Erde und bestieg danach mit Iris ein Schiff, zwar nicht als Kapitän, aber immerhin als ein Spezialist, dessen Wort etwas galt.

Zwei Biojahre, aber hundertfünfzig Erdjahre später kehrte er von der Siedlungsgründung im Aldebaransystem zurück. Angeregt durch die Geschichtsstunden bei seiner Mutter, hatte er den Schleier vor der Zukunft ein wenig lüften wollen – und nun starrte er ihr nah und direkt ins ungeschminkte Angesicht. Es war ein Schock, und er wagte nicht zu behaupten, daß er ihn ohne Iris gemeistert hätte. So vieles hatte sich während seiner Raumreise gewandelt: Auf der Erde wachten die „Gärtner“ darüber, daß das mühevoll wiederhergestellte Gleichgewicht in der Natur, zu der auch der Mensch zählte, bewahrt blieb. Flottenlangzeitplanung und „Orakel“ waren eingeführt worden. Viltbaks Hypothese über die Außerzeitler und die von ihnen weggefangenen magnetischen Monopole bildeten das Tagesgespräch. Wie manch einen hatte auch ihn damals das „Kontaktfieber“ angesteckt. Mein Gott, damals – über vierhundert Erdjahre lag das zurück, doch lediglich vier für ihn.

Die Flottenbasis auf Ganymed wurde in einem Wahnsinnstempo ausgebaut. Sein Heimathabitat hatte man aus inzwischen vergessenen Gründen in einen höheren Orbit geschleppt. Als er Kokkygia besuchte, erinnerte kaum etwas an die Tage seiner Kindheit, sogar der Kletterfelsen war verschwunden, und die Fremden, die nun am Dünnen Bach wohnten, die sich anders ausdrückten als seine Eltern, anders ausschritten und anders gestikulierten, speisten ihn mit kurzen Antworten ab.

Luisa, seine Schwester, war längst tot und begraben, ihre Tochter dämmerte noch dahin, eine Greisin, die nichts wahrnahm als ihre Katze und die Blumen vor dem Haus; und dennoch erreichte ihn ein unerwarteter Gruß über die anderthalb Jahrhunderte hinweg: die Kassette, die Luisa für ihn besprochen hatte. Weit voraus hatte sie gedacht, sie wollte ihn mit einem Echo der alten Zuneigung trösten.

Er bemühte sich damals, die Zeitlücke zu stopfen, sammelte Informationen über das sogenannte Quintär auf der Erde, die Veränderungen im Sonnensystem, letzte Forschungsergebnisse und kulturelle Umbrüche – ein aussichtsloses Unterfangen und sinnlos zudem, weil er ohnehin bald weitere ein, zwei Jahrhunderte voransprang. Primo volato nunquam reverteris; vom ersten Flug kehrst du niemals zurück. Seit er die Wahrheit des Spruchs akzeptiert hatte, lebte er ausschließlich in der Flotte und für die Flotte. Die Fäden zu seiner Vergangenheit waren gekappt – allein Iris blieb ihm.

Und nun wurde ihm zum zweiten, endgültigen Mal seine Heimat

geraubt. Er hatte Kokkygia verloren, und er hatte die Flotte verloren, er war gestrandet, ein Robinson auf einem belanglosen, wilden Planeten, und er durfte nicht einmal auf ein Rettung verheißendes Schiff hoffen. Ihm war, als ob ihm der Verlust den Atem abschnürte. Feuchte, kühle Luft, pulasterschwer, lastete auf ihm.

Ausnahmsweise regnete es nicht. Kein Nässeschleier würde, träte er auf die Terrasse, die Häßlichkeit der Siedlung mildern. Gelbe und bräunliche Lehmstriemen würden die tristen Straßen verunzieren. Hinter der Baracke mit dem eingedellten Dach würden Metallteile rosten und zwischen den Häusern zweibeinige, nackte graue Kleinsaurier mit spitzen Schnauzen in Abfallhaufen und vernachlässigten Beeten wühlen.

Wie viele Menschen mochten hier wohnen? Zweihundert? Dreihundert? Nein, für ihn zählten lediglich die wenigen, die sein Schicksal teilten. Freiwillig wie Nozaki oder unfreiwillig. Selbst Kinder sollten hier schon geboren worden sein. Arme Rangen, die in Pfützen und Dreck aufwuchsen und glitschige Echsen zu Spielgefährten hatten – aber sie alle konnten, wenn sie wollten, Pulaster entrinnen. Auch Nozaki würde, falls die Sumpfwelt seinen Erwartungen nicht entsprach, den Deckel seines Kältesarges über sich zuklappen und auf das nächste Schiff warten. Ebenso Oulemm. Ebenso Sadhana. Nur er, Fabius Grosser, war ein echter Pulastermensch, er ganz allein. Hier würde er alt werden, sterben und vermodern.

Er schüttelte sich. Du darfst dich nicht in peinvolles Zeitweh vergraben, Fabius, dich nicht mit ausweglosem Selbstmitleid zerfleischen. Du mußt dich auf deine Kräfte besinnen und nüchtern und logisch deine Situation überdenken. Was du Meridor antwortest. Wie du dich einrichtest, welche Arbeit …

Seine Tasche stand in einem Winkel des Appartements. In seiner Vorstellung schloß er sie auf, zog das silbrig und blau changierende Hemd für besondere Anlässe hervor und verstaute es im Schrank. Sein Speicherkristallesegerät. Den Badegürtel mit Rettungssignalgeber. Das CompuBuch „Alles über Pulaster". – Unmöglich, jetzt auszupacken, die restlichen Habseligkeiten von der OrbStation anzufordern. Spazier dich lieber müde, Fabius, zertritt die quälenden Gedanken und flieh aus diesem Alptraum!

Der Korridor der Appartementetage ist leer. Schnell schreitet er an den Türen vorbei. Unten, mitten im Sumpf, sich ein Haus hinzustellen, wo diese Schweinesaurier tags und nachts umherstreichen – niemals! Die Räume hier in der Pyramide erinnern wohltuend an ein Schiff, obwohl sie grotesk hoch sind, eben nach Hrengmaßen entworfen, nicht nach menschlichen. Nein, ohne Iris kümmert er sich um keine feste Bleibe.

Eine Treppe führt zuerst schmal, dann sich verbreiternd, hinab; den Lift voll fremder Gesichter meidet er.

Iris. An ihrer Treue gibt es keinen Zweifel. Sie liebt ihn, und sie haben sich nach dieser dummen Auseinandersetzung für Pulaster verabredet. Sie wird aus der Fähre steigen, er ihr von der Empfangsbaracke her zuwinken. Sie wird heraneilen, ein paar belanglose Worte über die Nässe, die Schwere verlieren, er wird sie umarmen – und nicht wissen, wie er ihr sein Los beichten soll. Irgendwann wird Iris seine gedrückte Stimmung, sein Schweigen bemerken. Ihn fragen – dann erblassen. Sich an ihm festkrallen. „Ich laß dich nicht allein, Fabi." Seine Iris. Mit ihr ertrüge er selbst Pulaster.

Abrupt knickt der Korridor um eine Ecke. Zwei Türen dicht bei dicht. Auf der einen ein Strichmensch, auf der anderen ein Strichhreng. Frauen, blaß und dünn, gleiten ihm unirdisch langsam entgegen. Sie sprechen das Latein der Flotte mit einem seltsam lispelnden Akzent. Terranerinnen aus dem XXVIII./XXIX. Jahrhundert oder Marsgeborene? Flottenangehörige höchstens dem Namen nach. Still und grußlos drückt er sich an ihnen vorbei.

Mit Iris konnte er sich über alles austauschen, ihre Gedanken schwangen auf der gleichen Wellenlänge. Aber mit jemandem aus einem fremden Kulturkreis? Der nicht einmal die Flottenakademie durchlaufen hatte?

Die nächste Treppe. Ein Gewirr von Geräuschen: Türenschlagen, Tellerklappern, Schritte, einzelne Sätze. Einer davon ungemein klar, ungemein deutlich: „Die Oviposition überrascht sie jedes Jahr wie eine Naturkatastrophe." Ist das nicht Oulemms Stimme? Rasch flüchtet er die hohen Stufen weiter hinab.

Bei jedem Schiff hätte er gewußt, in welchen Trakten und Segmenten niemand seinen einsamen Spaziergang stört. Hier fehlen die menschenleeren, nur von Robotern gewarteten Sektionen. Er wird auch die Ruhe der Schiffe vermissen. Und den Blick auf die Sterne. Und die Fachsimpeleien mit den Kollegen. Auf Pulaster verlangt niemand den Rat eines Hydro/Hydrikers. Die besten Jahre hat er vergeblich gelernt, hat umsonst all die Abende gebüffelt, die freien Tage der Magnethydrodynamik geopfert. Mein Gott, nie wieder von Luna aus die Pracht des Alten Planeten bewundern! Und wie gern hatte er in Kokkygia auf den abgewetzten Graten gesessen und hinüber zu den beiden anderen Kontinentstreifen, zu Wildland und Werkland, geschaut!

Ein frostiger Lufthauch. Gewiß ist er schon ein, zwei Ebenen unter das Sumpfniveau hinabgestiegen. Wie gewaltig wölben sich nun die leblosen, dämmrigen Korridore. Wie winzig fühlt er sich hier, wie unbedeutend, verloren. Höher und höher rücken die Öffnungsmechanismen der riesigen Metalltore.

Damals, als er sich von seinem Vater, der Mutter verabschiedete vor dem ersten Flug, damals hatte er geweint, er, der angehende Kosmonaut, hatte sie auch um Verzeihung gebeten. Weshalb erregte er sich jetzt so? Mit Sicherheit war das Habitat nochmals gründlich umkonstruiert, wenn nicht abgewrackt worden. Den Fels gab es längst nicht mehr, genausowenig wie das Haus und den Lift nach unten/außen, dessen Türen ihn so lange mit ihrem dümmlichen „Du bist zu klein, Fabius“ abgewiesen hatten. Einen faustgroßen Brocken von diesem Fels barg er in seinem Gepäck. Silbergeädertes Mondgestein, Baumaterial für die Weltrauminsel. Etwas zum Festhalten. Mochte Iris ihn auch manchmal einen sentimentalen Narren schelten, den Stein warf er nicht weg, nun erst recht nicht.

Kälter streicht der Luftstrom durch die Höhlenhallen. Hinter den kondenswasserbeschlagenen Wänden summt es. Die Energiesektion. Hier endet das Supraleitkabel vom Kraftwerk außerhalb der Siedlung. Ob er da Arbeit fände? Immerhin, Magnethydrodynamik ist eine der theoretischen Grundlagen für die Fusionstechnologie ...

Von Stufe zu Stufe springt er hinab, gewaltige Steinquader sind es hier. Mut kostet es, und hinauf wird er mühsam klimmen müssen.

Wie abgrundtief reicht die Pyramide denn in den Sumpf? Vertraute Metalle und Plaste verschwinden. Wände aus künstlichem Gestein, dem uralten, barbarischen Baustoff Beton. Rauh greifen sie sich an, kühl, archaisch. Sperrige Pfeiler, hoch aufstrebende, brükkenartige Durchgänge und Tore unter lastenden Bögen. Welch urtümliches, zyklopisches Bauwerk! Und nirgendwo ein Lift nach oben in die gewohnte, lichte Flottenwelt. Aber nein, es drängt und treibt ihn tiefer, als ob die Schwere selbst ihn in die Eingeweide Pulasters zöge. Die trüben Notleuchten zerteilen kaum die Nacht im verlaßnen Gemäuer. Düstere Schatten an den Wänden. Flechten? Schimmel? Schwarze Wasserlachen auf dem zerschrammten Boden, Spuren, verwischt im Dämmerschein, dreigestrahlte Flecke, ein langes Schlangenband von Nässe.

Krabbelt da nicht Getier im Schatten? Wuchert da nicht Fahles aus finstren Nischen? Weht nicht ein Duft, betörend träge, heran? Und dieses Schlagen in der Ferne!

Schwarze Tropfen fallen hallend von der Decke. Ob je ein Mensch in diese Katakomben sich verirrte? Seit den Äonen, da man sie schuf? Es kratzt und schabt, und dumpf und stumpf antwortet das Echo. Enger rücken die Wände, dringen steinern auf ihn ein.

Plötzlich ist er am Grunde, am Ende. Eine Kammer, stickig von Modergeruch, umzwängt von feuchtem Gefels, schiefrig geschichtet. Und davor, die grauen Sombreros achtlos hinter sich im Morast, kauern Hrengriesen im Kreise, die vierschrötigen Häupter der Mitte zugeneigt. Nur nicht atmen, sich nicht verraten! Kein Spalt klafft zwischen den geschuppten Leibern, kein Laut entflieht den starren Rachen. Er ist eingesperrt und ausgeschlossen, und er wird nie erfahren, was sie seit Anbeginn der Zeiten schicksalhaft über ihn beraten.

Fabius Grosser, schläfst du oder wachst du?

Mein Nest ist auch dein Nest

Kühl und naß peitschte der Fahrtwind Fabius ins Gesicht. Der Schweber raste einen Seitenarm des Alten Flusses entlang, dorthin, wo Nozaki sein Domizil aufschlagen wollte. Ein Pterosaurier mit ledernen Fledermausflügeln und einem Kopf, der an eine halbierte Melone erinnerte, flog klatschend hinter ihnen her.

Noch vor zwei Tagen hätte die Saurierwelt Fabius begeistert. Ihn hätten die Strudel auf der bräunlichen, gekräuselten Wasserfläche gefesselt, die abgestorbenen Baumstämme, von denen ihnen behäbige Flußechsen phlegmatisch nachstarrten, erheitert, die hauchzarten Libellen und die torkelnden Falter entzückt, und womöglich hätte ihn das geheimnisvolle Halbdunkel unter die Ginkgobäume und Sumpfzypressen gelockt – doch heute sah er nur stinkendes Brackwasser, blutrünstiges Getier und Fäulnis. Dennoch hatte er recht daran getan, Nozakis Einladung anzunehmen. Er wollte nicht der Geisteshaltung jener bemitleidenswerten jungen Raumdienstler erliegen, die während der Freiwache ihre Kabine verriegeln, sich auf dem Bett herumwälzen, von den Orten ihrer Kindheit und längst zu Staub zerfallenen Mädchen träumen und sich quälen und quälen. Er durfte nicht resignieren, er mußte die Dinge anpacken – aber wie?

Heulend und prustend erklomm der Schweber das wurzelverfilzte Ufer. Ein breiter, kotiger Wildwechsel wand sich bergan in den Dschungel. Mehrmals überschwebten sie Schildkröten, die zischend in den Schlamm sackten und sich in ihre kantigen, rostrot und blau gemusterten Gehäuse zurückzogen. Kleine, schlanke Saurier hüpften quiekend zur Seite. Wenig unterhalb eines niedrigen Hügelrückens setzte Nozaki den Schweber auf den Boden.

„Meine Güte, Fabius, es hat doch keinen Sinn, Trübsal zu blasen. Du mußt die Tatsachen akzeptieren. Mach es wie ich ...“

Leicht gesagt. Nozaki behagten Sumpf und wucherndes Grünzeug. Er streifte die Flottenkultur ab wie einen abgewetzten Overall, igelte sich ein und paffte selbstzufrieden auf alle Zivilisation. Ja, Nozaki war freiwillig hier.

„Hast du überhaupt eine Erlaubnis?“ erkundigte sich Fabius in einer Anwandlung von Neid.

Nozaki tätschelte die Armaturen. „Ich versteh ja, daß du dich grämst, Fabius. Ein Defekt erzeugt den nächsten, heißt es. Du solltest dir einen ruhigen Job suchen und dich auf deine Freundin freuen.“

„Meridor will mich der Administration einverleiben“, gestand Fabius. „Aber ich verspüre kein Verlangen, Menschen oder Hreng oder Maschinen zu verwalten. Einarbeiten soll ich mich während einer Expedition. Als Leiter.“

„Das hört sich ja schlimmer an als Dienst beim Kommandanten“, entsetzte sich Nozaki. Fabius möge sich um Gottes willen nicht in

Händel mit den Hreng verwickeln lassen. Ob er allerdings auf eigene Faust eine Anstellung als Techniker fände, wäre zu bezweifeln. „Wichtig ist, daß du weit genug von der Pyramide untertauchst."

Fabius nagte an seiner Lippe. Welche Zukunft konnte ein Sumpfplanet einem Raumschiff-Antriebswissenschaftler bieten? Daß er bei jedem neuen Schiff umlernen mußte, daran hatte er sich gewöhnt, doch interstellarer Wasserstoff blieb interstellarer Wasserstoff. Auf Pulaster dagegen fragte niemand nach optimalen Flugrouten durch möglichst wenig verschmutzte Raumgebiete.

Nozaki klappte die Rampe herab und stieg aus. Ächzend löste er die Verriegelung der Ladefläche und bepackte sich mit einer Machete und einer leichten Hacke. Fabius stakste ihm nach. Der Muskelkater piesackte ihn schon den dritten Tag. Dazu dic Luft! Ihm war, als ob er an der drückenden Schwüle ersticken müßte. Und wohin er sich auch wandte, nichts als nasses Giftgrün. Es war töricht gewesen, Nozaki mitten unter hungrige Saurier und in tückische Morastlöcher zu folgen.

„Da oben", Nozaki meinte eine Eindellung unmittelbar unter der Kuppe des Hügels, „da oben soll mein Haus stehen. Windgeschützt, abseits des Trampelpfades, auf festem Grund."

Übermannshohe, weit ausladende Büsche, die einen herben Duft ausströmten, versperrten ihnen den Weg. Der fledermausartige Drachen kreiste weiterhin in ihrer Nähe über den Wipfeln der Ginkgobäume. Nozaki bog die Äste beiseite und zwängte sich an einem Busch mit winzigen scharlachroten Blüten vorbei.

Vom bloßen Gedanken an krabbelndes Getier unter Blättern und Wurzeln kroch Fabius eine Gänsehaut den Rücken hinab. Dennoch gab er sich einen Ruck und eilte Nozaki hinterher. Den Spuren nach zu urteilen, benutzten nicht nur Schildkröten den Wildwechsel. Nozaki war ein Narr, sich hier niederlassen zu wollen – noch dazu klammheimlich und gegen den Willen des Administrators.

„Erlaubnis hin, Erlaubnis her. Sind wir im Raum, daß jeder Nieser genehmigt werden muß?" Nozaki zerhieb mit der Machete Zweige, die von Feuchtigkeit glänzten. Großköpfige Käfer und Schmetterlinge mit ausgefransten Flügeln stoben davon. Fabius preßte die Ellbogen fest an den Körper und wedelte mit den Händen die Insekten aus seinem Gesichtsfeld.

Als sie auf der Kuppe anlangten, öffnete sich vor ihnen eine beinahe kreisförmige Lichtung. An einigen wenigen Stellen blinkte naßgrauer Fels zwischen Kraut und Wurzelwerk hindurch. Ein Hrengtanzplatz?

Nozaki fluchte. Keinesfalls wollte er die Hreng verärgern, das sei ihm zu riskant.

Einer plötzlichen Eingebung folgend, wand ihm Fabius die Machete aus der Hand und stocherte in der Grasnarbe herum, denn er war eben in eine Art Kaninchenbau eingesunken. Auch Nozaki kniete nun nieder, untersuchte die Löcher und murmelte etwas von „Wühlfröschen". „Alles über Pulaster" beschrieb die Hreng als ihre erbitterten Feinde, also ... Er erhob sich und klopfte Fabius auf die Schulter. „Siehst du, man darf sich nur nicht entmutigen lassen. – Wir roden gerade so viel, daß ich das Fundament aufsprühen kann."

Schwungvoll hieb Fabius auf den Wurzelansatz des ersten Busches ein. Nozaki zerrte am Gezweig, aber die Wurzeln wollten nicht bersten. Schon nach wenigen Minuten rann Fabius der Schweiß über das Gesicht. Er stützte sich auf die Hacke. „Auf einem Unkrautplaneten freiwillig zu siedeln!"

„Nein?" Nozaki gönnte sich ebenfalls einen Moment Ruhe. „Du wirst mich noch beneiden, Fabius. Glücklich solltest du dich schätzen, daß diese Raumhelden nicht mehr über dich bestimmen. Im Schiff bist du jederzeit erreichbar, aber auf Pulaster springst du hinter den nächsten Baum und bist weg."

Soviel Fabius auch ackerte, die Wurzel stak fest im Erdreich. Schließlich sahen sie ein, daß sie ohne Technik nichts ausrichten würden, und holten sich den Vibratorspaten aus dem Schweber. Spielerisch zertrümmerte dieser das Wurzelgeflecht. Während Nozaki den Busch wegschleppte, musterte Fabius die Gegend. Bewegte sich hinter jener Zykadee nicht etwas Großes, Graues? Ein Hreng?

„Ein Hreng? Wo?"

Unsicher winkte Fabius ab, wahrscheinlich hatte er sich getäuscht.

„Wenn dir deine Phantasie schon etwas vorgaukelt, dann sollte es ein Mensch, und zwar hübsch und weiblichen Geschlechts sein." Als säßen sie in der Kantine, plauderte Nozaki drauflos. „Damals, auf der Erde, als die Mädchen sich noch Schlitze in die Röcke schnitten ..." Auf fast allen Kontinenten habe er sich herumgetrieben. „Warum starrst du nach jedem Spatenstich in die Gegend, Fabius?"

Fabius schwieg. Er spürte, wie aus dem dunklen Urwald heraus schwarze Augen mit ausdruckslosem Vogelblick jede ihrer Bewegungen registrierten. Aber er wollte Nozaki nicht beunruhigen, laut Karte trennten sie rund zwanzig Kilometer vom nächsten Hrengdorf.

„Und dann Serpika. Die hat mich von der Erde verjagt, jawohl." Wohin er auch flüchtete, nach spätestens einer Woche hatte ihn Serpika eingeholt. Nicht, daß sie häßlich gewesen wäre, nein, aber diese Gier! Zu guter Letzt sei er bei der Flotte untergekrochen.

Ein Klatschen verkündete das Nahen eines Flugsauriers. Schrill pfeifend krallte er sich in einen beiseite geräumten Busch, schlapp hingen nun die ledernen Vampirflügel herab. Der Zwergdrachen – ein „Sänger" nach der Terminologie der Hreng – drehte seinen grotesken Melonenkopf Fabius zu und beäugte ihn mit halbgeöffnetem Rachen.

„Aber stell dir vor, wenn Serpika sich einen Kältesarg beschafft hat! Nein, ich kann nicht mehr zurück, nicht auf den Alten Planeten.“ Er grinste, und für einen Moment sprang seine Heiterkeit auf Fabius über. „Ach, Pulaster erinnert mich so an den Regenwald. Den hatten zu meiner Zeit die Gärtner gerade wieder aufgeforstet.“

Keine hundert Meter entfernt, am Rande des Dschungels, knackte und krachte es, als rammte ein Schweber das Dickicht nieder. Nozaki schrie auf und riß Fabius mit sich fort.

Zu spät. Durch die Büsche donnerten fünf, sieben, neun Hreng heran, ausgewachsene Burschen, die ihre wuchtigen Oberkörper mit den massigen Schwänzen ausbalancierten und so fast waagerecht voranstürzten. Im Nu hatten sie Fabius und Nozaki umringt, neun Hreng, jedes weit größer als ein Mensch, weit kräftiger als ein Mensch, nackt, dampfend, Schlingpflanzen um die muskulösen Hinterextremitäten. Neun Hreng, die Fabius von oben herab anglotzten, berochen, die sehnigen Klauen zu ihm herabsenkten ...

Er wich zurück. Nozaki war eng an ihn herangerückt. Wie hatten sie nur der Karte vertrauen können! Typische Schlamperei der Bodendienstler! Gewiß kümmerte sich seit Jahrhunderten niemand darum, daß die Karte veraltet war. Womöglich bezahlten sie diese Nachlässigkeit jetzt mit dem Leben.

Behutsam angelte Fabius den Kommunikator aus der Brusttasche. Bewußt langsam stellte er sich und Nozaki vor. „Wir kommen in friedlicher Absicht.“

Ohrenbetäubend pfiepte es, dann ratterte der Kommunikator neun unaussprechliche Namen herunter, die überdies ihren Trägern nicht zugeordnet wurden. Die Hreng drängten näher, ihr stinkender Atem reizte zum Husten.

„Wir wollten ein Haus bauen, aber ihr wohnt hier, und deshalb werden wir uns zurückziehen.“

Was für Wunden ihre Körper aufwiesen! Lange, grindige Schmisse an den Oberschenkeln, schwärzlichgrüne Schorfflecke, frische Narben an den Flanken. Als hätten sie erst kürzlich einer anderen Hrenggruppe den Garaus gemacht.

„Gewähret mir bitte freundlichst eine Auskunft“, säuselte der Kommunikator, „weshalb erwähltet ihr diesen Platz?“ Die Hreng beugten sich tiefer herab.

Fabius hielt sich ein Taschentuch vor die Nase. „Das ist jetzt nicht mehr wichtig“, antwortete er unschlüssig. Nichts verriet, welches Hreng gefragt hatte.

„Mir gefiel es nicht, in der Stadt zu leben“, erklärte Nozaki, der sich endlich gefangen hatte, in die Laut- und Reglosigkeit hinein. „Ich komme aus dem Weltraum, und da wünschte ich mir Ruhe und ein Stück Boden, um Wurzeln zu schlagen. Aber ich sehe, dies ist euer Land. Wir fahren sofort ab.“

Keines der Hreng bewegte sich auch nur einen Millimeter. Ein tollkühner, rotgepunkteter Schmetterling flatterte zwischen ihren wuchtigen, feuchten Leibern hindurch.

Fabius tat einen Schritt auf den graugrünen Bauch des Hreng zu, das ihm wie ein lebender Turm den Weg zum Schweber blockierte, dann noch einen. Jetzt zählte nur Entschlossenheit. Er holte aus und trat dem Hreng kräftig vor das Schienbein. Von der Wucht des Anpralls rutschte er aus und stürzte schmerzhaft auf die langen, harten Fußkrallen.

„Bist du wahnsinnig?“ zischte Nozaki.

Im selben Moment pfiff es, und gefühllos höflich wie stets übersetzte der Kommunikator: „Ich erlaube euch gern, eure Wurzeln hier zu schlagen.“

Die Hreng spurteten auseinander. Zwei von ihnen packten den Busch, an dem eben noch Fabius herumgehackt hatte, und rissen ihn mit einem Ruck aus. Andere rodeten einen breiten Pfad zum Schweber. Auch ein starker Baum fiel ihren vereinten Kräften im Handumdrehen zum Opfer.

„Hier?“ fragte der Kommunikator. Ein Hreng hüpfte auf dem vorgesehenen Platz herum, um den Boden festzustampfen.

Nozaki bejahte, er rannte zum Schweber, um eine Stahlflasche mit Plastschaum heranzurollen. Doch die Hreng kamen ihm zuvor. Wie das Spielzeug eines Jongleurs trudelte die schwere Flasche durch die Luft, bis sie das hüpfende Hreng auffing. Ihre Kämme schimmerten giftgrün.

In Erwartung einer Katastrophe schloß Nozaki die Augen. Fauchend schoß der gelbliche Plaststrahl aus der Düse.

„He, wißt ihr überhaupt, wie und wohin?“ rief Fabius.

Und ob sie es wußten. Schon stob der Schaum über die Grasnarbe, wallte auf, kochte. Fabius duckte sich und wich, vorsichtig um sich spähend, zu den entwurzelten Büschen zurück. Hreng preschten vor ihm, hinter ihm vorbei, aufgeschleuderter Schlamm klatschte ihm gegen die Beine. Nozaki wollte das Geschehen leiten, er schrie, gestikulierte, sprang hierhin, sprang dahin; die Hreng hörten nicht auf ihn. Wie neun Dschinn aus der Flasche rasten sie über den Platz. „Hau ruck, hau ruck!“ kommandierte der Kommunikator zeitversetzt. Schon flog die kleine Plastwalze heran. Zack, zack, das erstarrende Fundament glänzte eben und spiegelblank – bis auf den Abdruck eines Paares dreizehiger Klauen.

Da bildeten sie eine Reihe, zauberten eins, zwei, eins, zwei den Formballon mitsamt dem Gebläse sowie die restlichen Plastschaumflaschen herbei. Hatten sie den Hausbau in der Stadt beobachtet? Oder selbst einmal dabei mitgeholfen? Nein, Arbeit konnte man ihr Schaffen nicht nennen, es war ein Spiel, ein Tanz, ein bestechender, hypnotisierender Wirbel …

Außer Puste gesellte sich Nozaki zu Fabius. Es sei sinnlos, stammelte er, sie ließen sich nicht lenken. Er traue ihnen sogar zu, daß sie das Haus für sich selbst errichten wollten. Kopfschüttelnd hockte er sich vor das Buschwerk und stopfte hastig die Pfeife.

Ein dumpfes Zischen übertönte das Gepfiepe der Hreng. Das Gebläse pumpte Luft in den Formballon, in Sekundenschnelle wucherte dieser über das Fundament. Die Kuppeln des künftigen Hauptraumes und der Nebenräume zeichneten sich deutlich ab.

Drei Hreng sausten heran, zurrten an den Leinen, schnürten die einzelnen Blasenteile voneinander ab, bis die Rundungen der Türen übrigblieben. Inzwischen begann es zu regnen. Das feine Nieseln verhüllte als milder Schimmer die Szenerie. Dazu erfüllte ein unwirklich hohes Klingen die Luft.

„Flitzen die Hreng nicht wie gutgeölte Roboter?“

Nozaki nahm erschrocken die Pfeife aus dem Mund. „Wie kannst du so etwas behaupten! Willst du sie beleidigen?“ Ängstlich horchte er am Kommunikator. Dann eilte er wieder ins Getümmel.

Die Hreng rissen an den Leinen, hieben Pflöcke in die Fundamentplatte, Wasser und Schlamm spritzten empor, Gras flog unter ihren Tritten auf.

„Hierhin, hierhin!“ schrie Nozaki. Die eine Leine war wohl an falscher Stelle verankert. Fabius stürzte dem Freund zu Hilfe, mitten zwischen zuckenden Saurierschwänzen und enormen Tatzen hindurch.

„Die Leine muß hier rüber“, flehte Nozaki, „sonst paßt die Tür nicht.“

Auch gemeinsam fehlte ihnen die Kraft, den von den Hreng um einen Pflock geschlungenen Knoten zu lösen.

„Jede Sekunde verschäumen sie den Plast.“ Nozaki war den Tränen nahe.

Fabius faßte sich ein Herz und baute sich direkt vor einem herandonnernden Hreng auf. Dreckiges Wasser netzte ihm das Gesicht, als das Hreng stoppte. Umständlich formulierte er den Wunsch in den Kommunikator.

Das Hreng stieß einen spitzen Ruf aus, den das Gerät nicht als Sprache einstufte. Alle anderen Hreng sprinteten heran, ein Palaver mit Kiefern und Klauen hob an, der überforderte Kommunikator stotterte in einem fort: „Bitte freundlichst ... bemühen würden ... unbegründete Verdächtigungen abstreiten ... liebenswürdigerweise ... Mißverständnisse vermeiden ... keine Ursache ... gern entgegenkommen ...“ Es schien, als wollten sie sich in einer endlosen Produktionsberatung gegenseitig blockieren. Die Regentropfen trommelten ein hellklingendes Stakkato auf den zum Platzen prallen Formballon.

Ein schneidendes Klatschen. Die Hreng hatten die Leine gelokkert, sie sauste durch die Luft und peitschte zu Boden. Zwei Hreng preschten um die Kuppel, verkrallten sich in sie und zerrten, daß der Ballon erdröhnte.

„Gleich knallt's!“ warnte Nozaki.

Doch die Hreng hatten die Leine bereits befestigt, aus den Sprührohren der Flaschen schoß der Plastschaum hervor und quoll über die Ballonkuppeln, quoll und quoll, bis er auch den letzten Quadratzentimeter bedeckte. Sofort härtete die Masse aus. Fabius putzte ein paar Spritzer, die der Wind herangeweht hatte, mit einem Zweig von seiner Kombination. Er war vom Scheitel bis zur kleinen Zehe durchnäßt.

Plastspäne sprühten durch die Luft, stoben wie weiße Flocken ins Gras, schwammen in den Pfützen. Das herausgeschnittene Viereck einer Fensteröffnung platschte ins Gras, ein Hreng steckte das klobige Haupt aus der dunklen Höhlung – wie war es nur ins Innere des Ballons gelangt? Erst jetzt, nachträglich, schuf es Platz für eine Tür, indem es die Wandung an der markierten Stelle von innen herausboxte.

Ein Menschenschrei gellte über die Lichtung. Die Dschinn versteinerten – der eine trug Nozakis Feldbett, ein anderer eine Tür, ein dritter die Tube mit Abdichtpaste für Spalten und Löcher. Nozaki aber rutschte über den Boden und tastete in Gras und Kraut und Schlamm herum. Fabius rannte zu ihm. „Was ist los? Bist du verletzt?“

Nozaki richtete sich auf. „Unsinn. Die Pfeife ist mir in den Dreck gefallen.“

Pfiepend trabten die Hreng heran.

„Schöner Mist“, kommentierte Nozaki.

„Welch herrliches Exkrement“, echote der Kommunikator ihre Zustimmung. Interessiert beobachteten sie, wie er den Porzellankopf mit einem dunkelblauen Taschentuch blank wischte.

Wenig später hatten die Hreng ihr Werk vollendet. Zwei von ihnen wuchteten als letztes den E-Generator heran. Ihre Bewegungen wurden langsamer, schleppender. Fabius war nicht sonderlich erstaunt, daß im Innern alles am rechten Platz stand, sogar das Funkterminal und der Wassersammler ordnungsgemäß installiert waren.

Nozaki rieb sich über die Augen, an seinen Wangen perlten Tropfen herab, die von einfachen Regentropfen nicht zu unterscheiden waren. „In diesem Haus werdet ihr immer willkommen sein“, sprach er feierlich in den Kommunikator.

„Mein Nest ist auch dein Nest“, antwortete das Gerät siebenmal.

So unvermutet, wie sie erschienen waren, verschwanden die Hreng hinter Büschen und Bäumen. Stille senkte sich über die Lichtung. Hell wie vier Riesenvogeleier leuchteten die schlohweißen Kuppeln des Hauses, umwoben von einer sanften, sprühenden Aura. Nozaki strahlte überglücklich.

„Wenn ich jetzt noch ein wenig Gemüse anpflanzen dürfte, würde mich jeder meiner ehemaligen irdischen Nachbarn beneiden. Zu meiner Zeit setzten viele ihren Ehrgeiz dahinein, sich von ‚eigenen Früchten' zu ernähren – mir haben sie das nicht zugetraut." Er schritt das Terrain des zukünftigen Gartens ab. „Überleg es dir, Fabius, wir finden für dich einen trockenen Hügel und bis zur Pension eine passable Beschäftigung. Wie wär's denn im Kraftwerk?"

„Ich möchte mich erst mit Iris beraten", erklärte Fabius ausweichend, „jedenfalls vielen Dank. Du hast eine sehr effektive, aber ebenso anstrengende Methode, einen vom Grübeln abzuhalten."

Nozaki boxte ihm freundschaftlich gegen den Oberarm. „Mein Nest ist auch dein Nest", wiederholte er den Hrengspruch.

Wenn das Orakel gesprochen hat

Ein lichtüberfluteter, verwinkelter Saal; Menschen, die um Raumteiler und Schallschlucker strömen; Hreng mit grünen Armbinden, die sich über Datengeräte beugen; am Lift ein ununterbrochenes Kommen und Gehen; nervöse Bodendienstler, zwei Frauen, die mit einem gleichgültigen Hreng streiten, ein anderes teilt Papiere aus; summende Datenprojektoren an fast allen Tischen; Papierrascheln und Stimmengewirr, monotone Computeransagen, saugendes Türenschließen, Scheppern von Kaffeetassen: die Verwaltungsetage.

An wen sollte er sich wenden? Mit kurzen, zögernden Schritten lief Fabius auf die nächsten Tische zu. Offensichtlich kannte hier jeder jeden, wußte um des anderen Funktion, so daß Namens- und Ressortschildchen überflüssig wurden. Allein er, der Neuling, war nicht eingeweiht.

Nein, nicht dieser Gedanke bedrückte ihn. Nach jedem Flug begegnete man neuen Gesichtern, und nie hatte es sich gelohnt, sie sich einzuprägen, sich gar mit diesen Eintagsmenschen anzufreunden. Sie strudelten aus dem Vorkegel auf einen zu, blinkten für die kurze Frist zwischen zwei Flügen auf, huschten vorüber, spurlos, vergessen. Diesmal aber würden sie nicht nach wenigen Tagen oder Wochen ins Nimmerwiedersehen versinken. Diesmal war er aus den Weiten des Raumes unter sie geweht worden, diesmal war er für den Rest seines Lebens unter ihnen gefangen, würde er selbst einer von ihnen werden. Ein Eintagsmensch. Seiner Flügel beraubt. Arretiert in der Zeit.

Fabius seufzte. Niemandem gelang es, von einem Tag auf den anderen umzuschalten. So vieles gab es zu bewältigen, zu regeln. Als Wichtigstes brauchte er eine sinnvolle Beschäftigung, etwa im Kraftwerk. Meridors Angebote, so großzügig sie gemeint sein mochten,

Leitungs- und Verwaltungsaufgaben, reizten ihn nicht. Schlimmerweise stellte sich das gleiche Problem ein zweites Mal – für Iris. Welches Arbeitsgebiet konnte man ihr antragen? Ehrgeizig und wählerisch, wie sie war, würde es nicht einfach sein, ihren Ansprüchen zu genügen. Unter Umständen konnte er sie mit den Außerzeitlern ködern, wenn sie sich noch wie in alten Zeiten für die Extemporalistik begeisterte. Aus seiner jetzigen Lage heraus war seine schroffe Ablehnung Georgia gegenüber ein Fehler. Unterderhand mehr über ihre Pläne zu erfahren schadete gewiß nicht.

Im Hintergrund des Saales umfloß das Gewühl der Bodendienstler ein Hreng im Flottenoverall. Vorsichtig lavierte sich Fabius zu ihm, bedacht, keinen Menschen zu behindern und ja von keinem Hreng versehentlich angerempelt zu werden.

Das Flottenhreng stützte sich mit beiden Vorderextremitäten auf ein Pult und entzifferte ellenlange Zeichenketten, die ein Datenprojektor in die Luft malte. Fabius mußte es am Hosenbein zupfen, ehe es ihn wahrnahm.

„Ich suche Arbeit, Gabriell. Wer ist für mich zuständig?“

Die Zeichenketten verglommen. Gabriell neigte sich herab. Pfeifend öffnete und schloß sich sein Drachenmaul. „Sei in aller Freundlichkeit an ein Hrengsprichwort gemahnt: Jeder ist seines Nestlings Hüter. Dies freilich offenbart vor allem den niedrigen Ordnungsgrad der Hrengsippen.“ Er walzte unbeirrt durch die hin und her eilenden Menschen und schuf dabei Platz für Fabius. „Ein höherer Ordnungsgrad wird durch die Zuweisung von Verantwortlichkeiten und Kompetenzen erreicht.“ Er pflanzte sich vor einer matronenhaften Frau, deren blaues Armband fünf silberne Planetensicheln schmückten, auf. „Das ist Fabius Grosser, XXVII., er wünscht zu arbeiten.“ Schwanzschlenkernd stapfte er davon.

Zerstreut schaute die Frau auf. „Schön, wir können jede Hand brauchen. Ich bin Laine Sorms, XXIV. – Grosser, natürlich.“ Sie blätterte in einem Stapel von Papieren, die grün bestempelt waren.

Ein Mann trat heran. „Über Groombridge-Relais kann kein Hinweis auf die Visite gesendet worden sein, der Lichtweg ist zu weit. Es muß sich um eine rein stochastische Prognose handeln, wir sind eben einmal dran.“

Sie winkte ab. Dann begann sie, von der notwendigen Straßenentschlammung zu reden und davon, daß die Roboter frisch lackiert und die Hafengebäude aufgeräumt werden müßten. Der Administrator beabsichtige, einen möglichst adretten Eindruck zu vermitteln.

„Ich bin Hydro/Hydriker“, betonte Fabius. Er ließ sich keinesfalls läppische Hilfsarbeiten für ungelernte Hreng aufschwatzen. „Und im Moment auf Urlaub. Ich möchte meine Aufgabe nur prinzipiell geklärt wissen. Mich interessiert, ob im Fusionskraftwerk eine Stelle frei ist.“

„Hydro/Hydriker?“ Sie holte ein goldenes Gäbelchen aus der Blusentasche und kratzte sich damit hinter dem Ohr. „Fabius Grosser, ja? Meridor hat sich die Entscheidung über deinen Einsatz persönlich vorbehalten, da bin ich machtlos. Du läufst unter Strukturreserve, claro?“

Endlich hatte sie den richtigen Zettel herausgefischt. „Ich darf dir eine IndivWohneinheit zuweisen, vier waagerecht, sieben senkrecht, das ist in der Quelläuferzeile.“ Sie faltete eine Karte auf, zählte im rechtwinkligen Raster der Siedlung die Straßen ab und kreiste zum Schluß ein Haus ein. „Bitte.“ Sie drückte Fabius den Plan in die Hand und wendete sich einem Computerterminal zu.

Fabius starrte auf die Karte. Strukturreserve – das also verbarg sich hinter Meridors großartigen Worten. Im Klartext hieß es Feuerwehr spielen. Dagegen mußte er, ein hochqualifizierter Raumkader, sich wehren.

Der Mann, der schon einmal das Gespräch unterbrochen hatte, beugte sich erneut zu Laine Sorms. „Die Biochemiker können das Antitrâlicum auf keinen Fall vor der Oviposition in ausreichender Menge synthetisieren. Außerdem fügen täglich mehr Hreng die Silbe ‚hvin‘ in ihre Namen ein.“

„Daß mich der Sumpf verschlinge!“ Die Fünfsichelverwalterin fluchte, ohne die Stimme zu heben. „Das bedeutet ein schönes Chaos.“

„Aber die Oviposition ist etwas völlig Normales. Jedes Jahr …“

„… wirft sie die Programme um Dutzende Tage zurück. Und diesmal trifft alles zusammen. – Worauf wartest du? Hast du noch Fragen?“ Sie hatte Fabius wiederentdeckt.

„Ja.“ Fabius verfiel in den knappen Ton, der auf den Schiffen herrschte. „Primo entspricht Strukturreserve nicht meiner Qualifikation. Secundo fliegt mit der FLAMMARION meine Gefährtin, Stellarnavigator II. Klasse, an, auch für sie muß ein Tätigkeitsfeld abgesteckt werden. Tertio werde ich bis zu ihrer Ankunft in der Pyramide wohnen. Quarto will ich über Georgia Tufails Expedition informiert werden.“

Einen Moment lang japste die Verwalterin nach Luft, dann maß sie Fabius mit einem Blick, unter dem sich selbst ein Hreng gekrümmt hätte. Auf welchem Planeten er sich wohl dünke! Pulaster sei nicht Terra, wo ein jeglicher nach seinen Bedürfnissen abgefrühstückt werde! Noch vor wenigen Jahren hätten ihr die glücklichen Empfänger eines IndivHäuschens beide Hände geküßt! Und an Arbeit sei zu erledigen, was eben anfalle. Auf Studiendiplome poche hier keiner, gerade jetzt wüchsen ihnen die Probleme über den Kopf – nicht zuletzt dank der Piratenmethoden einer gewissen Madame Tufail.

Ein Hreng beendete ihre Tirade, indem es ihr eine Aufstellung zuschob, den „provisorischen Besichtigungsplan".

„Wir müssen die Appartementetage für den Besuch räumen. Also packst auch du deine Siebensachen."

„Ich denke nicht daran", brauste Fabius auf, doch sie hörte schon nicht mehr auf ihn, denn das Hreng pfiff sie an sein Pult. Eine Frau beschwerte sich da mit weinerlicher Stimme, daß man sie auf Pulaster festhalte, obwohl ihre „beste Freundin Laine Sorms" ihr einen Platz auf der HYPATIA versprochen hätte. Wenn man sie bei der FLAMMARION noch einmal betrüge, würde sie „aber endgültig in den Kältesarg kriechen"; welchen Stern die FLAMMARION ansteuere, sei ihr absolut gleichgültig.

Allmählich steckte die Hektik Fabius an, sein Lid wurde unruhig. Er tippte der Verwalterin ganz flottenunüblich auf den Oberarm, um sein Begehr zu wiederholen. In diesem Moment meldete sich von ihrem Handgelenk her ein Zeitgeber mit zwei kurzen, dünnen Tönen.

Sie fuhr auf. „Finito. Expeditionen fallen nicht in mein Ressort. Frag Meridor!"

Auf einen Schlag leerte sich der Verwaltungssaal. Menschen wie Hreng strömten zu einer Flügeltür, über der ein gelbes Signal pulste. Wie ein Fels in der Brandung stand Gabriell im allgemeinen Gedränge. Unbemerkt wehten Papiere auf den Boden, unbeachtet spien Datenprojektoren Graphiken aus, unverlangt ratterten Computerstimmen Daten und Zahlen herunter, in den Tassen wippte lauwarmer Kaffee.

„Weshalb eilst du nicht zur Sitzung?"

Das Flottenhreng verlagerte knirschend sein Sauriergewicht auf den Schwanz. „Zu meiner großen Freude darf ich mich rühmen, funktionsbereichsmäßig weit über diesen Bagatellen zu schweben."

Fabius' Neugier war noch nicht befriedigt. „Ich wüßte zu gern, weshalb die Verwaltungskräfte wie ein Meteoritenschwarm rotieren."

„Rotieren Meteoritenschwärme?"

„Ich habe eine Metapher benutzt." Wer ein Hreng fragte, bekam eine Hrengantwort.

„Das ist, mit Verlaub, stachelklar", Gabriell streckte die linke Pranke aus, der Flottenoverall rutschte dabei bis zum Ellbogen zurück und entblößte die grünliche, bucklige Haut, die um das Gelenk lederne Wülste bildete. Er zeigte auf eine Computereinheit, die den mittleren Teil einer Wand einnahm. „Das Orakel hat prognostiziert, daß mit siebzigprozentiger Wahrscheinlichkeit ein ranghoher Flottenoffizier, womöglich der Raumsektorchef in persona, an Bord der FLAMMARION anreist." Er schüttelte den Ärmel wieder nach vorn und zog mit zwei Krallenfingern eine Schnur am Bund fester, als wollte er die Hrenghaut verstecken. „Ich blicke dem Besuch gespannt und erwartungsfroh entgegen. Der Sektorchef wird gewißlich begehren, mit mir Wohl und Wehe dieser Welt zu beraten. So es der Sumpf erlaubt, werde ich ihm dann bereits die Außerzeitler präsentieren können."

Gabriell grätschte die Beine und klopfte sich auf die Brust, daß der Kommunikator stotterte. „Georgia Tufail hat sofort begeistert eingewilligt, als ich ihr meine Unterstützung anbot. Oh, welche Aussicht auf strahlende Heldentaten für die Flotte und alle Intelligenzwesen im Universum! Lich Oulemm, mein Freund, wird uns begleiten trotz seines Abscheus vor wildwucherndem Wald. Mich unter natürlichen Bedingungen zu studieren, steht ihm im Sinn."

Ein zivilisiertes Hreng, wahrhaftig! Fabius schwankte zwischen Lachen und Ärger. Wieviel von dem Bombast sollte er einem verschrobenen Hrengverstand, wieviel der hochgestochenen Übersetzung anlasten?

„Weshalb möchtest du nicht unsere Suche teilen?" Gabriell stieß den harten Daumen gegen Fabius, genau gegen die Plakette mit der ZAHL, die sich durch die Brusttasche abzeichnete. „Siehst nicht auch du im Kontakt das höchste Ziel jeder Intelligenz?"

Fabius schob die drohende Kralle mit aller Macht zur Seite.

„Ich würde", beharrte Gabriell, nunmehr in der Diktion Meridors, „großen Wert darauf legen, wenn bei diesem Unternehmen von galaktischer Bedeutung ein erfahrener Weltraumkader..."

Die Tür des Versammlungssaales öffnete sich einen Spalt. Laine Sorms steckte den Kopf heraus. „Fabius Grosser", rief sie, daß es durch die Etage schallte, „mit deinen persönlichen Problemen wendest du dich am besten an Sadhana. Oder hast du bereits mit ihr gesprochen?"

Spazieren mit Iris

Das Gerät bestand aus schwarzem Stoff, der ein silbernes Gestänge umhüllte, und es funktionierte ohne alle Nanoelektronik nach ausgeklügelten mechanischen Prinzipien. Inaktiv kaum länger als eine Hand, schob es sich auf einen Knopfdruck federgetrieben auseinander und entfaltete sich polygonal. Fabius kannte dieses Utensil nur aus Filmen über den Alten Planeten, denn es wurde auf keiner Flottenbasis benötigt, und daheim in Kokkygia hatte sein Vater dafür gesorgt, daß er überflüssig war, der Regenschirm, dieses Meisterwerk einer uralten Handwerkskunst.

Tatsächlich liefen auf Pulaster die Menschen sogar an den raren regenfreien Tagen beschirmt durch die Siedlung, so wie sich die Hreng, ob Stachel nun schien oder nicht, mit Sombreros bedeckten. Wahrscheinlich hätte ein wappenfreudigeres Zeitalter das zusammenklappbare Einmanndach zum Wahrzeichen für die Sumpfwelt erkoren.

Erst nach einigem Probieren gelang es Fabius, den ihm zugeteilten Schirm aufzuspannen. Trotz des unaufhörlichen Nieselns wollte er auf den geplanten Rundgang durch die Siedlung nicht verzichten, sein Zimmer mit der unausgepackten Tasche verbreitete eine zu triste Stimmung. Außerdem quälte ihn die Ungewißheit über die Absichten des Administrators. Er bezweifelte andererseits auch, daß ihm ein Besuch bei der Botschafterin viel weiterhalf. Würde sie ihn nicht mit dem üblichen pulastrischen Hickhack behelligen, diesem ewigen „ob die Hreng vielleicht ...“ und „wenn die Hreng aber ...“, und ihn womöglich noch zu ihren erdmodischen Ansichten bekehren wollen? Dabei war es ihm gleichgültig, ob und wann die Saurier Eier legten und welche Querelen die Verwaltungsetage in Atem hielten. Auf Dauer freilich würde er den Problemen Pulasters kaum ausweichen können, genausogut wie diesen Insektenbrutstätten, den Siedlungspfützen. Es sei denn, er flüchtete sich, bis Iris anreiste, in die Expedition.

Ach Iris! Er sah sie vor sich, nah und lebendig, mitsamt den Grübchen bei den Mundwinkeln und den schmalen Brauen über den skeptischen Augen. Wenn sie das erstemal gemeinsam durch die Siedlung spazierten, wie würden sich diese Brauen bei seinen Kommentaren wölben und schlängeln, runzeln und strecken!

„Dort drüben die Futterfabrik. Prinzip: Urwald rein – Algensuppe raus. Zugegeben, sie hätten dem grüngestrichenen Klotz wenigstens ein paar bunte Farbtupfer verpassen können, aber dann würde jeder bemerken, wie bemoost dieses technische Fossil ist.“ – Staunender Rundbogen.

„Und da vorn ist der Wagenpark. Ich möchte wetten, die Hreng haben die Schweber nur aufgebockt, um ein trockenes Plätzchen zum Schlafen zu gewinnen.“ – Ungläubiges M.

„Der Geruch? Na, an den werden wir uns gewöhnen, heute weht frischer Flußdunst herüber.“ – Links höher als rechts.

„Schau dir lieber an, wie die Hreng sich vor der Poliklinik drängen, kommen von weit her, die armen Saurier, um sich eine Zecke aus der Hinterbacke operieren zu lassen oder um Wurmmittel zu erbetteln. Bin ich froh, daß ich an diesen Fleischbergen nicht herumdoktern muß.“ – Mitleidiger Doppelknick.

„Spitz mal deine Ohren – hörst du das Donnern? Da startet die Fähre, die dich hoffentlich bald zu mir bringt.“

Aus den Fugen zwischen den Betonplatten sproß dickblättriges Gras. Eine ellenlange Eidechse schwänzelte ohne Eile quer über die Straße. Tief im Dschungel schlug eine Kesselpauke den Takt dazu. Sollte er rechts oder links abbiegen? Natürlich hatten die Einheimischen weder Straßenschilder noch sonst eine Wegmarkierung nötig.

„Ich vermute, rechtsherum sind wir richtig. Du solltest den Dreck und das Ungeziefer nicht nach kokkygischen Maßstäben beurteilen, Iris. Unser Administrator wird damit schon aufräumen. Und wenn sich die Suche nach den Außerzeitlern in der Galaxis herumspricht ... Es braucht eben alles seine Zeit.“ – Skeptischer Strich.

„Siehst du, wie lustig die Gärten vor den Häusern angelegt sind? Was heißt verwildert? Natürlich wächst hier jede Pflanze viel schneller als in unserem Habitat. Da hat sich jemand sogar eine Hollywoodschaukel gebastelt. Und sind die Hreng nicht putzig mit den gelben Sombreros? Schau – wie ruhig und friedlich die Wolken ziehen. Die paar Konservendosen auf dem Weg wird man, bevor du eintriffst, noch wegsammeln. Und das Haus da, du mußt gar nicht so mit dem Finger darauf zeigen, steht bestimmt schon eine Weile leer. In so einem werden wir uns einrichten.“ – Unwilliger Strich.

„Hmm, zuerst müßten wir ein paar harmlose Insekten verjagen. Ich besorge uns eine Infrarotlampe, dann wird es schön behaglich. Und an die Wände hängen wir uns Bilder von der Erde und von Aldebaran IV.“ – Ablehnender Strich.

Er stieß mit dem Fuß gegen eine der leeren Blechdosen; sie hatte Speicherkristalle enthalten und keine Nahrungsmittel. Die Dose schepperte in einen Busch, aus dem eine Wolke fingerlanger Libellen aufschwirrte.

„Ja, verdammt noch mal, du hast völlig recht, Pulaster ist ein miserabler, dreckiger, gottverlassener Planet. Das letzte Loch in der Galaxis. Was nützen all die Gärten, wenn man sich nie im freundlichen Sonnenschein wärmen kann. Kein Wunder, daß sie verwahrlosen. Jeder will so bald wie möglich wieder davon. Nein, Iris, ich werde es dir nicht verübeln, sosehr es mich schmerzt ...“

Himmel, konnte einen der Regen trübsinnig stimmen!

Die Botschafterin

Seit die Erde nach Überwindung der Erblast des Technozäns sich wieder auf den Kosmos besonnen und die Beziehungen zu ihrem früheren Ableger, der Flotte, neu geregelt hatte, schickte sie Abgesandte auf jeden besiedelten Planeten und in jeden größeren Flottenstützpunkt. In Fabius' Augen waren die Botschafter freundliche und harmlose Leute, die sich bemühten, die Wehwehchen jedes einzelnen Bodendienstlers zu lindern, und in deren Klischeebild sich nahtlos fügte, daß sie Pflanzen fast die gleiche Fürsorge angedeihen ließen wie Menschen.

Tatsächlich unterschied sich Sadhanas Garten von den umliegenden. Selbstverständlich wucherte auch in ihm das Grün in pulastrischem Überschwang, doch eine gewisse unaufdringliche Ordnung war nicht zu übersehen, und manche Kräuter, Büsche, Zwergbäume konnte man nur hier und nirgendwo anders in der Siedlung bewundern. So sproß aus einem Polster von rötlichem Moos das silberrandige Löffelgras; ein dorniger Busch dicht daneben verbarg das, was die Hreng „Schmerzensfrüchte“ nannten. Unter üppigem Springlingsfarn kroch unscheinbare Schuppenwurz über Steine, und bei einem Ringelbaum breitete sich ein Kraut aus, dessen Hrengname sich etwa als „gemeine Fußangel“ übersetzte.

Nicht der Ehrgeiz, mit erlesener Flora zu protzen, stachelte Sadhana an, bei ihr wirkte eher die Tradition der „Gärtner“ fort, die, gestützt auf eine hocheffektive, zu Kreisläufen geschlossene Industrie, die verwüsteten Landstriche des Alten Planeten wieder für Pflanze, Tier und Mensch bewohnbar gemacht hatten. Mochte die rein moralische Autorität der Gärtner auch seit einigen Jahrhunderten verblassen, die Botschafter zehrten noch davon.

Durch die bunte und grüne Pracht, aus der taubehangene Spinnennetze schimmerten, schlängelte sich ein schmaler Steinweg auf Sadhanas Haus zu. Da Fabius keine Rufanlage fand, klopfte er auf altväterisch-kokkygische Weise an die hölzerne Tür.

„Komm rein!“ schallte es aus dem Inneren, als wüßte die Botschafterin, wer da im weiten Windfang nach einer Abtropfmöglichkeit für den Schirm suchte und sich dann für einen kniehohen tönernen Blumentopf entschied.

Sadhana saß an einem Tisch in der Mitte eines geräumigen Zimmers, das von zwei fast je eine Wand einnehmenden Fenstern nur ungenügend erhellt wurde. Im Schein einer Deckenleuchte werkelte sie an einem Gerät herum. Sie stak in einem um einige Nummern zu großen, ölverschmierten Kittel, ein Gummiband hinderte die hochgekrempelten Ärmel am Rutschen.

„Fabius – das ist schön.“ Sie wischte sich mit dem Handrücken eine Haarsträhne aus dem Gesicht. „Ich schraube meinen Sender nur noch zusammen. Die Isolierung hat einem Urhörnchen geschmeckt.“

Sie befestigte die Deckplatte, verkittete sie mit einer gelblichen Masse und sortierte das Werkzeug in einen Kasten. „Ich beeile mich“, sagte sie, als sie die schmutzabweisende Plane vom Tisch raffte und unter den Arm klemmte. Hurtig stieß sie die Tür auf und knipste beim Hinausgehen das Licht mit dem Ellbogen aus.

In dem Zimmer war es nicht so dunkel, wie es Fabius im ersten Moment erschienen war. Das eine Fenster stand offen, eine Rankenpflanze schickte ihre Zweige über den Sims und betastete mit ihnen die Zimmerluft. Gleich daneben spiegelte sich in den Scheiben des Bücherschrankes das zweite Fenster.

Fabius hielt den Kopf schief, um den einen oder anderen Titel besser entziffern zu können. Was hatte Sadhana nicht alles auf engem

Raum versammelt: eine dickleibige Studie „Zum Trauma der Flotte“; die einst berühmten „Peripathetischen Gedichte“ Larings und das Opus magnum der Luivens „On-hreg-on-hfar-on-trach, Wald- und-Wasser-und-Wolken, der Planet der Hreng“. Die Einbände glänzten frisch und wie aus Leder, goldene und silberne Lettern schmückten sie. Nichts deutete darauf hin, daß sie Jahrhunderte hermetisch versiegelt durch den Raum geflogen waren, und Fabius konnte auch kaum glauben, daß die Flotte den toten Ballast solch voluminöser Informationsspeicher transportiert hatte.

„Die Bücher sind hier gedruckt und gebunden worden“, antwortete Sadhana, die leis hereingetreten war, auf seine unausgesprochene Frage. „Ein Exomediziner beherrschte die Kunst. Leider ist er von Pulaster geflüchtet.“

Während der kurzen Abwesenheit hatte sie sich vom Aschenputtel zur Prinzessin gemausert. Anstelle des groben Kittels trug sie nun ein orangefarbenes hochgeschlossenes Kleid, über das filigrane Drachen huschten. Das dunkle Haar strömte weich auf die Schultern herab, von ihrem Nasenflügel blitzte der Edelstein wie ein einsamer Stern.

Sie schob die Glasscheibe beiseite, zog einen mattblauen Band hervor und schlug ihn aufs Geratewohl auf. „Vergessene Dichter, vergessene Weisen“, zitierte sie, und ihre Stimme klang einen Moment wie die Luisas. „Wieviel haben unsere Vorfahren an Schätzen angehäuft, und wie wenig Gepäck vermögen wir mit uns zu nehmen, wenn es uns weiter und weiter durch die Zeit reißt.“

„Man kann nicht in der Vergangenheit leben.“

„Und man kann ihr nicht entfliehen, genausowenig wie dem eingenen Ich.“ Sie stellte das Buch zurück. „Wir haben zweierlei gemein, Fabius. Wir stammen aus demselben Jahrhundert, und Pulaster ist unser beider Schicksal.“

Er war enttäuscht. Die Botschafterin bedachte ihn mit melancholischen Redensarten und biederte sich als Zeitgefährtin an. „Flotte ist Flotte, und Terra ist Terra“, sagte er, um herauszustreichen, was sie trennte. Während auf der Erde alle paar Jahrzehnte neue Kulturen – nein, Moden – in wirrer Folge aufblühten und verwelkten, Poeten zu unsterblichem Ruhm gelangten und vergessen wurden, blieb die Flotte, nüchtern und hart und realistisch, sich treu. „Du Terranerin kannst jederzeit zurück“, fügte er mit unbeabsichtigter Bitterkeit hinzu, „oder spätestens, wenn deine Dienstzeit vorüber ist.“

„Kein Botschafter läßt die Welt im Stich, die er erwählt hat.“ Ihr zufriedenes Lächeln rückte sie weiter von ihm fort. „Pulaster schenkt mir mehr, als ich erwarten durfte: eine Aufgabe, Freunde und Sorgen. Die Pflanzen und den Regen ...“ Mit einem Anflug von Bedauern strich sie sich über den blaßbraunen Unterarm. Die irdische Sonne fehlte in der Aufzählung. „Außer mir lebt allein Nozaki freiwillig auf Dauer hier – nun, trösten wird dich dieser Umstand nicht.“

„Nicht einmal der Administrator oder Oulemm?“
„Nicht einmal Titus, nicht einmal Lich.“

Sie schritt quer durch den Raum zu der einen fenster- und türlosen Wand, an der absurd falsche Graphiken von Hreng hingen – mal mit drei, mal mit fünf Fingern. Darunter reihten sich ein schmaler, kissenbedeckter Podest, zwei verschieden hohe Hocker, ein Sessel und ein Schaukelstuhl. Offensichtlich hatte sie das Zimmer nach dem Prinzip „für jeden eine passende Sitzgelegenheit“ möbliert.

„Mach es dir bitte bequem, Fabius. Und lang zu, wenn du möchtest.“ Auf einem zierlichen Mittelfußtisch funkelte eine Glasschale mit bunt zusammengewürfelten Pemmata, dem flottenüblichen Konfekt.

Fabius wählte den Schaukelstuhl. Sie setzte sich mit untergeschlagenen Beinen auf den Podest. Wie leises Raunen schwangen sanfte Klänge durch den Raum. Im Verein mit dem gedämpften Licht und dem Nieselregen, der vor dem Fenster über die Blätter rann, wirkte die Musik beruhigend, anheimelnd, ja sogar heiter.

„Meridors Geschichte werde ich dir nicht erzählen, als Flottenmensch wirst du sie erraten. Jedenfalls hat er sich längst mit der Versetzung abgefunden und richtet nun seine Schaffenskraft auf Pulaster, kämpft für die Belange des Planeten wie für seine eigenen. – An sich ein liebenswerter Zug, das sollten wir bei allen Reibereien berücksichtigen … Pulaster bildet eben keine Ausnahme, hier müssen wir mit den gleichen Schwierigkeiten und Widersprüchen rechnen wie überall sonst. – Ich fürchte, du vermagst mir nicht völlig zu folgen. Aber je eher du …“

Ihre Stimme verwob sich mit der Musik und plätscherte an ihm vorbei. Zerfahren naschte er von dem Konfekt. Solange sie ihn nicht für private Händel einspannte, war alles in Ordnung. „Und Oulemm?“ fragte er. „Ist er nicht in die Hreng vernarrt? Kam er nicht aus freien Stücken?“

„Wo beginnt die Freiheit des Willens, wo endet sie?“ Lich hatte seine Familie durch einen Verkehrsunfall verloren und sich deshalb wenige Tage nach der Einäscherung bei der Flotte beworben. Rein zufällig geriet er auf Pulaster. Da er Lehrer war, wurde er zum „Springlingsinstruktor“ ausgebildet. Nach fünf Jahren erneuerte er seinen Vertrag. „Die Hrengologie“, schloß Sadhana, „hat er sich nebenbei erarbeitet. Inzwischen bitten wir ihn bei allen kniffligen Fragen um Rat.“

Lichs Lebensgeschichte war typisch für das Hilfspersonal der Flotte, kein Mensch verzichtete ohne triftigen Grund auf Heimat und Familie. Aber nur wenigen gelang es, nach der Flucht in die Zeit irgendwo wieder heimisch zu werden.

Der Schaukelstuhl wippte nicht mehr im Takt der Musik. Auch vermißte Fabius Sadhanas angenehme Stimme. Rasch warf er ihr ein neues Stichwort zu. Es gefiel ihm, daß sie nicht versuchte, ihn über sein Leben oder über seine Ansichten auszuforschen.

„Die Expedition? Meridor hat dir einen Platz angeboten, und du zauderst, ja? Solange ich selbst keinen klaren Eindruck von seinen Zielen gewonnen habe, kann ich dir weder zu- noch abraten. Ich prophezeie dir aber, daß Georgia an den Hreng scheitern wird, denn die sind nicht im Handstreich zu überrumpeln wie unsereins." Sie beugte sich vor zur Schale mit den Pemmata, erreichte sie jedoch nicht. Fabius kam ihr zu Hilfe.

„Eine Expedition nach Tebit wäre unbedingt zu begrüßen, allerdings nicht um der Außerzeitler willen, versteh mich recht. Wenn wir schon vor der Burgtür der Hreng sitzen, sollten wir auch anklopfen, um miteinander Gedanken und Gefühle und Erfahrungen auszutauschen. Also das zu praktizieren, was ihr in der Flotte den Kontakt nennt – ein häßliches Wort, bei dem ich das Gegeneinanderklikken elektrischer Leiter im Ohr habe. Dabei könnten wir Menschen von den Hreng eine Menge lernen – über uns selbst. Ausnahmsweise sollte der Botschafter auf Pulaster mehr sein als lediglich, wie ihr sagt, „Aufpasser ohne Kompetenz", nämlich ein Übermittler von Botschaften. Deshalb müßte ich mich eigentlich dieser Expedition anschließen. Aber dank Titus wage ich keinen Schritt aus der Siedlung. Antitrâlicum, Ovidrome – er ist mir etwas zu einfallsreich, der Administrator. Leider."

Wenn sie sich so erregte, war sie ganz Luisa. Auf eine anrührende, irritierende und schmerzliche Weise.

„Zurück zur Expedition. Tebit – ein Unort in ‚Alles über Pulaster' – ist eine dichtbesiedelte Halbinsel, ein Land mit merkwürdigen Sitten und Tabus. Selbst die Sprachen differieren stärker als anderswo von Stamm zu Stamm. Bis jetzt bilden die wenigen Mosaiksteinchen von Tebits Geschichte einen lockeren Haufen, und trotz all unserer Bemühungen wollen sie sich nicht zu einem Muster fügen."

„Ich denke", meldete sich Fabius zu Wort, „die Hreng sind geschichtslos, leben in einer Idylle – laut ‚Alles über Pulaster' – ohne Mord und Totschlag, ohne Kriege, ohne blutige Wanderungsbewegungen."

„Beginnt nicht die eigentliche Geschichte der Menschheit da, wo die Menschen aufhören, sich gegenseitig die Köpfe einzuschlagen? – Wie dem auch sei, Tebit haben wir die aufgewecktesten Hreng zu verdanken: den pfiffigen Kim-hrat und den sprachgewandten Komtahr, die uns fünf Dialekte lehrten, und, mittlerweile schon zur Legende geworden, Wiun-jon. – Ach, woher solltest du von Wiun-jon wissen?

Sie entflocht ihre Beine, drückte die Knie durch und verschränkte die Beine erneut.

„Armer Fabius, heute abend wird Pulaster für dich aus Biographien bestehen. Aber je eher ... Also, Wiun-jon ist das rastlose Hreng, das in einem Flußkanu allein über den Sinus Hrengum paddelte, um uns Halbwesen zu erkunden. Es wollte alles sehen: die Pyramide, die Fabriken, selbst den Astroport und die Fähre bei Start und Landung. Es hat mit den Hreng der Siedlung und mit Hreng aus anderen Stämmen debattiert und Titus gründlich ausgefragt. Ich wurde mir nie ganz schlüssig darüber, was es mit seiner Rundreise bezweckte. Jedenfalls versprach Wiun-jon, zurückzukehren und mit uns die Weißblattzypresse, das Symbol der Dauer, zu pflanzen. Das ist nun acht Jahre her ..."

Fabius schaukelte tapfer gegen den Takt an. Wiun-jons Geschichte war ohne Zweifel interessant. Aber durch sie schimmerte Sadhanas Wunsch, auf der Expedition wenn schon nicht selbst, so doch durch ihn vertreten zu sein.

„Entschuldige, Fabius, daß ich dich mit soviel Informationen überhäufe. Soll der Mensch wachsen, braucht er wie die Pflanze den richtigen Nährboden. Pulaster könnte ihn für dich abgeben. Du hast ja schon die Barriere überwunden, bemühst dich, mit dem Planeten auszukommen. Glaub mir, eines Tages wirst du ein regenfester Pulastraner sein."

„Nein, nein", wehrte er schnell ab, „Pulaster ist mir gleichgültig." Das war keine glückliche Antwort, aber er wollte seine Gefühle nicht verbergen. „Ich gehöre zur Flotte. Die Flotte trägt die Fackel voran. Auf Pulaster bin ich gescheitert. Nicht mehr und nicht weniger. Das ist meine Biographie."

Betroffen krallte Sadhana die Hände umeinander. Die Musik wehte heiter und spielerisch wie fernes Meeresrauschen durch den Raum. „Pulaster kann keine Gefangenen brauchen, Fabius." Sie erhob sich, die Musik verebbte. „Du sollst nicht als Schiffbrüchiger leben."

Langsam ging sie zum Fenster und verscheuchte gedankenverloren die Insekten. Dann hielt sie die Hand hinaus, wartete, bis ein paar Regentropfen darin zusammenperlten, und rieb sie sich ins Gesicht. „Wende dich an die Biochemiker, an Sirhan. Zwar sind sie auf pulastrischen Stoffwechsel spezialisiert, dennoch müßte es ihnen gelingen, für dich einen neuen Kammertyp zu entwickeln. Das wird Mühe kosten und Zeit. Das wird Pläne über den Haufen werfen, und Titus wird mir einmal mehr das Sumpffieber an den Hals wünschen. Mein Wort: Du sollst frei entscheiden können."

Dankbarkeit und Zweifel stritten in Fabius. Er glaubte nicht an eine so einfache Lösung. Die Mediziner in der OrbStation hatten ihm versichert ...

„Gewiß, Fabius, aber die Kammern sind vor nunmehr fast einem Millennium erfunden worden. Dein Modell ist – wie du und ich – rund dreihundert Jahre Eigenzeit alt. Unsere Biochemiker arbeiten jedoch mit Methoden und Apparaten, die vor etwa hundert Jahren auf der Erde entworfen wurden, und damals galten sie als Spitzentechnologie. Die Wissenschaft schreitet unaufhaltsam voran, Fabius. Du hast eine Chance."

Er wollte ihr nicht widersprechen. Irgendwie war es rührend, wie optimistisch und naiv sie auf den Fortschritt der Wissenschaft spekulierte. Denn alles, was sie erwog, wußten die Mediziner in der Orb-Station längst, und sie waren zudem weitaus besser über den letzten Forschungsstand informiert.

Sadhana riet ihm, auf ein Wunder zu hoffen.

Trâl, -hvin- und Caesar

Die Erinnerung hat ihre eigene Perspektive. Manchmal verkleinert sie den Abstand, manchmal vergrößert sie ihn. Oft wirkt sie wie ein umgekehrtes Fernglas, läßt das Altbekannte zusammenschrumpfen und schiebt es flugs weit in die Vergangenheit.

Erst vier Tage hielt sich Fabius in der Siedlung auf, trotzdem schien ihm seine Ankunft auf Pulaster weiter als ein Flottengroßjahr zurückzuliegen. Bis zum äußersten war diese kurze Spanne angefüllt mit Ereignissen, gegen die sein bisheriges Leben, stetig und geordnet an Bord der Schiffe, verblaßte wie ein grauer, langweiliger Traum. Aber selbst wenn ihm die Vergangenheit völlig aus dem Bewußtsein entschwunden wäre, sein Gleichgewichtsorgan und seine Nerven, das Immunsystem und die Muskeln erinnerten sich daran.

Wie ein gefangener Tiger paradierte er in seinem Appartement auf und ab. Fünf Schritte hin, kehrt, fünf Schritte zurück, kehrt, fünf Schritte hin ... Der ihm zugewiesene Raum hätte zwei Schritte mehr gestattet, dennoch wendete er stets an derselben Stelle – vor der unsichtbaren Wand einer Schichtdienstlerkabine in einem IS-Schiff der Celer-Klasse. Nozaki, zwanzig Kilometer entfernt in seinem Haus, das soeben von der Administration Pulasters entdeckt wurde, erging es ähnlich. Er hatte sein Bett dreimal von einer Seite zur anderen gerückt, weil ihn der riesige Abstand zur Tür irritierte.

Fabius beendete die unruhige Wanderung vor dem Datenprojektor. So viele Dinge drängten auf eine rasche Erledigung. Er wollte die Biochemiker anrufen, Georgia über die Expedition ausfragen und im Fusionskraftwerk vorsprechen. Außerdem wollte er „Alles über Pulaster" studieren, insbesondere die Abschnitte über den Farbcode der Hrengkämme, über die hiesigen Jahreszeiten, die Leitungsstruktur in der Pyramide und seine Pensionsansprüche. Auch polterten fast stündlich steinharte Begriffsnüsse auf ihn herab: Oviposition, Springling, Gigant, Furor, Trâl. Wenn er sie nicht bald knackte, begruben sie ihn unter sich.

Als erstes sollte er sich der wichtigsten und unangenehmsten Aufgabe entledigen und mit Sirhan, dem Chef der „biochemisch-molekularphysiologischen Forschungsabteilung“, verhandeln. Das verlangte Fingerspitzengefühl und Formulierungskunst, denn er kam als ein Bittsteller. Aber wenn er zauderte, schaltete sich womöglich Sadhana ein, und hinter ihr wollte er sich nicht verstecken.

Also gab er Sirhans Rufnummer ein. Auf dessen Teilnehmerfläche leuchtete in der linken oberen Ecke grün der Aktivkreis. Erst nach einer Weile meldete sich der Chefbiochemiker, ein Mann mit harten Gesichtszügen, schmalen Lippen und einem stechenden grauen Blick. Obwohl sich Fabius den Einstieg in das Gespräch genau zurechtgelegt hatte, verhedderte er sich gleich beim ersten Satz: Er brauche dringend einen „immunen Kältesarg“.

Sirhan, der offensichtlich gewohnt war, unliebsame Anfragen abzublocken, unterbrach ihn sofort. Er verzog den Mund einseitig zu einem schiefen Lächeln und beklagte mit trockenem Sarkasmus die „totale Überlastung“ der Abteilung. Nach seinen Worten mußten die Biochemiker in Arbeit ertrinken wie Pulaster im Regen. Da waren die interovalen Botenstoffe nicht hinreichend analysiert, das leidige Problem der „Stachelschädenvorbeugung“ widersetzte sich einer „durchschlagenden Lösung“, und Meridor forderte ein Antitrâlicum. Die genetische Korrektur der Hypophysen-Hypertrophie wäre nicht einmal theoretisch in Angriff genommen, und die Doppelflora/Doppelfauna-Forschung läge planetenweit im argen, ganz zu schweigen von der „genmanipulativen Stachelhärtung der spinaphoben Arten“. Hobbyforschungen und Privatanfertigungen rangierten da an der Stelle nonplusultima. Terrestrische Biochemie sei zudem nicht ihr Fachgebiet, und wenn Grosser eine Anabiosekammer als eine Art Einweckglas für Menschen betrachte, möge er seinen Patentvorschlag bitte in dreifacher Ausfertigung auf Ganymed einreichen.

Unter dem halbseitig dahingelächelten Spott wand sich Fabius. Er hätte auf die Botschafterin nicht bauen dürfen. Sie war ein unverbesserlicher Optimist und ahnte nicht annähernd die Kompliziertheit eines maßgeschneiderten Niedrigniveau-Hilfsmetabolismus.

Allein Sadhanas Name bewirkte Wunder. Sirhans lächelnder Mundwinkel sackte herab. „Richte Sadhana aus, daß wir mit dem Antitrâlicum für die diesjährige Oviposition zu spät kommen. Sie braucht ergo keine Neulinge vorzuschicken, um uns zu bremsen.“ Die dünnen Lippen und die Falten in der aschgrauen Stirn bildeten fast parallele Striche.

„Nein, stopp, ich rede persönlich mit ihr, ich muß da ein Mißverständnis ausräumen. Natürlich wünscht sie eher ein Resorptionsmittel, aber Meridor entscheidet nun einmal. Er ist der Administrator.“

Endlich dämmerte Sirhan, wie wenig Fabius mit den Zusammenhängen vertraut war. Staunend entblößte er die Zähne, links mehr als rechts, wo eine halbmondförmige Falte den Mundwinkel umfing. Während Fabius sein Anliegen vortrug, schlossen sich die Lippen zur normalen Schräglage. „Erwarte keine Wunder von fünf Menschen, zwölf Hreng und anderthalb Computern, und bis die FLAMMARION im Orbit ankert, schon gar nicht, wenn überhaupt."

Erleichtert bedankte sich Fabius. Ein rechter Jubel aber wollte sich bei ihm nicht einstellen, als das Bild erlosch. Wieviel war Sirhans rasche, doch mit Vorbehalten abgepolsterte Zusage wert? Würden sie ihm lediglich ein wenig Blut abzapfen, ein oder zwei oberflächliche Versuche erübrigen und sich dann versichern, ihrer Menschenpflicht genügt zu haben?

Erneut beugte er sich über das Datengerät. Sirhan hatte ihn mit verschiedenen neuen Begriffen bombardiert: Antitrâlicum, Resorptionsmittel, Doppelflora/Doppelfauna. Den Rest hatte er bereits vergessen.

Mißmutig registrierte er, wie seine Liste anwuchs. Spärlich dosierte Information mochte die Neugierde wecken, eine größere Menge davon immerhin noch das Interesse wachhalten, aber ein Zuviel verschüttete jede Wißbegierde. Trotzdem mußte er sich durch diesen Berg von schwer verdaulichen Fakten hindurchessen, um ins Schlaraffenland der Eingeweihten zu gelangen – wie auf der Schule und auf der Flottenakademie. Ein kleiner Unterschied bestand allerdings: Damals hatte er freiwillig den Hirsebreilöffel geschwungen, um – schmecke es, wie es wolle – in das Weltraum-Schlaraffenland einzudringen ...

Mit säuerlicher Miene, als fürchtete er, sich die Zähne zu beschädigen, begann Fabius, seine Nüsse aufzubeißen. Doch gleich bei der ersten Anfrage, der nach dem Antitrâlicum, paßte der Zentralspeicher. Das verwunderte ihn nicht weiter, denn ein Antitrâlicum wurde ja erst entwickelt. Nach einigen Rechensekunden erbrachte eine Wortradikal-Semantikanalyse die unerhört aufschlußreiche hypothetische Definition: „Antitrâlicum – ein gegen das Trâl gerichtetes Medikament". Also mußte er das Stichwort „Trâl" abrufen.

Die Projektionsfläche quoll über von Begriffsabgrenzungen, Erläuterungen dazu und Erklärungen der Erläuterungen, von Zahlen, Tabellen, Diagrammen, von Kommentaren und Verweisen auf alte und neue Forschungsergebnisse. Zwei Vereinfachungsstufen tiefer bot sich ihm ein überschaubares Bild: Offensichtlich regelte sich das Liebesleben der Hreng nach einem simplen ganzjährigen Zyklus. Einmal im Pulasterjahr gerieten sie in Trâl, sie wurden zapplig, kämpften gelegentlich auf rituelle, tänzerische Weise miteinander, besserten die Burgen aus und errichteten welche für den Nachwuchs. Später schwärmten sie einzeln durch Moor und Wald und begatteten einander, wobei jedes Hreng sowohl die feminine als auch die maskuline Rolle spielte. Schließlich strömten sie zu einem mehrtägigen Fest zusammen und legten nach dessen Ende ihre Eier in ein gemeinsames Nest – daher der Name Oviposition.

Fabius pfiff durch die Zähne. So wie er es verstand, sollte das Antitrâlicum die Unruhe und das Ausschwärmen der Hreng verhindern. Er konnte sich lebhaft ausmalen, daß für Meridor das nahende Trâl ein Alptraum war. Was geschah, wenn der Sektorchef anreiste und leichthin fragte: „Wo sind denn deine Hreng, Titus?"

Dazu der Arbeitsausfall. Es wurde Zeit, daß sich die Echsen an ein geordnetes Leben gewöhnten. Ihm machte es ja auch nichts aus, während einer Dienstpassage im Schnitt alle Jahre einmal aus dem Kältesarg geworfen und mit ein oder zwei Spritzen für die kurze Schicht angekurbelt zu werden. Irgendwann im Verlauf ihres gesellschaftlichen Aufstiegs mußten sich die Hreng von diesen Wald- und Wiesenzyklen verabschieden.

Fürs erste, fand Fabius, hatte er genügend Nüsse geknackt. Allzuviel verdarb den Magen. Lieber wollte er weitere Anrufe erledigen. Georgias Kanal war wie schon vor einer Stunde besetzt, rot pulste der Arbeitskreis. Er besann sich einen Moment, dann schrieb er ihr eine Nachricht ins Freifeld: „Bitte informiere mich, ob ich mich der Expedition noch anschließen kann. – F. G." Wenn es ihm glückte, Meridors Angebot zu unterlaufen und ohne Chefpflichten teilzunehmen, hatte er viel gewonnen. Zumindest Bedenkzeit. Vielleicht Einblicke in das Leben der Hreng und womöglich sogar eine fesselnde Aufgabe für Iris.

Allmählich geriet er in Erfolgsstimmung. Mit dem Leiter des Kraftwerks, einem Techniker, sollte er sich rasch einigen können. Allerdings befremdete ihn der Name „...-hvin-..." im Kanalverzeichnis. Ein Softwarefehler? Oder hatte sich hier eine ihm unbekannte Marotte eines wenig seriösen Jahrhunderts eingeschlichen? Kopfschüttelnd wählte er das Kraftwerk an.

Die Projektionsfläche erhellte sich, ein grobschlächtiges Gebilde schälte sich aus dem Nichts und verwandelte sich in ein dreidimensionales Hrenghaupt, das sich nüsternblähend vorbeugte, als wollte es ihn küssen. Instinktiv knipste er das Monster aus.

Einen Augenblick später bereute er die vorschnelle Reaktion, doch da war nichts mehr zu retten. Einen erneuten Anruf erlaubte er sich nach dieser Blamage nicht. Gewiß amüsierte sich das Hreng köstlich über seine entsetzte Miene.

In der Zwischenzeit war eine Nachricht auf seinem Freifeld eingetroffen: „Leider nein. Schweber ausgebucht. Bis auf einen Platz, über den Caesar verfügt. – G. T."

Mit der Absage Georgias verflog der Rest der frohen Stimmung. Lustlos nagte Fabius an der Unterlippe. Er berührte ein paar Tasten

– natürlich verkündete auf ihrem Kanal das rote Blinken emsige Geschäftigkeit. Er war zum zweitenmal gezwungen, ihr eine Botschaft zu hinterlassen. „Wer ist Caesar?“ tippte er ein. „Wieso verfügt er? Weshalb fordern wir keinen weiteren Schweber an? – F. G.“

Er erhob sich, reckte sich und maß, fünf Schritte hin, kehrt, fünf zurück, seine ehemalige Raumschiffkabine aus. Unter Umständen war es sogar günstig, nicht mit dem Hreng gesprochen zu haben. Trotz der besten Kommunikationstechnologie gab es Angelegenheiten, die man besser von Angesicht zu Angesicht regelte. Die zehn Kilometer zum Kraftwerk legte ein Schweber in wenigen Centis zurück. Und gleich, ob im Moment über den Wolken Stachel schien oder die Sterne, das Hreng, das das Kraftwerk leitete, befand sich in der Zentrale und ebenso ein Mensch, sein Mitarbeiter und Aufpasser. Meridor gestattete es keinem Saurier, so intelligent er auch sein mochte, unbeaufsichtigt in dem wichtigsten Objekt zu schalten und zu walten.

Fabius rief den Fuhrpark an und bestellte ohne Hintergedanken einen Schweber. Die Frau, die dort Dienst versah, starrte ihn etwa so an wie er kurz zuvor das Hreng. Nein, Schweber hätten sie nicht, weder große noch Minis, wie er auf eine so verwegene Idee käme? Sie seien ja nicht auf der Erde, wo man vor lauter Überfluß Fahrzeuge übereinander parke. Ihr atemlos verblüffter Tonfall, üblich im XXVIII. Jahrhundert auf dem Mars, klang unecht.

„Vielleicht wenigstens eine Hrengrikscha“, erkundigte er sich boshaft.

Aber damit war er an die falsche Adresse geraten. Ein Neuling, ein Planetenbaby, wage es, unverschämt zu werden! Er habe ja nicht die geringste Ahnung, womit man sich im Sumpf herumschlagen müsse. Die ständigen Reparaturen, die Hälfte des Fuhrparks zumeist ausgefallen! Item die Ersatzteilknappheit! Auf neue Rotoren von der Erde müsse man sage und schreibe hundertzwanzig Jahre warten! Dazu die Roboter, ein faules, verrostetes Pack, das einem kaum zur Hand gehe. Und jeder wolle zu seinem Spaß in der Gegend herumkutschieren. „Warum versuchen Sie es nicht einmal mit Laufen?“

„Das werde ich auch!“ Er taumelte hoch, marschierte im Zimmer auf und ab, fünf Schritte hin, kehrt, fünf zurück ... Wo staken die Beruhigungspillen? Wer es mit dem Fuhrpark verdarb, spazierte ewig zu Fuß!

Jemand donnerte gegen seine Tür, dann wurde sie aufgerissen. Georgia steckte ihren Kopf herein. „Herr F. G.! Primo: Caesar ist mein privater Kosename für T. M. Secundo: Frage nach Verfügungsgewalt erübrigt sich daher. Tertio: Gern, wenn du den Zusatzschweber besorgst. – Ceterum sitze ich seit Stunden nebenan, häkle Daten und spanne darauf, daß mir ein F. G. guten Tag wünscht.“

„Und wer ist T. M.?“ fragte Fabius entgeistert.

Einmal Kraftwerk und zurück

Seit einer Stunde marschierte Fabius über grauen, mit Pfützen bedeckten Beton. Majestätische Pseudosequoien und dünnstämmige Ginkgogewächse flankierten nebelumbauscht seinen Weg.

Mehr als dreihundert Jahre verband die schnurgerade Piste den Astroport mit der Siedlung. Über sie waren die Schweber der dritten und letzten Expedition gebraust und die schweren Kyber-Baumaschinen gerollt, die die Pyramide errichtet hatten. Während dieser dreihundert Jahre hatte der Dschungel tagtäglich hüpfende und kriechende Späher ausgesandt, Tausende Male war er mit wucherndem Unkraut und steinbrechenden Wurzeln gegen den Fremdkörper in seinem Reich angerannt, und ebensooft war er zurückgeschlagen worden.

Ab und an fuhren Busse oder Lastschweber die Piste entlang, beförderten Passagiere und Fracht zu den Fähren oder zur Siedlung. Hreng überquerten sie, weil sie ihr Jagdgebiet zerteilte. Aber so gut wie niemals lief ein Mensch auf dem nassen Beton. Einzeln. Schweigend. Eingewickelt in ein Regencape.

Mancherorts klafften in der Fahrbahn armbreite, grünbewachsene Risse. Rechts und links hatte eine Urgewalt zackige Schollen aus dem zwanzig Zentimeter starken Beton gesprengt, halb aufgerichtet staken sie im Morast. Ohne die von allem höheren Bewuchs befreiten Streifen zu beiden Seiten hätte die Piste dem Ansturm des Dschungels auf Dauer nicht widerstanden. Der Aufwand jedoch, den die Menschen trieben, um die rasch aufsprießenden Bäume und Büsche über Dutzende Kilometer regelmäßig zu roden, mußte enorm sein.

Ziemlich erschöpft von der ungewohnten Verausgabung seiner Kräfte, näherte sich Fabius seinem Ziel. Eine kurze Zufahrtsstraße bog nach links in den Urwald. An ihrem Ende stemmte sich ein kreisrundes, gedrungenes Gebäude gegen die üppig wachsenden Lilienbäume: das Kraftwerk. Schlohweiß schimmerte die Edelplastoberfläche vor dem Grau des Himmels. Ein Regendach überspannte das Portal. Fabius schüttelte das nasse Cape aus und massierte sich die Wadenmuskeln.

Die Tür glitt beiseite. Ein befremdliches Pong, pong, pong hallte ihm entgegen. Durch den hell erleuchteten Gang eilte ein Hreng, es bewegte sich nicht wie sonst seine Artgenossen, sondern hüpfte, auf beiden Beinen zugleich federnd, voran. Pong, pong, pong schoß es an ihm vorbei, unter den erstbesten Baum und entleerte sich dort in hohem Bogen. Pong, pong, pong hüpfte es neben ihn; es war gerade so groß wie er selbst und bestürmte ihn sofort mit kurzatmigen Pfiffen.

In der linken Brusttasche des Overalls steckte der Kommunikator, rechts der Nitze. Welches Gerät sollte er benutzen? Vielleicht beide?

„Würdest du mir freundlichst ...“, begann der Kommunikator.

„Bist du ein Mensch?“ fragte der Nitze dazwischen.

„... erklären, ob du von der Erde stammst?“ schloß der Kommunikator.

Einen Augenblick lauschte er den Übersetzungen hinterher. „Ich bin ein Mensch, der nicht von der Erde stammt“, formulierte er dann vorsichtig. „Und ich möchte erfahren, ob ich im Fusionskraftwerk eine Beschäftigung finden könnte.“

„Ich auch“, antwortete der Nitze prompt, der Kommunikator verhaspelte sich in bejahenden Höflichkeitsfloskeln.

„Bist du ein Kind?“ tönte es von links.

Und von rechts: „... neu auf der Welt?“

Fabius wog jedes Wort ab. „Ich bin kein Kind“, erwiderte er, „doch neu auf dieser Welt.“ Er hoffte, daß sich die Apparate nicht zu sehr widersprachen.

Das Hreng wippte auf der Stelle und wackelte mit dem Kamm. Nitze und Kommunikator forderten Fabius, diesmal einstimmig, auf mitzukommen. Er schaltete sie aus und folgte dem Hreng, das pong, pong, pong davonjagte.

Die Zentrale lag in weißlichem Licht, und sie war fürchterlich überfüllt. Ein knappes Dutzend junge Hreng quirlten durcheinander, man hatte den Eindruck, es wären hundert. Ihr Gespringe überdröhnte das tiefe Brummen der Generatoren, das den Boden in sanfte Vibrationen versetzte. Zwei erwachsene Hreng, eins davon hatte eine Art Latz umgebunden, das andere trug einen blauen Arbeitskittel, standen hinter einem Menschen.

Der Bodendienstler schilderte wort- und blumenreich, wie die hüpfenden Wasserstoffkerne in ihrem magnetischen Nest, Vollhreng im Trâl gleich, gegeneinanderprallten und verschmölzen, wie das Wasser aus dem Alten Fluß mit einem endlosen Blitz in zwei kraftvolle Windsorten zerspalten und diese durch große Röhren zum Astroport und zur Pyramide gepumpt würden.

Gelangweilt musterte Fabius die Armaturen. Die einzelnen Instrumente, ihre Beschriftung und Skalierung sagten ihm nichts, auch der Typ des Prozeßrechners war ihm unbekannt. Es würde kein Zuckerlecken werden, sich hier einzufuchsen.

Als der Mann sich eine Pause gönnte, stellte sich Fabius ihm vor. Kenobi Gollancz, XXIX., „oder einfach Ken“, bat Fabius, sich an seinen Chef, Grutt-hvin-bar, zu wenden, er, Ken, sei nur der Instruktor. Das Hreng im blauen Arbeitskittel allerdings wurde dicht von Springlingen umlagert. Gemeinsam verbreiteten die Hreng ein ohrenbetäubendes Pfeifgetöse.

Abwartend verhakte Fabius die Hände auf dem Rücken. Ken neigte sich zu ihm. Sein schnurrbärtiger Mund berührte fast Fabius' Ohr. Ob sein „neuer Kollege“ zufällig ein paar „saftige Video-Kristalle“ eingeschleust habe. Die würde er sich gern überspielen. Die

HYPATIA habe zwar einen Container angeflogen, die Auswahl wäre, Gott sei's geklagt, nachgerade niederschmetternd. Raumschnulzen! Schmachtstücke aus dem XXVIII.! Auf Terra herrsche wieder einmal geschniegelte Prüderie. Was Fabius wohl glaube, wie einen das Zeitweh nach fünf Jahren pulastrischer Einöde zwicke!

Kens speichelspritzende Tirade stieß Fabius ab. Er kannte die Situation auf manchen Raumbasen, wo die Besatzung unter dem Druck der Einsamkeit und einer lebensfeindlichen Umwelt in vorgegaukelte Welten flüchtete. Ken hatte kein Recht zu jammern. Verglichen etwa mit Beteigeuze V war Pulaster das Paradies. Und irgendwann stieg Ken mit freudeglänzenden Augen in die Fähre.

Fabius sog an der Unterlippe. Es konnte nichts schaden, seinen Kollegen in spe über das Arbeitsklima auszuholen. Ken ließ sich nicht zweimal bitten: Wie überall auf Pulaster, so fehlten auch im Kraftwerk Arbeitskräfte, was „Seine Administranz" nicht hindere, weit über alle Pläne hinauszuschießen. „Die Anlage ist zwar wie üblich mit Überkapazität errichtet worden, aber die wird längst mehr als ausgeschöpft. Und täglich verlangt Meridor mehr Energie. Wegen jedes Zahnstochers jagt er die Fähre in den Orbit. Was das an Wasserstoff kostet! Du hörst ja, wie der Fusor wimmert. Was glaubst du, wie wir die Leistung hochgetrimmt haben! Oft träume ich, er explodiert."

Mit der Wirkung seiner Worte vollauf zufrieden, zwirbelte er sich den Schnurrbart.

„Und die Plasma-Instabilitäten?" wagte Fabius einzuwerfen. Er konnte nicht einschätzen, wo Ken übertrieb und wo man tatsächlich die Sicherheitsbestimmungen verletzte.

„Stabil oder nicht, alle fordern mehr Strom, mehr Wasserstoff. Zum Glück schickt uns die Erde manchmal Pläne für Verbesserungen. Dort experimentieren sie extra für uns an diesem veralteten Typ herum." In einer Ecke der Zentrale verstaube ein Vakuumkoffer mit dem Signum der HYPATIA. Der enthalte die neuesten Änderungen. Es würde „eine Heidenplackerei" werden, die Instruktionen auszuwerten und möglichst bei laufender Fusion technisch zu realisieren. „Eine wundervolle Aufgabe für einen neuen Kollegen …

Lauthals fiepend hüpften die Springlinge zum Ausgang. Die Lärmlawine donnerte den Gang entlang und verebbte in der Entfernung.

Ken führte ihn, sich am Arm kratzend, zu Grutt-hvin-bar. Fabius knipste den Nitze an. Wahrscheinlich hatte er genau dieses Hreng angerufen. Aber bei den ewig gleichen Sauriergesichtern konnte er sich dessen nicht sicher sein.

Grutt-hvin-bar verschränkte die Vorderextremitäten über dem Kittel und hörte stumm zu. Dann schwang er mit dem Oberkörper bedrohlich nach vorn. „Exzellent. Fähige Kader sind uns stets willkommen. Mit Hreng hat man nichts als Scherereien. Eigentlich müßten wir zur Oviposition die Anlage schließen. – Ich nehme dann immer Urlaub."

Augenzwinkernd zupfte sich Ken am Schnurrbart.

„In welchem Jahrhundert hast du Magnethydrodynamik studiert?"

Fabius schluckte. „Im XXVI., das heißt am Ende, fast im XXVII. Aber ich habe mich ständig auf dem laufenden gehalten."

Theatralisch faltete Grutt-hvin-bar die Saurierarme auseinander. „Da kann ich ja gleich ein Hreng anlernen. Unsere Anlage ist nur zweihundert Jahre alt. Wie willst du sie bedienen?"

„Nun, einen Kursus müßte ich wohl absolvieren", druckste Fabius herum. Er wünschte, den Kommunikator verwendet zu haben, denn der hätte die Abfuhr viel freundlicher formuliert. Wenigstens verzichtete das Hreng auf die üblichen Bodendienstlersprüche: Hat Jahrhunderte im Raum verschlafen und glaubt, er kann den Experten mimen.

„Bene", meinte das Hreng versöhnlich, „sprechen wir nach meinem Urlaub darüber." Gravitätisch stapfte es zur Tür.

Fabius blickte Ken fragend an. Der zog sich den Drehstuhl heran und machte es sich darauf beineschlenkernd bequem. „Du darfst nicht jedes Wort auf die Goldwaage legen. Ich weiß selbst oft nicht, ob es nur schauspielert. Daran ist Murdock, mein Vorgänger, schuld. Dem hat es diese Phrasen abgelauscht. Jedenfalls hat dich Grutt-hvin-bar nicht abgewiesen."

Ehe er sich in das neue Thema verhaken konnte, erkundigte sich Fabius, wann Ken zurück in die Siedlung fahre und ob er ihn vielleicht mitnehmen würde.

„Mitnehmen?" Ken sprang auf, der Stuhl rollte zur Wand. „Bist du etwa den ganzen Weg per pedes …? Beim Giganten im Sumpf! Nicht im Traum würde mir einfallen, die Betonschnur entlangzutippeln." Er schüttelte sich, als fege kalter Pulasterregen über ihn hinweg. „Da redet man freundlich mit den Jungs, einen Mini halten sie mindestens in Reserve, schon für den Eigenbedarf. – Ich rufe sie mal an."

Fabius war das mehr als peinlich. Er lehnte das Angebot strikt ab und nutzte die Verwunderung Kens, um sich zu verabschieden.

Draußen, vor dem Kraftwerk, prasselte ihm der Landregen gegen die Kapuze. Gemächlich schwenkte er auf die Straße ein. Von der Springlingsgruppe war nirgendwo eine Spur zu entdecken. Ob sie sich quer durch den Dschungel schlugen? Eigentlich hüpfte es sich auf der Piste am besten.

Doch welch ein seltsamer Feuerschein loderte da vorn? Brannte die Straße? Sollte die Wasserstoffpipeline undicht sein? Der gesamte Raum von der einen Baumfront zur anderen war ein Meer weißer Flammen. Dampfschwaden züngelten empor. Ein Kreischen und Quärren durchschrillte die Luft. Langsam, aber beharrlich wälzte sich das kalte Gleißen heran, gespenstischer, bedrohlicher, heller. Schon packte ihn die Furcht, schon wollte er sich ins Unterholz retten, da schälte sich der düstere Koloß eines Schwebers mit drei sonnengrellen Scheiben aus dem Gleißen.

Fabius zog die Kapuze tiefer und beschirmte die Augen mit der Hand. Näher und näher rückte die Lichtwalze. Wirre Reflexe flackerten über den nassen Beton, vermischt mit zuckenden Schatten. Die letzten Meter rannte er dem Schweber entgegen. Das Verdeck war aufgeklappt, eine Frau und ein Hreng saßen drin, umbrandet vom Dunst, der in den Strahlenkegeln der drei riesigen Lichtwerfer aufwallte und hell entflammte. Schweißgebadet blieb Fabius stehen, der heiße Luftstrom vom Schweber griff in sein Cape, ließ es um die Beine schlottern, fuhr ihm ins Gesicht. Die dunkelblaue Plasthaut der Kapuze milderte das Gleißen kaum. Schützend hielt er die Arme vor den Kopf.

„He, Neuer", rief die Frau herab, „kannst ruhig durchgehen ..., Büschel Stachelschein ..., kehren damit die Straße."

Die Pflanzen kreischten, die Pflanzen schrien. Zu beiden Seiten der Piste hieb das grelle Licht auf Büsche, junge Bäume, Gras und Kraut ein. Singend zerflederten die Blätter, krachend platzte die Rinde auf. Harz spritzte heraus, schon nach Augenblicken verdorrte qualmend und stinkend jedes Gewächs, brach schließlich zu Boden oder verschrumpelte zu einem dürren Skelett. Nager und Reptilien stoben vor dem Gleißen davon, Insekten trudelten mit zusammengerollten Flügeln aus der tödlich hellen Luft in den schützenden Schatten des fallenden Laubes. Frösche gruben sich ein, Eidechsen huschten ins Dunkel, und was keine Zuflucht fand, wand sich verendend. Nebelschwaden verschleierten das Sterben.

Doch da, noch ehe Fabius den Lichtkreis völlig durchmessen hatte, sproß Bizarres auf. Pflanzen, die sich lebendig, Würmern gleich, wie im Zeitraffer aus dem Teppich ihrer toten Schwestern wühlten, Blätter trieben, Knospen formten, Blüten entfalteten, zusehends reiften, ihren harten Samen in den Wind schütteten. Desgleichen spie der Boden ein Heer von flinken Insekten aus, klein wie Mücken umtanzten sie in dichten Schwärmen Fabius, im letzten Leuchten noch paarten sie sich, dann tobten sie hinweg zu den Bäumen. Als ihr Treiben verwehte, klappte er aufatmend die Kapuze zurück. Der Regen erquickte die heiße Stirn. Links und rechts der Fahrbahn verwelkten knallrote und gelbe, tiefblaue und violette Blüten. Er pflückte einen der weichen Stengel; die Blätter verloren ihre Farbe.

Knackend hüpften sie aus der Wand der Bäume hervor: die Springlinge. Wie im Furor stürzten sie zu den bunten Leckerbissen, schnappten sich gegenseitig die besten Happen vor dem Maul weg, durchfurchten mit Klauen und Kopf die Vegetation, verscheuchten ab und an mit ein paar raschen Hieben kleine Echsen und dünn behaarte Ursäuger, die ihnen das Festmahl streitig machen wollten.

Bis zur Siedlung war ihnen in einem flachen Doppelstreifen bräunlichen Welkens der üppige Tisch gedeckt. Dumpf und betörend lastete über allem ein Duft von exotischer Fäulnis.

Der Traum des Administrators

„Bitte, setz dich, Grosser. Haben viel miteinander zu bereden. Und hör, ehe du vorschnell ablehnst, mich gründlich und geduldig bis zum Ende an. Primus sollte dich nicht irritieren. Habe ihn dazugeladen, weil euch beide während der Expedition immense Aufgaben verbinden und wir drei sie quasi als Triumvirat bewältigen sollten.

Geschieht nicht oft, Grosser, daß es einen jungen, disponiblen Mann auf Pulaster verschlägt. Selbstredend werde ich anweisen, daß sich Sirhan und Co. deinem Kältesarg widmen, aber, glaub mir, nichts zerrinnt schneller als falsche Hoffnungen. Kannst mich sicher begreifen, Grosser, ich sag es frank und frei, werde nicht traurig sein, wenn du hierbleibst.

Solltest wissen, Grosser, erging mir kaum anders. Drei Jahre als Linerpilot, dann zweimal ein Kommando, später die glorreiche ULUG-BEG. Haben eins dieser Von-Neumann-Schiffe aus der ersten Welle aufgebracht, Jahrhunderte bevor es seine Kinder ausbrütete, um einen Planeten zu besiedeln – aber das ist eine andere Geschichte. Jedenfalls hat man mir dann Pulaster überantwortet. Das Kommando über einen Planeten mit Intelligenzträgern, das sucht im erkundeten Universum seinesgleichen. Hier vermagst du Pioniertaten zu vollbringen, von denen Menschen und Hreng noch in tausend Jahren sprechen werden. Ist es nicht so, Primus?

Schau hinaus, Grosser, schau hinab. Was siehst du? Ein paar winzige Häuser und dahinter Sumpf, Sumpf, Sumpf. Einige anarchische Hreng, die mit idiotischen Sombreros durch die Gegend wackeln. Eine Handvoll griesgrämiger Menschen, die nach Pensionspunkten gieren und in ihrer Freizeit den TV anbeten oder Raumschiffe in Flaschen basteln. – Nein, Grosser, du siehst nur die Oberfläche. Dort unten, an diesem trägen Fluß, in dieser verregneten Siedlung wächst die Zukunft eines ganzen Planeten.

Seit Jahrtausenden verharren sie in der Steinzeit, diese Saurier, haben es weder gelernt, Metalle zu schmelzen, noch überhaupt Feuer zu entfachen. Haben nicht einmal Stammesführer oder Könige gekürt. Aber so wie auf der Erde die Eiszeit schwand und die Menschen die ersten zaghaften Schritte auf dem steinigen Weg des Fortschritts wagten, so werden sich die natürlichen Bedingungen Pulasters wandeln und die Hreng uns mit Riesenschritten nacheilen. Der Sumpf verschandelt ja nicht seit Anbeginn den Planeten, und er wird nicht ewig währen. Eines Tages – verrate damit kein Geheimnis – müssen wir uns über die ungünstigen meteorologischen Bedingungen hinwegsetzen, und je eher, desto besser. Denn diese fesseln die Schöpferkräfte der Hreng und behindern die Entfaltung der eigentlichen pulastrischen Flora und Fauna. Primus nickt, wir sind einer Meinung.

Schau hinaus und schließe die Augen, Grosser, damit du mein Fiat lux erkennst. Einst wird der Morast, in dem jede Anstrengung versinkt, eintrocknen, einst wird der Dschungel zurückweichen, einst werden Baumaschinen dröhnen. Wir werden den Sumpf betonieren und Industrien aus dem Boden stampfen, wir werden Erze schürfen und Städte errichten, stolz und großzügig, für Millionen von Hreng. Die Fähren werden nicht alle zehn Tage landen, sondern stündlich, und im Orbit werden wir Raumschiffe montieren, die die besten aus den Ganymed-Werften übertreffen. Wir werden die Strahlung von Spina B modulieren und uns ein kosmisches Nachrichtenrelais vergleichbar Groombridge 34 schaffen. Mit den Hreng sind wir zu allem fähig. Pulaster wird Raumsektorzentrum – vorerst. Und was auf dem Alten Planeten nicht mehr möglich ist, hier wird es uns gelingen.

Du schüttelst den Kopf, Grosser, obwohl Primus nickt. Zugestanden, dies ist nicht in einem Menschenleben zu bewältigen. Aber ein Anfang kann und muß gemacht werden. Hic et nunc. Zwei Jahrhunderte hat die Flottensiedlung auf Pulaster verschlafen. Zwei Jahrhunderte haben Administratoren, deren kurzatmige Anstrengungen am eingefleischten Trott und an der Ungunst der Natur scheiterten, nur nach anfliegenden Raumschiffen und einer üppigen Pension im Solsystem geschielt. Welche Vergeudung von Zeit, von Potential! Als versierter Hydro/Hydriker weißt du, sobald das Schiff Initialgeschwindigkeit erreicht hat, beschleunigt es von selbst. Müssen soweit mit Pulaster kommen. Betrachte das als mein Lebensziel.

Hreng sind, dafür existieren genügend Belege, weitaus intelligenter, als ihr impulsives, wenn nicht instinktives Verhalten vermuten läßt. Schaffen recht emsig – wenn sie nur wollen und nicht eben Oviposition spielen. Werden wir perspektivisch lösen, dieses Problem, nicht wahr, Primus? Auf Hrengologen freilich kann man sich nicht stützen, schlagen sich mit akademischen Spitzfindigkeiten herum oder blankester Sagenforschung. Ja, Grosser, für eine wirkliche Verständigung mit den Hreng mangelt es uns an einer gemeinsamen Denkbasis. Sind nicht einmal für Stiefel zu gewinnen, obzwar Würmer, Zecken, Schnecken ihre Beine tüchtig malträtieren. Liegt wohl einerseits an der eigenartigen, funktional symmetrischen Hirnanatomie und andererseits daran, daß sie aus Eiern schlüpfen und ihnen die frühkindliche Formungsphase fehlt. Daher auch die rigiden Instinkte und Traditionen. Daher das häufige Ausscheren, die katastrophale Arbeitsdisziplin. Iterum taugen heutige Kommunikatoren nichts. Habe immer das Gefühl, tauben Ohren zu predigen. Richtig, Primus? Sobald adäquat übersetzt wird, werden sie mit uns genauso willig an einem Strang ziehen wie heute Primus. Wir werden in ihnen das Feuer der Vernunft entzünden und ihnen den Ausweg aus kreatürlicher Unmündigkeit und Abhängigkeit von den Naturunbilden weisen.

Hast recht, Grosser, allein mit Worten locken wir sie kaum aus ihrer sumpfversackten Behäbigkeit. Bedarf dazu stärkerer Mittel, maximal eines Schocks. Würde ihnen nicht schaden, ein wenig Stachelschein, und schon gar nicht den hiesigen Menschen. Primus etwa ist Stachelhreng, id est, er kroch aus dem Ei, als Stachel durch die Wolken gleißte. Übertrifft deshalb seine weniger glücklichen Artgenossen an Eifer, Auffassungsgabe, Flinkheit.

Durchläuft im Moment eine kritische Entwicklungsphase, unsere Siedlung. Die Uniform, die ihr der Schlendrian meiner Vorgänger und die Knappheit der Mittel verpaßt haben, wird zu eng, in allen Nähten kracht es. Hast gewiß die Schlangen vor dem Hospital beobachtet, Grosser. Von weit her strömen Hreng heran, um sich kurieren zu lassen. Hat sich herumgesprochen draußen im Sumpf, daß ein Hreng bei uns länger und besser lebt. Zudem sterben in den Gelegen unserer Hreng nicht halb soviel Eier ab wie anderswo. Saison auf Saison überfluten uns mehr Springlinge. Wollen ernährt sein, die Kleinen, wollen behaust sein und ausgebildet und über kurz oder lang auch bekleidet. Unter Idealbedingungen verdoppelt sich eine Hrengpopulation in etwa vier Pulasterjahren.

Merkst du, was da auf uns zurollt? Entweder wir dämmen die Bevölkerungsexplosion ein und nutzen sie auf produktive Weise, oder der Ansturm erdrückt die mühsam errungenen Fortschritte. Censeo, daß wir dieses Problem bei der Wurzel packen müssen, beim Trâl. Ein bloßes Resorptionsmittel vermindert zwar die Anzahl der Eier, nicht aber den Arbeitszeitausfall. Bitte, Primus bestätigt es dir: brauchen das Antitrâlicum.

Ceterum sieht die Flotten-Langzeitplanung als Gipfel der Torheit vor, bewährtes kosmisches Transportsystem der Fähren durch einen Arzutanow-Lift abzulösen! Kannst du ermessen, Grosser, welchen Materialeinsatz und welchen Arbeitsaufwand das erforderte? Auf Jahre blieben für andere Projekte kein Roboterarm und keine Menschenhand übrig. Allein Terra hat sich bislang Lifts in den Orbit leisten können; wir werden darauf verzichten müssen. Einen Arzutanow-Lift zu errichten hieße, vor den natürlichen Bedingungen Pulasters zu kapitulieren!

Ist mir bedauerlicherweise noch nicht gelungen, alle von meinem Entwicklungskonzept zu überzeugen. Selbst eine Botschafterin läßt sich mitunter von romantischen, harmonieseligen Auffassungen leiten, und manchem Bodendienstler behagt der alte Trott. Der Besuch des Sektorchefs wird uns helfen, diese Widerstände zu überwinden. Ist allerdings noch einiges zu regeln bis dahin. Dürfen uns keine Blöße geben. Wenn der Kapitän das Schiff inspiziert, muß jede Öse tipptopp glänzen. Werde deshalb gewisse Entgleisungen sofort ahnden, etwa Nozakis eigenmächtige Landnahme. Mutige, entschlossene Menschen sind wichtig für uns, aber laut Pulastervertrag dürfen wir ausschließlich im Siedlungsgebiet bauen. Wenn sich nun ein Hreng beschwert? Wie stehen wir dann da? Was schaust du so, Grosser? Meinst du, es bereitet mir Vergnügen, Flottenkameraden zu maßregeln? Will ja Nozaki nicht vergraulen.

Doch schweifen wir nicht ab, gehen wir in medias res. Vordergründig dient die Expedition – neben Oulemms hrengologischen Spielchen – selbstredend der Suche nach den Außerzeitlern, nach der Monopolflasche. Ahnst du, was ihre Entdeckung bedeuten würde? – Für die Menschheit? O sancta simplicitas! – Für Pulaster! Primus hat das längst erfaßt. Könnten als erstes Sektor-Sonderfonds mobilisieren: für weitere Ausgrabungen, für Forschungseinrichtungen, für unsere Infrastruktur. Flotten-Langzeitplanung müßte neu geschrieben werden. Alle Aufmerksamkeit würde Pulaster gelten, enorme Mittel würden uns zugebilligt, zu Hunderten Schiffe in den Orbit einschwenken und Mannschaften und Material ausspucken: die Initialzündung!

Was heißt kommunikative Responszeit, Grosser? Weiß selbst, daß unsere Nachricht Ganymed erst in vierzig Jahren erreicht und weitere siebzig verstreichen, ehe wir auf Schiffe aus Richtung Sol rechnen dürfen. Du mußt in historischen Dimensionen denken lernen, Grosser. Habe nicht den spießigen Ehrgeiz, mir zu Lebzeiten Denkmäler zu setzen; verlange allerdings die Gewißheit, daß Pulaster der Sprung zur autonomen relativistischen Zivilisation gelingt.

Euer beider Aufgabe lautet: primo freundschaftliche Kontakte zu den Ffarhreng Tebits zu knüpfen, secundo nach dem Verbleib Wiunjons zu forschen und tertio einen Platz für den Astroport auszukundschaften. Hat mir persönlich versprochen, Wiun-jon, seinen Kameraden von den technischen Wundern der Menschheit zu berichten, sie für uns zu gewinnen, das Terrain zu bereiten. Sollte jetzt Früchte tragen, diese Einhrengaktion. Certissime können wir ohne die Unterstützung der Ortsansässigkeiten nichts bewirken. Tebit bietet alle Vorteile: liegt direkt unter dem Äquator, der Boden ist fester als hier, langfristig nutzt uns selbst die hohe Bevölkerungsdichte – vor ebender die Planer der Siedlung ehemals zurückschreckten. Korrigieren genaugenommen nur einen Planungsfehler mit dem neuen Astroport.

Werdet ergo die Bodenbeschaffenheit prüfen, Grosser, Primus. Mit Wiun-jons Hilfe werdet ihr ihnen die Tabus gegen Sumpfverletzungen leicht ausreden, nicht wahr, Primus? – Bene, ist beschlossen. Und schärf dir ein, Grosser, offiziell dient die Expedition der Suche. Claro?

Quadratur des Zirkels? Grosser, was für eine defätistische Haltung! Mit Primus meisterst du alle Schwierigkeiten, und laß dich nicht von dem Wort ‚Expeditionsleiter' irritieren, ist Schall, Rauch. Ihr seid ein Kollektiv, drei Menschen, zwei Hreng. Lediglich im Zweifelsfall entscheidest du – in Absprache mit Primus, gegebenenfalls mit mir. Ich stärke dir den Rücken, garantiert.

Du bedingst dir weitere Bedenkzeit aus, erwartest deine Gefährtin. Bene, du sollst die Zeit haben – als Expeditionsleiter. Strukturreserve klingt wenig einladend, zugestanden. Aber so lautet nun einmal die Nomenklatur. Wünsche mir einen versierten Gehilfen, dich, Grosser. Denk daran: Wer auf einem Planeten lebt, trägt Verantwortung für ihn. Auch von dir hängt ab, was einst aus Pulaster wird.

Übermorgen brecht ihr auf. Du wirst darauf achten, daß keine Sekunde für unnötigen Schnickschnack verschwendet wird. Solltest ein Auge auf Oulemm werfen, daß er eure Suche nicht durch hrengologische Eskapaden behindert. In etwa dreißig Tagen landet der Sektorchef. Sind zwar ein Relikt aus prärelativistischer Vorzeit, diese persönlichen Inspektionen, doch weshalb die Chance nicht ergreifen? Wenn ihr bis dahin die ersten bescheidenen Artefakte aufgespürt hättet!

Bene, Grosser, wir verstehen uns. Stoßen wir auf unser gemeinsames Ziel an. Trinken wir auf die Zukunft Pulasters!"

2. Buch

Das Hrengdorf

Die Gigantomachie der Hreng

„Als der Sumpf jung war und das Meer glatt wie ein Symorienblatt und die Wolken sanft den Boden streiften, da herrschte Eintracht im ewigen Dämmer der nebelnassen Wälder. Die Hrisalbäume beschenkten die Wespen, die niemals ein Ei anbohrten, mit rindendurchquellendem Saft, die Lauerer bedrohten keinen Springling mit malmenden Zähnen, sondern labten sich an den reichlich sprießenden Fleischpilzen, selbst der Eiräuber nährte sich von den süßen Früchten der Sirenenbäume, die, statt die Hreng in den Tod zu lokken, sie in erfrischenden Schlaf lullten.

Eines Tages aber zerriß Stachel die schützenden Schleier und stieß scharf und gleißend auf den Sumpf herab; die Schale des Dschungels barst. Das Ei, das die Welt ist, war ausgebrütet. Verängstigt kauerten die Hreng unter sterbenden Zweigen und qualmenden Blättern. Als die Wolken emporwichen und statt mit Nebel mit Tropfenboten das Sumpfland liebkosten, entdeckten sie, daß Stachel Wald und Meer verändert hatte. Dornen sprossen aus den Stengeln der Quelldisteln, die Beeren der Schuppenwurz troffen von tödlichem Gift, und die Melbremse surrte vor Beißlust. Die Hreng aber waren von Stachel verblendet worden, sie achteten die wasserspendenden Wolken gering und verletzten den Sumpf, den Ursprung allen Lebens.

So verschuldeten sie ihr Unheil selbst: Der Sumpf spie die Giganten aus. Sie krochen aus zerfurchtem Schlamm und umgewühltem Morast hervor, und sie stampften mit ihren scharfkralligen Tatzen auf, daß tiefe Seen ihre Spur markierten, und sie hieben mit ihren Schwänzen breite Schneisen in den Dschungel, durch die später Flüsse und Bäche strömten.

Fortan versteckten sich die Hreng vor den Giganten unter Wurzeln und in Dickichten, doch sie entgingen den Klauen ihrer Peiniger nicht, wurden gejagt und gefangen, auch gegeneinandergehetzt, daß der Wald von ihren Todesschreien widerhallte. Die Stärke der Giganten kannte sowenig Grenzen wie ihr Stolz, keine Insel war ihnen zu klein und kein Archipel zu entlegen, kein Dschungel zu dicht, kein Strom zu reißend, und sie wollten ihre Herrschaft bis an den äußersten Rand des allesgebärenden Sumpfes ausdehnen.

Bei der Eroberung gerieten sie in Streit, und als zum zweitenmal Stachel die Welt verbrannte, übermannte sie ein wütender Wahnsinn. In riesigen Lachen versickerte ihr Blut und das der Hreng, die sie unterworfen hatten; rot färbte sich das Meer, und ein Brausen, lauter als Thrr-Zuhrr-Khrr, füllte die Lüfte, als das Geschmeiß der Insekten auf die Kadaverberge herabstieß.

Die furchtbarsten der Giganten überlebten das Gemetzel. Dennoch hofften die Hreng, die in der Bedrängnis wild und haltlos geworden waren, ihre Unterdrückung enden zu können. Sie verließen

die verborgenen Nester, rissen Rohr aus und warfen sich mutig auf die Gegner. Da krachte Knochen auf Knochen, Schwanz schlug gegen Schwanz, und es war, als kämpfte Nestling gegen Nestling, denn die Giganten hatten die Gestalt mächtiger Hreng angenommen, und ihre Kämme glommen düster.

Die Waffen der Hreng zersplitterten an den geharnischten Leibern, ihr Ansturm erlahmte, und bald trieben die triumphierenden Ungeheuer sie vor sich her bis an das Strudelnde Wasser, dessen Gischt sie schon netzte und sie alle verschlungen haben würde, hätte nicht ein verzweifeltes Hreng in höchster Not ein Bruchstück Stachels hervorgezogen. Da ging ein Angst- und Freudenschrei durch die Bedrängten. Die Giganten flohen, und ihre unförmigen Leiber versanken im Sumpf. Die siegreichen Hreng jedoch kehrten in ihre Dörfer zurück und löschten Stachel für immer.

Der letzte Gigant aber ruht untot im Sumpf, sein Körper verwest nicht, und sein Geist sinnt auf Rache. Und wenn Stachel dereinst durch den Sumpf hindurch auf ihn trifft oder ein sorgloses Hreng an seinem Lager rüttelt, wird er sein grimmiges Haupt erheben, und sein Kamm wird düster glimmen."

Dieser Mythos zählt zu den wenigen sicheren Überlieferungen aus der „grünen Vorzeit" der Hreng. Sein besonderes Gewicht rührt nicht allein daher, daß er in allen Hrengstämmen erzählt wird; er bietet die Grundlage für das Verständnis jeder Hrengkultur. In der von den Luivens rekonstruierten Form deutet er auf die Stachelfurcht der Hreng hin, die (wieder verlorene) Erfindung des Feuers, selbst auf den Furor hrengicus, der das Fehlen jeglicher genauerer Erinnerung an die letzte, blutigste Phase der Gigantomachie erklärt. Umstritten ist nach wie vor die Identität der Giganten. Sie einfach mit einer kreidezeitlichen Dinosaurierart zu identifizieren, vielleicht mit Tyrannosaurus rex, liegt nahe, auch wurde durch die Fossilfunde im Moran-Becken die Hypothese erhärtet, daß die Hreng alle landlebenden Großsaurier ausrotteten. Über die Existenz anderer Hrengarten im pulastrischen Eolithicum wurde vielfach spekuliert: Stauper ging so weit, eine frühe, höher gewachsene Hrengart, das Paläohreng Stauperi, zu postulieren; es entspricht allerdings nicht der fehlenden Zwischenform „missing link". Ein Vergleich der Gigantomachie mit dem Neandertalermord der Frühmenschen wird von den Hreng, die den Totschlag im Mythos nicht ausmalen, auf das entschiedenste abgelehnt.

Flottenservice: „Alles über Pulaster"

Auf den Spuren der Luivens

Das Heulen der Rotoren, das Singen der Lichtwerfer hallte Fabius in den Ohren. Bisweilen riß der dichte Dunst, der gegen die Sichtscheibe strudelte, kurz auf, dann flackerte es gleißend hell von der dunklen Masse des ersten Schwebers herüber, den – wie sollte es anders sein – Georgia steuerte. Sumpfzypressen lohten grünen Flammen gleich im grellen Schein auf, Büsche schrumpften, Wolken weißen Qualms ausstoßend, in sich zusammen, eine Zykadee erzitterte, die Frontwulst von Georgias Schweber rammte sie, sie kippte und fiel. Erneut drehte der Wind, der brodelnde Schweif verhüllte die Sicht.

Gabriell, der die Armaturen des zweiten Gefährtes bediente, wich den dampfenden Baumruinen, die plötzlich vor ihnen aufwuchsen, durch elegante Schlenker aus. Wieder und wieder wurde Fabius gegen die harten Armstützen seines Formsessels geschleudert. Lich, direkt neben ihm, ächzte. Kilometerweit mußte das Getöse der Schweber, das Gekreisch der aufflatternden Urvögel, das Krachen der stürzenden Bäume zu hören sein. Es würde, daran zweifelte Fabius nicht, die Hreng, die hier siedelten, aus sumpfweltlicher Beschaulichkeit aufschrecken; sie würden das Wetterleuchten über den Wipfeln sehen und an eine ungeheuerliche Naturkatastrophe glauben, die langsam durch ihr Gebiet hindurchpflügte. Ihm mißfiel diese Vorstellung. Das gewaltsame Eindringen beschwor Konflikte herauf; aber hatten sie, da ihnen Meridor den Helikopter verweigerte, eine andere Chance, ins Innere Tebits zu gelangen?

„Die Luivens", beschwerte sich Lich, „haben sich den Hrengeng behutsam genähert, nur deshalb hatten sie Erfolg."

Die Luivens! Zu gern sprach Lich über seine Heroen. Genau 500 a. c. c. oder 2603 irdischer Zeitrechnung, als Fabius gerade zum erstenmal im Kältesarg ruhte, hatten sie vom schwankenden Ufer des Tebit-Plateaus aus über die Wogenkämme des Stürmischen Ozeans geblickt. Vielleicht hatten sie – Lichs Brillanten blitzten – vor nunmehr über fünfhundertachtzig Jahren unter diesem uralten »Backenzahnbaum" linker Hand gerastet? Ausgeschlossen wäre es nicht, denn in Tebit waren sie von Hrengeng gefangengenommen worden, hier war ihnen der Lander im Sumpf versackt, hier hatten sie, vom Hunger getrieben, unverdauliche Hrengspeisen gekostet, hier hatte sie das berüchtigte Sumpffieber gepackt …

Lich hielt inne, sein Gesicht verlor alle Farbe. Verschämt wandte er sich zur Seite und schluckte einige Pastillen, mit denen er die Wirkung von Gabriells „unmenschlichen Fahrkünsten" auf seine Eingeweide mindern wollte. Nach einigen Minuten hatte er sich erholt.

Die Luivens … die Luivens … die Luivens. Sie hätten „als erste" Wörterbuch und Grammatik für eine Hrengsprache geschaffen.

„Schon die Luivens" hätten vor dem Furor gewarnt und die Mythen vom allesgebärenden Sumpf und von Stachels Zerstörungskraft aufgezeichnet. Nicht zuletzt wären „die Luivens bereits" auf die „tiefen Geheimnisse" der Hrengkultur gestoßen: das merkwürdige Beharren in der Steinzeit – wenn man von Wiun-jons Metallstatuette absah –, die nur ungenügend entschlüsselte Gigantomachie und die so irritierende Eingeschlechtigkeit. Wiederum „als erste" hätten die Luivens erkannt, daß zwischen den Hrengeng und ihren nächsten Saurier-Verwandten dieses Hermaphroditismus wegen eine hundertmal breitere Kluft klaffe als zwischen den Menschen und ihren Affen-Vettern, alle Fossilfunde oder molekulargenetischen Stammbäume hätten daran nicht zu rütteln vermocht. Ein Rätsel bleibe es „dank" des Desinteresses der Flotte und ihrer entscheidungsgewaltigen Repräsentanten, die seit Jahrzehnten keine hrengologische Expedition genehmigten, dafür aber jedem fiktiven Außerzeitler nachrannten. Und die Herren Systematiker begnügten sich, statt die Hrengeng, dem dreistrahligen Beckenbau folgend, den Saurischiern, den Echsenbekkensauriern, anzugliedern, damit, extra für sie und ihre zweifelhaften Vorfahren eine eigene Ordnung zu eröffnen. Als ob das Problem mit einer sauberen Klassifikation gelöst wäre! Da halte er, Oulemm, sich lieber an „die hellsichtigen Luivens", die einen Zugang von der Geschichte der Hrengeng, von der Selbstdomestikation, her vermuteten und überhaupt in fast jedem Punkt die Wahrheit erraten hätten.

„Fehlt nur noch", meldete sich Gabriell, der sich neuerdings eines Nitze bediente, „daß die Luivens uns Hreng erfunden haben."

Lich verschlug es die Sprache. Fabius reckte und streckte sich lachend, bis ihm die Zehengelenke knackten. Gabriell hatte völlig recht. Lich schilderte die Luivens, als wären sie Halbgötter, die Übermenschliches vollbrachten. Nach seinen Worten konnte keine der späteren „flottenmäßig durchgeführten" Expeditionen auch nur annähernd mit ihnen konkurrieren. „Alles über Pulaster" entwarf freilich ein ausgewogeneres Bild. Da geizte die Flotte nicht, wenn es sich darum handelte, einen wichtigen Planeten zu erschließen. Da waren ihre Erkunder stets hervorragend und im Rahmen des Flugplanes hochmodern ausgerüstet: mit Überwachungssatelliten und Sumpfrobotern, mit Meeresschiffen und Automaten für alle Eventualitäten, und sie kamen nicht als Eroberer, diese Unterstellung wurde von „Alles über Pulaster" gleich mehrfach zurückgewiesen, dafür aber mit dem festen Vorsatz, bis zum „grünen Herzen" des Planeten vorzustoßen und auch den letzten Dunstschleier von seinen genügsamen Bewohnern wegzureißen und, wie es ihnen einer ihrer Wegbereiter anbefohlen hatte: zu messen, was meßbar war, und meßbar zu machen, was es noch nicht war.

Laut „Alles über Pulaster" hatten sie den geplanten Erfolg. Sie präzisierten die Wörterbücher der Luivens und korrigierten deren Fehler, sie legten den „Tyrannosaurierfriedhof“ im Moran-Becken frei, fertigten Genkarten des Riesendrachen Quetztalcoatlulus an, der schon damals dem Aussterben nahe war, katalogisierten die pulastrischen Mikroben und zeichneten auf Tonnen von Kristallen Hrenggesänge auf. In Lichs Augen allerdings zählte dies kaum, denn sie hatten sich im Überschwang ihres Forschereifers einen schlimmen Fehler zuschulden kommen lassen: Sie hatten die Gebräuche der Hreng zuwenig respektiert. Gerade die dritte Expedition mußte vor nunmehr zweihundert Jahren in Tebit einiges Porzellan zerschlagen haben.

„Alles über Pulaster“ beschönigte die damaligen Geschehnisse: Da wurden die „Opfer unvermeidlicher Mißverständnisse“ bedauert und die „feindselige Haltung einzelner Hreng“ gerügt. Auch Lich wußte keine Details des alten Dramas, statt dessen riet er zu äußerster Vorsicht.

„Ich fürchte, wir sind drauf und dran, mit Licht und Lärm in die Fußtapfen dieser unglückseligen Expedition zu treten.“ Er hob die Hände, daß ihm die weißen Hemdsärmel bis zu den Ellbogen herunterrutschten. „Dabei liegt es an uns, anzuhalten und wie gesittete Hrengeng über die Wurzeln zu steigen.“

Fabius ignorierte den Vorschlag. Ob er es nun wollte oder nicht, er mußte eine gewisse Autorität behaupten. Er durfte nicht schon am ersten Tag vom festgesetzten Programm abweichen. Vor Georgia hatte Lich gekuscht, jetzt versuchte er, ihn zu beschwatzen. Nicht ohne gute Gründe, zugegeben, aber bedachte Lich auch, daß wenige Stunden Schweberfahrt Tage Fußmarsch aufwogen? Und die FLAMMARION würde sich gewiß nicht verspäten.

„Die Luivens haben allein und nur mit der kärglichsten Ausrüstung mehr geleistet als alle großartigen Expeditionen.“

„Sie hatten auch sieben Jahre Zeit dazu.“

Beleidigt verstummte Lich. Die Lichtwerfer von Georgias Schweber schnitten weiße Säulen aus dem Dunst. Einzelne Regentropfen zuckelten, eine nasse Spur zurücklassend, schräg über die Scheibe und verschleierten den Blick auf die monströsen Krüppel der Bäume. Schon jetzt kamen sie, da die Zykadeen dichter standen als in der sumpfigen Küstenregion, nur mehr langsam voran. Irgendwann würden die Schweber steckenbleiben. Es war eine Frage des Glückes, wie nahe sie sich dann am geplanten Bauplatz und an der Magnetanomalie befanden. Mehr als den genauen Ort aufspüren und die geologischen Bedingungen erkunden konnten sie ohne schweres Gerät nicht. Aber dies würde Meridor schicken, wenn die Sondierungen Erfolg versprachen.

„Ich hoffe, die Erinnerung an die Luivens wird uns nützen.“

Lich würdigte ihn keiner Antwort. Dafür fuchtelte Gabriell, Aufmerksamkeit heischend, mit dem Schwanzende in der Luft herum.

Er stamme zwar nicht aus dem Kernland der Ffarhreng, doch kenne er die Luivens noch von seinem ehemaligen Dorf her. Selbst in die Schmuckleisten eines Vorratshauses seien sie als schwanzlose Zweibeiner eingeschnitzt. Auch hätten während der Feier des Warmen Regens er und seine Exnestlinge Lieder von den „freundlichen Halbwesen, die am Rande unseres Nestes saßen“, gesungen. Diesen Liedern zufolge hätten sie „die Kammaske der Friedfertigkeit und der weisen Neugier“ getragen, hätten ohne Keule oder Speer wütende Torosaurusbullen erledigt, sogar dem giftigen Basilisken die wundertätige Haut abgezogen und die tödlichen Sirenenbäume gefällt. Sie wären im Tanz höher gesprungen als das verwegenste, von Muhrlik aufgepeitschte Hreng und hätten sich mit den Ältesten der Alten in langen Nächten über den Windraum und das Sumpfland, über das Geschick der Hreng, den Tod und das Leben ausgetauscht.

Fabius schmunzelte. In der Siedlung erzählte man anderes von den Luivens. „Alles über Pulaster“ behauptete, daß sie sich wulstige Plastschwänze angeklebt hatten, um die Hreng, als ihresgleichen getarnt, auszuspionieren.

Wie dem auch sei, die Luivens waren seine besten Verbündeten. Wenn es ihm gelang, sich den Ffarhreng gegenüber als Nachfahr der Luivens zu präsentieren, war viel gewonnen. Mit etwas Glück konnte er dann die sprichwörtliche Verschlossenheit der Ebenenbewohner aufbrechen. Und wenn außerdem Wiun-jon unter seinen Nestlingen als ein Bundesgenosse der Menschen gewirkt hatte, war Meridors Auftrag so gut wie erledigt, und er konnte mit den Verhandlungen um die Erschließung des Plateaus beginnen. Die Menschen würden den Hreng das Vertrauen reichlich entgelten, indem sie sie aus der dumpfen Enge des Urwaldes herausführten.

In diesem Moment krachte ein langgestreckter Ast gegen das Dach des Schwebers. Über das Fenster kratzend, polterte er herab. Fabius hatte sich getäuscht: Es war ein Speer mit steinerner Spitze.

Bestürzt ließ er Lich gewähren, als dieser zum Sprechgerät griff und Georgia beschwor, auf der Stelle anzuhalten. Doch Georgia vermochte nichts zu beirren. Sie fuhr, mit den Lichtbündeln wie mit Flammenschwertern die Vegetation niedersäbelnd, tiefer und tiefer in den Urwald hinein.

Schatten in der Nacht

Just als Fabius die wabenartig durchlöcherten Metallstufen vom Schweber herabkletterte, überwältigte ihn das Bewußtsein, sich unendlich weit von jeglicher Zivilisation, jeglicher menschlichen Hilfe entfernt zu haben.

Seit seiner Geburt hatte er in künstlicher, von Menschen gestalteter Umwelt gelebt; zuerst im riesigen Zylinder Kokkygias, dann im Ganglabyrinth der Flottenakademie auf Luna, später in den engen Kabinen der IS-Schiffe, unter den niedrigen Kuppeln der Stationen auf toten Himmelskörpern. Und nun wurde er durch eine ungeplante Verschlingung seiner Weltlinie mitten in die nasse und kreischende Ungewißheit des Dschungels hineingeworfen, mitten hinein in die Launen einer ungezähmten, nichtkünstlichen Natur, die nur ein Hreng vertrauensvoll Sumpfland nennen konnte.

Wie ein Präsentierteller erschien ihm die kleine, dampfende Lichtung, die sie aus dem Urwald herausgebrannt und mit den Schwebern freigewalzt hatten, weithin sichtbar, weithin wohl auch zu riechen und von allen Seiten angreifbar. Man müßte sie umzäunen, sich verbarrikadieren, abkapseln. Die Mittel dazu waren freilich kümmerlich und eher dafür geschaffen, sie in trügerischer Sicherheit zu wiegen, als Angreifer abzuwehren. Was vermochte der Ultraschallärm eines Tongenerators gegen Klauen und Fangzähne? Noch war er nicht einmal eingeschaltet, denn Gabriell trabte unter den gespenstisch dunklen Zykadeen entlang, die das Lager wie stumme Krieger umzingelt hatten, und rief die mutmaßlichen Verfolger, die Speerschleuderer, die „wilden“ Hreng. „Fürchtet euch nicht! Wir wollen mit euch reden, Freundschaft schließen! Wir haben Geschenke für euch! Wir wissen, daß ihr da seid, kommt zu uns! Fürchtet euch nicht!“

Mit einem Ruck öffnete Fabius die von Blättern und zerquetschten Insektenleibern verklebte Ladeluke des Schwebers und begann, die übermannsgroßen „Lichtpfeiler“ herauszuwuchten. Hlan-ci, von den Menschen Lanzi gerufen, nahm sie ihm ab und rammte sie rings um die Lichtung in den Boden. Auch diese Pfeiler wirkten eher wie die Erfindung eines pulasterfremden Theoretikers, echten Schutz verhießen sie kaum. Da mochte Georgia dreimal auf die Erfahrungen früherer Expeditionen pochen, einen Pfeil stoppten weder Licht noch Lärm noch gute Worte.

Nach einer halben Stunde schweißtreibender Plackerei war der Kreis geschlossen. Fabius schaltete die „Photonenpalisade“ ein. Summend zerteilten die Lichtwände die von den Bäumen herüberwallenden Nebelschwaden. Vereinzelte Insekten torkelten zu Boden. Halbwegs beruhigt musterte er die Sperre.

Als hätte er den freien Moment abgewartet, meldete sich Raf Effarig über den Reif. „Hoffe, ich störe nicht? Administrator läßt anfragen, ob und wie es bei euch läuft. Probleme mit den Maschinen? Mit den Hreng? Was macht unser Freund Oulemm?“

„Ja, also eigentlich ...“ Sollte er den Speer erwähnen? Rat und Hilfe waren von der Pyramide nicht zu erwarten.

Drei Schritt vor ihm raschelte es in den dampfenden Überresten eines Gebüsches. Eine grün und blau gefleckte Schlange wühlte sich frei. Stumm wich er zum Schweber zurück.

„Und uneigentlich? Programmwidrige Hindernisse? Ausfälle? Haben sich die Rotoren wieder festgefressen? Bis zur Visite des Sektorchefs haben wir keinen Copter frei, so gern wir euch einen überstellen würden. – Aha, also nicht. Ergo alles planmäßig. Freut mich für euch."

Die Schlange kroch, mit dem Kopf hin- und herpendelnd, auf ihn zu. Stocksteif drückte er sich gegen die Rundung des Schwebers.

„Bene, werden wir privat." Effarigs Routinelächeln quoll auseinander. „Gute Nachrichten für dich, Grosser. Kraftwerksleitung hat dich offiziell angefordert. Soll ich dem Administrator deine Zustimmung melden?"

Ohne Eile trotteten Gabriell und Lanzi heran. Sie schwatzten in hellen Pfeiftönen und sahen weder die Schlange noch, wie er sie wortlos um Beistand anflehte.

„Grosser, warum sagst du nichts? Glaubst du, ich verschweige dir etwas? Was denkst du von mir!" Beleidigt drehte Effarig den Kopf aus dem Bildfeld. „Alles normal und planmäßig im Kraftwerk. Will dir nur helfen, Hydro/Hydriker. Ruhiger Job, viele Pensionspunkte, das wünschtest du doch. Nun?"

Als wäre die Schlange ein toter Zweig, stieg Lanzi über sie hinweg. Das Reptil zischte und floh unter das Gebüsch zurück. Fabius rieb sich über die brennenden Augen, er hatte nicht einmal zu blinzeln gewagt. Langsam dämmerte ihm, daß Effarig ihn etwas gefragt hatte, ihn zu einer im Moment unangebrachten und unnötigen Entscheidung drängen wollte.

„Bitte, Grosser, wenn du nicht fürchtest, daß dir jemand deine Stelle wegschnappt?"

Bevor er sich erkundigen konnte, ob ein Bewerber aufgetaucht sei, hatte Effarig die Verbindung unterbrochen.

Mit einem Seitenblick auf das unheilschwangere Gebüsch lief er zu Georgias Schweber. Erst als er in die Sicherheit der Fahrkabine glitt, wich die Beklemmung von ihm, nur das Gefühl der allgemeinen Gefährdung blieb. „Ihr hättet um ein Haar euren Expeditionsleiter verloren", begann er seinen Bericht.

Georgia ließ noch einmal – und gründlich – die Lichtwerfer über dem Lagerplatz kreisen. Lich, der erbleicht war, bat die Hreng flehentlich, jedes, aber auch jedes Ungeziefer beiseite zu räumen, schließlich wollten Menschen hier nächtigen.

Die Dampfschwaden verwehten, allmählich versank der Urwald im Dunkel. Lich, der sich gekämmt und umgezogen hatte, saß grübelnd bei den Armaturen. Fröhlich vor sich hin summend, teilte Georgia Nahrungspäckchen aus. In der schwachen Innenbeleuchtung funkelte ihr Haar, das sie zu zwei straffen Zöpfen geflochten hatte, wie rotes Metall. Vor der geöffneten Einstiegsluke hockte Lanzi, ein mächtiger, doch nicht eben aufmerksamer Wächter, der selbstvergessen Schnecken und versengte Blätter naschte. Aus dem Dschungel erklangen langgezogene Huptöne wie von fernen Nebelhörnern.

„Ich fürchte, wir verhalten uns ziemlich dilettantisch“, sagte Lich seufzend, und er stieß auf keinen Widerspruch.

„Was schlägst du vor?“

Er überhörte Georgias Frage. Gabriell und Lanzi wüßten sowenig wie er, was genau der Speer bedeute. Man könne nur mutmaßen, ahnen, fürchten.

„Was schlägst du vor?“

Das sei nicht so einfach zu sagen. Nichts überstürzen jedenfalls. Zwar habe kein Hreng Gabriells Rufe erwidert, doch dies heiße noch längst nicht, daß nicht jeder ihrer Schritte genauestens beobachtet würde. Ohne den Willen der Hrengeng geschehe hier nichts.

„Was schlägst du vor?“

„Was ich vorschlage, zum Teufel noch mal, woher soll ich das wissen?“

Sie schwiegen. Der Ozean der Bäume umbrandete den Lagerplatz, die winzige Doppelinsel der beiden Schweber, bereit, sie bei der kleinsten Unachtsamkeit zu überfluten. Die vordersten Zykadeen und Ginkgogewächse, die Lilien- und Eukalyptusbäume brandeten zweigschlagend gegen die gerodete Fläche an. Fortwährend fielen Blätter, ja ganze Zweige in die Strahlenbündel der Lichtpfeiler und barsten zischend. Nur diese dünnen, in Dunstschleiern aufleuchtenden Photonenebenen schirmten das Innere des von ihnen markierten Vielecks gegen Wucherndes und Krabbelndes ab. Selbst wenn keine wilden Hreng kampfeslüstern der Nacht entgegenfieberten – würde das dünne Licht die schweren Triceratopen, Vierbeiner mit breitem Nackenschild und der Mentalität von Nashörnern, abschrecken? Und die Ultraschallkuppel? Fabius konnte sie nicht hören, und vielleicht hatte Lanzi oder Gabriell den lästigen Krach längst abgeschaltet.

Georgia hatte die Hände im Nacken gefaltet und sah träumerisch in die Runde. „Eine Pracht, dieser Tebit-Wald, diese Nachkreidezeit, nicht wahr, Fabius?“ Sie lächelte ihm zuckersüß zu. „Bedauerlich, daß uns kein Tyrannosaurus verspeisen will. Oh, ich hatte schon immer eine Neigung zum Monströsen.“

Natürlich, eine kleine Schlange genügte ihr nicht. „Deshalb also hast du dich auf die Außerzeitler versteift“, antwortete er hölzern.

„Deshalb habe ich dich mitgenommen, dich Monster.“ Sie beugte sich weit nach vorn, und Fabius versackte in dem klaren Blau, das ihm aus ihren Augen entgegenleuchtete.

Da traf etwas Heißes, Nasses seinen rechten Unterarm. Lich stammelte Entschuldigungen, zog ein blendendweißes, scharf auf Kante gebügeltes Taschentuch hervor und wischte an dem Fleck herum.

Georgia zischte etwas von „unverzeihlicher Achtsamkeit“, meinte sie „verzeihliche Unachtsamkeit“? Auch sie wollte helfen, welche Aufregung wegen einer Tasse verschütteten Tees! So schlimm wäre es nicht, versicherte Fabius, er hätte sich nicht verbrüht und ein wenig Nässe sei er auf Pulaster gewohnt.

Lich lachte wie über einen wahnsinnig komischen Witz, die Brillanten flackerten minutenlang.

Es wurde Zeit, sich zur Ruhe zu begeben. Kaum hatte sich Fabius erhoben, schossen auch Georgia und Lich hoch. Ein über das andere Mal erkundigten sie sich, ob er tatsächlich nichts mehr merke, ein wenig Sprayverband aus der Expeditionsapotheke und eine Schmerztablette könnten nichts schaden.

Wenig später holte Fabius sich ein Zelt aus dem Laderaum des Schwebers. Dieses Zelt war ein Meisterwerk irdischer Molekular-Ingenieurkunst des XXIX. Jahrhunderts. Im „verkrausten“ Zustand kaum größer als eine geballte Faust, beherbergte es „entkraust“ bequem eine Person. Er brauchte lediglich auf die rotmarkierte Stelle zu drücken, und der Zeltknäuel blähte sich selbsttätig auf. Sobald die Oberflächenspannung den vorgeschriebenen Wert erreicht hatte, verfestigte sich knisternd die Molekularstruktur. Chemisch gesehen, war das Zelt ein einziges maßgeschneidertes Megamolekül.

Vorsichtig kniete er sich auf das nasse Laub und krabbelte, Beine voran, in das Molekül. Drinnen betastete er skeptisch die dünnen Wände. Obwohl die Seitenketten des Eingangsloches sich reißverschlußartig ineinanderhakten, obwohl das Plastmaterial bißfest war und die Luft nur gefiltert, sauber und geruchlos durchließ, obwohl Regen und Schmutz von der hydrophoben Außenfläche abperlten, fühlte er sich nicht wohl in seiner künstlichen Miniaturwelt. Es war sicherlich eine Frage der Gewohnheit.

Er hätte jetzt eine Schlaftablette schlucken müssen, doch etwas hielt ihn davon ab, vielleicht eine Ahnung von Gefahr, vielleicht ein aufglimmender Funke Erinnerung. Ermattet beobachtete er das Spiel der hellen und dunklen Flecke auf dem Zeltdach. Der Wind plapperte in den Zweigen, Blätter verzischten in der Lichtpalisade, das dumpfe Hupen, dessen Ursprung weder Gabriell noch Lanzi anzugeben wußten, hüpfte näher und trollte sich dann wieder. Tropfen fielen in zerbrechlichem Rhythmus. Unauslotbar dicht gestaffelt wogte die nächtliche Kakophonie des Urwaldes heran, lockend und abstoßend. Voller Geheimnisse und Tragödien.

Allmählich versank er im Dämmer des Halbschlafs, hörte nicht mehr die Rufe der verborgenen Sumpfbewohner, sah nicht mehr die Schattenbühne des Zeltdaches. Ein Streifen sternübersäten Himmels breitete sich über ihm aus, er lehnte an einer knorrigen Wurzel, die Hände waren ihm auf den Rücken gedreht, eine Schnur fesselte ihn an den Stamm. Nur ein Ruck, und er wäre frei, könnte fliehen – aber

das durfte er nicht, denn dann hätte er verloren, dann würden die Kameraden mit ätzendem Spott über ihn herfallen. Oh, wie sie ihn verhöhnt hatten an jenem nächsten Morgen, das Wolkenschiebersöhnchen, das vor dem Schatten eines Schattens davonstürzte!

Die Kälte der Nacht, von seinem Vater eingeplant, quoll heran, und rechts neben dem Streifen Sternhimmel, auf den zu blicken das Fenster der Zylinderwelt gestattete, erloschen eins um das andere die Lichter der Häuser. Nur die automatischen Fabriken auf dem Industriestreifen kannten kein Rasten.

Bei Tage liebte es Fabius, der dreizehnjährige Knabe, durch das Unterholz zu strolchen, aber schon die hereinbrechende Dunkelheit stellte seinen Wagemut auf eine harte Probe. Doch nun, allein in der Finsternis, während die Kameraden schliefen und die Kälte Arme und Beine steif werden ließ ...

Es war nicht nur die Kälte. Da riefen die Räuber der Luft, da raschelte es um ihn herum im Geäst und Gebüsch. Sosehr er auch spähte, sein Blick durchdrang das Dunkel nicht. Es flatterte und schwirrte, wie grober Sand rieselte es auf ihn herab. Er hielt den Atem an, lauschte – das Blut pochte in den Ohren, und der Wind rüttelte an den Zweigen. Glühwürmchen schwebten eine kurze Strecke und verglommen. Der Regen, der ihn nicht traf, lebte zu einem kurzen Stakkato auf.

Und dann geschah es. Ein Wesen, klein und kalt und glibbrig, war in das rechte Hosenbein geschlüpft und kroch mählich voran. Ein Dutzend Atemzüge später gesellte sich ein zweites dazu, ein drittes versuchte, sich zwischen die Wurzel und seinen Rücken zu zwängen. Da half kein Schütteln, kein Zucken mit dem Bein, da half nicht, wenn er den Rücken gegen die rauhe Borke rieb. Statt dessen krabbelte und kribbelte, piekte und stach es nun an den gefesselten Armen. Die Luft blieb ihm weg, seine Haut schob winzige Höcker aus, die Schnur war bis zum Zerreißen gespannt. Er schrie, und der Wald verstummte für zwei Herzschläge, dann breitete sich das Ungeziefer unbarmherzig über ihn aus, attackierte Hals und Hinterkopf. Unendlich fern strahlten die Sterne, die in ihrer gläsernen Ruhe Befreiung aus den Qualen versprachen ... Noch hätte er widerstehen können ...

Mit einem Handkantenschlag schlitzte Fabius das Zelt auf und hastete hinaus. Es nieselte, und die Tropfen stickten ein blitzendes Funkenmuster in die Photonenwände. Er spürte das kalte Metall der Leiter in den Händen, schwang sich in den Schweber. Nein, es war nicht das mindeste zu befürchten. Wozu hatten sie die Lichtpfähle, den Ultraschall. Kein Triceratops wühlte ringsum im Dickicht, und alle Schrecksaurier waren von den Hreng schon vor Jahrzehnten erschlagen worden.

Warm und angenehm weich paßte sich der Sessel seinem Körper an. Weshalb sollte er unbedingt im Zelt nächtigen? Nur um Georgias

Marotte zu befriedigen, daß alles ausprobiert werden müßte? Er klappte die Lehne zurück und schluckte die Tablette.

Draußen über den Lagerplatz huschte ein Schemen. Groß und undeutlich, vom Niesel verwaschen, glitt er über den freien Raum zwischen den Zelten, verschwand in einem langen Schattenfleck, tauchte dann, selbst nur noch ein Schatten, vor dem verlassenen Zelt auf!

Fabius sank zurück. Gespenster sah er, überreizt war er, seine Phantasie aufgepeitscht. Jedenfalls boten das Metall und der Plast des Schwebers mehr solide Sicherheit als ein Photonenvorhang oder ein entkraustes Megamolekül.

Gedämpfte Menschenstimmen mischten sich in die Mißtöne des Urwaldes. Dann war nur noch ein langgezogenes Hrengpfeifen zu hören. Gabriell oder Lanzi? Oder? Den gesamten Tag über hatten sich die beiden kaum einmal zu Wort gemeldet. Weshalb wurden sie jetzt so gesprächig? Redeten sie mit den Wilden? Verschworen sie sich gegen die Menschen? Unsinn, Gabriell hielt treu zur Flotte. Und Lanzi? Weshalb begleitete er die Expedition? Doch nicht, um die Menschen besser studieren zu können, wie er behauptete, als „Menschologe", nein ... Und nun stritten sie darüber, wie sie die Menschen überlisten würden ...

Lauter pfiff es. Instintiv tastete Fabius nach dem Nitze.

... Äonen verwehen ...

... im Dämmer vergehen ...

... feucht das sinngebende, schwankende Unten ...

... tropfend das unfaßbare, unstete Oben ...

... bald wallt mit den Wolken das ruhlose Hreng ...

Fabius schämte sich.

Ins Reich der Hreng

Unregelmäßige, dröhnende Schläge und entfernte Rufe kündigten den trüben Morgen an. Fabius war allein, einsam und wie in tausend winzige Fragmente zersplittert, unfähig zu denken und sich zu rühren. Es dauerte lange, bis er begriff, daß ihm jetzt nur eins helfen konnte: eine Munterpille. Wie mühsam war es, die Lähmung und die Gleichgültigkeit niederzuzwingen, dem Arm zu befehlen, sich zu bewegen! Hin zur Beintasche – aufknöpfen – aufknöpfen – aufdrükken ...

Zwanzig Minuten später kletterte er ausgeschlafen und gut gelaunt aus dem Schweber. Obwohl seine Glieder von der Fahrt und dem nächtlichen Lager steif und ungelenk waren, litt er zum erstenmal nicht unter der erhöhten Schwerkraft.

Vor seinem Zelt – die anderen waren bereits weggeräumt – standen Lich und Georgia. Sie stritten, und das war fast normal. Einmal mußten die unterschiedlichen Meinungen über den weiteren Kurs, das Ziel und die Art, mit den Hreng umzugehen, aufeinanderprallen.

Mit morgendlicher Unbekümmertheit tappte Fabius mitten in das Gewitter, wünschte einen schönen Tag, erklärte sich stachelmunter und fragte tatendurstig, wann sie die zweite Runde zu beginnen gedächten.

„Sind längst dabei, Frühaufsteher“, raunzte ihn Georgia an, und Lich empfahl ihm, sich einmal umzuschauen, ringsum befände sich nicht „allseits sauberes Vakuum“, sondern dichtes Gehölz voll fühlender und denkender Kreaturen, die allesamt begierig darauf seien, von Extemporalistinnen und deren Gefolge beglückt zu werden.

Fabius biß sich auf die Lippen. Es hatte keinen Zweck, sich einzumischen und die Stimmung weiter anzuheizen. Drüben, am anderen Schweber, putzte ein Hreng einige Lichtpfeiler und lud sie ein.

„Gabriell?“

Im Nu preschten zwei Hreng im Flottenoverall auf Fabius zu: Gabriell in doppelter Ausgabe! Beide bauten sich vor Fabius auf, beide beugten sich, Dampf ausblasend, zu ihm hinab, beide fummelten an einem Nitze. Doch der Kamm des einen Hreng war giftgrün am Ansatz vor Erregung, der des anderen grünlichgrau wie sonst die Hrenghaut.

„Heute heiße ich Gabriell“, meinte das Hreng mit dem giftgrünen Kamm und schlug sich zur Bekräftigung vor die Brust. Die wulstige Narbe auf der Stirn verriet, daß es sich um Lanzi handelte. Der echte Gabriell dagegen reckte sich in seinem Dreibeiner zu voller Größe, die Krallenzehen zuckten im schlammigen Boden, und der Schwanz schwang hin und her. Ein Ausdruck von Pein, von Verlegenheit? Oder freute sich Gabriell über die ihm erwiesene Ehre?

„Ich habe dem Weltraumerfahrenen meinen Namen zum Tausch angeboten“, ergänzte Lanzi.

„Fürchtest du nicht, damit Verwirrung zu stiften?“

„Im Gegenteil. Das Weltraumerfahrene bringt alles durcheinander: die Jahreszeiten und die Namensfreuden. Das Hreng wandelt sich wie die Wolken. Jeder Tag ist eine Schale.“

Jeder Tag ist eine Schale, da war sie wieder, die Hreng-Zauberformel. In der Verwaltungsetage Grund zu Stoßgebeten, in der Kantine Anlaß zu Witzen: „Wolltest du nicht den Lift reparieren?“ –

„Ich? Ich nicht. Mein gestriges Ich. Heute fühle ich mich neugeboren. Jeder Tag ist eine Schale.“ – Hrengpossen, der Beachtung nicht wert, solange sie nicht die Arbeit beeinträchtigten.

„Regelt das unter euch. – Apropos, was ist passiert, daß sich Lich und Georgia so zanken?“

„Nichts Besonderes“, antworteten die Gabriells im Chor. Oulemm habe lediglich unmittelbar hinter der Photonenpalisade die Spuren der „wilden Hreng“ entdeckt und bestehe nun darauf, vor jeder weiteren Unternehmung mit ihnen zu reden. „Sie sind aber wieder davongeschlichen, und Georgia will sofort losschwebern.“

Während Fabius sein Megamolekül verkrauste, überlegte er krampfhaft, wie er die Neuigkeit bewerten sollte. Wie von ungefähr gesellte sich Lich zu ihm. „Sie hält mich für einen Hasenfuß“, beklagte er sich, „dabei möchte ich nur verhindern, daß wir offenen Auges in die Katastrophe rennen.“ In der Nacht das Trommeln, das hätte Fabius doch vernommen? Ganz Tebit wüßte, daß Halbwesen in das Reich der Hrengeng eindrängen. Eine Konfrontation entspräche doch nicht den Interessen Meridors, nicht seinem Auftrag.

Fabius stimmte Lich zu. Allerdings würden sie, wenn sie sich nicht von der Stelle rührten, nie zum „unverrückbaren“ Dorf, nie zu Wiunjon gelangen. Die Alternative lautete also nicht fahren oder abwarten, sondern fahren oder marschieren. Was er davon bevorzugte, lag auf der Hand. Andererseits wollte er weder Lich noch Georgia vor den Kopf stoßen. Sollte die Expedition ein Erfolg werden, mußte er behutsam zwischen den beiden vermitteln.

„Fabius, wo bleibst du?“ drängelte Georgia von ihrem Schweber herab.

Lich schaute ihn bittend an.

Ob es ihm gefiel oder nicht, er spielte das Zünglein an der Waage. „Du hast ja recht, Lich“, begann er diplomatisch, „aber es ist einfach zu zeitig, um auf einem Fleck zu kleben. Vielleicht haben die Ffarhreng uns in der Nacht vorsichtig ausgekundschaftet und sich anschließend ohne Groll wieder entfernt. Oder es waren Steinhändler. Oder schwärmende Hreng im Trâl.“ Er ging mit dem Zelt zum Schweber und schleuderte es in die Frachtluke. „Weißt du, wenn du die Hreng wirklich studieren willst, mußt du dich ein wenig weiter vorwagen. Ich schlage dir vor, daß wir mit dem allerersten Hreng, auf das wir unterwegs treffen, verhandeln. Ist das nicht ein fairer Kompromiß?“

Wie abgesprochen, klomm Fabius in Georgias Schweber. Die Hand, die sie ihm entgegenstreckte, übersah er.

„Geschickt, geschickt“, lobte sie ihn, „Oulemm mit der Hrengologie zu locken. Mir hätte er dasselbe Argument allerdings nicht abgekauft.“

Das Hreng am Steuer, wahrscheinlich Lanzi, startete den Motor. Der Urwald schien über Nacht dichter zusammengerückt zu sein. Ein gewaltiger Drachenbaum, wie aus hundert einzelnen Stämmen geflochten, versperrte ihnen den Weg. Kaum hatte Lanzi ihn umfahren, verhedderten sie sich in einem regelrechten Verhau von gertenartigen Trieben, die in ihrer Masse weder durch die Lichtwerfer niederzumähen noch durch die Wulst des Schwebers niederzubrechen waren. Georgia fluchte, sie stützte sich auf die Schulter des Hreng, gab Befehle und hielt sich offenbar nur mit Mühe zurück, in die Steuerung zu greifen. Beim Zurückweichen verkeilte sich das Fahrzeug dann beinahe zwischen zwei Zykadeen.

Auf der Schneise, die sie am Vortag durch den Dschungel gebahnt hatten, verrotteten die Stachelpflanzen. Über ihren verwelkten Blüten standen Wolken von Insekten. Die kleineren Vettern der Triceratopen, träge vierbeinige Styracosaurier mit phantastisch geformter Hornkrause, wühlten herdenweise in den verwesenden Gewächsen, Schwärme von gelenkigen Flugsauriern und einige Urvögel mit Krallenfingern an den Flügeln flatterten auf. Ein einzelner Styracosaurier stemmte sich ihnen krummbeinig entgegen. Aufheulend setzte der Schweber über das Tier hinweg.

Georgia lehnte sich zurück. Ihre Finger tanzten auf der Armstütze. Mit einemmal drehte sie sich zu Fabius um. „Weshalb hast du dich eigentlich von deinem Mädchen getrennt?“

Quetztalcoatlulus aus heiterem Himmel hätte ihn nicht stärker überraschen können. Meinte sie tatsächlich Iris?

„Kein Paar begibt sich ohne zwingenden Grund auf unterschiedliche IS-Flüge. Das heißt doch in der Regel Abschied für immer. Und selbst wenn man die Weltlinien genauestens auf einen neuen Schnittpunkt hin plant, die Flotte hat schon manches Schiff umgelenkt. Dazu die Flugprobleme. Ein Tag Ausfall des Triebwerks, und prompt verschiebt sich die Ankunft um Jahre.“

„Na, übertreib mal nicht.“ Was er mit Iris vereinbart hatte, brauchte Georgia nicht zu wissen. „Wir leben nicht mehr im XXVI. Jahrhundert, wo die Raumfahrt noch von tausenderlei Zufällen abhing. Außerdem befindet sich die FLAMMARION im Anflug. Zerbrich dir also nicht meinen Kopf.“

Das Problem lag an anderer Stelle: Wie würde sich Iris entscheiden? Pulaster bedeutete für sie das Ende der Karriere. Durfte er Iris dieses Los zumuten?

„Aber ihr habt doch nicht ohne Grund eure Kältesärge in unterschiedliche Schiffe laden lassen. – Dir sind hoffentlich meine Fragen nicht lästig, Fabius? Du weißt, die heilige Neugier. Aber ich kann auch schweigen.“

Die grüne Prozession der Bäume endete. Der Umweg über die alte Schweberschneise zahlte sich nun aus. In dem buschartigen Bewuchs des einem Hochmoor ähnlichen Geländes kamen die Fahrzeuge weit besser voran.

„Wenn du nicht reden willst, laß mich raten. Ihr verfügt beide über Technikerqualifikationen. Seid intelligent, zuverlässig, anpassungsfähig. Ergo wie geschaffen für die Flotte. Ergo mit besten Aussichten auf eine steile Karriere. Ein paar Flüge, dazwischen die Fortbildungskurse und irgendwann ... Aber es klappt nicht. Nicht für euch beide.

Einer muß verzichten. – Ich hätte allerdings gewettet, daß du, ein, mit Verlaub gesagt, recht gutmütiger Mensch, nachgegeben, eingelenkt hättest."

Ja, aber nicht dreimal hintereinander. Beinahe wäre es ihm entschlüpft. Ein wenig Symmetrie sollte in einer Beziehung herrschen; Iris allerdings ignorierte diesen Grundsatz. War stets so überlegen. So geschwind. Heuerte, wenn sie es für richtig hielt, an, ohne ihn zu fragen, und zweifelte keinen Moment, daß er wieder stumm nicken würde. Aber dieses eine Mal nicht. Schließlich war Hydro/Hydriker ein ebenso wertvoller Beruf wie Navigator. Schließlich hatte er nicht Superkargo studiert.

„In einigen Punkten ähnelt sie dir", meinte er versonnen.

„Wen willst du mit diesem zweifelhaften Kompliment kritisieren, sie oder mich? Ihr habt euch im Streit getrennt. Nein? Gestritten und in letzter Minute, schon der guten Erinnerung wegen, versöhnt. So wird es sein." Zufrieden wie nach der Lösung einer vertrackten Schachaufgabe spitzte sie die Lippen zu einer kurzen gepfiffenen Kadenz.

Fabius war ihre Ratekunst, die ins Schwarze getroffen hatte, unheimlich. Er beschloß, ihren Spekulationen, indem er schwieg, die Nahrung zu entziehen.

„Beleidigt, Fabius? Bei uns im Belt wäre man nicht so zimperlich gewesen. – ‚Bei uns', was heißt das, wenn die Heimat fast ein halbes Jahrtausend tief in den Nachkegel versunken ist. ‚Bei uns' in diesem Sinne fehlt in jeder relativistischen Grammatik."

In der Flotte war es verpönt, über die verlorene Heimatzeit zu reden. Existierte überhaupt nichts, was Georgia respektierte?

„Iris stammt aus meiner Welt."

„Verstehe. Das ist der Punkt, den sie mir ewig voraushaben wird."

„Ich verstehe auch", meldete sich das Hreng.

„Gar nichts verstehst du", fuhr Georgia es an. „Und zweitens belauscht ein anständiges Hreng keine Menschen, die schwierige emotionale Probleme wälzen. Oder gibt es zumindest nicht zu erkennen, capto?"

Fabius tat der Abgekanzelte leid. Begütigend erklärte er, daß Georgia es nicht so gemeint hätte. „Du mußt wirklich einmal im Kältesarg geschlafen haben, um den Schock nachempfinden zu können und den Schmerz darüber, daß deine Geburtsgegend unerreichbar weit im Nachkegel entschwunden ist."

„Manchmal wüßte ich zu gern, was ihr Menschen auf der anderen Seite des Nitze tatsächlich meint. Auch mein Dorf, so wie ich es aus Springlingstagen kenne, ruht im Nachkegel, und ich kann es nie mehr erreichen. Obwohl es sich laut Landkarte nur zweihundert Kilometer von hier befindet."

Georgia klatschte in die Hände. „Na bitte, nichts verstehst du, das ist der Beweis. Paß lieber auf den Weg auf, du rammst sonst den guten Lich und deinen Kumpel."

Sie lächelte Fabius an, mitfühlend und einen Schimmer traurig. „Jetzt also klammerst du dich an die Hoffnung, daß sie auf Pulaster bleibt. Begreiflich. Ich wünsche es dir, Fabius."

Wenn er etwas nicht ertragen konnte, dann Mitleid. „Georgia Tufail, um es mit den Worten unseres gemeinsamen Freundes zu sagen: Manchmal wüßte ich zu gern, was du eigentlich mit dieser Jagd nach den Außerzeitlern quer durch den Kosmos kompensierst, das muß doch seine verborgenen Ursachen haben."

Sie lachte laut heraus. „Tapfer, tapfer, wie du versuchst, es mir heimzuzahlen. Dafür genügt allerdings ein wenig populäre Psychologie nicht. Was ich kompensiere oder sublimiere, ist ausschließlich meine Angelegenheit."

Ein feines Piepsen ertönte, das Rufzeichen des Reifs.

„Ich analysiere dich später", drohte Fabius, dann tippte er auf den Kontakt. Er war erstaunt, nicht Effarig, sondern Sadhana zu sehen.

Auf ihre betuliche Weise erkundigte sie sich zuerst nach dem Wohlergehen jedes einzelnen. „Ihr habt eine denkbar ungünstige Zeit gewählt, den Trâl. Nein, nicht weil die Hreng zu Hunderten durch den Dschungel schwärmen werden. Ich zweifle, ob Gabriell und Lanzi den Frühling der Hreng gut überstehen. Geben sie dem Ruf ihrer Natur nach, könnte ihnen so manches widerfahren. Unterdrücken sie ihn, ebenfalls. Sie mögen im Dschungel aufgewachsen sein, aber die Jahre in der Siedlung verleugnen sich nicht. – Fabius, ich brauche deine Hilfe."

Lanzi klopfte, Aufmerksamkeit heischend, mit dem Schwanz auf den Boden. „Sag ihr, ein Primus läuft nicht davon. Ich erfülle meine Pflicht." Der echte Gabriell hätte es nicht markiger formulieren können.

Ein plötzlicher Halt des Schwebers warf Fabius nach vorn. Lich hatte gestoppt, Lanzi in letzter Sekunde gebremst. Als gäbe es keinen Sprechfunk, winkte Lich ihnen zu: Da unten!

Sobald der Dampf verweht war, wurde eine dichte Reihe von Bohlen sichtbar, ein Knüppeldamm, wie ihn Hreng in unwegsamem Gelände anlegen.

Endlich besann sich Lich auf den Funk. Er verlangte, an dieser Stelle auf vorbeiwandernde Hreng zu warten. Wahrscheinlich lebten hier Urwaldgärtner, das Dorf könne nicht fern sein. Lanzi zog an dem anderen Schweber vorüber und übernahm die Führung.

„Hörst du, Fabius?" Sadhana führte einen Finger an die Lippen, als wollte sie ihn zum Schweigen auffordern. „Schade, daß ich dich nicht sehen kann. Ich weiß nicht, was Meridor beabsichtigt, aber ich fürchte, daß er einen schweren Fehler begehen wird. Man munkelt, daß er die Flotten-Langzeitplanung für Pulaster umstoßen will."

„Kann schon sein.“ Fabius versuchte, möglichst wenig von seiner Einstellung preiszugeben. Die Langzeitplanung war einzig und allein eine Angelegenheit der Flotte. Weshalb kümmerte sich die Botschafterin der Erde darum?

„Ich darf nicht hinnehmen, daß sein Ehrgeiz an den Grundfesten rüttelt. Nein, das ist nicht der entscheidende Punkt. Die Konsequenzen für Pulaster und die Hreng wären kolossal. Sie müssen durchdacht und verantwortet werden.“

„Er muß ohnehin alles mit dem Sektorchef beraten und auch mit der erweiterten Leitung.“

„Muß er? Wird er? Und wenn ja, wie? Auch ein Sektorchef hat seine Schwächen. – Oder, Fabius, bist du anderer Meinung?“

„Allerdings meine ich, daß Pulaster den Fortschritt braucht.“

Georgia nickte ihm zu. Sie hatte eine Faust geballt und boxte in die Luft: Zeig's ihr, Fabius!

„Selbstverständlich. Doch welchen. Jedenfalls bitte ich dich, alles, jeden Satz und jede Handlung, genau abzuwägen: welcher Nutzen, welcher Schaden, wie wirkt es sich auf die Hreng aus.“

Der Schweber schlingerte, laut kreischten die Rotoren, Lanzi mühte sich, das Gleichgewicht wieder herzustellen. Eine Wolke von Blattschnipseln nahm ihnen die Sicht.

„Früher hast du mir empfohlen, mich überall einzumischen. Nur so könnte ich auf Pulaster heimisch werden.“

„Pulaster muß vor allem die Heimat der Hreng bleiben.“

„Außerdem bin ich im Augenblick nicht in der Lage, viel auszurichten.“

„Das kann sich bald ändern. Meridor wird Leitungssitzungen einberufen. Schon um mich zu überstimmen. Wer wünschte sich nicht ein wenig Stachelschein? Da fallen sie alle um, die Sorms, Sirhan, Effarig, von Gabriell ganz zu schweigen. Versprich mir wenigstens, nicht vorschnell zu entscheiden! Der Dimension der Probleme angemessen, ja?“

Ihr feierlicher Ernst machte Fabius wanken. Er willigte ein, sie verabschiedete sich, der Bildschirm wurde wieder grau.

„Interessant.“ Georgia rieb sich mit beiden Zeigefingern die Nasenflügel. „Mütterchen Gaia gegen den Flotten-Ceasar. Hat sie die Statur dazu? Den Botschaftern sagt man normalerweise stahlharte Entschlossenheit nach ... Nun, ein bißchen Kontra wird die Diskussion beleben.“

Von allen Seiten bedrohten Baumungetüme den Schweber. Fabius hielt sich an den Armstützen fest, um nicht hin und her geschleudert zu werden. Eine Liane klatschte gegen die Frontscheibe und blieb kleben. Doch er achtete nicht auf Lanzis Kampf gegen den Urwald. Was meinte Sadhana mit Konsequenzen für die Hreng? Weshalb opponierte sie so entschieden gegen Meridor? Und weshalb traute sie dem Sektorchef nicht? Es fehlte noch, daß er in Leitungsrangeleien verstrickt wurde ...

Ein Knirschen drang ihm vibrierend bis an die Zähne. Der Schweber stak fest. Schrill jaulten die Rotoren. Salven von Blatt- und Zweighäcksel wirbelten auf. Die Grundplatte schabte und schrammte links und rechts gegen weichborkige, doch ungemein elastische Stelzwurzeln. Sie waren wiederum zur Umkehr gezwungen. Lichs Schweber zog sie frei. Dann verstummten die Maschinen.

Fabius folgte Georgia auf die erhöhte Ladefläche. Sie gestikulierte mit Lich.

„Und was lehrt nun die Weisheit der Extemporalistin?“ rief Lich herüber. „Die Luivens würden ...“

„Jetzt aufgeben?“ Georgia kicherte, und bei ihr waren selbst diese harmlos perlenden Laute so kräftig, daß sie Lichs Wortschwall erstickten. „Jetzt, wo ich sie so gut wie aufgestöbert habe?“

Wie rote Schlangen ringelte sich ihr Haar auf die Schultern. „Wen? Da fragt ihr noch? Die Magnetanomalie natürlich! Durch unseren idiotischen Zickzackkurs habe ich sie präziser als jeder Satellit anpeilen können. Ein paar Kilometer in diese Richtung, wir werden sie nicht verfehlen.“ Sie streckte die Hand parallel zum eben passierten Knüppeldamm aus.

Lanzi faltete eine Landkarte knisternd zusammen und erhob sich nun auch. Er zeigte in dieselbe Richtung. „Und genau dort befindet sich ein Hrengdorf, das Unverrückbare.“

Lanzi parodierte mit leicht gerötetem Kamm die Geste. „Was die kreisenden Sänger beweisen.“

Kurz auflachend schüttelte Fabius seine Verwunderung ab. Während der gesamten Fahrt hatte das Flottenhreng, der echte Gabriell, vor ihm gesessen.

Nochmals meldete sich der Reif. Meridor legte ihnen dringlichst ans Herz, primo ja keine Probleme mit den wilden Hreng heraufzubeschwören und secundo schleunigst Resultate zu erbringen.

Auf dem Holzweg

Die Hreng, die, den Spuren nach zu urteilen, die kleine Expedition beobachteten, dürften sich am Morgen des zweiten Tages über eine phantastische Maskerade gewundert haben, die – so würden sie vermuten – nur ein übersteigerter Trieb, den Körper zu schmücken, hervorrufen konnte und die aus den dunkelsten Tiefen jenes anderen Sumpfes, Erde genannt, stammen mochte. Dieser Mummenschanz hatte jedenfalls nichts Rationales an sich wie die Kammasken mit ihrem klaren Zweck, er verkörperte eher Unterbewußtes: die Furcht vor dem grünwuchernden Leben, die Verletzlichkeit der Halbwesenhaut und der Halbwesenseele und jene völlig unbegreifliche Macht, die die Dinge aus hartglänzendem Metall über die Wesen von jenseits der Wolken gewonnen hatten und die verhinderte, daß sie das Einfache auf einfache Weise erledigten – etwa durch den Wald zu laufen wie ein normales Hreng.

Georgia mißtraute dem Unkomplizierten. Sie setzte auf Sicherheit. Wer an Ausrüstung spart, zahlt mit Zeit oder Leben, lautete ihre Devise, der Fabius beipflichtete. Da mit den Schwebern an kein Weiterkommen zu denken war, hatten sie die Fahrzeuge auf festem Grund vertäut und durch Lichtpfeiler notdürftig geschützt.

Nun mußten sie das Nötigste selbst befördern. Georgia war darin nicht kleinlich. Sie verteilte die Geräte, als händige sie Geschenkpäckchen aus. Ein Zelt für Fabius und eins für Lich, den Speisenbereiter dazu. Wer nahm den Magnetsensor? Den trug sie lieber selbst. Dafür erhielt Gabriell II, ehemals Lanzi, das schwere Seismoskop. Spontan taufte er sich in Hlal-hvin-throck um, Das-zu-Boden-Gebeugte.

Zwei Vibratorhacken schleppte Gabriell I auf dem Rücken, und an seinem Gürtel baumelte ein Satz Messer. Beiden Hreng stülpte Georgia – zum Entsetzen etwaiger Zuschauer – schwarze Spezialsombreros über. Dann warf sie Fabius ein zusammengeschnürtes Seil über die Schulter und hängte ihm einen Infrarotfeldstecher um den Hals. Spätestens als sie ihm die Expeditionsapotheke und eine Spezialfunkbake in die Hand drückte, verlor er den Überblick.

Allenthalben protestierte Lich, und Gabriell erklärte, daß er nicht seines breiten Hrengrückgrates wegen die Expedition begleite. Georgia bekümmerte das wenig, und da sie sich selbst nicht schonte, verstummten die anderen schließlich. Ihre Haarpracht verschwand unter einem Helm, aus dem ein Antennenwald sproß. Die Urwaldhreng hätten sie sehr wohl mit einem aus der Art geschlagenen Rieseninsekt verwechseln können.

Fabius war froh, als sie endlich losmarschierten. Aber die Erleichterung währte nur kurz. Das Seil schurrte über den Kommunikator in der linken Brusttasche, der Feldstecher hüpfte ihm bei jedem Schritt auf dem Bauch herum. Rechts zerrten der Handlichtwerfer und ein Gerät mit scharfen Kanten, dessen Bestimmung er vergessen hatte. Er mußte seinen Gürtel enger schnallen, damit der ihm nicht über die Hüfte glitt, und das kostete bei all den Anhängseln viel Mühe. Dann prallte ihm links ein Satz Signalraketen schmerzhaft gegen den Oberschenkel, und gegen sein Hinterteil klappten die Apotheke und eine Metallschachtel unbekannten Inhalts. Wenigstens die Hände hatte er frei – aber die brauchte er dringend, um das, was verrutschte, wieder zurechtzurücken, ab und an seinem Gedärm durch Anheben des Gürtels Erleichterung zu verschaffen und sich an den zahlreichen Stellen zu kratzen, an denen es mittlerweile juckte.

Mehr als er selbst schien Lich zu leiden. Auf den ersten fünfzig Metern fiel ihm dreimal ein Gerät in den Schlamm, und alle mußten stehenbleiben, bis er es wieder befestigt hatte. Dabei murmelte er ununterbrochen „Schubkarren, Schubkarren!“ vor sich hin, und seine Ohrringe waren grau und stumpf.

Wieviel wohler hätte sich Fabius in dem wohnlichen, durch ein Exoskelett verstärkten Skaphander gefühlt! In dem hätte es nicht an den verschiedensten Stellen gepiekt und gescheuert. So übermäßig bepackt, kamen sie auch nur langsam voran, und gewiß hätten sie die Ausrüstung schneller zum Ziel transportiert, wenn sie leichtfüßig hin- und hergeeilt wären, anstatt sich wie Schildkröten bepanzert durch das Gelände zu schieben. Einen einzigen Vorteil hatte die allseitige Last: Sie schirmte fast so gut wie ein Skaphander den Regen ab. Allein an Gesicht und Händen spürte er die Nässe.

Als sie endlich auf den Knüppeldamm der Hreng einschwenkten, schickte Fabius Das-zu-Boden-Gebeugte voran. Lich schloß zu ihm auf und bombardierte ihn mit einer Salve rhetorischer Fragen. Ob Fabius überhaupt wisse, wohin sie marschierten. Ob er auch nur einen Gedanken darauf verschwende, wie man den ortsansässigen Ffarhrengeng gegenübertrete. Ob ihm bewußt sei, daß sie hier wie außerirdische Invasoren herumtrampelten.

Fabius ärgerte die Tirade, und er konterte etwas unwirsch, daß er als Vermittler einen planetenweit bekannten Hrengspezialisten engagiert habe.

Hinter ihnen kicherte Georgia. Sie betrachte sich, meinte sie, als liebe Tante, die nach ihren armen Verwandten schaue. Wozu sonst buckle sie sich mit Anisplätzchen, Küchenmessern und Stecknadeln ab? Außerdem möchte sie Lich bitten, die Stimme etwas zu dämpfen, er verschrecke die Saurier, und finale non minime benötige sie ihre Ohren für das Ultraschallhorchgerät.

Beleidigt schürzte Lich die Lippen.

Fabius hakte die Daumen in den Gürtel. Dank der Steigeisen unter den Schuhen glitt er auf den glitschigen Bohlen nicht aus. Einige Knüppel zerfraßen bräunliche Fäule und flauschiger Schimmel, auf anderen wucherten zinnoberrote Pilze. Viele Stämme waren in der Mitte geborsten, und nach Lanzis Tritten blubberte aus den Zwischenräumen blasiges Wasser. Das Seil schnitt in seine Schulter, und sein Rücken fühlte sich wie verknotet an. Aber solange Lich nicht jammerte, wollte er keine Blöße zeigen.

Plötzlich hob Georgia die Hand, die Marschkolonne stoppte. Sie fummelte an dem Antennenhelm herum und fragte Das-zu-Boden-Gebeugte, ob es Hrenglaute vernehme.

Lanzi verneinte, selbstverständlich würden die Ffarhreng sich weder durch Gepfeife noch durch Geräusche verraten.

Inzwischen hatte sich Lich von der brüsken Behandlung erholt und verkündete einige allgemeine Verhaltensregeln. So die, niemals und unter keinen Umständen Nahrungsmittel der Hreng zu zerstören, oder die, im Notfall auf beiden Beinen zu hüpfen. Die Hrengeng seien zwar nicht so sehschwach, einen Menschen mit einem Springling zu verwechseln, aber nach den Untersuchungen M. Carnis' werde durch eine beidseitig federnde Fortbewegungsweise ihr Kindchenmuster und damit ihr elterlicher Beschützerinstinkt angesprochen.

Die Vorstellung einer hüpfenden Expedition belustigte Fabius. Beim ersten Hopser würde die Hälfte der Ausrüstung auf den Knüppeldamm poltern. Solche Ratschläge konnte nur ein Theoretiker erteilen.

Georgia allerdings pflichtete dem Hrengologen bei. Wenn man bedenke, auf welch animalische Reize die Hreng nachweislich reagierten, staune man nicht, daß die Experten noch stritten, ob die Hreng überhaupt ein Bewußtsein vergleichbar dem des Menschen hätten.

Wie vom Blitz getroffen, blieb Lich stehen. „Können Menschen denken?“ fauchte er sie an. „Vom Bewußtsein will ich gar nicht reden.“

Sofort schaltete sich Gabriell ein. Genau dasselbe habe er sich „von Springlingsbeinen an“ gefragt. Es sei für ihn sogar einer der Gründe gewesen, sich den Menschen anzuschließen. Immerhin könne er den Ansatz eines berühmten menschlichen Philosophen zitieren: Dubio, cogito, ergo sum. Wer also zweifelt, der denkt; und da Lich am Denkvermögen der Menschen zweifele, beweise er es in zumindest einem Fall.

Die halsbrecherische Argumentation Gabriells verschlug Fabius den Atem. Er tastete nach dem Kommunikator, damit ihm bei der parallelen Übersetzung ja keine Nuance entgehe. Womöglich belustigte sich Meridors Primus über seine Lehrmeister?

Mit dem Ernst eines salomonischen Urteilsspruchs verkündete Gabriell das Ergebnis seiner Studien. „Der Mensch denkt per definitionem, das Hreng per analogiam.“

Noch ehe Gabriells Nitze ausformuliert hatte, widersprach Das-zu-Boden-Gebeugte. „Nein und umgekehrt!“ Dabei setzte es sich so schwungvoll auf die Bohlen, daß das Wasser zu beiden Seiten aufspritzte. „Ich kann dir auch verraten, warum. Wir Hreng haben eher gedacht. Der Homo sapiens existiert ungefähr seit dreihunderttausend Jahren und das Hreng sapiens dagegen seit mindestens einer Million.“ Der Kommunikator, der lange hin und her gerechnet hatte, klapperte noch nach: „Der Mensch denkt in Schubfächern, das Hreng in Gleichnissen – oder von hinten nach vorn.“

Die Hreng, die der Expedition möglicherweise nachschlichen, hatten ein weiteres Mal Gelegenheit, sich zu verwundern. Nicht über den Disput in einem ihnen fremden Dialekt, sondern über den abrupten Halt. Rechts schwammen Alligatoren, wenig voraus streute ein „Leichenbaum“ giftigen Samen in den Wind, Wassertermiten bahnten sich gnadenlos ihren Weg. Was also mochte die unangebrachte Pause, die weder der Nahrungsaufnahme noch der Beseitigung von Parasiten diente, verursacht haben?

Lautstark verschaffte sich Georgia Gehör. „Zumindest habt ihr beiden Schlaumeier mir bewiesen, daß Hreng im Herumdiskutieren keinen Vergleich mit den Menschen zu scheuen brauchen. Aber wir sind hier nicht in einem absurden Theaterstück, sondern auf einer wissenschaftlichen Expedition. Auf! Vorwärts! Das Denken überlaßt getrost mir, von euch verlange ich lediglich, daß ihr marschiert. Wenn wir das angebliche Dorf heute nicht erreichen, streicht euch Fabius das Abendessen, claro?“

Schwerfällig schleppte Fabius sich voran. Die wundgescheuerten Schultern schmerzten, und all die Geräte und Schachteln lasteten zentnerschwer auf seinem Rücken, zogen wie Bleigewichte an dem Gürtel. Zweimal stolperte er, zum Glück konnte er sich abfangen. Aber den anfänglichen kraftvollen Schwung seiner Schritte hatte er eingebüßt.

Ein schrilles Pfeifen riß ihn aus seinem Trott. Wenige Schritte vor Lanzi, der den Trupp wieder anführte, klatschte eine faustgroße Pollenkapsel auf die Bohlen. Durch den Aufprall platzte sie auf und versprühte ein feines gelbes Samenpulver. Lanzi watete in weitem Bogen um die „besamte“ Stelle herum, mitten durch den Morast zur Linken des Knüppeldammes. Gabriell, den der strenge Geruch der Pollen ebenfalls abstieß, krempelte seinen Dreibeiner hoch und wählte den Umweg zur Rechten. Die Menschen aber, Georgia voran, liefen über die gelbe Fläche, die für die Menschennase angenehm nach Vanille duftete. Eine dreifache Spur brauner Fußtapfen blieb zurück.

Nach einer Weile gesellte sich Fabius zu Gabriell. Im Gegensatz zu Lanzi stammte Gabriell beinahe aus dieser Gegend. Er sollte eigentlich die Gepflogenheiten der „wilden“ Hreng, seiner früheren Nachbarn, bestens kennen.

„Ja und nein. Tebit ist groß. Die Hreng des ‚Unverrückbaren‘ schlüpfen in Farnwedelnestern aus ihren Schalen. Sie schnitzen viereckige Augen in die Masken und beträufeln die hölzernen Kämme nicht mit Rotbaumsaft, sondern mit zähem Zykadeenblut. Sie jagen die Krempeltiere und verehren die Eiräuber. Sie bauen dunklen Mohn an und zerreiben die Muhrlik-Nüsse. Als ich noch ein Springling war, färbte sich mein Kamm ihrer rohen Sitten wegen braun. Heute weiß ich, daß meine ehemaligen Nestlinge nicht weniger primitiv sind. Ein Hreng ohne Flottenbildung hält die Hreng aus anderen Stämmen für Barbaren. Wo doch alle Barbaren sind. Alle."

„Ich habe gelernt, daß nicht der Fremde ein Barbar ist, sondern derjenige, der ihn wegen seines Andersseins verachtet."

Er verachte kein einziges Hreng, verteidigte sich Gabriell. Ihre Sitten seien jedoch mitunter barbarisch. „Die Berghreng verspeisen ihre Toten, um die Kontinuität des Stammes zu wahren. Meine ehemaligen Nestlinge werfen die Leichname den Termiten zum ‚Putzen' vor, damit sie saubere Gebeine verehren können. Und die Ffahrhreng bauen gesonderte Knüppeldämme zu den Begräbnisplätzen, wo sie die Toten und die lebensüberdrüssigen Alten versenken. Das Geschöpf des Sumpfes kehrt in den Sumpf zurück."

Irgendwo war die Grenze, in diesem Punkt mußte er Gabriell zustimmen.

„Ich bin jedenfalls froh darüber", resümierte Gabriell, „zu den Menschen gefunden zu haben."

„Sind die Menschensitten denn überlegen?" fragte Lich, der interessiert gelauscht hatte. „Unterscheiden sich die Gebräuche der Flotte, relativistische Zivilisation oder nicht, etwa prinzipiell von denen der Hrengeng oder der Chaldäer? Praktiziert der Stamm der Raumfahrenden nicht die uralte Feuerbestattung und katapultiert seine Toten in die Sterne?"

Was sollte man sonst mit ihnen anfangen? Zurück zur Erde oder in Licht verwandeln? Wußte Lich Besseres, Menschenwürdigeres?

Unvermittelt richtete sich Gabriell kerzengerade auf und pfiff. Lanzi schleuderte die Arme nach den Seiten, sein Sombrero verrutschte. Dunkelgrün gesprenkelt schimmerte der Kamm darunter hervor: Achtung!

Dann geschah alles im Bruchteil einer Sekunde. Von rechts aus dem dichten, lanzenförmigen Gras schoß ein gewaltiger Leib hervor – direkt auf Fabius zu. Das Tier riß seinen Rachen auf ..., spitze Zähne in Doppelreihen ..., ein roter Krokodilsschlund ...

Die Zeit gefror für Fabius. Seine Hand, ausgestreckt nach dem Gürtel, war wie erstarrt. Gabriell mühte sich reglos, eine Vibratorhacke auszuklinken, Lich und Lanzi standen versteinert, Georgia langte qualvoll schleppend nach dem Lichtwerfer.

Da nagelten zwei heransausende Speere das Ungetüm an die Bohlen. Der Rachen krachte zu, der getroffene Alligator, dunkelgrün beschuppt, gut fünf Doppelschritt lang, zuckte, sein Schwanz peitschte auf die Knüppel, dunkles Blut sickerte aus der Wunde. Fabius tastete nach Gabriell, spürte die straff gespannte Uniform unter den Fingern. Geifernd mühte sich das Reptil, in das Gras zurückzuweichen.

Zwei Hreng mit weit ausladenden, rot und blau gemusterten Kammmasken brachen zwischen den Bäumen hervor. Bedächtig schritt das eine an die schmerzverkrümmte Bestie heran und stieß ihr einen

Speer, den es eben noch hoch über seinem Haupt geschwungen hatte, mit aller Macht in den Schädel. Es knirschte furchterregend.

Geradezu gemächlich beäugten die Hreng nun ihre Beute. Die Krallenfüße auf dem toten Alligator abstützend, zogen sie die Speere heraus. Dann drehten sie sich wie zwei lebende Türme Fabius zu. Hilfesuchend schielte er zu Lich, zu Georgia, seinen Hrengfreunden. Keiner rührte sich.

Mit zitternden Fingern justierte er den Nitze auf den Dialekt der Ffarhreng. Dann blickte er zu den faltigen Hälsen der Hreng auf und bedankte sich. Einer plötzlichen Eingebung folgend, fügte er hinzu, daß er sich fortan Der-von-den-heldenhaften-Hreng-des-Sumpfes-Gerettete nennen wolle. Georgia schüttelte unwillig den Kopf, aber Lich nickte eifrig.

Den Hreng schienen seine Worte zu gefallen. Sie pfiffen heiser: „...gerade noch rechtzeitig vor dem Schwärmen..., mörderischer Urahn ..., Schrecken der Springlinge ...“ Der Rest der Übersetzung ging in ihrem Schnauben unter. Dann wischten sie die Speere mit Gras sauber.

Schwäche überfiel Fabius. Er beugte sich vornüber, stützte sich mit den Händen auf den Knien ab und atmete tief und langsam, um das Würgen niederzuzwingen. Sein Gesicht war glühend heiß.

Georgia sprang für ihn ein. Sie bat die Hreng ohne Umschweife um Erlaubnis, das Dorf aufsuchen zu dürfen. Als Fabius wieder aufschaute, hatten Gabriell und Lanzi die schwarzen Sombreros abgenommen. Eine Geste der Unterwerfung, der Friedfertigkeit? Da sie die Sprache der hiesigen Stämme kaum beherrschten, konnten sie sich nur über den Kommunikator oder – auf emotionaler Ebene – über die Kammfärbungen verständigen.

Eins der Hreng hob das tote Reptil an den Tatzen auf und warf es sich über die Schulter. Es eilte mit Riesensätzen voraus.

„Aufsuchen? Besuchen?“ fragte der Nitze. „Die Halbwesen, die wie Stachel die Früchte der Gärten versengen, und die Hreng, die keines Hreng Nestling mehr sind, werden längst erwartet.“

Das Unverrückbare

Für Fabius war Urwald gleich Urwald, Baum gleich Baum, Farn gleich Farn. Da er die kultivierten Arten nicht von den wilden zu unterscheiden vermochte und dicht sprießendes Federgras die meisten Schutzzäune verbarg, merkte er nicht, daß sie bereits eine geraume Zeit zwischen Dschungelgärten einherliefen.

Wie die Menschen am Ende der Eiszeit hatten die Hreng fast jeden Fleck ihres Planeten besiedelt: von den taigaähnlichen Konife-

renurwäldern Arktikas über die verstreuten Eilande des Stürmischen Ozeans und den Äquatorialkontinent bis zu den wenigen Gebirgszügen des Südlandes.

Für das Menschenauge jedoch war nicht erkennbar, wie stark sie dem Planeten ihren Stempel aufgeprägt hatten, denn nirgendwo auf Pulaster klebte ein Potala an steiler Bergflanke, nirgendwo auf Pulaster thronte eine Akropolis über einer lärmenden Metropole. Wo der Mensch den groben Kittel des Bauern abgestreift und sich das stolze Gewand des Städters übergeworfen hatte, da versteckten sich die Hreng um so starrsinniger hinter den Masken ihrer dörflichen Traditionen.

Folglich lebten die „Schlammschlürfer" der Wealdon-Sümpfe seit Hrenggedenken in kleinen Pfahlbauten, folglich wohnten die Fischer des Ichtyornis-Atolls wie ihre Urahnen, die der Sage nach Tausende von Meilen über das Meer gefahren waren, um gegen die Giganten zu kämpfen, in einfachen Laubhütten, folglich mauerten die Hreng des Äquatorialkontinents wie eh und je ihre tönernen Burgen.

Dennoch hatten sie ihren Planeten mit dem Holzspaten des Urwaldbauern gründlich umgestaltet. Wo vor jenem dunklen Zeitalter der Gigantomachie sich unauslotbare schwarze Sümpfe erstreckt hatten, wuchs nun auf schwankender Decke, einst sorgsam gepflegt, dann wieder vergessen, der Hrisal-Strauch oder das Webkraut; aus früheren Schlingwäldern, deren Dickichte selbst das starke Triceratops nicht durchbrach, waren wohlgehütete Pflanzenparadiese geworden, und vielerorts bildeten die Abfälle der Hrengdörfer eine meterdicke Schicht. Allerdings hatten die Hreng nie die Fesseln ihrer geologischen Formation, der Nachkreide, gesprengt – im Gegensatz zu den Menschen, die das irdische Quartär unter Industrieablagerungen und unter dem Beton der Städte begraben hatten, ehe der Alte Planet im Frühling des Quintärs erblühte.

Dreihörnige Schädel, die auf Pfählen staken und von denen weiße Flechten wie Bärte herabhingen, verrieten die Nähe des Dorfes. Anders als die meisten Hrengdörfer lag es weder an der Verkehrsader des wenig entfernten Hünenflusses noch inmitten einer besonders fruchtbaren Dschungelgegend. Es verdankte seinen Standort einzig der Zähigkeit, mit der sich die Ffarhreng an ihre Traditionen klammerten, die bis in jene Zeiten zurückreichen mochten, in denen der Strom hier eine breite Mäanderschleife geschlungen hatte, ehe er sich in den Stürmischen Ozean ergoß. Andere Dörfer waren mit ihren Bewohnern gewandert, die Ffarhreng des Unverrückbaren dagegen hockten an ihrem angestammten Siedlungsplatz fest, und ihr Dorf erneuerte sich stets an alter Stelle.

Das Unverrückbare bot Fabius einen zugleich grandiosen und dürftigen Anblick. Der Dschungel öffnete sich zu einer weiten, von mannshohen Palisaden umfriedeten Lichtung. Vereinzelte Bäume ragten über die mit bizarren Tierfiguren geschmückten Stämme hinaus, ebenso die Dächer der Hrengburgen, die schindelartige gelbe Blätter oder dichter Rasen bedeckten.

Als Fabius das mit zahnstarrenden Reptilfratzen verzierte Tor passieren wollte, verwehrten ihm und seinen Gefährten speertragende Hreng den Zutritt. Ihre herrischen Gesten waren nicht zu mißdeuten: Schuhe säubern!

Das war mehr als lachhaft, denn der Knüppeldamm setzte sich nicht weniger schlammig und schmutzig ins Innere des Dorfes fort. Trotzdem bückte er sich folgsam, was ihm bei der „allseitigen“ Ausrüstung nicht leichtfiel, und kratzte und wischte mit Stöckchen und Gras an seinen Stiefeln herum.

Eins der Hreng kniete sich vor ihm auf die Bohlen, senkte sein riesiges Haupt schnaubend zu Boden und begutachtete das Schuhwerk. Die Erdklümpchen, die an den Hacken klebten, interessierten es nicht, dafür putzte es auch die letzte Spur gelblicher Pollen von der Sohle.

Sie entgiften uns! Der Gedanke erheiterte Fabius, er erinnerte sich an den BioCheck im Orbit; die grobschlächtigen Kreaturen erschienen ihm mit einemmal ungeheuer menschlich.

Endlich durften sie das Dorf betreten. Insgesamt neun voll ausgewachsene Hreng mit violetten Masken über den Kämmen umringten sie, die Farbe symbolisierte, wie Lich Fabius zuflüsterte, Kraft und Zorn. Unter der derben Haut der wuchtigen Beine spielten die Muskeln wie baumstarke Taue.

Gabriell und Lanzi waren dicht aneinandergerückt. Sie kommentierten die Situation mit keinem Wort. Wußten sie nichts, oder schüchterte das martialische Gehabe der Hreng sie ein? Stumm gehorchte Fabius jedem Wink seiner Begleiter.

Der Weg verzweigte sich. Die Bohlen waren größtenteils frisch, an mancher Stelle glänzte helles, harziges Holz. Zwischen den Knüppeldämmen wuchsen erdhaft unregelmäßige Bauwerke aus dem festgestampften Boden, Hrengburgen aus Stämmen, Zweiggeflecht und viel Ton, die einen rund, die anderen länglich, mit windschiefen, holzumrandeten Aussparungen für die Türen und Schlitzen anstelle der Fenster. Springlinge schossen aufgeregt zwischen den Burgen einher; die Vollhreng dagegen demonstrierten Gleichgültigkeit. Einige schliffen, als könnte sie nichts aus ihrer Geschäftigkeit aufstören, steinerne Werkzeuge zurecht oder spalteten mit hölzernen Keilen federdünne Brettchen von dicken Baumstämmen ab, andere pflanzten unbeirrt Setzlinge in den kreisförmigen Gemüsebeeten. Wiun-jon, den Fabius immer sehnlicher herbeiwünschte, schien nicht unter ihnen zu sein.

Ein paar Sänger, die eben noch mit Mäulern und Krallen in Abfällen gewühlt hatten, flogen schrill krächzend auf und beäugten den bunten Trupp vom Wipfel einer alten Pseudosequoie. Auch die Springlinge wahrten Distanz.

Die schweigenden Hreng, die Fabius flankierten, schwenkten näher heran. Sie senkten ihre schmucklosen Speere, als fürchteten sie ein Ausbrechen der Fremden. Eine schmale Gasse bildete sich so; Fabius und seine Gefährten mußten in ihr Spießruten laufen. Der größte der Speerträger schritt unmittelbar hinter Lanzi und Gabriell, er schnitt den Rückzug ab.

Nur Georgia ignorierte die wachsende Bedrohung. Sie las seelenruhig ihre Instrumente ab und peilte zwischen den wuchtigen Unterleibern der Hreng hindurch einige hohe Bäume außerhalb der Palisade an. Dabei lächelte sie völlig unpassend und rieb sich dann erfreut die Hände. „Zurück, Fabius! Unser Ziel befindet sich unmittelbar vor dem Dorf."

Sie wollte durch das Spalier der violett maskierten Hreng schlüpfen, doch diese verwehrten es ihr mit gekreuzten Speerschäften.

„Sag ihnen", fauchte Georgia, „daß sie uns freilassen sollen, Fabius. Sag ihnen, daß wir ihren Chef sprechen müssen. Meinetwegen mit dem üblichen Schmus."

Zum erstenmal schien sie ihn als Expeditionsleiter zu akzeptieren. Unschlüssig wog er den Nitze in der Hand. Jedes Wort wollte dreimal bedacht sein ...

„Geduld!" raunte Lich. „Reize sie nicht! Und befiehl Georgia, stillzuhalten!"

Ein Sänger flatterte fledermausartig heran, setzte sich Lanzi auf die Schulter und schnupperte an seinem Kamm. In einem holzgefaßten Koben quiekten rundliche, fast haarlose Ursäuger. Sie legten die Pfoten, verschrumpelten Händen ähnlich, àn die Einfassung und beglotzten die vorbeischreitenden Fremdlinge. Ein beißender Gestank ging von ihnen aus.

Inzwischen wurden die Springlinge kühner. Voran die kleinsten, die einjährigen „Dauerfrager", hopsten sie unter den Speeren hindurch. Schließlich wagten sie es, vorsichtig an Gabriells Overall zu zupfen – husch! sausten sie wieder davon. Gabriell stapfte stocksteif weiter, sein Kamm war dunkelgrüngrau vor Angst.

Bei einer größeren Hrengburg, von der kantige, schwarz und ockerbraun bemalte Reptilköpfe herabschauten, bedeuteten die Speerträger dem Trupp zu warten. Fabius stützte sich auf die Knie, er war froh, daß der Marsch ein Ende hatte.

Die Springlinge hüpften, neugierig pfiepend, heran. Der Kommunikator, der ihr Geplapper übersetzte, verhaspelte sich fortwährend. Federnd umrundeten sie Fabius, mitten aus der Bewegung grapschten sie nach seinem Gürtel. Da mußte er sich schon ein paar Spritzer Schlamm und etliche Knüffe gefallen lassen. Der Spezialsender klatschte zu Boden, um ein Haar hätten sie ihn zertrampelt.

Aber Fabius traute sich nicht, sie zu verjagen, und er hätte auch nicht recht gewußt, wie. Er hoffte inständig, daß ihnen Wiun-jon bald beisprang.

Zur Linken hauste ein uraltes Hreng in der Diogenestonne seiner Erdhöhle; nicht einmal der sensationelle Anblick von Halbwesen vermochte es aus seiner Beschaulichkeit hervorzulocken. Rechts verströmte kniehohes dunkelbraunes „Würzkraut" einen stechenden Duft. Auf einer Grasleine baumelten durchbohrte Froschleiber, die ein bläulicher Saft konservierte. Mehr zur Mitte des Dorfes hin ragte ein brandgeschwärzter und bis zur kahlen Krone entrindeter Baum auf – der „Blitzbaum". Dicht über seiner Wurzel hing, zu silbernen Streifen zerschlissen, ein Flottenoverall. Der Overall, den Meridor Wiun-jon geschenkt hatte?

Drei Hreng, deren Haut an vielen Stellen die Schuppen verloren hatte und borkig rauh und stumpf wirkte, schaukelten heran. Sie trügen keine Masken, flüsterte Lich, ein gutes Omen!

Die Bewacher rückten ehrfürchtig zur Seite, als die alten Hreng nahten. Diese tippten sich mit gespreizten Echsentatzen gegen die Brust, dem einen war der rechte Arm knapp unterhalb der Schulter amputiert. Dann jedoch schwang ein anderes einen bemalten und mit Bastbändern geschmückten Speer. Es umtanzte Fabius und dessen Gefährten, richtete dabei die Speerspitze dreimal auf jeden einzelnen und rammte die Waffe schließlich zwischen sich und den Fremdlingen in den Schlamm.

Fabius' Finger glitten zum Lichtwerfer. Deutlicher konnten die Dorfbewohner offene Feindseligkeit nicht ausdrücken. Oder gehörte der Zierspeer zum offiziellen Begrüßungsritual? Auf der Erde war es zeitweise üblich gewesen, besonders willkommene Gäste mit Böllerschüssen zu empfangen.

Während Fabius noch zögerte, nahm Georgia die Angelegenheit in die Hände. Längst hatte sie sich eine Methode ausgedacht, die Hreng zu beeindrucken. Sie trat ihnen, soweit es der geringe Platz gestattete, entgegen und riß sich blitzschnell den Helm vom Kopf. Ihr rotes Haar entflammte, fiel ihr wie ein Feuerstrom auf die Schultern, flakkerte ihr ins Gesicht.

Die Hreng, auch die violett maskierten, schreckten zurück, als bräche Stachel durch die Wolken. Fabius glaubte, ihre Erschütterung nachempfinden zu können: In diesem lohenden Rot erglühte kein Hrengkamm, diese Farbe verhieß eine mächtige, aber undeutbare Gefühlswallung, verriet eine unbändige Zauberkraft, zeugte von der Überlegenheit der Besucher von jenseits der Wolken. Die Verschiedenartigkeit der beiden Welten, die mehr trennte als eine Kluft von vierzig Lichtjahren, war in dieser Flammenfarbe zusammengeballt.

„Ihr seid die Halbwesen aus dem weiten Windreich zwischen den Nestlingen Stachels", übersetzte der Kommunikator gravitätisch das

Pfeifen des Einarmigen, wogegen sich der Nitze, den Fabius an sein Ohr preßte, mit einem lakonischen „Menschen aus dem Weltenraum“ begnügte.

„Viele unserer Ahnen sind in den ewigen Kreislauf des Urelements eingegangen, seit die freundlichen Halbwesen, die am Rande unseres Nestes saßen, freundlich am Rande unseres Nestes saßen.“

„... viele Hreng sind im Sumpf bestattet worden, seit die Luivens uns besuchten.“

Georgia wurde ungeduldig. Sie unterbrach des Hreng, was Fabius nie gewagt hätte, und verteilte im Telegrammstil Komplimente, die von Worten wie „edel“, „hilfreich“ und „gut“ strotzten. Dann packte sie die Geschenke aus und legte sie den Hreng vor die Hintertatzen: Nadeln und Pfeilspitzen, Messer und Glasschalen – letztere wirkten ungemein zierlich und zerbrechlich vor den Krallenzehen ihrer Empfänger. Ein Springling drängte sich dazwischen, um einen funkelnden Becher zu stibitzen, einer der Alten verjagte ihn mit einem Schwanzschlag.

Dies war aber schon die einzige Reaktion. Sie rührten sich nicht, und sie schwiegen sich aus. Nicht einmal ein knappes „danke“ tönte aus dem Nitze.

„Du hast sie vor den Kopf gestoßen!“ zischte Lich.

Es mochte stimmen. Fabius bat jedenfalls Georgia, sich mit weiteren Experimenten zurückzuhalten. Dann stellte er sich, seine Retter wortreich rühmend, mit seinem neuen Hrengnamen vor und richtete Meridors Grüße aus – insbesondere die an Wiun-jon.

Keine Antwort.

Er wiederholte seine Botschaft. „Ihr müßt Wiun-jon doch kennen!“

Das Einarmige neigte den Kopf nach links, als ob es schwer hörte. Nein, kein Hreng kenne ein Wiun-jon.

„Dann hat es seinen Namen verändert, als es aus der Flottensiedlung zurückkehrte.“

„Kein Hreng ist je von den Halbwesen zurückgekehrt.“

„Aber dort hängt sein Overall.“

Ringsum erstarrte das Dorf. Die Sänger hockten, ohne zu krakeelen, in den Wipfeln der Bäume, selbst die Springlinge saßen stumm zwischen ihren ausgewachsenen Artgenossen.

War es so schlimm, Hreng bei einer Lüge zu ertappen? Vorsichtig spähte Fabius zu Lich. Der kratzte sich am Handgelenk, nervös und ratlos. Lanzis Kammzacken waren, was Fabius zum erstenmal beobachtete, braun umrandet. Irgend etwas mußte geschehen. Irgend etwas würde geschehen. Die Säuger quiekten angstvoll in den Koben, der Wind schaukelte die aufgefädelten Frösche. Empfanden denn die Hreng nicht die Peinlichkeit, der sie die Fremdlinge aussetzten?

Noch immer schwiegen sie, schwieg das Dorf. Fieberhaft suchte Fabius nach beschwichtigenden Worten, freundschaftlichen Gesten.

Da platzte Georgia in die Stille. Sie verzichtete auf alle Diplomatie, jedes Herantasten, jede Behutsamkeit. Rundheraus fragte sie, ob sie bei jenem Hügel jenseits der Palisade graben dürfte.

Es war, als hätte sie gegen Steine gesprochen. Unsicher drehte sie sich zu Fabius um, der mißbilligend den Mund verzog. Sie prustete, warf den Kopf in den Nacken, kreuzte die Arme und blitzte die Hreng an. Als sich weiterhin keine Reaktion abzeichnete, begann sie in ihrem Ärger zu erröten, und als sie das merkte, erglühte sie um so stärker.

Fabius hätte schwören mögen, daß es wiederum die Feuerfarbe war, die den sturen Gleichmut der Hreng brach.

Seine Nestlinge, antwortete das Einarmige, würden nicht wie die „Schlammschlürfer" jeden Gegenstand aus Metall anbeten, sie wüßten auch, daß das „geronnene Wasser" keine magischen Eigenschaften besäße, ausgenommen die, dem Auge zu gefallen. Jedoch im Angedenken an frühere Zeiten seien die Halbwesen geduldet.

Mit den präzisen Kommunikatorworten wich die angestaute Spannung. Auf einen Schlag spürte Fabius wieder die Last der Ausrüstung. Das Einarmige voran, stapften die drei Alten los, die Schwänze wie tote Anhängsel hinter sich herschleifend. Sie überließen den Menschen und ihren Begleitern einen verunkrauteten Platz nahe der von Schlingpflanzen umrankten Palisade.

Fabius hakte seinen Gürtel auf, die Gerätschaften purzelten zu Boden. Als er sie wegsortierte, vermißte er das Spezialfunkgerät und – schlimmer noch – die Expeditionsapotheke. Ihr Inhalt reichte aus, um den gesamten Hrengstamm zu vergiften!

Gleich darauf erschrak er zum zweitenmal bis in die Zehenspitzen. Als ob ihr das eisige Schweigen nicht genügt hätte, drang Georgia unverfroren und ungeschickt in ihre Gastgeber. Durfte sie nun graben oder nicht?

Diesmal verfärbten sich die Kämme deutlich. Ein violetter Schimmer deckte die Spitzen, die Basis nahe am Nacken wurde tiefrostrot. Gabriell schrumpfte in sich zusammen.

„Kein Hreng rührt an den Hort der Giganten."

„Was der Sumpf verschluckt hat, spuckt er nicht mehr aus."

„Nur Grabfrösche, Bauchkriecher und Säuger wühlen im Grund."

„Wehe dem Hreng, das den Sumpf antastet, wehe seinen Freunden und wehe seinen Feinden. Denn wer dem Sumpf raubt, was der Sumpf nicht freiwillig herschenkt, der weckt den schlummernden Giganten!"

Der niedrige Pulasterhimmel hatte seine Schleusen geöffnet und schüttete das zu Wolkentürmen gehäufte Naß über Menschen und Hreng. Zu früh, durfte man dem Einsiedler in der Tonne glauben, strömte der Zweitageregen auf Tebit herab; Altgewohntes, Altbewährtes geriet ins Wanken seit dem Auftauchen des Stachelvogels, Hreng verwandelten sich in Halbwesen und Halbwesen in Giganten, die den Sumpf dort zu verletzen trachteten, wo er am heiligsten war.

Gerade noch rechtzeitig vor der schlimmsten Sturzflut hatten Fabius und seine Freunde ihre Megamoleküle entkraust, und die Ausrüstung nach Möglichkeit nässe- und springlingsgeschützt unter einer Plasthaut versteckt. Jetzt saßen sie auf unförmigen Hockern aus Plastschaum unter einer Zeltplane, die sie zwischen vier Pfähle gespannt hatten, spürten den Hauch des Regens im Gesicht und stillten ihren Durst. Eine schwache Lampe baumelte an einer Leine, der Atem von Lanzi und Gabriell wirbelte als weißer Nebel in ihren Schein. Ab und an klatschte der Wind gegen die dünnen Seitenwände und schickte ein Bündel Regenschnüre herein. Ein feines Zirpen und Zwitschern vermischte sich mit dem Rauschen: Die Hreng des Dorfes sangen, begleitet von gezähmten Flugsauriern, lebensfrohe Lieder, die den zärtlichen Regen priesen und das milde Grün der sprießenden Blätter.

Die Stimmung unter der Zeltplane war alles andere als romantisch. Lich beschuldigte Georgia, durch ihr ruppiges Auftreten, das vielleicht bei Menschen verfing, sich mit den Hreng zu verfeinden; Georgia blaffte zurück, ohne ihr Eingreifen stünden sie noch jetzt den Alten Aug in Auge reglos gegenüber, irgendwann hätten sie die Hreng in ihre Absichten einweihen müssen, von Verschrecken könne keine Rede sein und emotional reagiere sie schon gar nicht.

Wie der Lärm einer zersprungenen Pauke dröhnte ihr Wortwechsel Fabius in den Ohren. Er beschwichtigte sie, indem er alle Verantwortung für einen möglichen Eklat auf seine Expeditionsleiterschultern lud.

Nun schwiegen sie, schlürften, weil es nichts anderes zu tun gab, den dampfenden Tee, aber die einmal heraufbeschworenen Zweifel und Selbstbezichtigungen nagten von allein fort. Er hätte Georgia von vornherein das Wort verbieten sollen, er hätte die Hreng bedächtiger und besser vorbereitet ansprechen sollen, er hätte nicht so starrsinnig nach Wiun-jon forschen sollen. Nimmermehr würden die Hreng gestatten, daß sie ohne Aufpasser das Dorf verließen, und was Meridors großartiges Vorhaben betraf ... Im Moment wagte er nicht einmal, die Bodenproben zu entnehmen.

Wie sollte er nur dem Administrator berichten? Und dieses Regenwetter verdammte sie erst recht zur Untätigkeit. Er war der falsche

Mann für diese Expedition, verpatzte alles, seinethalben waren sie so gut wie gefangen ...

Fabius schwindelte es. Mit aller Macht wehrte er sich gegen das Gefühl, daß die Umwelt ihm entglitt, unverständlich und unfaßbar wurde. Verstohlen tastete er nach der Beintasche, stützte dann den Kopf in die Hände und konzentrierte sich auf die vertrauenerweckende Wärme seines Körpers, auf den begütigend-regelmäßigen Herzschlag, das Heben und Senken der Brust.

Lange hatte er die Droge entbehren können, die in der Flotte schlicht „Schockpille" hieß. Sie erleichterte den Raumfahrern das Wiedereingewöhnen in eine um Epochen weiterentwickelte Menschengemeinschaft. Doch selbst nach seinem ersten Flug, dem zum Aldebaran, währenddessen er knapp hundertvierzig Jahre im Kältesarg verschlafen hatte, war die Unsicherheit im Umgang mit den „modernen" Menschen kaum so groß gewesen wie jetzt mit den Hreng. Damals hatte ihn die Geborgenheit in der Flotte aufgefangen. Zu den Hreng aber existierte kein Zugang, keine Brücke.

Unter dem Einfluß der Droge verblaßte das Schreckensbild, allein in ein gläsernes Labyrinth eingesperrt zu sein, abgeschnitten von der Außenwelt, unerklärlichen, bedrohlichen Regeln unterworfen. Unter dem Einfluß der Droge wuchs das Zutrauen zu einer komplizierten, doch wohlgeordneten und durchschaubaren Welt voller mitfühlender Kreaturen, die sich vielleicht manchmal nicht richtig mitzuteilen verstanden – was man eben akzeptieren mußte –, aber ihm prinzipiell wohlgesinnt waren.

Fabius lugte zwischen den Fingern hindurch. Niemand hatte seine Not bemerkt. Lich diskutierte mit sich selbst, und Georgia schob auf dem Tisch immer feinere Muster aus unsichtbaren Mosaiksteinchen zusammen. Lanzi und Gabriell waren erstarrt, als würde der Gesang ihrer Artgenossen sie hypnotisieren.

Wahrscheinlich drückte nur das Wetter auf die Gemüter. Seinen Vater hätte man für eine solche Waschküche von seinem Posten gejagt. Melancholie und dumpfe Ahnungen waren nicht gefragt.

Positiv betrachtet, bewies der Overall, daß Wiun-jon in sein Dorf zurückgekehrt war. Also verleugneten die Hreng ihren Nestling. Warum nur? Hatten sie Angst vor den Menschen? Gabriell hatte beobachtet oder glaubte es zumindest, daß die Alten des Dorfes sich schämten. Wofür? Nach den Erfahrungen des Tages war zu vermuten, daß die Springlinge Wiun-jon ausgeraubt hatten. War dies ein Grund zur Scham? Für die Alten? Für Wiun-jon selbst, der ohne die empfangenen Geschenke den Menschen nicht unter die Augen treten wollte?

„Ein Mensch schämt sich für andere, ein Hreng für eigenes Verschulden." Wie edel klang das aus Lanzis Kommunikator. Die Lüge erklärte es nicht.

„Lüge? Kein Hreng würde es auch nur Herummogeln um eine Antwort nennen." Lich lächelte stolz und schlug elegant die Beine übereinander. „Das Einarmige hat dich präzisiert. Für seine Nestlinge ist kein Wiun-jon, kein Hreng, von der Siedlung zurückgekommen, sondern ein Halbwesen in Gestalt eines Hreng, ein Halbwesen, wie man es keinesfalls im Dorf duldet. Auf seinen Beistand können wir nimmer zählen."

Damit wurde Wiun-jon für Meridor uninteressant – aber nicht für ihn, Fabius. Um ein Hreng, das der Menschen wegen von seinen Artgenossen gemieden oder vertrieben wurde, mußte man sich kümmern.

Wie befürchtet, bewachte Effarig Meridors Kanal und versuchte ihn abzuwimmeln. Der Administrator sei im Augenblick ungemein beschäftigt und wolle nicht gestört werden. Fabius könne seine Neuigkeit ja genausogut ihm, Effarig, anvertrauen, er würde sie in einem günstigeren Moment weiterleiten. „Ceterum. Möchte dir aus Kollegialität guten Rat erteilen: Vorsicht bei der Wahl deiner Freunde. Aufsässiger Emerit schadet deinem Ruf. Bin natürlich verschwiegen, aber wenn Nozaki selbst damit prahlt! – Administrator ist zur Zeit absolut überlastet, glaub mir."

Fabius blieb hartnäckig.

„Bene", kapitulierte Effarig schließlich, „aber auf deine Kappe."

Meridor wirkte tatsächlich angespannt, doch als er Fabius' Stimme erkannte, hellte sich seine Miene auf. „Salve, Grosser, habe deinen Bericht erwartet. Stoßt wohl auf Probleme?"

So angesprochen, vergaß Fabius das ihm auf der Flottenakademie eingetrichterte Primo und Secundo, das Iterum und Denique eines Rapports und erzählte hastig von dem Empfang, von dem unklaren Schicksal Wiun-jons und dem „magnetischen Hügel" jenseits der Palisade.

Das Stichwort genügte, um Georgia aus ihren Mosaikspielchen aufzuschrecken. Sie bemächtigte sich des Reifs samt Fabius' Arm, hatte ihn im Nu vom Hocker an ihre Seite gezogen und wandte sich statt seiner an Meridor. Sie habe „die Flasche" geortet. „Identifikation im Rahmen der Meßgenauigkeit. Phase zwei kann in Aktion treten." Damit war ihre Attacke vorüber. Sie entschädigte Fabius mit einem Kuß auf die Stirn und schob ihn zurück auf den Hocker.

Der Administrator versprach, das Erdbewegungsgerät sowie Geschenke zu schicken, dann ermahnte er sie zu äußerster Behutsamkeit. „Grosser – hörst du? –, du haftest mir dafür, daß keiner von euch uns die Hreng im mindesten entfremdet!"

„Werden uns bemühen", murmelte Fabius. Von der Spitze der Pyramide herab konnte Meridor leicht Forderungen stellen ... Dazu zeigte der „mangelnde Enthusiasmus einiger Leitungsmitglieder", den Meridor erwähnte, daß ihm weniger das Wohlergehen der Hreng am Herzen lag als vielmehr, etwaigen Gegnern seiner Projekte keine zusätzlichen Argumente zu liefern. Zum Schluß verlangte er wie stets möglichst rasche Resultate. Der Sektorchef ..., der Sektorchef ... Verärgert schaltete Fabius ab.

Von der Plane tropfte Kondenswasser auf den Tisch und floß zu kleinen Seen zusammen. Draußen im Trommeln des Regens sangen die Hreng. Milchig hell wallte der Atemnebel unter der Lampe.

„Fabius, Lich, seid ihr blind? Weshalb fragt mich niemand, worüber ich mich so freue?“

Natürlich wartete Georgia nicht ab, daß ihr Fabius den Gefallen tat, denn sie platzte vor unterdrücktem Mitteilungsbedürfnis. Endlich, endlich habe sie den Zusammenhang begriffen! Sie sprang auf und tätschelte dem verdutzten Lanzi die grüne Backe. „... zwischen euch vorsintflutlichen Ungetümen und den Außerzeitlern.“

„Verstehe“, meinte Fabius trocken, „sie waren hier.“

Georgia überhörte seine Ironie. Mit erhobenem Zeigefinger postierte sie sich vor Lich. Was verwundere am meisten an den Hreng? Ihre Eingeschlechtigkeit und das Fehlen jeden technischen Fortschritts, richtig, zwei Punkte für die komplette Antwort an Lich. Und welche Erklärung wüßten die Herren Hrengologen für die Eingeschlechtigkeit zu bieten? Normale Evolutionsmodelle versagten, ein Punkt, weil starke Selektionsdrücke auf Zweigeschlechtigkeit hinwirkten, ein weiterer Punkt. Ergo käme nur eine gezielte Erbänderung oder, auf gut Latein, genetische Manipulation in Frage.
Eine faszinierende Idee – für Fabius, nicht jedoch für Lich. Der wehrte sich um den Preis von zwei Punkten, die ihm Georgia wieder abzog, aufs entschiedenste dagegen, „höhere Gewalten“ für nicht gelöste Rätsel der Natur einzuspannen. Ob Georgia je davon gehört habe, daß auch bei anderen, mit den Hreng verwandten Reptilbekkensauriern vereinzelt Zwitter beobachtet worden seien? Nein? Dann stehe sie bei ihm mit einem Punkt in der Kreide. In seinem Jahrhundert habe man eine „freischwebende Hypothese“ dreimal gewogen, dreimal durchleuchtet.

„Deshalb hat es auch keine einzige fundamentale wissenschaftliche Erkenntnis hervorgebracht.“

In Fabius' privater Zählung verlor Georgia einen Fairneßpunkt. Lanzi und Gabriell lauschten mit vor Interesse olivgrün gesprenkelten Kämmen.

Seit vermutlich einer halben Million Jahren – so Georgia – schnitten die Hreng die Früchte ihrer Gärten mit steinernen Messern, errichteten sie die gleichen tönernen Burgen. Woher dieses Auf-der-Stelle-Treten? Keine Antwort seitens der Hrengologie? Oh, das koste mindestens drei Punkte. Ob Lich wenigstens aufgefallen sei, daß sich die Hreng durch ein „absolut vertracktes Tabusystem“

selbst fesselten? Gut, für so Offensichtliches gewinne er maximal einen halben Punkt zurück. Und wisse er, daß sich sowohl die Verbote des Grabens als auch der Feuernutzung mehr oder minder direkt gegen den Fortschritt richteten?

Protest! Protest! Für Lich bedeutete Fortschritt Kultur, Zivilisiertheit, Humanität. Oft genug in der Menschheitsgeschichte hätten „so verbrecherische wie erfinderische Zwerge" technische Errungenschaften gegen ihre Mitmenschen gekehrt, das liefe nicht in eins, technischer und gesellschaftlicher Fortschritt.

„Aber der eine ist Voraussetzung des anderen."

„Notwendigerweise?"

Georgia, mit flackerndem Haar, das mit jedem Argument stärker aufleuchtete, und Lich, bleich im Gesicht und von feierlichem Ernst, hatten sich schon zu sehr in den Disput verbissen, als daß sie sich gegenseitig Punkte aufrechneten. Fabius, der einen weiteren Streit möglichst verhindern wollte, hakte ein.

Ob Georgia meine, daß die Außerzeitler den archaischen, steinzeitlichen Hreng diese Tabus aufgenötigt hätten, damit sie sich nicht höherentwickelten und sie, die „postrelativistischen" Außerzeitler, die den Gipfel jedes möglichen technischen Fortschritts erklommen hatten, keine Konkurrenz im All erhielten.

„Wenn ich es aus deinem Munde höre ..." Nein, sie beabsichtige nicht, den Außerzeitlern so überaus menschliche Motive zu unterstellen. Obwohl sich auf dieser Ebene manches erklären lasse, etwa, daß sie gerade in Tebit, am energetisch günstigsten Startort, gelandet seien. „Du hast recht, wir müssen nach komplizierteren Zusammenhängen suchen. Einen Punkt für dich, Fabius."

Schon setzte sie das Verhör Lichs fort. Was wäre die zweite Gemeinsamkeit der beiden Grundtabus? Die Furcht vor den Giganten, die den Tabus Gewalt über alle Hreng rund um den Sumpfplaneten verlieh. Nichts Neues für einen Hrengologen, na schön. Wenn aber nun die Außerzeitler, sei es als Experiment, sei es aus Versehen, die Giganten geschaffen hätten? Dann wären die Tabus eine späte Nebenwirkung, und auch die Bezeichnung „Hort der Giganten" für den Außerzeitlerhügel würde deutbar. „Ich halte die Hand auf: Wie viele Punkte, Dr. hr. Oulemm?"

„Du verrennst dich, Georgia, du verrennst dich."

So hatte Fabius Lich noch nicht erlebt: als Mahner, als Prophet, der Georgia schlimme Enttäuschungen weissagte. So viele, die den Außerzeitlern nachgejagt wären, hätten ein furchtbares Ende erlitten. Wie der Mathematiker, der sich für die Entschlüsselung der ZAHL mit dem Computer kurzschloß, sein Körper blieb als leere Hülle zurück, sein Bewußtsein aber wurde aufgesogen und abgespeichert – als Zahl. Wie der Schüler Viltbaks, der die Außerzeitler physisch erreichen wollte und sich in ein Schwarzes Loch stürzte, nun selbst außer der Zeit, außerhalb unserer Raumzeit sei. Nimmermehr berge der Hügel, was sie ersehne.

Doch dann verdarb Lich die Wirkung seiner düsteren Prophezeiungen, als er schlankweg verlangte, auf die „ominöse und dank der Hrengeng unmögliche“ Monopolsuche zu verzichten und statt dessen die Traditionen der Dorfbewohner, ihre Sozialstruktur, die Springlingsaufzucht, ihre Riten und Mythen zu studieren.

Ach, wie bemitleidete Georgia nun Lich! Ach, wie bedauerte sie, daß er mit einem solchen Übermaß an Blindheit gestraft sei. „Ich weiß, Lich, du bist ein Anhänger Abd-Feyrs: Kontakt ist Nonsens et cetera, allein von den Hreng können wir lernen und so weiter, die Außerzeitler sind säkularisierte Götter und so fort. Untaugliche, akademische Lehnstuhlphilosophie – aber Schluß mit dem Palaver. Sparen wir unsere Kräfte für morgen auf.“

Sie räumte die leeren Schalen beiseite.

Lanzi tappte mit geducktem Haupt einen Hrengschritt näher heran. Ob niemand das Resultat wissen wolle? Fabius sei der Gewinner. Mit plus einem Punkt. Er schlug die Eingangsplane zurück und trapste hinaus in den Regen, dem Gesang seiner Artgenossen entgegen.

Gabriells bezackter Echsenschwanz kringelte sich um die Krallenfüße, die in zwei ausgedehnten Pfützen ruhten. „Ohne den Eingriff der Außerzeitler hätten wir Hreng in eigenen Raumschiffen Terra besucht, als die Menschen der Steinzeit noch Mammuts jagten.“ Gleichmäßig kalt und starr spiegelten seine ausdruckslosen schwarzen Augen das Licht der Lampe.

Das Lachen erstarb Fabius auf den Lippen. Waren ihre Rollen tatsächlich auswechselbar? Hatte lediglich ein kosmischer Zufall über die Priorität entschieden? Waren nicht sie, die Menschen, die gesetzmäßige „Krone der Evolution“? Er ahnte, wovon der Flottensaurier insgeheim träumte: daß die springlingshaften Halbwesen die Juniorpartner der Hreng seien, jener Himmels-Herren, die ihnen zuerst den Gebrauch des Feuers, später der schwachen und der starken Kernkräfte lehrten. Würde er, Fabius, in dieser verkehrten Welt auf seine Art stolz sein können? Als Nachahmer von Sauriern?

Draußen schwamm das Dorf im Zweitageregen. Dunkelheit hatte die Hütten und die Palisaden verschluckt, doch die Hreng sangen. Monoton wie der Regen und ebenso stetig. Sangen von den Freuden des Trâl und der Fruchtbarkeit der Gärten, sangen auch, ohne daß es ein Nitze den Menschen übersetzte, vom Stachelvogel und von dem neuen, ungewissen Zeitalter, das die Halbwesen, die Kinder der Nestlinge Stachels, heraufbeschworen.

Mit der gleichmäßigen Gewalt eines Wasserfalles prasselte der Regen auf die gewölbte Oberseite des Zeltmoleküls. In einem nahen Graben quakten unermüdlich die Frösche. Er war gefangen, ausgeliefert, allein.

Und das Wasser um ihn stieg. Die endlosen Fluten, die aus dem nachtschwarzen Himmel Pulasters niederstürzten, würden das Dorf überschwemmen und, während er schlief, ihn und sein Molekül davonstrudeln – zwischen den versinkenden Wipfeln hindurch aufs offene Meer. Weit hinaus würde er treiben in die Einöde des Ozeans, ein tanzender Spielball der Wellen, gefangen, ausgeliefert, allein.

Dabei bot das Zelt Platz für zwei, wenn sie sich nur dicht genug aneinanderschmiegten, bot den Elementen zum Trotz eine anheimelnde Enge. Und Iris konnte so ein zartes, zärtliches, anschmiegsames Mädchen sein ... Er fühlte, wie die Wärme ihn erfaßte, wie er die Kontrolle über sich und seine Gedanken verlor.

Mit einem Aufbäumen seines Willens drehte er sich herum und schlitzte den Öffnungsspalt auf. Ein kühler Schwall Luft strömte herein. Das Liebeslied der Frösche verstummte für einen Moment, brach dann desto lauter und mißtönender wieder los. Aus der ägyptischen Finsternis der Pulasternacht sickerte ein dünner Schein hervor, der der Lampe unter der Zeltplane. Matte Reflexe schimmerten von den Pfützen her.

Wenn er nicht einschlafen konnte, sollte er sich wenigstens von unerwünschten Anwandlungen ablenken. Welchen Namen hatte Georgia erwähnt? Abd-Feyr? In den schwarzen Regen starrend, lauschte er, was ihm der Reif vorflüsterte.

Um die Mitte des XXIX. Jahrhunderts kehrte die Lacertus-Expedition von dem damals weitestgespannten Forschungsflug zurück, ohne die ersehnten Relikte der Außerzeitler aufgespürt zu haben. Die Festveranstaltung, den überlebenden Kosmonauten zu Ehren, endete mit einem Eklat, denn ein bis dato kaum bekannter Paulus Abd-Feyr schockierte das illustre Publikum mit einer Rede, die die meisten Anwesenden als Sakrileg empfanden. Abd-Feyr behauptete nichts Geringeres, als daß der lang erstrebte Kontakt widersinnig sei.

„Kontakt ist Nonsens!“ hatte er den verstörten Ehrengästen zugerufen. „Wer das nicht aus einem knappen Jahrtausend Raumfahrtgeschichte herausliest, betrügt sich selbst. Was erwarten wir denn vom Kontakt? Die Lösung unserer kleinkarierten, kosmisch absolut unbedeutenden Problemchen.“ Dies bewiesen schon die Bücher, Abd-Feyr erging sich in einem kurzen historischen Exkurs, aus der Ära des „Schusses zum Mond“. „Wenn die Außerirdischen nicht gerade als mordbrennende Invasoren, blutrünstig wie ihre irdischen Vorbilder, auf die Erde herabstiegen, dann beglückten sie die Menschheit mit technischen Wunderwerken wie dem Perpetuum mobile oder einem Kraftfeld, das gefährliche Atomwaffen funktionsunfähig machte. Vernünftigerweise bauten unsere Vorfahren nicht darauf, daß ihnen himmlische Erretter den Weltfrieden bescherten."

Fabius riß einen Grashalm aus, den ein Windstoß vorwitzigerweise ins Zelt gebogen hatte. Wassertropfen perlten auf seinen Händen, er pustete sie hinunter.

„Und heute? Was erhoffen wir uns von den Außerzeitlern? Physik und Technologie, nichts anderes. Endlich die Möglichkeit, uns um c herumzumogeln. Bereits die ZAHL interessiert allenfalls ein Häuflein Mathematiker, die sich über immer längere Primzahlen entzükken, und eine Handvoll Mystiker, die in ihr die komprimierte Wahrheit über das Leben, das Universum und den ganzen Rest vermuten. Die Flotte trachtet ausschließlich nach der ‚Überwindung der Barriere', ohne den Teufel Lichtgeschwindigkeit beim Namen zu nennen. Was aber gewönnen wir dabei? Wir könnten unsere asteroidengroßen Menschen-Konservenbüchsen noch schneller durchs All schießen. Schöner und besser würde unsere Welt nicht davon."

Ärgerlich verknotete Fabius den Grashalm. Daß die Monopolflasche der Außerzeitler den irdischen – und pulastrischen – Energiemangel beseitigen konnte, das berücksichtige Abd-Feyr nicht. Und desgleichen, daß rasche – vielleicht instantane – Flüge den Zukunftsschock mindern, die Besatzungen weniger weit von ihrer Heimatzeit wegkatapultieren würden. Es war leicht, die Flotte zu schmähen, die „Entfremdung des Menschen von seinem Mutterplaneten" zu beklagen, aber welche Alternative konnte ein Abd-Feyr anbieten? Wieso ereiferte er sich überhaupt gegen die Technik? Ohne sie lungerten die Menschen noch heute fellbehangen und mit knurrenden Mägen in verqualmten Höhlen – vergleichbar den Hreng. Abd-Feyr war gewiß solch ein Mann, der sich nach diesem Vortrag in seine vollklimatisierte Wohnung zurückzog, elektronische Musik auflegte und synthetische Schokolade knabberte. Aufreibender Fortschritt oder dumpfes Stagnieren, ihm, Fabius, fiel die Entscheidung da nicht schwer.

Ein dunkles Etwas huschte durch den Schleier des Regens. Fabius strengte die Augen an. Hatte er sich getäuscht, oder schlichen diebische Springlinge umher? Die Frösche quärrten zum Gotterbarmen.

„Dabei haben wir Kontakt", donnerte Abd-Feyrs Stimme aus dem Reif. „Wo? Haben Sie nie von den Hreng gehört? Freilich, was könnten sie uns schon bedeuten, diese zurückgebliebenen Hinterkosmier. Sie entsprechen ja so wenig dem hehren Gemälde von den ‚Geschwistern in der Vernunft', in dem wir liebend gern unser Spiegelbild erblicken möchten, mit einer Nase wie unserer Nase oder, wenn die Anatomie unserer Einfalt Streiche spielt, zumindest mit einer hochentwickelten Technik. Daß diese nahezu unerforschten Sumpfbewohner uns eben durch ihr Anderssein den Spiegel vorhalten, das ignorieren wir geflissentlich. Bitte schön, von mir aus, jagen Sie weiter durch den Raum, grasen Sie weiter die Galaxis ab. Weisheit und Zufriedenheit, Einssein mit der Natur werden Sie dabei nie erlangen. Aber das erstreben Sie ja nicht. Hauptsache, c fällt. Und dann das, was nach c kommt ..."

Nachdenklich schaltete Fabius den Ton ab. Ein menschengroßes Wesen platschte durch die Pfützen, verdeckte für Augenblicke den Lichtschein der Zeltlampe und schmolz in sich zusammen.

„Fabius", raunte es, „was für ein Wiegenlied hast du dir denn eingestellt!"

Mit dem Bildschirm des Reifs leuchtete Fabius in die Richtung, aus der Georgias Stimme erklang. Sie kauerte zum Greifen nahe vor ihm, hatte die Kapuze des Regencapes, das sie offen wie eine Plane trug, weit in die Stirn gezogen, an den Seiten schlenkerte es bis auf den Boden herab. Sie hockte auf einer Ferse, stützte das Kinn in die Fäuste und blinzelte ihn vergnügt an.

„Du schläfst nicht?" fragte er sinnigerweise.

„Ach, die laue Frühlingsluft. Man wälzt so allerhand Gedanken."

Ihre Worte streiften Fabius wie ein ferner, heißer Sonnenstrahl. Die alte, verharschte Kruste platzte auf, er spürte Georgias lebendige, warme Gegenwart. Sogleich floh er in ein nüchternes Thema. „Was verbirgt der Hort der Giganten, Georgia? Glaubst du wirklich an die Monopolflasche?"

„Ich weiß es nicht." Ihre Lippen berührten die Knöchel der zusammengeballten Hände. „Da die Hreng keine Metalle bearbeiten und die Menschen nichts verbuddelt haben, muß ich auf die Außerzeitler schließen."

„Du meinst, wir könnten genausogut leere Bierdosen finden, die sie nach einem Picknick weggeworfen haben?"

Sie antwortete nicht, das Wasser rann über das Cape herab, es mußte kalt sein allein im Regen.

„Georgia, was erhoffst du dir, daß du sogar eine Konfrontation mit den Hreng riskierst?"

Sie lächelte. „Du schwenkst auf Lichs Position ein, Fabius. Eine merkwürdige Rolle, die dir Meridor da aufgebürdet hat. Zu wählen zwischen mir und Lich."

Ihre Füße staken nackt und bloß in Sandalen, nasse Halme streiften sie. So ungeschützt herumzulaufen! Der rechte Fuß, der angeknickte, auf dem sie saß, hatte sich tief in die weiche Grasnarbe eingedrückt.

Dann schwiegen die Frösche ringsum, der Dschungel hielt den Atem an, die Regentropfen waren zu feinen Atomen geschrumpft und hingen still in der Luft. Fabius schlug das Herz überlaut. Er räusperte sich. „Und wenn die Hreng auf dem Verbot beharren?"

Sie stieß mit dem Ellbogen gegen das Cape, daß das Wasser an den Seiten herabsprang. „Dann müssen wir handeln. Sie irgendwie vertreiben, vielleicht mit dem Ultraschallgerät. Du weißt, daß mich nichts und niemand zurückhalten kann.“

„Auch ich nicht?“

Während sie rasch und geschmeidig ihren Sitzfuß wechselte, rutschte sie noch näher. Kaum ein Regentropfen mehr fiel durch den Spalt zwischen ihrem Cape und seinem Zelt.

„Wir dürfen sie nicht belästigen“, meinte er langsam, „wir müssen warten, bis sie im Trâl davonziehen.“

„Warten, warten! Fabi, wie oft hör ich das aus deinem Mund. Du scheinst immer nur abwarten zu wollen, dich nie entscheiden zu können, immer nur zu träumen und abzuwarten.“

Das war klar genug. Ein Wort der Einladung, eine sachte Andeutung, und sie schlüpfte in sein Zelt. Und er, trotz aller Mittelchen, trotz aller täglichen Verdrängungskunststückchen, er würde schwach werden und Iris in den Kältesarg seiner Gefühle verbannen. Weshalb auch mußte sie sich von ihm trennen! Seine Schuld wäre es nicht, und Georgia glich ihr wie ein Zwilling. – Wie konnte er nur so herzlos sein, sie naß und frierend im strömenden Regen sitzen zu lassen! „Ich will dich nicht drängen“, hatte sie das geflüstert oder er es nur gedacht?

„Na, ihr nächtlichen Turteltauben?“

Georgia schoß hoch. Neben ihr stand, einen Regenschirm in der Hand, Lich.

„Ich störe doch nicht?“ fragte er mit gespielter Arglosigkeit.

„Du kommst gerade recht“, fauchte Georgia. „Wird Zeit, daß mich endlich jemand beim Wacheschieben ablöst.“ Sie schlug sich unwirsch in die Hände. Wer zu lange zögert, verliert, stand auf ihrem Gesicht zu lesen. Lautlos schloß sich der dunkle Vorhang des Regens hinter ihr.

„Ich habe sie hoffentlich nicht vergrault?“ Lichs Ohrringe blitzten.

Fabius krallte die Finger in den schmantigen Boden. Zu lange gezaudert, einen Moment zu lange gezaudert! Er wischte den Dreck an dem schuldlosen Megamolekül ab.

Lich erzählte ungerührt etwas von einem Abendspaziergang und daß es gewiß unnötig sei, aufzupassen. Bei einem derartigen Wetter schliefen selbst die Hrengeng friedlich. Was er auch Fabius wünsche. Dann verschluckte ihn ebenfalls der Regen.

Noch geraume Zeit lag Fabius wach. Die Wolken Pulasters entluden ihre Fracht über dem Molekül, frohgemut und unverdrossen schmetterten die Frösche ihre Weisen. Nur er wälzte sich. Wußte nicht, ob er nach nahenden Schritten horchen sollte, wußte nicht, ob er ihr Ausbleiben vorziehen sollte, wußte nicht, ob sie nicht auf ihn wartete, schlaflos wartete. Schließlich entsann er sich der Tabletten.

Die Magie der Halbwesen

Am nächsten Morgen, als Fabius nach eintönigem Konservenfrühstück um das Expeditionslager schlenderte, bot sich ihm ein Bild unbeirrter, friedvoller Normalität. Einige Hreng nutzten den anhaltenden Regen, um vor ihren Burgen in hölzernen Bottichen dicke, blasige Breie anzurühren, andere säuberten Tongeschirr oder preßten, mit dem Oberkörper hin- und herschwingend und fröhlich pfeifend, violettblauen Saft aus riesenhaft aufgedunsenen Tirambias. Manch eins blinzelte bisweilen schnell und verstohlen zu den Halbwesen, zu Fabius herüber. Nahe dem Blitzbaum jagte ein Springling hinter einer Eidechse her quer über frisch angelegte Beete, Flecke von weißen Holzspänen und Abfallhaufen. Allein „Diogenes" döste selbstverloren in der Tonne. Welch friedliches Bild! Welch trügerisches Bild!

Fabius entging das verhohlene Spannen nicht und auch nicht die vom Regen verschleierte Geschäftigkeit im Hintergrund. Da huschten Hreng in hurtigen Sätzen von Burg zu Burg und verschwanden. Da wurden Springlinge aus ihren länglichen Hütten geholt, zusammengetrieben und weggeschafft. Da stieg Qualm – wie von schwelendem Feuer! – zu den niedrigen Wolken empor. Er vermutete, daß die Anwesenheit der Halbwesen die Dorfbewohner beunruhigte, aber er ahnte nicht das Ausmaß ihrer Besorgnis.

Wie die steinzeitlichen Menschen erleichterten sich die Hreng ihr Dasein durch ein lang erprobtes und lang bewährtes System von ritualisierten praktischen Kniffen und unpraktischen kniffligen Ritualen, von Beschwörungen, die die mangelnde technische Naturbeherrschung ersetzten, und von Verhaltensregeln, die ihrem Zusammenleben eine feste Form verliehen. Die Pflanzen in den Urwaldgärten bedurften, um üppig zu gedeihen, des Schutzes der Dämonenscheuchen ebensosehr wie einer genau reglementierten Pflege. Die Jagd versprach nur dann Erfolg, wurde der Geist des Wildes unter der Tiermaske beschworen. Die Tänze der Ahnen bewahrten das Dorf vor Versumpfung, die Gärten vor Stachel und – durch das Blut von jungen Sänger-Drachen magisch bekräftigt – die Hreng vor den Giganten.

An den Halbwesen jedoch prallte aller Zauber ab, denn sie waren keine Geschöpfe des ewigen Sumpfes und umgaben sich mit der fremdartigen, übermächtigen Magie des leeren schwarzen Windraumes. Wie dem Kästchen, das ein vorwitziger Springling stibitzt hatte und das wunderlich riechende Körnchen und Blättchen barg. Wie den blinkenden Eiern, in denen die Halbwesen ihre Stimmen eingefangen hatten. Wie der toten Haut, mit der sie sich behängten, damit der freundliche Regen sie nicht liebkoste.

Wehe dem Hreng, das in diese magische Haut, diese Halbwesenschale, schlüpfte! Es wurde in ihr und von ihr neu geboren – zu einem Wechselbalg von Hreng und Halbwesen, den der fremde Zauber von den Nestlingen entzweite. Schon einmal war einem Hreng aus dem Unverrückbaren die Wechselbalgschale zum Verhängnis geworden, und nun drangen abermals zwei tot behäutete und unhrengisch umschalte Zwitterwesen ins Dorf. Die Wahrsageknöchlein formten rätselhafte Muster, und Stärker-im-Nebel mußte die Machtlosigkeit seines Zaubers jammernd eingestehen.

Völlig fruchtlos war zum Glück der Qualm des Misamkrautes, der während des nächtlichen Rituals aus den Augenhöhlen eines Ahnenschädels zu den Wolken stieg, nicht verraucht; völlig umsonst waren die Fetzen der Halbwesenhülle nicht vom Bitterbaumsaft zerfressen worden. Einer der Eindringlinge hatte die falsche Schale zerbrochen und sich als Hreng entpuppt; es hatte sich in den Kreis der Alten gerettet und radebrechte nun mit ihnen in der Sprache der Steinhändler und der dorflosen Wanderer. Den anderen allerdings entzauberte keine Beschwörung, er blieb unfaßbar, ein Unhreng, ein Dämon des Unheils. Und derweil schlug die Magie der Halbwesen zurück und verhexte einen Springling ...

Fabius schüttelte die Nässe vom Cape und gesellte sich wieder zu Lich und Georgia unter die Plane. „Hat sich Lanzi zurückgemeldet?"

Lich verneinte. „Die Hrengeng fürchten uns", kommentierte er die Unrast im Dorf.

„Ich habe eher den Eindruck, daß zwei von uns die Hreng fürchten", platzte Georgia heraus. Sie saß, kribblig wie Quecksilber, am schmalen Klapptisch und tat so, als vertiefe sie sich, stirnrunzelnd und die Wangen aufblasend, in extemporalistische Berechnungen. Ihre zuckende Miene strafte sie Lügen. Los! Zum Hügel! schienen die geschürzten Lippen zu rufen. Hielt sie die Vernunft, der Dauerregen oder die Autorität des Expeditionsleiters zurück? Über letztere hegte Fabius keine Illusionen. Er jedenfalls hatte keine Eile, Meridors Auftrag durchzuboxen.

Weder mit einem Wort noch mit einem Augenblinken hatte Georgia auf die vergangene Nacht angespielt. Wollte sie ihn glauben machen, ihr Annäherungsversuch existiere nur in seiner Einbildung? Schmollte sie ihm, weil er ihr nicht sein Herz und sein Zelt geöffnet hatte? Die Verlockung war groß, Lich mit einem banalen Auftrag in den Regen zu schicken und sie geradeheraus daraufhin anzusprechen. Er war ihrer Schlagfertigkeit nicht gewachsen, gewiß, aber schon ein katzenhaftes Fellsträuben von ihr wäre es ihm wert gewesen.

Fabius räusperte sich. Er wolle mit Gabriell nach Wiun-jon forschen, behutsam selbstverständlich, erklärte er. Mit einem winzigen Kopfrucken empfahl er Lich, währenddessen auf Georgia aufzupassen. Man konnte nie wissen.

Die kurze Strecke über glitschige Bohlen und durch knöcheltiefen

Matsch zum Blitzbaum, ihrem ersten Anhaltspunkt, wurde für Fabius ein peinvolles Paradelaufen. Gabriell platschte mit den schweren Hintertatzen und verspritzte kiloweise Schlamm; von den Bottichen und von den Koben blitzten immer wieder rasche, argwöhnische Hrengblicke herüber. Doch keins behelligte sie.

Endlich erreichten sie den Baum. Die silbernen Fetzen von Wiunjons Overall waren verschwunden. In der schwarzen Brandspur, die den natürlichen Blitzableiter vom Wipfel bis zur Wurzel zerklüftete, staken lediglich die Scherben einer Glasschale, dicht daneben baumelte an einem in den Stamm getriebenen hölzernen Zapfen die leere Umhüllung des Arzneikästchens.

Gabriell pfiff ganz leis. „Sie wollen ihn verleugnen." Er wagte nicht einmal, den Namen auszusprechen.

Nach einigem Zögern einigte sich Fabius mit seinem Begleiter, Diogenes aufzusuchen, denn von wem, wenn nicht einem alten, abgeklärten Hreng, durften sie Offenheit erhoffen.

Wie ein müder Drachen ruhte Diogenes in dem niedrigen tonnenförmigen Gewölbe seines mit Unkraut bewachsenen Erdhügels. Das Haupt streckte er heraus, die Pranken hatte er unter dem Kinn gefaltet. Regen rann ihm über den Kamm und an den Seiten herab. Er regte sich nicht. Nur die schwarzen Augenkugeln rollten bald nach links, bald nach rechts.

Fabius bedachte Diogenes mit einer ausgewählt höflichen und ausgewählt langatmigen Grußformel, die das einsiedlerische Hreng mit einem Blinzeln quittierte. Dann schwieg er geduldig. Die Erfahrung mit Menschen aus fremden Jahrhunderten hatte ihn gelehrt, seinem Gegenüber den Beginn der eigentlichen Unterhaltung zu überlassen. Die einen steuerten das Thema direkt an und empfanden alle Umschweife als verlogen; die anderen spulten ellenlange Präliminarien ab, redeten über das Wetter oder die zunehmenden Raumschiffverspätungen und hätten jeden als einen groben Klotz eingestuft, der sie vor der gesetzten Frist mit seinem Anliegen bestürmte. In der Flotte, Gott sei Dank, scherte man sich um derlei Etikette nicht.

Da Diogenes nicht reagierte, wagte Fabius einen weiteren Vorstoß. Er beklagte sich über den Regen und erzählte dann, selbst überrascht, von dem irdischen Diogenes, dem bedürfnislosen Philosophen, der König Alexander, nach seinen Wünschen befragt, lediglich bat, ihm aus der Sonne zu gehen.

„Ihr Halbwesen habt nicht gelernt, das Schweigen zu teilen", rügte der müde Drachen sanft, und Fabius fühlte sich ermutigt, sich nun endlich nach dem Nestling zu erkundigen, der vor Jahren zu den Menschen gewandert war.

Eine Bewegung, aus den Augenwinkeln erspäht, lenkte ihn mitten im Satz ab. Von den hinteren Hütten her eilten fünf Hreng geradewegs auf sie zu, im schnellsten Trab, die Körper fast waagerecht.

„Der, den ihr meint", begann währenddessen Diogenes schleppend, „war ein gewitzter Springling und später ein stattliches und kluges Vollhreng. Euer Zauber hat es verdorben und verwandelt und mächtig gemacht, daß das Dorf sich seiner erwehren mußte. Die alten Schalen und den warmen Regen meiner Springlingszeit bringt niemand mehr zurück."

Die fünf Hreng stoppten abrupt und postierten sich einige Schritte vor der Tonne in bedrohlichem Halbkreis.

„Es trug die Haut eines Halbwesens und redete wie sie und berichtete von vielen Hreng, die die Haut von Halbwesen trügen und in den Burgen der Halbwesen hausten und den Zauber der Halbwesen beherrschten, von so vielen ausgehöhlten Hreng, die ihren innersten Kern verloren hatten. Und entweder diese Worte waren gelogen, dann war es unser Nestling nicht mehr, oder diese Worte waren nicht gelogen, dann war es unser Nestling nicht mehr. Wir mußten die Gefahr in den tiefsten Sumpf verbannen. Aber", Diogenes hob die linke Tatze, „ich sehe, wir haben vergeblich den Schmerz des Scheidens erlitten, du bist zurückgekehrt, Wiun-jon, und du hast die Halbwesen in unser Dorf geführt. – Die alten Schalen und den warmen Regen meiner Springlingszeit bringt niemand mehr zurück."

Der müde Drachen schloß die Augen. Dampf wallte aus den Nasenlöchern.

Ein Pfiff peitschte auf Fabius nieder. Zwei Hreng wankten auf ihn zu, schubsten ihn barsch mit Krallenhänden an. Was wollten sie? Sie antworteten nicht, schoben ihn statt dessen vor sich her. Er stolperte über einen Ast, er sprang zur Seite, wollte ausweichen, doch sie drängten ihn – weg von den Zelten, weg von Lich und Georgia, die von alledem nichts merkten, weg von Gabriell, der wie versteinert zuschaute, und von Diogenes, der, das Haupt auf die Tatzen gesenkt, im Regen döste.

Da erwachte Gabriell aus der Erstarrung, preschte heran, zwängte sich zwischen die Hreng – sie stießen ihn wie einen aufsässigen Springling fort.

„Geh zu Lich!" rief ihm Fabius zu.

Aber Gabriell blieb stur, und schließlich gestatteten ihm die Hreng, neben Fabius einherzumarschieren.

„Du hättest besser die anderen gewarnt!"

Stumm deutete Gabriell auf den Reif.

Vor einem Springlingshaus hielten die Hreng ein. Die hölzernen Eckpfeiler der langgestreckten Hütte verzierten bemalte Schädel kleiner Nager; über den geflochtenen, lehmverschmierten Wänden wölbte sich ein Dach aus wächsernen Palmwedeln. Die Hreng zogen die Bastmatte des Einganges beiseite; gehorsam kletterte Fabius über die hohe Schwelle.

Durch die schmalen Schlitze der Fenster und die gelben Blätter des Daches sickerte gedämpftes Licht herein. Es roch nach faulendem Eukalyptus, nach honigtropfenden Blüten, nach dem Gift von Ameisen. Rechts, unmittelbar hinter dem Eingang, drückten sich einige Springlinge ängstlich zappelnd gegen die Wand. Von der Decke herab baumelten an grünen Girlanden Trophäen: einzelne Hörner von Triceratopen, Zähne und Krallen, aufgespießte Riesenkäfer und Libellen. In der hintersten, düstersten Ecke wälzte sich auf einem Lager von frischen, duftenden Gräsern ein Springling. Neben ihm stand reglos und majestätisch ein Vollhreng mit grell bemalter Kammaske. Ein Schild von Federn bedeckte seine Brust, mit der einen Pranke umkrallte es das Arzneikästchen.

„Unser Zauber versagt", das Vollhreng zeigte auf den Springling, „eure Magie ist stärker."

Jetzt erst gewahrte Fabius die zahlreichen tönernen Schälchen, die auf dem festgestampften Boden rings um die Lagerstatt in Kreisbögen gruppiert waren. Aus einigen qualmte es zart. Auch der Springling schien zu dampfen. Zaghaft tippte ihm Fabius an die Schulter, sie war heiß. Beinahe menschlich stöhnend, warf der kranke Springling sein Haupt herum und blickte Fabius aus starren schwarzen Echsenaugen an.

„Sei ganz ruhig", stammelte Fabius, „ich helfe dir."

„Stachel verschluckt ...", stotterte der Nitze, „bitter und weiß und rund ... Bist du ein Gigant?"

Die Bastmatte flog auf, Lich und Georgia polterten herein. Die Springlinge rückten enger an das Flechtwerk der Wand, auch der Hrengschamane wich zurück. Fabius hatte kaum drei Worte mit seinen Gefährten gewechselt, da nahm Georgia dem Schamanen die Expeditionsapotheke aus der Krallenhand und sortierte den Inhalt auf einen Längsbalken, der eine Handbreit aus der Wand hervorragte. Sämtliches Verbandmaterial fehlte. Prüfend hielt sie die Tablettenröhrchen gegen das Licht.

„bist Gigant, kleiner Gigant ... Stachel sengt ... fort ... fort"

Gequält lauschte Fabius dem leidenschaftslosen Stottern des Gerätes. Er war zumindest mitschuldig, wenn diesem unvernünftigen Wesen etwas geschah, denn er hätte aufpassen und das Kästchen besonders sichern müssen. Jetzt rächte sich seine Unerfahrenheit. „Vielleicht könnten uns die Mediziner beraten", schlug er vor.

Aber Georgia meinte, ein Notruf habe noch Zeit. Zwei Röhrchen seien leer, ein Durchfallmittel und ein Traumahemmer, für Menschen selbst bei Überdosierung nicht lebensgefährlich. – Für Menschen.

Der kranke Springling richtete sich auf, einer seiner Nestlinge huschte heran und reichte ihm einen Holznapf mit einem dickflüssigen Saft. Er trank aus, ohne abzusetzen, dann fiel er entkräftet zurück. Ein Krampf schüttelte ihn, etwas Weißes blitzte knapp oberhalb seiner unentwickelten Geschlechtsorgane auf.

Eine Tablette! Fabius sprang ans Lager, um sie, ehe sie wieder in die Hautfalte rutschte, zu ergreifen.

„Bist du wahnsinnig?“ Lich riß ihn zurück. „Willst du uns umbringen? Raus mit dir, raus!“

Bestürzt und willenlos ließ sich Fabius von Lich durch das Springlingshaus stoßen.

„Man sollte jeden in der Pyramide anketten“, schimpfte Lich, „der nicht mindestens die Anfangskapitel von ‚Alles über Pulaster‘ studiert hat. Ignoranz kann dir hier genausogut das Leben kosten wie im Raum. – Du wolltest dem Springling sein Erbe stehlen.“

Lichs Zorn verrauchte schnell. Als er sah, wie zerknirscht Fabius war, legte er begütigend den Arm um ihn und führte ihn zurück. Dabei erklärte er kurz, daß die „Wächter“ jedem „Schlüpfling“ ein Stück von dessen Eierschale in die noch weiche Haut eingruben, das „Erbe“, die Erinnerung an das Nest, das Bindeglied der Generationen, die Klammer zwischen Alt und Neu, den ruhenden Punkt der Hrengidentität.

Vor dem Lager des Springlings trippelte Georgia ratlos auf und ab. Trotz ihrer Bemühungen konnte oder wollte der Hrengschamane den Krankheitsverlauf nicht schildern. Lich fühlte den Puls, wie bei den Hreng üblich, am Kamm. Er schlug langsamer als ein Menschenpuls, doch dies besagte nichts.

Was riet Gabriell? Der wiegte den Oberkörper. Sie hätten alle Kräuter, alle Rinden ausprobiert. Die Hütte rieche so infernalisch krank, daß ihm schon ganz flau sei. Außerdem klingle ihm das Geschnatter der Springlinge in den Ohren.

Ihnen blieb keine Wahl. Innerhalb weniger Augenblicke hatte Fabius die Ärztin vom Dienst angewählt. Nachdem diese ihr Entsetzen überwunden hatte, entspann sich ein kompliziertes Frage-und-Antwort-Spiel, das schließlich vom Zentralcomputer aus durch das gesamte Datennetz wucherte. Die Hrengphysiologen wurden hinzugezogen, medizinische Expertsysteme aufgerufen, ein Copter bereitgestellt. Die Verwaltungsetage mischte sich ein. Effarig trommelte Meridor aus einer Beratung. Sadhana wollte persönlich herfliegen.

Die Hrengärzte baten Fabius, dem zitternden Springling den Reif gegen die Brust zu drücken. In der Pyramide analysierten Computer Herztöne und Atmung. Gabriell wurde aufgefordert, über dem Kranken zu schnüffeln und den Geruch der Ausdünstungen zu beschreiben, was er widerwillig, doch exakt tat. Sadhana erkundigte sich behutsam und umständlich bei dem Hrengschamanen über den Krankheitsverlauf, und diesmal äußerte er sich.

Von Reue geplagt, lehnte Fabius gegen das Rutengeflecht der Wand und bohrte mit der Stiefelspitze im Lehmboden. Was für ein

Aufwand! Und die Tragödie fiel auf ihn zurück. Meridor würde ihm zu Recht Verantwortungslosigkeit vorwerfen. – Er paßte eben nicht auf diesen Planeten, war für den Raum geboren, wo die Havarien – auch die Katastrophen – präzise definiert waren. Hier unten kämpfte er wie ein abgestürzter Ikarus mit den Wellen der Pulasterrealität und drohte bei jeder Woge zu ertrinken.

Inzwischen hatten die fernen Ärzte entschieden. Mit an Sicherheit grenzender Wahrscheinlichkeit, so die Computer, litt das junge Hreng lediglich unter einer gewöhnlichen infektiösen Springlingskrankheit, deren Symptomatik durch die Traumahemmer verstärkt würde. Eine spezielle Therapie erübrige sich.

Aber ein Hreng will auf Hrengweise kuriert sein. Und gegen Zauber hilft nur Gegenzauber. Fabius traute seinen Ohren kaum, als die Ärzte empfahlen, dem Springling eine Kalziumtablette als Placebo zu applizieren – unter möglichst großem Brimborium.

Ihre Phantasie war gefordert, und Lich, der gern in die Rolle des Medizinmannes schlüpfte, stand einem versierten Schamanen in nichts nach. Er stülpte sich die hellblaue Kapuze des Regencapes weit in die Stirn und schlang sich eins seiner weißen Taschentücher um den Hals. Dann strich er dem Kranken mit dem kalten Metall des Handlichtwerfers dreimal im Zickzack über den Leib und scheute zum Entsetzen der zuschauenden Springlinge auch nicht davor zurück, mit demselben Gerät einen dampfenden Kreis in die Palmwedel der Decke zu brennen. Georgia und Fabius hieß er, den Springling zu umtanzen. Steif und genierlich verrenkte sich Fabius, Georgia schwang mehr um ihn als um den Kranken; Gabriell staunte mit dunkel geflecktem Kamm.

Der Hrengschamane akzeptierte Lich ohne Zögern als Kollegen und reichte ihm beim geringsten Wink, was er verlangte. In einer bemalten Holzschale zerstampfte Lich die Tablette und rührte sie vor der Hütte mit ein wenig Regenwasser an. Der leidende Springling trank die harmlose Brühe und fiel sofort in tiefen, röchelnden Schlaf.

Abgekämpft, doch überaus glücklich, lief wenig später, den Arzneikasten fest umklammert, Fabius zu den Zelten zurück. Auch der Hrengologe an seiner Seite strahlte beidohrig vor Glück. Zum erstenmal in seinem Leben wußte sich Lich seinen Vorbildern, den Luivens, ebenbürtig. Auch bei ihm wirkte die Magie der Halbwesen.

Meridors Geschenke

Oh, diese starrsinnigen Hreng, diese geborenen Dickschädel, diese Dinosaurier an geistiger Unbeweglichkeit! Wie sollte man sie vom Wert der Zivilisation überzeugen, wenn nicht einmal die wunderbare

Heilung eines ihrer Artgenossen sie günstiger stimmte? Nach wie vor verwehrten sie ihren unfreiwilligen Gästen einen Ausflug zum Hort der Giganten, nach wie vor verheimlichten sie ihnen Wiun-jons Verbleib.

In Georgia staute sich, während der starke Regen sie zur Untätigkeit verdammte, alle unverbrauchte Tatkraft auf. Kaum endete nach zwei Tagen das Unwetter, paradierte sie wie eine gefangene Raubkatze vor den Zelten auf und ab und erklärte Fabius, wann immer er ihren Weg kreuzte, daß ihr jedes weitere „Palaver" und „gegenseitig Schlamm auf die Backen schmieren" verhaßt sei. Gegen Tabus mit Argumenten anzurennen sei von vornherein zum Scheitern verurteilt, und auf eine so ungewisse Angelegenheit wie das allgemeine Ausschwärmen der Hreng wolle sie keinesfalls warten. Und wenn sie den Hreng „eigenhändig zum Dorf hinausleuchte"! Zu allen Zeiten habe der Fortschritt gegen Widerstände durchgesetzt werden müssen.

Die Expedition war in eine Sackgasse geraten. Doch Meridor ließ sie nicht im Stich.

Lange bevor der Copter sichtbar wurde, rollte ein dumpfes Grollen über die Wipfel. Der anschwellende Lärm verstörte die Hreng, sie stoben von einem Ende des Dorfes zum anderen; die Springlinge verkrochen sich in den Hütten oder flohen in den Dschungel, von wo besonnene Vollhreng sie zurückholten.

Lich hetzte kreuz und quer durch das Unverrückbare und versicherte unentwegt, daß das, was da heranfliege, unschädlich, ja freundlich sei und daß kein Hreng auch nur eine Schuppe verliere; es fruchtete nichts. Je näher der Copter dröhnte, desto schlimmer steigerte sich die Panik. Ein Hreng riß die Zeltplane um und ertrampelte um ein Haar Georgia, andere stülpten sich blaue Masken über und bewaffneten sich mit Jagdspeeren. Die Sänger flatterten davon, selbst die Säuger wühlten sich in den Kot der Koben, allein Diogenes bewahrte Gelassenheit, aber es war die Gelassenheit, mit der ein weises Hreng dem Weltuntergang entgegenschaut.

Den Copter im letzten Moment abzubestellen, dazu war es zu spät. Er brauste über die Wipfel heran, wirbelte Laub auf und einen Nebel feiner Spritzer. Der blitzlos hereinbrechende Donner scheuchte die Hreng zu Nestlingsgruppen zusammen, sie kauerten dicht beieinander und starrten auf das mächtige, drohende Insekt, das an einem dünnen Faden ein ungeheures, eckiges Ei herabsenkte; einzelne fuchtelten kampfbereit mit den Speeren. In Sekundenschnelle klatschte das matt schimmernde Ding auf die Bohlen. Das stählerne Insekt hatte sein Giganten-Ei mitten ins Dorf gelegt.

„Ich Narr!" fluchte Lich. „Ich hätte ahnen müssen, wie sie das erschreckt."

Er eilte voraus zu dem Container, um den sich besonders waghalsige Speerträger in scheuer Entschlossenheit scharten. Fabius hastete ihm nach. Jetzt würden sie den Hreng den einmaligen Bruch des unnötigen Tabus abtrotzen.

Gemeinsam mit Georgia löste er die Verriegelung des Containers. Ein Berg von durcheinandergestürzten Schachteln und Kartons aller Größen türmte sich vor ihnen.

Nicht alles war für die Hreng bestimmt. Georgia hatte eine kleine Bodenfräse und spielzeugartiges Erdbewegungsgerät, nicht zu vergessen eine leistungsstarke Pumpe, angefordert. Manchen Gaben war der Empfänger weniger leicht abzulesen. Wollte Meridor mit dem Mikrowellengrill die karge Expeditionskost verbessern oder die Hreng zu Gebackenem und Gebratenem bekehren? Letztlich würden die Dorfbewohner ohnehin alles erhalten, was die Expedition nicht mehr benötigte.

Während Gabriell und Lich die Kartons herausräumten, schlitzte Fabius die Verpackungen auf. Das Riesen-Ei war geborsten, der Zauber der Halbwesen schwemmte nun ins Unverrückbare: ein Stapel Sombreros in allen Farben, ebenso bunte Dreibeiner, Schärpen und Halstücher, sogar die unförmigen, dreizehigen Hrengstiefel, der letzte Schrei pulastrischer Anwendungsforschung. Dann Geschirr aus Plast, leicht, grifffreundlich, unzerstörbar. Messer, Fleischspieße, Löffel und Kellen mit hochveredelter, hitzebeständiger Oberfläche. Speer- und Pfeilspitzen. Macheten, Äxte, Spaten, den Hrengklauen angepaßt. Mörser, Nuß- und Getreidemühlen für Handbetrieb mit Anschlußstutzen für Motoren. Nägel, Hämmer, Thermolampen. Kaleidoskope, Jo-Jos und robuste, tellergroße Spielcomputer für die Springlinge.

Fabius war wie Lich und Georgia inmitten der Sachen auf eine festere Kiste geklettert. Weit über hundert Hreng hatten sie umringt. Wie hypnotisiert starrten sie auf den Geschenkhaufen, und wie hypnotisiert rührte sich keins von der Stelle. Fabius hätte schwören mögen, daß außer Diogenes alle Dorfbewohner versammelt waren. Die Neugier, der Wunsch, die Wunderdinge zu betasten, in der Hand zu wiegen oder sogar auszuprobieren, und die Furcht vor dem unbekannten Zauber hielten sich die Balance.

Endlich wagte ein junges Hreng, eine metallene Speerspitze anzufassen und, kühner geworden, mit einem Messer an einem Scheit Holz herumzuschnitzen. Sein Beispiel ermutigte andere. Flammte da auch Neid auf? So viele Arme streckten sich plötzlich zu Fabius herab, daß er kaum mit dem Verteilen nachkam. Und wer ein Stück ergattert hatte, tauchte für einen kurzen Moment in der Menge unter, um sogleich mehr zu verlangen. Die Dreibeiner jedoch, Textiles überhaupt, verschmähten sie.

Nur die Springlinge kannten vor nichts Scheu; sooft sie auch von ihren Hütern zurückgepfiffen wurden, die Halbwesenmerkwürdigkeiten reizten zu sehr. Ältere Hreng dagegen betrachteten mit von Mißmut braunen Kämmen das Geschehen. Es war klar: Nur auf die Springlinge würde Meridor bauen können.

Sie aber, die Heranwachsenden, würden die Freundschaft und die Gaben der Halbwesen akzeptieren, und sie würden – im Verlauf von Jahrzehnten – das Unverrückbare gründlich umgestalten. Gewiß, es fiel schwer, sich auszumalen, daß sich hier dereinst anstelle der erdig-dumpfen Hrengburgen schmucke Plasthäuser erheben sollten, daß anstelle der Knüppeldämme schnurgerade Pisten den Dschungel – oder vielmehr die künftigen Felder – durchschneiden, daß bekleidete und sogar beschuhte Hreng über breite Boulevards flanieren sollten. Doch das war, wie Meridor sagte, ausschließlich eine Frage der Perspektive, der richtigen Sicht.

„Schmieden wir das Eisen, solange es heiß ist!“ Georgia drückte Fabius einen Spezialkommunikator mit größerem Tonabstrahler in die Hand. „Du triffst am besten ihre ‚Wellenlänge.“

Fabius sträubte sich, schließlich wäre er kein Hrengologe, aber Lich wehrte ab: Er wolle die Hreng zu nichts überreden, was nicht in ihrem ureigensten Interesse liege.

Nachdenklich kniff Fabius die Lippen zusammen. Um ihn wogte ein Meer von schaukelnden Kämmen, neugierige Springlinge verschlangen ihn mit Blicken, argwöhnisch schauten die älteren Hreng.

Er begann mit einem Juchzer. Der paßte zwar weder auf Pulaster noch in die Situation, aber er erfüllte seinen Zweck: Verwundert lauschten die Hreng. Dann erzählte er von den Halbwesen. Daß sie sich unter ihrem Himmel, zwischen ihren Bäumen, bei ihren Wassern lange vorbereitet hätten, ehe sie fähig gewesen wären, über den Schwarzen Windraum zu springen. Daß sie ihre unermeßlich fernen Nester nur deshalb verlassen hätten, um auf das Sumpfland herabzusteigen und um ihr Wissen mit den Hreng zu teilen. Daß sie – und seine Handbewegung umfaßte Lich und Georgia, auch Gabriell – nach gewaltigen Strapazen und einem Marsch so lang, daß ihr Tod aufgeschoben werden mußte, ins Unverrückbare geeilt wären, weil hier die Schalen der Vergangenheit wie das Erbe in der Haut des Hreng in der Haut des Sumpfes verborgen wären. Daß nach diesem Erbe schon der Menschen Ahnen und die Ahnen ihrer Ahnen gesucht hätten.

Gleichförmig wogten die Kämme.

Daß einst, in dunkler, grüner Vorzeit, die Ahnen der Ahnen der tapferen und weisen Ffarhreng Wesen empfangen hätten, tausendmal fremdartiger als die Halbwesen, die jetzt vor ihnen stünden. Daß die Erinnerung an diese Fremdwesen unter dem Hügel vor der Palisade vergraben sei, ein Schatz für Hreng und Menschen mit einem unermeßlichen, guten Zauber.

Ungerührt wogten die Kämme.

Daß es doch traurig und widersinnig sei, nach so vielen Mühen den Schatz nicht zu heben, sich das für Hreng und Halbwesen aufbewahrte Erbe nicht anzueignen.

Abwehrend wogten die Kämme.

Mit dem Ausbleiben des Erfolges schwand Fabius die Beredsamkeit. Er wiederholte sich, verhaspelte sich. Er wurde pathetisch und immer abstrakter. Schließlich verstopfte ihm die Zunge wie ein schwerer, toter Lappen den Mund.

„Du hättest nicht vom Erbe reden sollen", empfing ihn Lich, als er niedergeschlagen von der Kiste sprang. „Außerdem brauchen Hrengeng Märchen. Wie sollen sie erfassen, was du mit dem ‚ersten Kontakt zweier Welten' meinst – obwohl du damit recht hast, wenn auch nicht so, wie du denkst."

Verärgert tippte sich Fabius gegen die Stirn.

Inzwischen hatte sich Georgia des Kommunikators bemächtigt. Sie beherzigte Lichs Ratschlag und erzählte ein Märchen. Ihr „es war einmal" klang wie eine Zauberformel. Hatte sie sich das Gleichnis eben erst ausgedacht oder schon lange zurechtgelegt? Beides war ihr zuzutrauen.

Tatsächlich schaffte Georgia es spielend, die Aufmerksamkeit der Hreng zu fesseln. Selbst die Springlinge, die eifrig leere Kartons zu ihren Hütten schleppten, hielten inne und lauschten, wie einst in der Zeit des Überflusses ein kluges Hreng Buschmelonenkerne trocknete und unter den Wurzeln eines Spiralbaumes hortete. Wir bald darauf ein furchtbares Unwetter über den Dschungel hinwegraste, die Bäume wie Schilfrohr zerknickte und alle Gärten überschwemmte. Wie jenem Toben von Wasser, Wind und Wolken nur ein einziger Baum trotzte, ebenjener Spiralbaum, der deshalb für tabu erklärt wurde. Wie die bedauernswerten Hreng dann, als die Ernte ausfiel, jämmerlich verhungerten, weil sie die getrockneten Kerne nicht ausbuddeln durften.

Ja, das bewegte die Hreng, sie wackelten mit den Kämmen, die Springlinge bedeckten ihre Häupter mit den Händen, und erst nach geraumer Zeit brach das Einarmige das Schweigen. So gewiß der Zweitageregen heuer zu früh das Land benetzt habe, so gewiß nahe busch- und baumzerschmetternd Thrr-Zuhrr-Khrr. Ihre Vorräte seien jedoch vor Sturm, Wasser und Ungeziefer in den Speichern ausreichend geschützt, und im Hort der Giganten verberge sich gewiß nichts Nahrhaftes.

„An diese hirnlosen Warzenhäuter", schimpfte Georgia, „verschleudert Meridor hochwertige Produkte!"

Ihr Mißerfolg belustigte Lich, der mit funkelnden Brillanten Handspiegel verschenkte. Auf welche Reaktion, meinte er leichthin, habe Georgia denn gehofft? Sie wisse doch, daß die Hrengeng nur im Boden wühlten, um zu roden, nach Wurzeln zu graben oder zu pflanzen, und daß sie nie ein „Verletzen des Sumpfes" gestatten würden.

Mit einem überlegenem Lächeln prophezeite er ihr „weitere Enttäuschungen“.

Noch einmal schallte der Tonabstrahler über die Lichtung. Gabriell leierte eine stelzbeinige Halbwesengrußformel herunter. Dann beschrieb er sein Heimatdorf und malte aus, wie seine Nestlinge dort vegetierten: in Angst vor Sturm und Überschwemmung, in ständiger Sorge um den rechten Regen für die Gärten. Geplagt von Schuppenfäule und Sumpffieber, befallen von Schwanzwürmern und der Kammflechte. In ewigem Kampf gegen Nahrungsräuber. Ohne Aussicht auf ein Ende der Misere. Die Menschen dagegen könnten ihnen helfen, könnten sie mit stählernen Werkzeugen versehen und ihnen die Arbeit in den Gärten erleichtern. Ihre Wundermedizin werde die Krankheitsdämonen bannen, selbst das Wetter wüßten sie zu beeinflussen. Er, Gabriell, habe jegliche Furcht vor den Giganten verloren, deren Phantome ihn noch als unwissenden Springling durch den Sumpf gejagt hätten. Mit den Menschen im Bunde könne den Hreng, selbst wenn sie ihn zufällig weckten, auch der Gigant nicht schaden.

Welchen Aufruhr entfachten seine Worte! Springlinge schossen, als sei ihnen tatsächlich ein Gigant auf den Fersen, zum Blitzbaum hinüber, und ein dumpfes Grollen dröhnte aus dem Kommunikator. Einzelne Hreng bewarfen Gabriell, das Stachelhreng, das Unhreng, mit Erdklumpen und Steinen.

Fabius deckte sein Gesicht mit den Armen, auch ihn traf ein Teil des durch die Luft heranwirbelnden Zornes. Gabriell hielt mit stoischer Gelassenheit dem Hagel stand, der verebbte, sobald die Hreng ihr Entsetzen abreagiert hatten. In gedrückter Stimmung beförderten Fabius und seine Gefährten ihre Geräte zum Lager. Der Sumpf hatte über die Geschenke Meridors gesiegt.

Der Sumpf, der Sumpf. Wie haßte Fabius dieses Wort, das den Planeten in einen einzigen, alles aufsaugenden Morast verwandelte! Der Sumpf gab, und der Sumpf nahm. Der Sumpf sonderte das Wasser ab und die Wolken und die Wälder. Aus dem Sumpf sproß und keimte es, aus dem Sumpf kroch und schleimte es. Der Sumpf war das Gestaltlose, das alle Gestalten erzeugte. Der Sumpf war das Weiche, vor dem alles Harte sich beugte. Der Sumpf hatte die Giganten geboren und wieder verschlungen. Der Sumpf war der Anfang, und der Sumpf war das Ende. – Ob der Nitze nun Sumpf übersetzte oder Chaos, Natur oder Urprinzip, war belanglos. Die Hreng würden nie dulden, daß irgendein Wesen, und sei es ausschließlich deshalb von jenseits des Schwarzen Windraumes angereist, ihre Allmutter Sumpf ankratzte.

Während Georgia unermüdlich Pumpen auspackte und prüfte, versorgte Lich Gabriells Wunden. Fabius half ihm, den Dreck von der aufgerissenen Haut zu wischen. Mehr als die Verletzungen schmerzte Gabriell sein verhängnisvoller Lapsus. Schuld daran sei nur der verfluchte Aberglauben, der ihm wie allen Hreng von den

Springlingshütern eingeflößt worden sei. Kleinlaut bekannte er: „Natürlich weiß ich, daß es den Giganten nicht gibt. Aber ich habe Angst vor ihm."

Zwischen Hreng und Außerzeitlern

Ein aufgeregtes, kurzatmiges Treiben hatte das Unverrückbare gepackt, eine zuckende Geschäftigkeit wie in einem Ameisenhaufen, über dem ein Spaßvogel ein Nähkästchen ausgeschüttet hat. Hreng schleppten Spaten und Äxte von einer Seite des Dorfes zur anderen; sie sortierten die Kleidungsstücke und warfen sie bald darauf allesamt auf einen Haufen; sie stapelten das Geschirr in der einen Hütte, verfrachteten es dann in eine andere; sie behängten den Blitzbaum mit silbernen Gürteln, kurz danach dekorierten sie ihn um; sie hieben mit Messern und Macheten auf morsche Stubben ein und veranstalteten dabei einen Heidenlärm. Springlinge balgten sich um Verpackungsmaterial, schichteten Türme aus Kartons und rannten sie um, versenkten Kaleidoskope unter Wurzeln und pflanzten Handspiegel in Beete.

Die hektische Betriebsamkeit der Dorfbewohner steckte auch Fabius an. Hatte sie doch das Einarmige für den nächsten Morgen zu einem Spaziergang durch den Dschungel eingeladen! Wie nahe würden sie an den Hort der Giganten gelangen? Welche Instrumente lohnte es mitzunehmen? Würden sie sich von nun an ungehindert bewegen dürfen?

Fabius mißtraute dem plötzlichen Stimmungsumschwung der Hreng. Er konnte nicht glauben, daß sie nun Meridors Freigiebigkeit belohnten. Oder sollte Lanzi, der stillschweigend, wenn auch nackt wie ein Dorfhreng, zurückgekehrt war, die alten Hreng beschwatzt haben? Kein Wort darüber war ihm zu entlocken.

Georgia litt nicht unter „solch kleinmütigen Bedenken". Sie saß vor der Zeltplane, gruppierte die Intellektronik ihrer Kopfbedeckung neu und strahlte dabei in Vorfreude. Morast und Nässe waren vergessen: Morgen stand sie vor ihrem Ziel! Trotz der breiten gelben Stirnbänder flatterte ihr rotes Haar in den sanften Böen, und wie sie so mit halbgeöffneten Lippen ein paar Tropfen von den Apparaten blies, sah sie entzückend aus; jede ihrer Gesten, ihr Mienenspiel verwirrten Fabius. Er wollte Iris nicht verlieren und nicht sich selbst, aber dieser Planet veränderte sogar sein Wünschen und Wollen.

Einzig an Lich, der seine Energie darauf verwendete, die Stiefel zu polieren, prallte jeglicher Enthusiasmus ab. „Was glaubst du, Georgia, geschieht, falls du fündig wirst?" stichelte er.

Georgia kräuselte spöttisch die Lippen. Sie werde schon dafür sorgen, daß ihr nichts unter den Händen wegexplodiere.

„So? An eine Explosion denkst du? Laß den Dschinn nur aus der Flasche! Die Folgen sind langfristig weder zu überschauen noch einzudämmen."

„Die Folgen sind gewißlich furchtbar: eine fast unerschöpfliche Energiequelle, Raumflüge mit Grenzgeschwindigkeit, neue Welten für die Menschheit ..." Sie schlug sich in Erkenntnis eigener Dummheit vor die Stirn. „Oh, ich vergaß, du bist ein Jünger von Abd-Feyr und kein ‚Flottentechnokrat'. Also muß ich den geistig-kulturellen Nutzen des Kontaktes herausstreichen."

Sie benötigte keine computorisierten Ohrringe, keinen Schmuck, um aus ihrem Wesen heraus zu funkeln und zu strahlen. War sie nun intelligenter als Iris oder nicht? Schneller, agiler war sie bestimmt, und das hieß zu agil, zu fix. Ihr Temperament mußte auf Dauer nur schwer zu ertragen sein.

Vom Blitzbaum her federte ein Springling heran. Als er näher kam, erkannte Fabius ein Kaleidoskop in seinen Krallen. Der Springling wandte sich zuerst an Lanzi, dann an Gabriell, die beide träge vor der aufgespannten Zeltplane dösten. Sie fertigten ihn mit einer Serie von kurzen Pfiffen ab.

„Erinnerst du dich an den Aufschwung, den die mathematische, später die kosmologische Grundlagenforschung nach Entdeckung der ZAHL nahm? Das ‚ausgebeulte' Universum? Die Ersetzung des anthropischen Prinzips durch das der ZAHL-Ermöglichung? Unser Weltbild hat sich dadurch gewandelt wie sonst höchstens im XVI./XVII. und im XX. Jahrhundert. Bene, das sind, wie du meinst, lediglich wissenschaftliche Umwälzungen, die dich nicht berühren. Aber stell dir vor, wir erführen etwas über Leben, Denken, Geschichte der Außerzeitler."

Der Springling hüpfte nun auf Fabius zu. Den Kopf eingeknickt, hielt er ihm, dem „kleinen Zauberer der Halbwesen", das Kaleidoskop entgegen. Die wunderschöne „Gewitterblume", weg sei sie, verschwunden. Nicht mehr drin in dem magischen Rohr. Die schönste Blume, die er, Der-die-Gewitterblume-im-magischen-Rohr-gesehenhat, je gesehen hat. Wohin ist sie? Er braucht sie ja so dringend. Sie hat ihn so aufgewühlt, als wären fünf Schalen auf einmal abgeplatzt. Aber ein Halbwesen muß doch helfen, sie wieder herzaubern können, das sei doch ein Halbwesenrohr. Sie muß wieder leuchten, die Gewitterblume. Nein, alle anderen sind ihm völlig gleichgültig, die eine nur zählt. Er muß sie wiederfinden. Er wird das Rohr drehen und drehen und drehen ...

Der Springling schlurfte davon, langsam und schwerfällig wie ein vergreistes Hreng.

„Wir würden ergo erkennen, was uns eint, was uns trennt – ein Riesenschritt zur allgemeinen Theorie der Intelligenzwesen. Uns würden sich sehr viel genauere Einblicke in die Grundlagen unseres Menschseins eröffnen; Notwendiges und Zufälliges in unserer gesellschaftlichen Entwicklung schieden sich deutlicher, wir erführen etwa, ob der Mensch schon von seinem biosozialen Evolutionsweg her besonders anpassungsfähig im Guten wie im Schlechten ist, ob eine andere Vorgeschichte den Menschen nicht ein wenig besser gegen mörderische Diktaturen und Kriegsgeschrei gefeit hätte, ob er nicht aus den selbstverschuldeten Natur- und Kulturkatastrophen hätte schneller lernen können.

Das sind doch die Probleme, die dich interessieren? Auf die du Antworten bei den Hreng vermutest. Oder irre ich mich? Nur: Wie willst du sie von Wesen erhalten, die in der Vorgeschichte steckengeblieben sind?"

Sie freute sich, daß Lich, seiner Replik beraubt, die Arme hob, als wolle er etwas erwidern, und resignierend senkte. Beschäftigten sie diese Fragen wirklich, oder hatte sie sie geschwind erfunden, um Lich zu verblüffen? Bei Iris hätte er gewußt, was sie ernst meinte, schließlich entstammten sie einer Zeit, hatten die gleichen Schulen durchlaufen ...

„Du siehst lediglich den intellektuellen Aspekt, Georgia, nicht die praktischen Auswirkungen, den Schock bis ins Mark, den wir erleben müßten. Wir würden kein besseres Schicksal erleiden als die Hreng-eng. Bemerkst du den Schaden nicht, den ihr anrichtet, Meridor, der sie zähmen und in Arbeitskräfte verwandeln will, du, die du nicht im mindesten ihre Gesetze und Sitten respektierst?"

Ein Hreng trabte heran. Es verlangte „mehr davon". Mehr von diesem und mehr von jenem. Kein Hrengwort existierte für Schere und keins für Nußzange, und weder der Nitze noch der Kommunikator erwiesen sich dem Stammeln gewachsen. Da Lich und Georgia beschäftigt waren, nahm sich Fabius seiner an. Es gelang ihm, das Hreng mit der Aussicht auf zukünftige Geschenke zu trösten. Die Hreng des Dorfes sollten sich am besten gemeinsam überlegen, was sie sich von den Menschen wünschten.

Als das Hreng sich anschickte davonzustapfen, pfiff Gabriell es zu sich, um ihm per Kommunikator zu erklären, daß primo die Schere nicht zum Ziehen paralleler Linien auf frisch mit Lehm beworfenen Wänden gedacht und secundo die Nußzange normalerweise nicht für die Krallenpflege bestimmt sei. Lanzi saß stumm daneben und polkte sich mit einer Spezialfunkbake zwischen den Zähnen herum.

„Bedarf es eines weiteren Beweises?" Lich zeigte auf das Hreng, das sich schleppend entfernte. „Schon beginnen sie zu betteln. Bald werden sie sich keine Pfeilspitzen mehr zurechtschleifen, bald werden sie verlernen, wie man Netze flicht, bald werden sie die erstaunliche Kunst der Töpferei ohne Feuer aufgeben. – Ihr Halbwesen, wir brauchen dies, ihr Halbwesen, wir brauchen das! – Ihre Gärten werden verwildern und ihre Wege verfallen. Sie werden den Sinn der Stammestänze vergessen und die Masken wie Mützen tragen. Letztlich wird ihre Gemeinschaft zerbröckeln. Sie werden Gelege und Springlingserziehung vernachlässigen und entweder aussterben oder, greift der Mensch ein, sich übermäßig vermehren. Auch wenn sie nicht völlig verschwinden, verlieren sie doch ihre Kultur, ihre Identität. Trotz unserer besten Vorsätze. Die uns nur als Alibi vor uns selbst, vor der Geschichte dienen.“

„Du dramatisierst, Lich. Wir sind nicht die kolonialen Eroberer von ehedem. Die hätten längst das Dorf beiseite gefegt, um den Schatz zu rauben. Und Meridor beschenkt sie ohne Hinterlist.“

„Aber nicht ohne Hintergedanken.“

„Der darin besteht, sie aus diesen versumpften, menschen- und hrengunwürdigen Verhältnissen behutsam herauszuführen. Ich nehme an, daß sogar der verbohrteste Romantiker unter den Hrengologen nicht bestreiten wird, daß die mittlere Lebenserwartung der Hreng im Dschungel nicht halb so hoch ist wie in der Siedlung.“

„Und wenn sie uns Unsterblichkeit anböten, die Außerzeitler? Ihre Art der Unsterblichkeit? All unsere Wissenschaft wäre auf einen Schlag veraltet und unnütz. Wir würden ihre Maschinen – ohne sie zu beherrschen – kopieren. Eigene Leistung würde nichts mehr zählen. Wir würden auf neue Monopolflaschen warten, neue Himmelsgaben, neue Wunder. Würden abhängig. Imitatoren. Auch der Sitten und Gebräuche. Binnen einer Generation wäre unsere Kultur verschwunden. Wir Menschen würden daran zerbrechen.“

„Deine Philosophie heißt: jeder Veränderung abschwören, denn wir leben in der besten der Welten?“

Die Gedanken wanderten Fabius davon. In gewissem Sinne hatte er eine Kultur verloren, die seiner Heimatwelt und seiner Heimatzeit. War er daran zerbrochen? Wenn er den Schock überstand, würde die Menschheit als Ganzes ihn erst recht überwinden. Und die Hreng? Sie waren nicht minder fähig, den Wandel zu meistern. Das bewiesen Lanzi und Gabriell. Gabriell vor allem, dem das Dorf seiner Kindheit vielleicht ebenso unwiederbringlich entglitten war wie ihm, Fabius, Kokkygia. Für den womöglich die Konfrontation mit den Halbwesen, die Weltraumausbildung, einschneidender war als der erste Flug für einen angehenden Hydro/Hydriker.

Zwei Hreng näherten sich, sie zerrten an den Enden eines wollenen Tuches. Noch eins? Fabius schüttelte den Kopf. Sie müßten sich schon einigen von Nestling zu Nestling. Gestern hätten sie weder Tücher noch Decken gekannt. Was also sollte der Streit! „Paßt auf, daß ihr nicht von uns Halbwesen abhängig werdet“, ermahnte er sie, „ihr könnt doch so wunderschöne Grasmatten flechten.“

Die Hreng beschwerten sich, daß es ungerecht sei, nicht für jedes mindestens das gleiche mitzuschicken. Das Tuch zwischen ihren Pranken zerriß.

„Aber das sind ja nur Theorien“, Lichs Tonfall hatte an Festigkeit gewonnen, er klagte nicht mehr, er ereiferte sich nicht mehr. „Die Außerzeitler existieren sowenig wie ihre Monopolflasche.“ Er zwinkerte Fabius zu, dann schlenderte er gemächlich hinüber zu Lanzi.

„He, he“, rief ihm Georgia nach und winkte heftig. „Eigentlich sollte ich mir diesen Trumpf aufsparen, aber da du ständig stichelst und unkst ...“

„Ja?“ Lich stützte die Arme in die Seiten.

„Falls du unter dem Hügel den Lander der Luivens vermutest, irrst du dich. Die Konturen der magnetischen Störung ...“

Lich bot von einem Moment auf den anderen ein Bild des Bedauerns. Der Unterkiefer klappte ihm herunter, er nestelte am Verschluß der Jackentasche, dann schüttelte er den Kopf, daß man fürchten mußte, er werde sich den Hals dabei verrenken.

„Tut mir leid“, meinte Georgia ohne eine Spur von Reue, „daß ich dir die Illusion rauben muß.“ Sie wandte sich an Fabius. „Nun, was unternehmen wir an diesem schönen, regenfreien Abend?“

Sie unternahmen nichts. Und daran war neben der Unrast im Dorf die abwehrende Antwort schuld, die ihm die Laune des Augenblicks eingab. Vielleicht keimte ein Gefühl in ihm, vielleicht nicht, er wollte sich Georgia nicht so einfach an den Hals werfen. In ihrer Direktheit war sie ihm unheimlich. Iris hätte so fragen dürfen, nur Iris.

Das Trappeln und Platschen, die Pfiffe und dumpfen Schläge hielten die Nacht hindurch an. Man hätte denken können, der schlimmste Anfall von Trâl habe die Hreng überrumpelt.

Wenn die Wolken aufreißen

Am Horizont glitt der rötliche Widerschein einer Fähre in das Grau des Himmels. Dunstfetzen waberten Geistern gleich zwischen den Hütten hindurch. Schweigend umfloß der Nebelstreif Dämonenpfähle und Bäume. Wie leer gefegt waren die Knüppeldämme. Nur aus der Diogenes-Höhle lugte ein regloses Schwanzende.

Begleitet von drei speertragenden Jägern, wanderten Fabius und seine Gefährten aus dem Unverrückbaren hinaus. Lanzi blieb bei den Zelten zurück, er sollte die Ausrüstung bewachen. Vor dem Tor formierte sich der kleine Trupp: Ein Speerträger bildete die Nachhut, zwei die Spitze. Georgia, die am liebsten an den beiden Hreng vorbeigestürmt wäre, marschierte direkt vor Fabius. Eine Locke, die vorwitzig unter ihrer absurden, metallstrotzenden Kopfbedeckung hervorgerutscht war, hüpfte unbezähmbar und eigensinnig wie Georgia selbst. Bis tief in den Schlaf verfolgte dieses rote Haar Fabius, Georgias Nähe untergrub seinen Willen und seine Vorsätze, und oft genug fühlte er sich wie ein Einfaltspinsel, wenn er ihr nachstarrte und sie es entdeckte und mit schnippischen Bemerkungen über Träumer und Zauderer, die das Eis ihrer Särge nicht abzuschütteln vermochten, quittierte.

Kein Baum längs des morschen Knüppeldammes glich dem anderen. Der eine Stamm wuchs aus Dutzenden armstarker Wurzeln, der nächste war in sich verdrillt, die rauhe Borke schlang sich wendeltreppenartig in Wülsten um den gedrungenen Stamm, der dritte versteckte sich hinter einem aufgebauschten Geflecht grünlichgrauer Epiphyten, vom darauffolgenden hing es herab wie tausend Taue. Hier bedeckten blasige Gallen die Blätter, da sproß es wie Dorngebüsch in den Astgabeln, dort überwucherte undurchdringliches Laub die Borke, kopfgroße rostbraune Nüsse baumelten an langen Trieben. Aus Palmwedeln tropfte es süß und klebrig, von feingefingerten Zweigen sprühte es herab, unter verworrenen Kronen tanzten schillernde Schmetterlinge, Eidechsen huschten ins Gezweig, Frösche hüpften herab. Chamäleoniden rollten die Augen, grüne „Baumschrecken" segelten von Stamm zu Stamm, daumenstarke Raupen seilten sich ab, Ameisen zerschnitten Blätter, Wasserläufer glitten über Pfützen, Blasen stiegen blubbernd auf, es grunzte, es pfiff, es wisperte, es säuselte, knackte, gurrte …

Noch immer grübelte Fabius darüber nach, was die Einladung des Einarmigen bezweckte. Verständlicherweise spekulierte Georgia darauf, daß die Hreng ihnen ihr Heiligtum, den Hort der Giganten, zeigen wollten, das Unten-Oben, wie es der Nitze einmal genannt hatte. Er dagegen hoffte insgeheim, daß der Knüppeldamm sie zu Wiun-jon brachte, womöglich war dieser in eine Burg außerhalb des Dorfes verbannt worden. Hatten sie erst einmal mit Wiun-jon gesprochen, würde sich manches klären. Vielleicht war der Tag tatsächlich nicht fern, an dem – von den Hreng geduldet – schwere Lichtwerfer hier den Dschungel niedermetzelten und massige Schweber das Terrain für den neuen Astroport planierten.

Ein unregelmäßiges Schlurfen und Plätschern mischte sich in die Kakophonie des Urwaldes. Dazu ein Hrengpfeifen, auf das die Speerträger antworteten. Der Knüppeldamm führte in sanfter Biegung auf die Geräusche zu.

Gabriell wurde zusehends nervöser. Zu tief wurzelte in ihm das Mißtrauen gegen die sumpflebenden Nachbarn. Es klatschte und gluckste lauter; die Speerträger umrundeten weitläufig einen meterhohen, geborstenen Baumstumpf, in dessen Spalten sich scharlachrote Pilze eingenistet hatten.

Dann, nach einer letzten Biegung, breitete sich vor ihnen ein nur mehr spärlich bewachsenes Moor aus. Der Weg schlängelte sich zwischen schmalblättrigem Schilf und Büschen, die weißer Flaum bekrönte, hindurch – und da sah er schon die Hreng, ein Dutzend mindestens, Speerträger, den Schamanen, das Einarmige.

Der Knüppeldamm öffnete sich zu einem weitgeschwungenen Halbkreis, den der Regen der vergangenen Tage saubergewaschen hatte. Vor morschen Pfählen mit geschnitzten Hrenghäuptern versenkten die Hreng die Geschenke im Sumpf.

Wie zersprungene Steinbeile warfen sie Dreibeiner und Decken, Scheren und Sombreros in das dreckigbraune Morastloch – ohne Sinn und Zweck, aus blanker Zauberfurcht und Zerstörungswut. In Kokkygia wanderte kein Hosenknopf achtlos in den Müll. Alles wurde regeneriert und wieder in den geschlossenen Stoffkreislauf eingespeist.

„Halt dich zurück!“ flüsterte Lich, doch Fabius eilte bereits auf die Wand der Hrengrücken zu.

„Aufhören! Was ist in euch gefahren!“

Schlagartig wandten sich alle Hreng nach ihm um.

„Wir befreien das Dorf von fremdem Zauber.“

„Wir begraben die Saat des Zwistes und der Unruhe.“

„Deshalb riefen wir euch: Alle Macht endet am Sumpf.“

Ein Stapel Sombreros, ein Computerspiel für die Springlinge, meterweise Plastfolie – der Sumpf blubberte und verleibte sie sich ein. Ein Stück um das andere, Tücher, Teller, Spiegel …

Fabius ertrug den Anblick nicht. Den Nitze wie eine Waffe vorstreckend, ereiferte er sich primo über die Mißachtung der Dinge, secundo die Notwendigkeit, auch die Arbeit anderer zu schätzen, tertio die schädlichen Folgen jeglicher Verschwendung. Seine Ermahnungen verhallten ohne Wirkung. Im Gegenteil. Er hatte den fatalen Eindruck, lediglich die passende Grabrede auf Meridors Gaben zu halten. Mitten im Satz verzichtete er auf quarto.

Lich erwartete ihn erleichtert. „Sie hätten dich packen können und …“ Er klopfte Fabius auf den Oberarm, als müsse er sich von seiner Unversehrtheit überzeugen. „Bei dir weiß ich nie, ob du eine große Kühnheit oder eine ebenso große Dummheit ausbrütest. – Aber vielleicht muß man so sein. Vielleicht zwingt man sie so zum Gespräch. Ich wünschte, ich hätte eine Prise von deinem Draufgängertum.“

„Dich geht das wohl nichts an? Sie vernichten unsere Geschenke!“

„Eine sehr vernünftige Reaktion.“ Er faßte an die Ohrläppchen, wo die Klipse aufblitzten. „Die Hrengeng des Unverrückbaren machen ihrem Ruf alle Ehre.“

„Sie lehnen uns Menschen ab.“

„Das wäre freilich schlimm, wir hätten es selbst verschuldet mit unserer Art, sie als arme Wilde zu behandeln.“

Dickleibige Fliegen schwirrten vor ihren Füßen auf. Aus einer Astgabel grinste sie ein katzenartiges Tier an. Als Fabius genauer hinblickte, löste es sich in ein Gewirr von weißen und braunen Blüten auf.

„Meines Erachtens“, meinte Gabriell, „haben Hreng und Menschen bis jetzt nebeneinanderher gelebt. Ohne Nutzen für beide. Meridor und ich wollen das ändern. Irgendwann werden die Ffarhreng unsere Werkzeuge akzeptieren. Es ist nur eine Frage der Zeit.“

Obwohl Gabriells Optimismus fehl am Platze schien, erholte Fabius sich allmählich von seiner Enttäuschung. Er vermißte Georgias bissigen Kommentar – sie scherzte doch tatsächlich inzwischen mit den Speerträgern, die augenscheinlich ihrethalben zappelten und quietschten wie aufgeregte Springlinge!

Beschwingt mit den Armen schlenkernd, hüpfte sie über die weit auseinander liegenden Bohlen heran. „Die Herren Hreng sind so freundlich, uns auf einem anderen Weg zurückzugeleiten.“ Sie wehrte seine Frage ab. „Ich bat sie, uns ihre herrlichen Gärten vorzuführen.“

Kopfschüttelnd nahm Fabius den Rückmarsch auf. Bald zweigte ein Trampelpfad vom Knüppeldamm ab. Ihn säumten geschnitzte Pfähle, die Dämonen und insektisches Ungeziefer verscheuchen sollten. Trotz des Zweitageregens trug der festgetretene Boden selbst die Hreng gut. Prall gefüllte Moospolster schmatzten unter den Füßen. Für einen Astroport war das Terrain auf dieser Seite des Dorfes allerdings viel zu sumpfig.

Wenig später sprenkelte ein helles Grün die Kämme der Speerträger. Zu Recht waren sie stolz. Dank ihrer unablässigen Mühe gedieh in den Urwaldgärten längs des Weges einfach alles: das dunkelblaue Würzkraut und die fettig glänzende Kellknolle, Speerschaftbambus, Wollmohn und tausenderlei Büsche und Stauden, Zwergbäume und Nutzpilze. Des Krallenausstreckens und Hierhinzeigens und Dahinzeigens war kein Ende. Nitze wie Kommunikator flüchteten sich oft genug in die widerborstigen Kunstwörter einer ternären Systematik. Gestreifte Raupen, selbst Leckerbissen, krochen über zartrosa Früchte. Eidechsen, als äußerst schmackhaft bekannt, schlüpften durch den Bodenbewuchs, befingerte Urvögel, eine Delikatesse, verrieten sich durch heiseres Krächzen.

Die wackeren Urwaldgärtner, zwischen „Saftblüten“ und „Gurgelwurz“ völlig in ihrem Element, verschwiegen auch ihre Sorgen nicht. Da stahlen trotz Sonnentaus Hamsterinsekten die Samen, da fraß die Fäule an den Früchten, da nagten Schnecken und Läuse an den Blättern, da raubten trotz der Fallen Kleinsaurier und nächtliche Ursäuger manch leckeres Stück. Und das Hreng, das nicht tagein, tagaus den Wasserstand beachtete, die Pflanzen verzog, die Schädlinge ablas, die nächtlichen Geister vertrieb, erntete nichts.

Gabriell tippte Fabius sacht an. Dort hinten stak neben einem

hrengischen Pflanzholz ein Spaten aus Meridors Wunderkiste im aufgeworfenen Erdreich. „Nicht jedes Hreng verschmäht die Gaben."

„Solange sie sich in ihre Produktionsformen einfügen", schränkte Lich sofort ein, „das kannst du Meridor ausrichten, daran soll er sich halten."

Nachdem sie über eine Stunde eifrig ah und oh geschrien hatten, verließen sie die Gärten. Fabius hatte sein inneres Gleichgewicht wiedergefunden. Meridors Geschenkaktion war nicht völlig fehlgeschlagen. Wer wußte, wie viele Hreng den einen oder anderen nützlichen oder einfach schönen Gegenstand vor dem Begrabenwerden bewahrt hatten.

Nur einige hundert Schritt weiter erspähte er durch die in gehörigen Zwischenräumen stehenden Zykadeen und „Wurstbäume" die dunkle Masse eines Hügels. Überrascht pfiff er durch die Zähne.

„Dämmert's?" fragte Georgia.

Es dämmerte. Deshalb also hatte sie ein solches „Palaver" mit den Speerträgern veranstaltet, deshalb hatte sie ihnen in ihren „bewundernswerten" Gärten soviel „Schlamm auf die Backen geschmiert" und für die Gartenwirtschaft ein so übersteigertes Interesse geheuchelt: Der Trampelpfad lief auf den Hort der Giganten zu.

Der flache, bemooste und nur von wenigen Zykadeen umringte Hügel gipfelte in einem achteckigen, azurblau bemalten Schrein. Ein breiter Mäander schmückte den First. Seltsam verzerrte, quadratische Fratzen drohten von ihm herab.

Georgia, quirlig vor Begeisterung, hatte ihren Apparatehut gelüftet und drehte hastig an dessen Kontrollen. Der Abstand zu den Speerträgern vorn vergrößerte sich, das rückwärtige Hreng wurde ungeduldig. Fabius packte sie am Arm, da sie wie eine Blinde vorantappte. Von ihm geführt, konnte sie ihre ungeteilte Aufmerksamkeit den Instrumenten leihen.

„Unzweifelhaft", wisperte sie, „Deformation im Magnetfeld ..., wirkt wie ein Riesenbrocken Eisen. Kein Asteroid – wo wäre der Krater? Zuviel für einen altertümlichen Lander ..."

Vorbei. Sie setzte sich mit Siegermiene ihre Kopfbedeckung wieder auf. Unerbittlich wankten die Hreng voran.

Das, woran er, Fabius, nie hundertprozentig hatte glauben können, bewahrheitete sich nun. Dieses unscheinbare, sumpfverlorene Dschungeldorf barg einen Schatz, kostbarer als alle, für die je Menschen ihr Leben geopfert hatten, vergleichbar höchstens mit den Zauberdingen der Märchen, mit Aladins Wunderlampe oder der Flasche des Dschinn. Hier unter den ewig ziehenden Wolken, den tropfenden Bäumen, bei den schiefen Burgen der Hreng war der Nabel des Planeten, nein, der Angelpunkt des Universums. Hier kreuzten sich die Weltlinien der Außerzeitler und der Menschen.

Was mochte der Schrein symbolisieren? Weshalb hatten ihn die

Hreng genau über dem Erbe der Außerzeitler errichtet? Womöglich kannten die Steinzeitsaurier die „Lichtwesen von jenseits der Zeit", die wie Götter über die Natur geboten, von Angesicht? Womöglich hatten diese den Hreng geholfen, die gigantischen Vorfahren zu besiegen, und hatten ihnen zu allem Überfluß die Monopolflasche überlassen, wie man Kindern ausgediente Batteriezellen zum Spielen schenkt? Es graute Fabius vor den eigenen wilden Spekulationen, aber wenn er an die dämonischen Fratzen auf dem Schrein dachte ...

Mit einemmal lief eine Welle der Unruhe durch den Dschungel. Ein feines Gurgeln schwang in der Luft, die eine besondere Klarheit und Helligkeit gewonnen hatte. Die Speerträger pfiffen schrill und stürzten unter die hohen Stelzwurzeln einer Pulastermangrove. Es war stiller als sonst im Urwald, so als hielten nicht allein die Menschen den Atem an; nur von fern grollte es.

„Stachel!"

Gabriell eilte, ohne auf die zierlichen Beete, die sorgsam gehüteten Pflanzen zu achten, mitten hinein in einen Garten, dorthin, wo sich die Blätterdächer der Bäume entflochten und eine winzige Lichtung schufen.

Grau in hellerem rissigem Grau zerfaserten die Wolken, sie ließen eine weißliche Scheibe hervortreten und verschlangen sie wieder, sie ballten sich, ihren Ursprung, den Sumpf, beschirmend, zusammen und flossen sogleich breiig auseinander.

„In den Schatten, Gabriell!"

Das Flottenhreng ignorierte Lichs Ruf. Reglos starrte es, den Sombrero weit nach vorn geschoben, in den umkämpften Himmel.

Schräger Schein fiel weit entfernt aus den Wolken, nach Sekunden brandete der Schrei des Urwaldes heran. Und dann zerbrach über ihnen das Himmelsgrau, und Fabius spürte wie einen Schlag von warmer Hand das Licht auf dem Gesicht. Rot durchglühte Stachel – die Sonne – seine Lider, sie war nah und gleißend hell, eine Wohltat für die bleiche Haut, ein Guß himmlischen Feuers, der ihn erweckte, erwärmte, durchschauerte wie noch nie in seiner kalten, abgeschotteten Existenz, lebenspendend und berauschend, eine immerwährende liebevolle Berührung – bis sich der Schatten des Sumpftages wieder über ihm schloß.

Jetzt erst drang das Kreischen an sein Ohr, das Krachen herabstürzender Äste, das Zirpen verletzter Insekten, das Gequärre der Frösche; selbst die sonst Stimmlosen, die Schlangen, Eidechsen, schrien ihren Schmerz und ihren Schreck heraus, warum sollten sie nicht, wo sogar die Pflanzen klagten und weinten.

Er schlug die Augen auf, weißer Nebel wallte vom Boden. Lich schalt Gabriell; dem vorwitzigen Hreng war die Haut am Halsausschnitt versengt und wie mit dünnem weißem Papier überzogen. Das dümmste Hreng auf ganz Pulaster! Forderte Stachel heraus! Ein

Glück, daß dem Übergeschnappten der Sombrero das Augenlicht gerettet hatte.

„Ich möchte so gern Stachel sehen, Stachel, der meine Schale aufgesprengt hat."

Gabriell mußte schleunigst verarztet werden. Fabius und seine Gefährten hasteten den Speerträgern nach, die mit waagerecht ausgestreckten Leibern durch die verwehenden Schwaden jagten. Schon nach Sekunden blieb Fabius die Puste weg. Auch Gabriell, träger als seine Artgenossen und durch die Verletzung behindert, hielt mit ihnen nicht Schritt.

Die Gärten ringsum hatte es schwer getroffen, denn gerade für sie bevorzugten die Hreng lichtere, weniger von dichten Kronen beschattete Plätze, und wo auch nur ein Strahl durch die Wipfel gedrungen war, schwelten stumpfbraun die Büsche. Knallbunt schossen die Stachelpflanzen aus ihnen hervor, um ihr kurzes Dasein zu feiern. Noch immer knackte und krachte es im Gezweig, da sich die Urwaldriesen von verdorrenden Ästen befreiten und diese, Etage um Etage, herabsausten und schließlich zu Boden klatschten, oft nur Meter vor oder neben Fabius. An der Palisade markierten Streifen bereits wieder verwelkender Vegetation den Weg des Lichts; die letzten Stachelinsekten taumelten im auffrischenden Luftzug.

Keuchend und schwitzend erreichten sie das Tor. Im Unverrückbaren, wo nur wenige Bäume Schutz spendeten, hatte Stachel am schlimmsten gewütet. Die Dächer zweier Langhütten waren eingestürzt. Eine braune Laub- und Stengelmasse bedeckte die runden Flächen der Beete, zerwühlt von Springlingen, die in dem allgemeinen Verderben nach Leckerbissen suchten. Kadaver kleiner Echsen lagen auf den freien Flächen. Aus den Bohlen der Knüppeldämme sprossen violett und grün gestreifte Pilze. Unter ihrem Schlafbaum humpelten drei verletzte Sänger im Kreis und stießen dabei bellende Laute aus.

Vollhreng waren dabei, Ordnung zu schaffen. Selbst Diogenes kroch aus seiner Tonne hervor, um mit anzupacken. Viele Hreng, vor allem Springlinge, umringten hüpfend die Zelte der Expedition.

In ihrer Mitte besprühte Lanzi einem vor ihm knienden Springling den wunden Rücken. Andere Springlinge drängten, auf die eigenen Verbrennungen zeigend, nach. Lanzi behandelte seine Patienten erstaunlich geschickt. Als die Spraydose leer war, fischte er aus einem Karton, der zwischen seinen Füßen klemmte, die nächste.

Gabriell kauerte sich auf seinen eingekringelten Schwanz. Die Krallenzehen in den Knüppeldamm gegraben, wartete er ab, bis er drankam. Nach ihm schleppten die Springlinge ihre verletzten Spielgefährten an: Eidechsen, Sänger, selbst ein paar Säuger. Für die Hreng wogen die Verluste in den Koben am schwersten.

Durch das Palisadentor hetzten die heimkehrenden älteren Hreng ins Dorf, die Bohlen ächzten und dröhnten unter ihren Tritten. Kummer und Zorn verwoben sich in den Kammfarben. Die meisten von ihnen eilten zu ihren Burgen, kümmerten sich um die Springlinge oder ihre Haustiere. Das Einarmige und ein anderes Hreng aber fegten auf Fabius zu.

Noch im Trab wetterte das Einarmige schrill pfeifend los: „... Vertrauen gebrochen. Nie mehr werden wir uns mit Stachels Stamm verbünden. Habt Unglück gebracht, unsere Nahrung vernichtet, die Haut der Springlinge versengt ...“

Mit schräg gegen den Boden gestemmten Pranken bremsten die beiden Hreng, Schlamm spritzte Fabius ins Gesicht. Während das Einarmige unentwegt auf der Stelle trampelte, schwang sein Begleiter den Oberkörper hektisch hin und her.

„... Geschenke nie berühren dürfen. Durch euch sind wir ohne eigene Schuld ins Verderben geraten. Eure toten Häute und Halbwesenschalen haben Stachel hervorgelockt. Deshalb müßt ihr fort, fort ...“

Das Einarmige bäumte sich auf, daß sich seine graugrüne Bauchhaut vor Fabius' Augen spannte und die wenigen Schuppen einzeln hervortraten – dann sackte es knirschend in sich zusammen. Sein Begleiter stützte es und massierte ihm den Rücken; es röchelte und rang nach Luft. Fabius war vor Furcht wie gelähmt. Falls dem Haupthreng des Dorfes etwas zustoßen sollte, wäre es ihr sicherer Tod.

Der kritische Moment verstrich, das Einarmige richtete sich schnaufend auf, und Fabius rief geschwind Gabriell herbei, der sich unter der Zeltplane verkrochen hatte, um die Unschuld der Halbwesen zu beweisen. Tatsächlich besänftigte der Anblick der Stachelwunden das Einarmige.

„Wir haben sowenig Macht über Stachel wie ihr Hreng“, schwor Fabius, „beim Giganten im Sumpf.“

„Die Wahrheit wird aus den Knochen sprechen“, orakelte der Begleiter und wandte sich ab, wobei sein Schwanz, beabsichtigt oder nicht, dicht vor Fabius durch die Luft peitschte. Das Einarmige jedoch neigte sein Haupt einige Zentimeter zu Fabius herab. Es verkrallte seine eine Tatze in der Brust und pfiff rasselnd. Das Halbwesen möge ihm verraten, wo sich der fremde Zauber im Dorf eingenistet habe und wie man ihn vertreiben könne. Seit damals Wiun-jon heimgekehrt sei und nicht heimgekehrt sei, herrsche Angst unter den Ffarhreng und Unfrieden im Dschungel. Selbst Wind und Wolken verbündeten sich gegen die Hreng. Was hatten sie falsch gemacht? Es verstummte, atmete schwer.

Wollte das Einarmige ihm etwas anvertrauen? Sofort hakte Fabius nach. „In meinem Wald hieß es: Reden erleichtert“, ermutigte er es vorsichtig. „Also teile die Bürde deiner Erinnerung mit mir.“

Ein Zittern packte das Einarmige. „Der Sumpf hat das Hreng, das sich einst Wiun-jon nannte, aufgesogen. Wiun-jon war tot, als Wiun-jon von euch Halbwesen schied, denn euer Zauber hatte seinen Dämon gefressen und suchte nun das Unverrückbare zu bezwingen. Wiun-jon war mein Nestling, und Wiun-jon war mein Nestling nicht mehr. Meine Hand ..." Der kurze Stummel seines Armes zuckte. „Meine Hand schliff das glänzende Zauberding, das Wiun-jon mitgebracht hatte, zurecht. Und meine Hand stach zu, wie es geschehen mußte. Meine Hand ist erstorben, und mein Nestling ist tot. Warum lastet der Zauber noch auf uns?"

Lichter schmücken ihre Kämme

Die Menschen, so behauptet der antike Philosoph Platon, wären ursprünglich anders beschaffen gewesen als heutzutage: Beide Geschlechter vereinte ein mannweiblicher Körper, der auf vier Beinen schritt, mit vier Händen schuf, aus vier Augen spähte. Von allen Seiten umrundete der Rücken den Leib, dem in seiner Art nichts mangelte. Diese Vollkommenheit stachelte den Neid der Götter an. Zeus selbst, den Göttervater, ergrimmte die frevlerische Herausforderung. Und da er, um der Opfer willen, die Menschen nicht wie einst die Giganten mit seinem Donner zerschmettern wollte, zerschnitt er sie, wie man Obst zerteilt, in je zwei Hälften. Apollon aber, dem Gott des heilsamen wie verderblichen Lichtes, gebot er, die Haut von den Rändern her über die Wunde zu ziehen und an der Stelle, die wir Nabel nennen, abzuschnüren. Auch sollte er die Köpfe nach innen drehen, auf daß der Mensch im Angesicht des Schnittes demütig werde. Folglich sei, resümiert der Philosoph, jeder Mensch das passende Gegenstück zu einem anderen Menschen, den er ewig suche. Dieses Verlangen und Trachten nach dem Ganzen heiße Liebe.

Nach Platons Theorie hätten die mannweiblichen Hreng, wiewohl sie nur auf zwei Beinen schritten, mit zwei Händen schufen und aus zwei Augen spähten, die Liebe nicht kennen dürfen. Dennoch zog in jedem Pulasterfrühling eine geheime Unruhe in die Hrengdörfer ein. Manch nassen Abend pfiff und raunte es länger als sonst aus den tönernen Häusern, und des Tages wurden die Gärten vernachlässigt und statt ihrer die Masken geflickt. Freilich bemerkten weder Fabius noch Georgia und nicht einmal Lich, was sich hinter Nieselschleier und Dunststreif auf den glitschigen Plätzen und Dämmen, in den düsteren Burgen des Unverrückbaren anbahnte.

Die Aufregungen der letzten Tage hatten zudem bewirkt, daß das Leben im Dorf aus dem Gleichtakt stolperte. Lich prophezeite schon, daß die bloße Anwesenheit der Halbwesenmagier genüge, um die Hreng an den Rand des Furors zu treiben. Der Trâl sei längst fällig, das Ausschwärmen, die Eiablage, doch nichts geschehe. Noch immer säuberten sie Burgen und Gärten vom Gifthauch des fremden Zaubers, noch immer pflegten sie die Brandwunden Stachels. Welche Katastrophe, wenn sie darüber vergäßen, dem Ruf der Natur zu gehorchen. So leicht jedoch ließ sich die ererbte Biologie, ließen sich die ererbten Sitten nicht überspielen. Daß aber gerade Lanzi, der sich seit dem Stachelschein „das Erwachende“ nannte, damit beginnen mußte …

Fabius hatte soeben ausführlich mit der Pyramide gesprochen. Meridor verlangte, daß er anderen, insbesondere Sadhana gegenüber, die „Überreaktion“ der Hreng verschwieg und endlich Probebohrungen vornähme – hinter dem Rücken der Hreng. Sadhana beklagte sich über Meridor und vorenthaltene Informationen; die Biochemiker wollten ihm Blut abzapfen, um es zu untersuchen; Effarig bat um längst vergessene und verstaubte Personaldaten; Nozaki warnte vor Effarigs Intrigen; Laine Sorms drängte wegen der unerledigten Quartierfrage. – Wie wenig berührten ihn diese Nichtigkeiten! Ihm war, als ob ihn Lichtjahre von der windmühlenhaften Geschäftigkeit der Menschensiedlung trennten.

Nässe tröpfelte von der Plane. Jeden metallenen oder plastenen Gegenstand überzog sie mit einem feinen Film. Draußen, hinter den milchigen Nebelschwaden, rumorten die Hreng. Lich füllte seine Notizbücher mit ihren echten oder angeblichen Weisheiten. Georgia aber weilte bei den Außerzeitlern. Gewiß hatte sie recht, wenn sie ihm jetzt munter und unverwüstlich wie stets versicherte, daß aus der fehlenden Synchrotronstrahlung, den fehlenden Teilchenschauern zerfallender Protonen, der fehlenden Wärmeentwicklung keinesfalls auf das Nichtvorhandensein der Monopolflasche geschlossen werden dürfe, die Außerzeitler wüßten jeden Energieverlust zu vermeiden, bald werde man sehen …

Das Klatschen der zurückgeschlagenen Zeltplane unterbrach sie. Lanzi, das Erwachende, steckte das pockennarbige Haupt herein. „Ich schwärme jetzt.“

Die Ankündigung überraschte Fabius. Er hatte nach Lanzis Rückkehr geglaubt, sich auf ihn wie auf Gabriell stützen zu können, die Expedition brauchte beide Hreng. Wie konnte er Lanzi umstimmen?

Georgia kam ihm zuvor. Sie kreuzte die Arme vor der Brust und musterte Lanzi wie ein Lehrer einen aufsässigen Schüler. Ob Lanzi sich zufällig an sein Versprechen erinnere, bis zum erfolgreichen Ende bei den Halbwesen auszuharren?

Das Erwachende schüttelte, Salven von Tropfen versprühend, sein Haupt. Gewiß, Gabriell, also Gabriell II, hätte dies zugesagt, seither sei jedoch dreimal die Schale eines Tages aufgesprungen, das Erwachende sei ein gewandeltes, neues, ein Trâl-Hreng dazu. Oh, wie der Sumpf locke! Bedauernswert die Halbwesen, die den Gesang der

Flugsaurier nicht hörten, den herben Duft der Araukarien und Pulastermangroven nicht röchen, die Milde des Niesels nicht auf der Haut spürten.

Es hakte die Kette seines Nitze auf und legte das Gerät vorsichtig auf dem Tisch ab. „Der Sumpf ruft, meine Nestlinge rufen. Es war interessant bei euch, ihr Halbwesen, vielleicht kehrt eines Tages ein anderes Hlan-ci oder ein anderes Gab-hriell zu euch zurück."

Fabius tauschte mit Lich einen raschen Blick. Der Hrengologe neigte den Kopf eher zufrieden als resignierend zur Seite. Ein Hreng im Trâl konnte man nicht aufhalten.

„Viel Glück im Sumpf, Erwachendes!"

„Möge euch nimmermehr Stachel treffen!"

„Möge dich nimmermehr Stachel treffen." Lanzi stapfte in den Regen, eine einsame Hrenggestalt, ruhig und würdevoll, die allmählich im Grau entschwand.

Langsam, als hätte er etwas vergessen und wüßte nur nicht, was, erhob sich Fabius. Dann huschte er aus dem Zelt hinaus. Plötzlich hätte er Lanzi so vieles noch fragen wollen: Was ein Hreng empfinde, wenn der Trâl nahte, welche Identität man habe, erlebte man jeden Tag als ein anderes, ein neues …

Doch welche Art Antworten erwartete er, da für das, was es auszudrücken galt, in der menschlichen Sprache kaum Worte, kaum Umschreibungen existieren mochten, das Verständigungsmittel zwischen den Vernunftbegabten sich als Barriere erwies oder Verständnis nur vortäuschte.

Ernüchtert balancierte er auf den Bohlen zurück. Vor der Plane hockte Gabriell, den Schwanz in engem Bogen um die Tatzen geschlungen. Er wirkte unzufrieden.

„Und dich lockt der Sumpf nicht, Gabriell?"

Das Flottenhreng beugte sich herab, dann wischte es die Feuchtigkeit vom Oval des Nitze, und Fabius wiederholte seine Frage, die ihm jetzt schon weniger sinnvoll, eher kindisch und floskelhaft vorkam.

Ausweichend erklärte Gabriell, daß er wohl über einen Körper verfüge, in dem etliche Drüsen Hormone ausschütteten, er sich aber dank seiner Ausbildung und dank seines höheren Bewußtseins über die Physiologie erhebe. Wie froh sei er, frei zu sein und nicht diesen tierischen Zwängen zu unterliegen.

Fabius nickte. Waren nicht die besten Leistungen der Menschheit dadurch entstanden, daß der Mensch seine triebhafte Natur höheren Zielen unterzuordnen vermochte? Wenn man die Einstellung Lanzis teilte, die heute so, morgen so lautete, wenn man sich allein an seinen momentanen Eingebungen und Gelüsten orientierte, war nichts Großes zu erreichen. So gesehen verwunderte es nicht, daß die Hreng noch in Tonhügeln und Laubhütten hausten, daß sie noch nicht einmal das Feuer gemeistert hatten trotz der runden Jahrmillion ihrer Nicht-Geschichte.

„Und bist du schon einmal ausgeschwärmt?“

Gabriell verneinte. Er sei glücklicherweise als Springling zu den Menschen gestoßen, und während des vergangenen Frühlings habe man ihn im Raum geschult. Wohin hätte er da schwärmen sollen?

Ob das schlimm gewesen sei?

Eine seltsame Frage. Schließlich wollte er das Praktikum nicht unterbrechen, eine erste Entwicklungsstufe des Antitrâlicums sei nach seinem Wunsch an ihm erprobt worden. Dank der Freundschaft und der Hilfe der Menschen würden es die Hreng eines Tages lernen, ihre Natur zu beherrschen.

Die Antwort kam so glatt, so geschmeidig, daß Fabius sie einem Menschen kaum geglaubt hätte. Womöglich hätte sie aus dem Kommunikator – nach Abzug aller verdrehten Höflichkeiten – überzeugender geklungen? Die Gefahr jedenfalls, daß Gabriell seinen Trieben nachgab, schien minimal, und wenigstens in diesem Punkte beruhigt, schlüpfte Fabius zurück unter die Plane.

Kleine silbergraue Fliegen tanzten unter der Lampe. Am Tisch war eine winzige Pflanze mit gelbgestreiftem Stengel aufgesprossen, bleiche Pilze und zertretene Insekten verunzierten den lehmigen Boden. Georgia rechnete, und Lich las, Spannung knisterte in der Luft.

Fabius stützte den Kopf in die Hände und betrachtete abwechselnd Georgia und Lich. Ob sie sich gestritten hatten und deshalb nicht miteinander redeten? Erwachsene Menschen, die ihre Gefühle sowenig unter Kontrolle hatten wie wilde Hreng. Mit Georgia allein ließe sich gut zusammenarbeiten, ja zu gut. Wie sie beim Rechnen mit dem Finger an die Wange tippte, völlig vertieft, und dies feine Lächeln auf den Lippen – hatte sie ihn etwa ertappt, lachte ihn insgeheim aus?

Er seufzte. „Wolltest du nicht die Hreng studieren, Lich? Weshalb sprichst du nicht mit ihnen? Untersuchst ihre Burgen oder ihre Handwerkskunst?“

„Weil der Zeitpunkt ungünstig ist.“ Lich legte, nachdem er den Tisch trockengewischt hatte, das Buch, ein altmodisches Stück aus Papier, hin. „Sie bereiten sich vor. Essen kräftig. Putzen die Masken heraus.“

„Und werden heute nacht das Dorf räumen – für uns.“ Georgias Optimismus war nicht mehr zu zügeln. „Erkundige dich bei unserem Hrengologen. Er protestiert, also habe ich recht.“ Sie zog das Buch zu sich, und während sie darin blätterte, konnte Fabius einen Blick auf den Titel werfen: „De origine et situ Hrengum“. „Hier, überzeug dich: Schwarmphase bei den Ffarhreng. Sie marschieren in den Sumpf. Dann schlägt unsere Stunde.“

„Und die Alten und die Springlinge?“ fragte Lich barsch.

Georgia würdigte ihn keiner Replik.

Später, als die Wolken den Himmel verdüsterten, flirrte ein heller Laut über das Dorf hinweg, gefolgt von einem dünnen Singen und Klingen. Fabius lief hinaus, Lich riß die Kamera vom Nagel und eilte ihm nach. Das Nieseln hatte fast aufgehört. Nur vereinzelt wehte eine Bö Spritzer über die dunkle Palisade heran. Geübt montierte Lich die Kamera auf ein Stativ.

Die Bastmatten der Burgen und Springlingshütten flogen auf ein unhörbares Kommando beiseite, und die Hreng quollen hervor, Blumengewinde um die Oberkörper, schreiend grelle Masken auf den Kämmen. Gelbe und weißrot gestreifte, blaugezackte und süßlich rosa gepunktete. Übertrieben groß die einzelnen Lappen, auswuchernd, oft wie Federn wippend. Nur die Springlinge hopsten unscheinbar und grau zwischen ihren verkleideten Artgenossen.

Sie tanzten über die Knüppeldämme, sie quirlten um die Dämonenpfähle. Sie bliesen in meterlange Holzrohre, aus denen es hohl hallte, sie schlugen mit schnarrenden Pritschen in die Luft, sie zupften an sirrenden Saiten, sie trommelten auf pralle Häute. Sänger kreisten über ihren Köpfen und stimmten in das Getöse ein.

Die Nestlingsgruppen flossen ineinander, hier und da sprang ein Hreng mit gewaltigem Satz in die Höhe, ein einziger Rhythmus wirbelte sie alle umher, dumpf und klingend zugleich, schwer und beschwingt, nachschleppend und vorauseilend. Dann löste sich der Knäuel. Scheinkämpfe flammten auf, lauter brauste die Musik, schmerzhaft für Menschenohren.

Urwald und Palisaden versanken in Dunkelheit, die Kämme der Tänzer aber, die Girlanden und Instrumente schimmerten! Einzelne Funken, Glühinsekten oder faulende Pflanzenteile, stoben im Gesaus davon. Plötzlich stockte das wilde Dröhnen mitten im Takt, die Hreng versteinerten in unnatürlichen Posen; ein Trippeln setzte ein, die Grasmaskenträger hüpften aus ihrer Langhütte mit flackernden Geschlechtsorganen und wehendem, schaukelndem, grün irisierendem Kammschmuck.

„Man könnte Lich glatt mit einem Hreng verwechseln", flüsterte Georgia, „so leuchten seine Ohrringe."

Feierlich drehte sich Lich die Brillanten aus den Ohrläppchen und drückte sie Fabius in die Hand. „Hätte mich längst von ihnen trennen sollen. Sie passen nicht in die Sumpfwelt."

Die Trommeln, Schnarren, Holzrohre erschallten aufs neue. Die Grasmaskenträger nahmen den Takt auf, weich schwingend antworteten die Vollhreng, drehten sich schneller, umjagten sie.

„Welche Pracht!" begeisterte sich Lich und rezitierte: „Lichter schmücken ihre Kämme, Lichter weihn den Springling ein, tanzen über alle Dämme; möchte gern ihr Nestling sein."

„Gleich fällt unser Poet in ihren Gesang ein", witzelte Georgia, aber ihre Stimme verriet Rührung.

„Die Luivens, vor fast fünfhundertachtzig Jahren haben sie genau an dieser Stelle im Unverrückbaren den Tanz der Masken und Dämonen erlebt. Mir ist, als säßen sie neben uns."

Dumpfer klang die Musik, kräftiger dröhnten die Bohlen unter den Füßen der Hreng, ungebärdig wie die Mächte des nächtlichen Dschungels, wie rollende Brandung, wie ein gähnendes, gärendes Beben des Sumpfes.

Da brach es blitzend hervor aus dem Tor, übermannsgroß, überhrenggroß – ein Gigant! Blau erstrahlte sein Kamm, mit gewaltigen Sätzen nahte er. Eng rückten die Hreng zusammen, eng drückten sie sich an den Boden. Ein hartes, metallisches Donnern war von der Musik geblieben. Georgia grub Fabius ihre Finger in die Schulter: Jetzt!

Wild mit den riesigen Klauen fuchtelnd, beherrschte der Gigant die um ihn wirbelnden Hreng. Wie Marionetten spiegelten sie jede seiner Bewegungen, im Gleichtakt schwankten die Kämme. Schneller, hektischer, wahnwitziger. Das Trommeln und Pfeifen, das Sirren und Kreischen schwoll zu einem schrillen Crescendo an – die Hreng sprangen auf, der Gigant wankte, stürzte, war verschwunden. Wie rasende Irrlichter stoben sie durcheinander. Fabius hielt sich die Ohren zu – schon war es vorüber, die Kämme erloschen, und Augenblicke später lag das Dorf leer und still.

Eine Weile noch schauten sie in das Dunkel. Dann verstaute Lich die Kamera. „Ich glaube, ich bin heute der glücklichste Mensch auf Pulaster", sagte er, „für mich gäbe es nur eine einzige Steigerung: als erster der Magna Reunio eines Hrengstammes am Schluß des Schwärmens beizuwohnen."

Sie schlenderten, den Weg mit dem Handlichtwerfer erleuchtend, zum Ort des Tanzes in die Mitte des Dorfes. Der Boden war da ein einziger zerwühlter Morast, aus dem Bohlen ragten. In den Dellen, die sich allmählich mit Wasser füllten, glommen letzte Fünkchen. Auch die beiden Baumstämme, die Stelzen des Giganten, hatten die Hreng zurückgelassen.

„Wir wissen noch sowenig", murmelte Lich. „Habt ihr übrigens die Tierimitationen bemerkt?"

Tierimitationen? Den Giganten hatte Fabius erkannt.

„Nicht die Eiräuber? Die Unken? Die Kletterer? Die im Schlamm wühlenden Sänger? Die betrunkenen Sänger? Aber das war doch das vergnüglichste an dem Tanz!"

„Sie sind schon faszinierend, deine Hrengeng." Georgia war beeindruckt, die schwache Ironie konnte darüber nicht hinwegtäuschen. Sie summte den Rhythmus des Hrengtanzes vor sich hin und hakte sich ganz selbstverständlich bei Fabius ein. „Morgen früh beginnen wir. Wie bin ich froh! Bis dahin sollten wir uns gründlich ausgeruht haben."

Sie nahm den eigenen Ratschlag nicht allzu ernst. Gerade als Fabius sein Molekül verschließen wollte, pfiff es leise vor der Öffnung. Es war finster, doch spürte er sofort ihre Nähe.

„Geradezu beispielhaft", raunte sie, „diese ungezwungene Natürlichkeit, nicht wahr?"

Ein Kloß verstopfte Fabius die Kehle. Ja oder nein, er mußte sich entscheiden. Ihr warmer Atem berührte ihn und lähmte seinen Willen. Er preßte die Lippen aufeinander. Untreue? In manchen Jahrhunderten existierte ein Wort dieser Bedeutung nicht. War das Relikt einer vorrelativistischen Epoche, veraltet und überflüssig. Und nie hatten er und Iris sich Treue geschworen. Nur ein Laut, und Georgia würde sich an ihn schmiegen, nur ein Laut. Doch Fabius hatte die Fähigkeit zu sprechen verloren. Wenn er schon dem Beispiel eines Hreng folgte, dann dem Gabriells, dessen Wille über die hundertmal stärkeren Urgewalten des Hrengkörpers triumphierte.

Freie Bahn für Georgia

Wie ein Feldherr vor der Schlacht schritt Georgia zwischen den Zelten auf und ab, die Hände vor der Brust verschränkt, bald die Situation im Dorf mit einem kühlen Blick taxierend, bald Fabius, der sich eben mit einer Handvoll Wasser von der Zeltplane die Müdigkeit aus dem Gesicht wusch, antreibend: Der Herr Grosser müßten ja heute „blendendst" in Form sein, wo er am Vorabend so prompt „weggeschlafen" wäre.

Fabius aß die kargen Frühstückskonzentrate langsamer als sonst. Die Entscheidung stand an, und er war sich nicht schlüssig, fürchtete, Georgia nachzugeben, und fürchtete, ihr nicht nachzugeben. In den Langhütten rumorten die Springlinge beim geräuschvollen gemeinsamen Mahl, Diogenes schaute verträumt aus seiner Tonne, auch andere altersgraue Hreng, darunter das Einarmige, waren im Dorf zurückgeblieben.

Durften sie die momentane Schwäche der Hreng ausnutzen? Heimlich oder offen mit dem Grabungsgerät zum Dorf hinausmarschieren? Er fühlte, daß die Antwort „nein" lautete, aber er wußte zugleich, daß sich ihnen nie eine bessere Gelegenheit bieten und daß Georgias Tatendrang siegen würde. Letztlich trug an seinem Dilemma Meridor die Schuld, der ihm diese Aufgabe aufgehalst hatte und nach raschen Ergebnissen verlangte. Sich selbst aber mußte er vorwerfen, die Probleme stets nur hoffend und harrend vor sich her geschoben zu haben.

„Ceterum vermisse ich Freund Primus. Desertiert, wie ich vermute.“ Georgia wirkte merkwürdig gefaßt. Lauernd fixierte sie Lich, als sei er für jede Hrengeskapade verantwortlich.

Der tupfte sich in aller Seelenruhe die Lippen sauber. Für ihn sei es keine Katastrophe, wenn Gabriell seiner „natürlichen Bestimmung“ nachgehe.

Seine Gelassenheit, seine unverhohlene Freude mußten Georgia provozieren. Die Linke in die Hüfte gestützt, die Rechte am Verschluß des Overalls, sagte sie Lich auf den Kopf zu, daß er mit dem Gedanken spiele, seine Mitarbeit zu verweigern, die angeschlagene Expedition zu sabotieren.

Lich, leichthin wie über Belangloses redend, doch mit zitternden Fingern, empfahl zurückzuschwebern. Finito. „Die Expedition hat ihren einzigen sinnvollen Zweck erfüllt und zwei beinahe verdorbenen, vermenschten Hrengeng Heimat und Freiheit zurückgeschenkt.“

Fabius kaute auf seiner Unterlippe. Zu einem Machtwort, wie es einem Expeditionsleiter zukam, fehlte ihm die Überzeugung. Lichs Weigerung und Gabriells Verschwinden würden einen Abbruch rechtfertigen, der allein die beiden Deserteure belastete. Für ihn wäre es der bequemste Weg, der Zwickmühle zu entrinnen.

Ungehalten schob Georgia ihn beiseite, ohne ihren Widersacher aus den Augen zu lassen. „Verstehe. Du hattest dein Vergnügen – und nun finito. Irrtum, Herr Oulemm. Sie werden im Schweiße Ihres Angesichts schuften, um Ihren neolithischen Geistesbrüdern ein Riesenloch unter dem Heiligtum zu ersparen. Capto?“

Von einem Augenblick auf den nächsten schwenkte Lich um. Er habe es nie ernstlich erwogen, nicht zuletzt ihn interessiere, was dort verborgen sei, schon wegen der ungewissen Geschichte der Hrengeng, wenn kein Lander, was dann?

Er mochte spüren, wie enttäuschend seine Kapitulation war, und beeilte sich daher, den Eindruck durch Erklärungen zu verwischen. Ein einziges Mal habe er erleben wollen, wie Georgia ihre arrogante Selbstsicherheit verlöre. Betreten zwängte er sich an ihr vorbei ins Freie.

„Er wächst uns noch über den Kopf, dieser Amateurhrengologe.“ Sie lachte. „Vertrödeln wir nicht wertvolle Zeit.“

Ohne Gabriell allerdings konnten sie wenig ausrichten, denn nur ein Hreng hatte die Kraft, die nicht fahrfähigen Maschinen vor das Dorf zu wuchten.

„Dann such ihn! Was glaubst du, wie lange Meridors Geduld reicht? Du hast ihm noch keinerlei Bodendaten übermittelt.“

Verärgert tappte Fabius durch die Pfützen. Georgia ermahnte ihn. Georgia befahl ihm. Georgia drohte ihm. Sie hatte, verdammt noch mal, kein Recht dazu. Er entschied hier, er gab die Anweisungen.

Womöglich rächte sie sich auf diese Art dafür, daß er sich am Abend so zugeknöpft gezeigt hatte – nun, dann sollte sie!

Vor dem leeren Container wanderte Lich auf und ab. Es würde ihn, gestand er, sehr wundern, wenn sich Gabriell nicht in der Nähe versteckte. In den Dschungel zu flüchten käme für ein Stadthreng einem Selbstmord gleich. Weshalb aber meldete er sich nicht auf den Ruf des Reifs?

Ohne sich genauer zu verabreden, trennten sich Lich und Fabius an der Palisade. Die Luft war kühl, über dem Boden, besonders in den Dellen, schwamm weißer Dunst. Das Unverrückbare schien noch zu schlafen, ein einzelner Springling hüpfte von einem Langhaus zum anderen. Zwischen zwei Beeten war auf einem hölzernen Podest ein ausgeweidetes Krokodil aufgebahrt. Die Pfoten hingen an den Seiten herunter, die Rippen waren säuberlich herauspräpariert. Ein dichter Teppich schwarzbunter Fliegen bedeckte es. Eidechsen nagten an den Knorpeln und an der blaßrosa Haut. Am Hals – der langgestreckte Kopf war unversehrt – hatte sich eine Tirambia festgesaugt. Von Fabius aufgeschreckt, huschten die Eidechsen in Sicherheit, die Fliegen schwirrten als brummende Wolke auf. Vom Expeditionslager hallte ein Tuckern herüber: Georgia ließ die Bodenfräse an. Sie würde den Hort der Giganten notfalls auch auf eigene Faust attackieren.

Dicht vor der von Schlingpflanzen überwucherten Palisade hockte ein ausgewachsenes Hreng, ein nasser Flottenoverall klebte ihm auf dem Leib. Den Kopf leicht angehoben, stierte es hinüber zu den Springlingshütten, aus denen ein lustiges Gepfeife erschallte.

„Bist du in Ordnung, Gabriell?"

Der Angesprochene rührte sich nicht, nur der Kamm rötete sich. Dann endlich drehte er sich zeitlupenhaft herum.

„Weshalb ignorierst du die Rufsignale?"

Langsam und zuckend schurrte der Schwanz durch das kniehohe Gras.

„Hast du plötzlich die Sprache verloren?"

„Das Hreng Gab-hriell wandelte es an, allein zu sein."

Deutlicher konnte man es kaum ausdrücken: Gabriell hatte den Trâl im Blut. Kein Hreng war frei davon, keins, und sich zu bezwingen forderte seinen Preis.

Gehorsam, wenn auch mit saurierhafter Schwerfälligkeit, trottete Gabriell hinter Fabius her, über den Bohlensteg, vorbei an dem auf Stelzen ruhenden Vorratshaus und an einem gewaltigen Haufen Kot, der einen bestialischen Gestank ausströmte.

Welchen Kampf mochte es Gabriell gekostet haben, dem Schwarmtrieb zu widerstehen? Kein Mienenspiel, vergleichbar dem der Menschen, verriet seine Gedanken. War dieses Hreng, das so robust und golemhaft vorantapste, nicht zu bedauern, daß in ihm zwei

Welten aufeinanderprallten, unvereinbar in ihrem Gegeneinander von Alt und Neu, von instinktivem Verhaftetsein in der Natur und der Freiheit in einer fortgeschrittenen Kultur? Durfte man diesem urweltlichen Wesen überhaupt eine so schwere Entscheidung aufbürden? Trotz aller Freundschaft, die die Menschen einem Gabriell entgegenbrachten, trotz des Wissens, das sie an ihn weitergaben, trotz des Antitrâlicums, bei der Schlacht zwischen Wünschen und Wollen, zwischen Naturtrieb und Kulturzwang hinter der grünbeschuppten Stirn konnte ihm keiner helfen.

Erleichtert empfing sie Georgia. Sie verkniff sich jeden Tadel. Für sie zählte in diesem Moment nur die Arbeitskraft. Ein Lied aus dem Belt trällernd, tänzelte sie zu den Maschinen.

Inzwischen hatten die alten Hreng und die Springlinge ihr morgendliches Mal beendet. Eins nach dem anderen spazierte hinaus zu den Beeten oder den Koben. Manche blickten zu den Halbwesen herüber, aber ausnahmslos hielten sie sich scheu auf Distanz. Georgia belud inzwischen Gabriell mit Gerät. Auch den Ultraschallgenerator mußte er sich aufbuckeln. Dann bestieg sie die tuckernde Bodenfräse und setzte sich mit ihr über die tief einsinkenden Bohlen in Bewegung.

Es war phantastisch. Unter den Augen aller Hreng paradierte sie den Knüppeldamm entlang. Selbst dem dümmsten der Sumpfweltbewohner mußte schwanen, was sie bezweckte: das Tabu zu verletzen. Weshalb verwehrte es ihr keiner? Doch die Hreng, soweit sie nicht die aufgeschreckten Säuger beruhigten, schauten nur stumm zu.

Resignierend schaltete Fabius die Fahrautomatik der Schlammpumpe ein und sprang hinter dem über die Stämme schaukelnden Gerät her.

Lich lief, mit einem Vibrospaten bewaffnet, neben Gabriell.

„Weshalb sträubst du dich gegen deine Neigungen?“ drang er in das Flottenhreng. „Du solltest bei deinesgleichen sein!“

War dies ein letzter, schwächlicher Versuch, Gabriell zur Desertion aufzustacheln?

„Soll ich meinesgleichen biologisch oder sozial definieren?“

Lich rang die Hände. „Du bist ein vernunftbegabtes Wesen, Gabriell, und wenn eine Steigerung möglich wäre, würde ich behaupten, eins der vernunftbegabtesten, die ich kenne. Aber bedenke: Auf ein Kilo des Gehirns kommen hundert Kilo des Körpers.“

„Ich habe im Raum gelernt, meinen Körper zu beherrschen.“

„Du kannst nicht die eine Hälfte von dir einfach wegwerfen – so zerstörst du auch die andere. Du bist ein Hreng, eine Einheit.“

„Im Gegensatz zu meinen im Sumpf lebenden Ahnen bestimme ich selbst über mein Werden. Mein Name hat Bestand. Die Jahreszeiten beeinflussen mich nicht. Ich bin frei. Meine Nestlinge werden eines Tages so sein wie ich.“

Dictum est. Es war gesagt. Gabriell beeilte sich nun, denn Georgia winkte ungeduldig am Tor.

Fabius öffnete die Kombination am Hals, er schwitzte. Leise bat er Lich, Gabriell nicht weiter zu quälen. „Er ist frei. Du hast es gehört. Er will nicht."

Traurig neigte Lich den Kopf. „Glaubst du? Meine Diagnose: Gabriell hat es nie gelernt, auf seinesgleichen zuzugehen. Er isoliert sich, ist unfähig zu tieferem Kontakt. ‚Er' – sogar ich rede von ihm mit einem Menschenpronomen."

Georgias Rufe nach den Bummlern schallten durch das Dorf.

„Du meinst, Gabriell will nicht, ich schwöre dir, es kann nicht."

Zögernd schlossen die alten Hreng des Unverrückbaren, das Einarmige mitten unter ihnen, auf. Den Gebärden nach drohten sie, doch kein Pfeifen gellte durch die Luft, und sie wahrten Abstand, so als wollten sie den Halbwesen einen ungestörten Abmarsch ermöglichen. Unbehelligt passierte Fabius das Tor.

Um eine Handvoll rostiger Steine

Anderthalb Tage schufteten sie wie Grabräuber, die fürchteten, überrascht zu werden, anderthalb Tage, in denen sich Meridor fast stündlich nach dem Fortgang der „Bergungsarbeiten" erkundigte, anderthalb Tage, die Blasen und Schwielen an den Händen hervorriefen und eine elende Schwäche in den Knien. Am Abend kroch Fabius ausgelaugt und zerschunden in sein Zeltmolekül, das er mit zum Hügel transportiert hatte. Trotz einer Schmerztablette war er unfähig, die Eindrücke des Tages zu verscheuchen: den zähen, klebrigen Lehm, das schwere Erdreich, das allzuoft nachrutschte; den Schlamm und das Wasser ringsum, das die Pumpe kaum bewältigte, in dem sie mal knöcheltief, mal knietief wateten; die Insekten, die um sie brummten; die von innen und außen durchnäßte Kleidung, den Hunger lange vor der Essenszeit, die erlahmenden Muskeln …

Ohne Gabriell hätten sie in diesen anderthalb Tagen nicht einen Bruchteil geschafft. Gabriell war es, der den Abwassergraben vom Hügel zu einem flachen Tümpel zog. Gabriell war es, der unermüdlich hackte und schaufelte, wenn Fabius sich erschöpft auf eine Maschine stützte. Gabriell war es, der sich bis spät in die Nacht hinein abplagte, so als wolle er allen Hreng Pulasters beweisen, daß die Zeit der Tabus verflossen sei. Mit seinen hornigen, beschuppten Klauen bewältigte er das Arbeitspensum einer Bodenfräse, ohne sich wie Fabius beim gelegentlichen Zupacken die Haut abzuschürfen oder den Daumen einzuquetschen. Auch am nächsten Morgen ackerte er, als senge ihm Stachel auf den Kamm. Unterdrückte er so seinen Schwarmtrieb?

Endlich begann sich die vereinte Mühe auszuzahlen. Georgia stieß auf Festes, Hartes, förderte zum erstenmal Kompaktes zutage: kopfgroße Dreckbatzen, die nicht bei gezieltem Spatenhieb barsten. Allerdings erhoffte sie sich Gewichtigeres. Bloße „Schlammkonkretionen" versprachen ihr noch keinen Fingerzeig auf Außerzeitler oder Monopolflaschen.

Lich dagegen rieb emsig mit dem Handballen Erdkrumen und Schmutz ab. Vielleicht hatten sie uralte Scherben erbeutet oder Feuerstein von weit her, bearbeiteten Schiefer womöglich aus dem Gebirge? Der Hügel war kein natürliches Gebilde, vielleicht barg er Abfälle früherer Hrenggenerationen, vielleicht zeichneten seine Schichten die Ge-Schichte des Unverrückbaren auf? Ein zusammengebackenes rötlichbraunes Etwas bildete den Kern des Klumpens.

Fabius, der seine Neugier vorläufig befriedigt hatte, kehrte ein wenig abseits des Hügels zu seinem Bohrautomaten zurück, der knirschend plastumhüllte und etikettierte Bodenprobenzylinder ausspuckte. Einige Meter neben ihm stand der Ultraschallgenerator. Schlamm verklebte die Vorderseite, aber an einer Stelle war die Kruste abgeplatzt, und da glomm rot die Aktivanzeige. Verwundert kratzte Fabius den Dreck von dem Gerät, tatsächlich, es lief, wenn auch nur mit halber Leistung. Sollte es durch eine Schaufelladung Lehm unbeabsichtigt eingeschaltet worden sein? Aber wieso beklagte sich Gabriell dann nicht über den Ultraschallärm? – Wahrscheinlich trug er einen Tiefpaß-Gehörschutz. Also war es kein Zufall!

Fabius rastete die Betriebstaste aus, schritt um das Gerät herum und entfernte die Batterien. Er hatte Furcht, aber er wußte jetzt, was zu tun war.

„Gabriell", sprach er in den Nitze, „hör auf. Wir brechen die Grabung ab."

Das Hreng, seine Flanken bebten, stellte den Spaten neben sich und polkte sich langsam die unauffälligen Gehörschutz-Filze von den Ohrmembranen. Sein Kamm verlor die frische Färbung, wurde dunkler, grauer.

Völlig ruhig schlenderte Fabius zu Georgia, völlig ruhig klopfte er ihr auf die Schulter. „Wir packen. Es ist aus."

Sie begriff augenblicks. „Du sabotierst unsere Verteidigung!" Schon sprang sie zum Generator.

In diesem Moment ertönte ein Trampeln vom Palisadentor her. Alte Hreng wie Springlinge stürzten heran mit weit nach vorn geneigtem Körper, die Häupter hochgerissen, die Rachen halb geöffnet; Bohlen splitterten unter ihren Tritten, Sänger flatterten schrill piepsend über ihnen. Das war nicht das possierliche Hüpfen der Kleinen, das schwerfällige Schlurfen der Alten, sondern ein Ansturm wütender Drachen.

Die Hreng brausten um Haaresbreite an Fabius vorbei, er wischte sich die Dreckspritzer aus dem Gesicht: Lich und Georgia blieben ebenso unversehrt wie er, ihnen galt die Attacke der Hreng nicht, sondern dem Hügel. Schnaubend umrundeten sie den Schrein, musterten den tiefen Einschnitt – und Gabriell duckte sich verschreckt in ihrer Mitte!

Der Nitze jaulte und heulte, als wollte er die Klagelaute der Hreng nachahmen, nur selten artikulierte er ein verständliches Wort: „Versinken, versenken!"

„Sind sie im Furor?" fragte Georgia sachlich.

Lich schüttelte den Kopf.

Unterdessen umzingelten sie Gabriell, der sich nicht von der Stelle traute. Fabius maß den Generator mit einem Blick. Ein neuerlicher schmerzhafter Lärm würde die Hreng weiter aufreizen. Und die Lichtwerfer? Ein offener Kampf? Plötzlich erinnerte er sich an die „Opfer bedauerlicher Mißverständnisse" während der dritten Expedition. Sich mit den Hreng zu bekriegen war der sicherste Weg, einen ähnlichen Nachruf zu erhalten.

„Ich hole ihn raus." Er schüttelte Georgias Hand von seinem Ärmel. „Ich komme, Gabriell!"

Mittlerweile hatten sich ungefähr dreißig Hreng, vorwiegend Springlinge, auf dem Hügel versammelt. Die Bodenfräse und den Ultraschallgenerator hatten sie umgekippt, kleineres Gerät in den Schlamm getrampelt. Nun begannen sie bereits, den Graben zuzuscharren. Dabei kehrten sie ihm den Rücken zu und hieben mit den dreizehigen Füßen kräftig nach hinten aus.

Die leeren Handflächen vor sich her streckend, schritt Fabius auf sie zu. Gabriell gab keinen Laut von sich, er ließ geschehen, daß einige der Hreng ihn mit groben Seilen fesselten.

Drei Springlinge lösten sich aus der grölenden und scharrenden Horde und federten flink und elastisch auf Fabius zu. Ein fast freundschaftlicher Stupser im Vorüberhopsen – er stürzte lang hin, schlug mit dem Kopf gegen eine Bohle, sackte in den Schlamm –, elegant federten die Springlinge zurück.

Er blutete an der Stirn, Lich stützte ihn und tupfte die Wunde ab, eine einfache Platzwunde, kein Malheur. Georgia verlangte währenddessen, in den Nitze schreiend, das Einarmige zu sprechen.

„Wir sind machtlos", Lich war kleidebleich im Gesicht, „sie werden Gabriell töten."

Verloren beobachtete Fabius das Treiben der Hreng. Gabriells Haupt ragte über die Köpfe der um ihn wirbelnden Springlinge, der Sombrero war ihm weit über den dreckiggrauen Kamm gerutscht, die Springlinge rissen ihn herunter, zerstampften ihn.

Vom Hügel herab schwankte das Einarmige auf die Menschen zu. Fabius, den Nitze in der verschwitzten Hand, lief ihm einige Schritte entgegen. „Ich bin schuld, nicht Gabriell, er ist nur unser Werkzeug."

Die krallenbewehrte Pranke des Einarmigen hieb unsichtbare Gegner nieder. „Fort, ihr Halbwesen, fort vom Unverrückbaren!" Um die violetten Kammzacken schimmerte es gefährlich dunkelblau.

Fabius wich vor den herabsausenden Krallen aus. Drei andere altersgraue Hreng schlossen mit dem Einarmigen auf. Schulter an Schulter rückten sie vor, eine Front tonnenschwerer beschuppter Leiber, baumhoch und unaufhaltsam wie Bulldozer. Zum erstenmal seit Tagen war sich Fabius wieder bewußt, wie klein er gegen die Riesenechsen war.

Einen Steinwurf entfernt zerrten die Springlinge Gabriell, der sich nun, da er gefesselt war, vergebens wehrte, vom Hügel.

„Versinken, versenken!" jaulte der Nitze.

Neben Fabius stolperten Lich und Georgia auf der Flucht vor den heranmarschierenden Hreng über die Bohlen.

„Gebt Gabriell frei! Er ist unser Nestling, fast ein Halbwesen, er gehört zu uns!"

„Er ist ein Gigant!" Die Antwort war ein Urteilsspruch.

Sollten sie Meridor anrufen und um einen Copter mit großkalibrigen Lichtwerfern und Ultraschallgeneratoren bitten? Fabius hatte sich längst dagegen entschieden, und er ahnte, daß Meridor keinen offenen Konflikt mit den Hreng riskieren würde. Nicht unter den Augen des Sektorchefs. Nicht, wenn er damit auf Jahrzehnte alle Verständigungsversuche untergrub.

Dichter und dichter stapften die Kolosse heran. Eine Wurzel blokkierte Fabius den Weg, Asseln, blattgroß, krochen darauf entlang. Er schwang sich wie Georgia über das glitschige Hindernis. Doch Lich blieb zurück, lehnte keuchend bäuchlings auf der Wurzel. Nur noch zwei Schritt waren die ergrimmten Drachen entfernt – da wandten sie sich ab, schaukelten in Richtung Dorf. Verschwanden zwischen den Bäumen. Krachend schloß sich das Tor hinter ihnen.

Allmählich schüttelten sie den Schreck ab. Rappelten sich auf. Klaubten sich die Würmer und Egel von Overall und Händen. Unfähig, sich die Niederlage einzugestehen, schlichen sie zum Unverrückbaren, suchten die Palisade nach einer Lücke ab, einer Möglichkeit, sich hindurchzuzwängen. Vergebens. Bis über die Knöchel sanken sie in Schmutz, hinausgeworfenen Kot, Abfälle aller Art. Ringsum tummelten sich kleine Saurier, Sumpfspinnen und anderes Ungeziefer. Schließlich beugte sich Fabius vor dem Tor nieder, und Lich kletterte ihm auf die Schultern. Er konnte Gabriell nirgends erspähen, dafür entdeckten ihn die Springlinge und schlugen Alarm. Auch über den Reif war Gabriell nicht zu erreichen.

Ob sie Gabriell schon getötet hatten? Georgias kaltblütige Spekulation reizte Fabius zu barschen Bemerkungen. Dabei fragte er sich bange dasselbe. Sie waren hilflos, ausgeschlossen, abgeschnitten.

Lich hielt es für unwahrscheinlich, daß sie Gabriell im Dorf umbrachten. Wie kalt, wie nüchtern redete nun auch er, als wäre Gabriell nicht sein engster Hrengfreund! Wenn sie ihn als Giganten behandelten ... Als Zauberwesen müsse er durch den eigenen Zauber vernichtet werden ... Auf alle Fälle erwarte ihn der Sumpf ..., der Sumpf ...

Unter den bemoosten Wurzeln des nächststehenden Urwaldriesen zappelte kleines, langschwänziges Geechs. Mücken, harmlos, weil auf andere Körpertemperatur geeicht, schwirrten um Fabius. Bremsen überall, paradierende Hundertfüßler am Boden, Ungeziefer, wohin man schaute. Jeden Moment schien das Viehzeug um sie engere Kreise zu ziehen. Die alte Angst krallte sich Fabius mit eisernen Klauen ins Herz.

Sie riefen Meridor. Eine beherrschte Stimme, ein beherrschter Gesichtsausdruck: „Sofort zurück!"

Und Gabriell?

Gabriell? Es sei bereits genug Porzellan zerschlagen worden. Meridor beorderte sie hundert Meter tiefer in den Dschungel hinein, hundert Meter auf dem Knüppeldamm, hundert peinvolle Meter. Nach einer schier endlosen Zeit dröhnte der Copter am Himmel.

Dann sanken sie verdreckt und deprimiert in die weichen Kontursessel. Georgia hatte ihren kleinen Rucksack abgeschnallt und sortierte sich den Inhalt auf den Schoß: drei rötliche Rostklumpen – war es das wert?

3. Buch

Die Flottensiedlung

Größer als Rom, älter als Rom

Spätestens seit der Millenarfeier ist es Mode, die Flotte mit dem Römischen Reich zu vergleichen. Kann sich doch jedes unbedeutende Flottenmitglied brüsten, einem sozialen Organismus anzugehören, der eine längere Zeitspanne überdauert hat als das Imperium, das trotz seines Jahrhunderte währenden Abstiegs als ein Inbegriff organisatorischer Festgefügtheit und Beständigkeit gilt. Der Vergleich der zeitlichen Dauer wurde jedoch meines Wissens nie durch einen der räumlichen Ausdehnung ergänzt, wiewohl dieser lehrreicher sein könnte. Selbstredend führt ein triviales Aufrechnen von irdischen Kilometern gegen kosmische Lichtjahre zu nichts. Begeben wir uns besser auf eine physikalischere Betrachtungsebene. Woran messen wir das Alter einer Institution? Wenn nicht an banalen Kalenderjahren, dann an der Anzahl ihrer Funktionsperioden oder, präziser, am Rhythmus ihrer Informationsverarbeitung. Woran ergo sollten wir die Größe eines nicht unbedingt flächenhaften sozialen Organismus messen? An der Frist, die mindestens verstreicht, ehe der entlegenste Außenposten auf eine Botschaft der Zentrale reagiert. Auch in der Physik ist es ja üblich, die Entfernungseinheit über Signallaufzeiten zu definieren.

Das Maximum also der minimalen Fristen für einen einmaligen Austausch von Wort und Antwort mit beliebigen Organisationsteilen nennen wir die KOMMUNIKATIVE RESPONSZEIT, KRZ. Die KRZ ist damit das Maß für die Ausdehnung eines sozialen Organismus. Sie hängt naturgemäß von den zur Verfügung stehenden Nachrichtenmitteln, von der Signalgeschwindigkeit, ab. Die verwaltungstechnische Schwerfälligkeit wollen wir hier nicht berücksichtigen.

Die Imperien der vorindustriellen Zeitalter mit ihren berittenen Boten und Segelschiffen besaßen typischerweise eine KRZ in der Größenordnung von Wochen bis Monaten. Vermutlich wären für eine KRZ von über einem Jahr Randprovinzen auf Dauer nicht beherrschbar gewesen. Erst der Fortschritt der Nachrichtentechnik ermöglichte ergo auch räumlich umfassendere und zugleich zentralisierte Organismen. Mit der Telegrafie war die Grenze, die Lichtgeschwindigkeit, erreicht, was sich im irdischen Maßstab allerdings noch nicht auswirkte.

Die Flotte ist größer als Rom. Ihre KRZ liegt – und das ist einmalig in der Menschheitsgeschichte – im Säkularbereich. Die logistischen Konsequenzen sind unüberschaubar, prägt doch die der Raum-Zeit eigene kausale Struktur der Flotte ihren Stempel auf. Auf eine kurze Formel gebracht: Der eine Teil der Flotte weiß nicht, was der andere tut.

Das Hauptbüro auf Ganymed ist bestenfalls darüber informiert, was vor vierzig Jahren im Capella-System geschah oder vor hunderteinundachtzig Jahren beim Arcturus. Jedes altväterliche Imperium wäre unter diesen Bedingungen längst in Diadochenreiche zersplittert, wo ein jeder Provinzfürst (der dem Sektorchef entspräche) nach eigenem Gutdünken schalten und walten könnte, ohne ein Strafkommando oder die Seidenschnur von seinem Oberherrn fürchten zu müssen.

Die Flotte aber wird nicht durch zahnlosen Zwang, sondern durch einen psychologischen, einen materiellen und einen organisatorischen Faktor zusammengeschweißt: das einigende Ziel des Kontaktes; die Abhängigkeit von den Produktionsstätten und Forschungskapazitäten des Solsystems, die allmählich schwindet und bereits für Welten wie Cantor II und Polaris nicht mehr zutrifft; und die selbstkonsistent-stochastische, relativistische Hundertgroßjahrplanung „Megaplan" ...

Schlüpfen wir probehalber in die Haut des Chefs einer Außenbasis, sagen wir, fünfzig Lichtjahre von Sol entfernt. Ein Ersatzteil, das wir heute bei der Flottenzentrale bestellen, wird uns – eine mittlere Reisegeschwindigkeit der IS-Schiffe von 0,7 c vorausgesetzt – in hundertzwanzig Jahren geliefert. Da ist es verständlich, daß sich die Kollegen auf Asterix VII für alle nur möglichen Eventualitäten eindeckten und mit ihren ungeheuren Materiallagern den Unmut der Revisoren heraufbeschworen. Zum Glück sind wir normalerweise nicht auf Ersatzteile angewiesen, wir fertigen sie selbst, und die Flotte befördert weniger „tote Masse" als vielmehr „materialisierte" Informationen sowie Personen durch den Raum. Doch was kann sich in hundertzwanzig Jahren nicht alles ereignen! Just zu der galaktischen Zeit, da wir unser Ersatzteil oder einen Nachwuchskader ordern, könnte die Zentrale entscheiden, unsere Basis als abgewirtschaftet und unnütz zu räumen; wir erführen erst in fünfzig Jahren davon. Andererseits würde die Zentrale uns vielleicht Unterstützung zubilligen, wenn sie wüßte, daß wir in der Zwischenzeit reiche Erzlager und neue Energiequellen erschlossen und uns zu einem psychologisch stabilen Kollektiv entwickelt haben.

Wie kann man unter solchen Verhältnissen, einer nach den Begriffen der Relativitätstheorie raumartigen Lage der einzelnen Entscheidungsträger, überhaupt noch sinnvoll planen? Hier hat nicht zuletzt die Theorie der kooperativen n-Personen-Spiele bei unvollständiger Information Grundsätzliches beigesteuert ...

„Megaplan" beruht zum einen auf über Jahrhunderte fixierten Regeln, zum anderen auf dem Prinzip der sich selbst erfüllenden Prognosen. Jede Flottenbasis bedient sich eines speziellen Prognosecomputers, des sogenannten „Orakels", der mit seinen Gegenstücken auf anderen Basen im wesentlichen identisch ist. Dieses „Orakel" fällt, mit den neuesten interstellaren Nachrichten gefüttert, eine möglichst genaue Wahrscheinlichkeitsaussage über die raumartig liegenden

Entscheidungen der Zentrale und der anderen Basen und somit über deren im Vorkegel liegenden „zukünftigen" Bedarf an Informationen, Personal, Material, wobei analoge Prognosen der anderen „Orakel" vorausgesetzt werden müssen und folglich näherungsweise simuliert werden. Das Ergebnis ist insofern selbstkonsistent, als übereinstimmende Prognosen der einzelnen „Orakel" iterativ angestrebt und Abweichungen gegebenenfalls korrigiert werden (Aktualisierung).

Mögen die Uneingeweihten über die „nichtnewtonsche Administration" spotten, die gesamte Flottenplanung bestehe nur darin, daß Computer vorhersagen, was andere Computer vorhersagen, was Computer vorhersagen – ihre Erfolge sind unbestritten.

Die Flotte, die ihre bewährte Verwaltungssprache dem Römischen Imperium entlehnt, rühmt sich mit Recht, Rom an Alter überflügelt zu haben, und dies, obzwar sie nach jedem erdenklichen Maßstab unvergleichlich größer ist.

P. T. Molitor: „Einführung in die Theorie relativistischer Zivilisationen"

Worte über den Abgrund hinweg

Das Zimmer war so leer, wie er es verlassen hatte. Eine Liege, ein Tisch, das Computerterminal, die Waschecke. Kahl die Wände, grau der Himmel hinter der Glastür. Sein Heim?

In schwachem, lauwarmem Strahl rann Wasser über die Hände, spülte Sumpf und Dschungel von der Haut. Fade fiel das Licht der Leuchtleiste auf ein vergrämtes Gesicht im Spiegel. Das Leitungswasser schmeckte abgestanden. Das Handtuch, im Gewebe erschlafft, roch schal, es fusselte und färbte die kurzen Bartstoppeln rosa. So konnte er sich den Biochemikern nicht präsentieren, ausgezehrt und eher seelisch müde als körperlich. Das Blut würde zu träge in das Röhrchen tropfen, es wäre verfälschtes Blut, unbrauchbares Blut, verdickt durch den Schweiß der letzten Tage und von Furcht und Schreck vergiftet, nicht das Disziplin gewohnte, dynamische Kosmonautenblut.

Die Luft von draußen, nässeschwanger, verstärkte den Modergeruch, verbreitete die Muffigkeit der ausgestorbenen Siedlung. Kein Hreng auf den Straßen, dem Platz vor der Pyramide. Abgestellte Fahrzeuge auf dem Parkplatz. Hier und da ein einzelner Mensch. Mit den Hreng war das Leben aus der Siedlung geströmt, zurückgeblieben war nur leere Geschäftigkeit. Hastendes Trippeln in den Korridoren der Pyramide. Stimmen wie die von Computern, die Zahlen herunterhaspelten. Projekte über Projekte auf Papier. Unbeschuppte Zweibeiner, kaum springlingsgroß, verhüllt und eingeschalt, die wie

Billardkugeln durch die Gänge trieselten, aufeinanderprallten, weiterrollten, bis sie in ihren Kästen austrudelten. Daß ihm die Halbwesen nach wenigen Tagen unter Hreng so unverständlich und verschroben erschienen! Durch Hrengmagie von seiner Art entfremdet, das war er. Wie könnte er sonst einen Raum als eng empfinden, der zweimal höher war als seine Schiffskabine? Unvorstellbar, da oben geflogen zu sein im Schwarzen Windraum zwischen den Nestlingen Stachels. Unvorstellbar, ein Hrengleben lang nicht tot und nicht lebendig, nicht wachend und nicht schlafend im Kältesarg überdauert zu haben. War er noch der?

Drunten strebten sie vorwärts. Wesen weder halb noch ganz. Mit aufgespanntem Regenschirm oder zusammengefaltetem Regenschirm. Eingezwängt zwischen den geraden Zeilen ihrer Behausungen. Zielgerichtet. Emsig. In Hast. Nie verhaftet in der Gegenwart. Immer mit den Gedanken sich selbst einen Schritt voraus: Ausbildung. Aufstieg. Dienstjahre. Position. Pension.

Was maßte er sich eigentlich an? Gehörte er nicht zu ihnen, handelte er nicht ebenso zukunftsbezogen und blind für den Augenblick, sehnte er nicht Iris herbei und schob Georgia beiseite? Nein, er war eingewoben in das Muster der menschlichen Zivilisation. Um das Handgelenk der Reif. Drinnen das Datengerät. Ein Knopfdruck, und er stand mit der Welt in Verbindung. Mit den Computern, die die Welt bedeuteten. Paßte sich dem Tempo der anderen an. War angeknüpft an das Netz der unsichtbaren Informationsströme, an dessen Enden die Menschen zappelten und, beschrieben und abgespeichert, Ebenen tiefer, subtiler, die auskunftsfähigen Toten. Aber Gabriell umschlang dieses Netz nicht mehr. An *der* Stelle war es gerissen.

Dafür ein anderer Endpunkt: Iris, erreichbar in der anfliegenden FLAMMARION, täglich näher, greifbarer. Es wurde Zeit, daß sie einen Gruß, ein liebes Wort tauschten. Doch was sollte er ihr sagen? Wie sie vorbereiten? Ihre vorauszusehende Frage, wie sollte er sie beantworten? Ausweichen, andeuten, erklären? Ihre Kommentare – nach kurzer Signallaufzeit – abwehrend, ironisch, verlegen; nichts als Peinlichkeiten am Schluß, Schweigen.

Nein, von sich aus würde er Iris nicht anwählen. Schließlich konnte sie, wenn sie ihm entgegenfieberte, ebensogut anrufen. Vielleicht ruhte sie noch im Kälteschlaf oder wurde gerade enteist.

Warum freute er sich nicht richtig, warum war er nicht glücklich darüber, daß sie endlich beisammen sein konnten? Hatte seine Angst um Gabriell ihn Iris gegenüber gleichgültig gemacht? Wo war die alte Leidenschaft? Verglommen in der Trennung? Ein Lächeln würde sein Gefühl augenblicks aufwecken, es war nur Pulaster, der es wie in Nebel hüllte und dämpfte. Ohne Iris war ein Weiterleben schlechterdings nicht denkbar, ohne Iris, die all das vereinte, was ihm je lieb und teuer gewesen war.

In seinem halbausgepackten Koffer lag das Hemd aus dem vorvergangenen Jahrhundert neben zeitloser Flottenbekleidung, dazwischen eine Handvoll Speicherkristalle, der Stein … So wenig hatte er über den Abgrund der Zeit gerettet. Der Rest war Erinnerung. Verborgen und vergraben in seinem Gehirn und dort verschrumpelnd. Das Haus der Eltern, sein Zimmer. Die Bilder an den Wänden: ein namenloser irdischer Berg in hellem Mittagslicht, eine altertümliche, besonnte Stadt; die Sehnsucht nach der Weite des Alten Planeten.

Vom Boden des Koffers schimmerte ein Speicherkristall. Ehemals blau, hatten die verstreichenden Jahrhunderte die Farbe aus der Schutzhülle gesaugt. Ein blasses Grau war geblieben. Seit der Rückkehr in das verwandelte Kokkygia hatte er den Kristall nicht anzuhören gewagt; er fürchtete die Manen der verlorenen Vergangenheit. Heute jedoch wollte er mit Luisas Stimme sein eigenes vergilbtes Ich herbeizitieren. Was er so sorgfältig in sich verschlossen hatte, wollte er freilegen, denn es versprach Trost. Natürlich war die winzige Energiezelle entladen, die Stecker paßten nicht. Die perfekte Technik des XXIX. Jahrhunderts widersetzte sich dem groben Gerät der Vorväter. Er bog an den Kontakten; die Angst vor Rührung erlosch. Würde Luisa ihm ihr Gesicht, das Antlitz einer Greisin, zeigen oder nur ihre Stimme über den Abgrund schicken? Was hätte sie zu sagen? Sie würde ihr Leben vor ihm ausbreiten, gewiß, sie war Wettermacher geworden, das wußte er, und er zweifelte nicht daran, daß sie in Kokkygia ihr Glück gefunden hatte, einen Gefährten, Kinder. Das Auf und Ab des Lebens so fern im Nachkegel, vergessen von allen derzeitigen Weltbewohnern, es war weder vergebens noch zuwenig. Sollte dies ihre Botschaft sein? An wie vieles würde sie ihn erinnern: Weißt du noch, wie wir an der seichten Stelle des Dünnen Baches eine Forelle mit der Hand fingen? Weißt du noch, wie wir vom Schrank ins Bett hüpften, bis es zusammenbrach? Weißt du noch … Er roch die Blumen im Vorgarten, deren Duft das Haus durchdrang, er spürte die Sommerwärme, die der Wind durch das Fenster in sein Zimmer wehte, er hörte, wie es nachts im Holz knackte und klopfte und wie das Robotwägelchen morgens mit sanftem Tuten frische Milch und Brötchen vor die Haustür stellte, und er spürte den rauhen, kühlen Stein des Fenstersimses unter den Händen, ein Sprung übers Beet, und er stand vor dem verdutzten Roboter; die frechen Spatzen liebäugelten bereits mit den Brötchen …

Ein Draht piekte ihn in den Daumen. Er lutschte dran, daß sich ein Blutfaden in der Haut bildete. Es sollte eben nicht sein, nicht heute. Aber auch ohne Luisas Stimme gehört zu haben, war er getröstet: Sie hatte ihn nicht vergessen, sie hatte an ihn gedacht, als die kunterbunte Spanne ihres Lebens schon fast durchschritten war. Und ihr Gruß hatte ihn trotz aller widerspenstigen Technik erreicht über so viele Jahrhunderte hinweg.

Meridor plant um

„Glaubst du, wegen deiner drei mageren Seiten Expeditionsbericht beruft der Administrator eine Sitzung ein?"

Raf Effarig quoll über vor Betriebsamkeit. Ehe Fabius protestieren konnte, hielt er einen Topf mit einem Zwergbaum, bestimmt für den Versammlungstisch, in den Händen. „Solltet euch und eure mißglückten Bohrungen nicht überbewerten. Könnt froh sein, wenn der Administrator den Eklat mit vornehmem Schweigen ad acta legt. Würde an deiner Stelle eisstill sein. Primus, was heißt Primus? Hat weiß Gott genug Probleme am Hals, der Administrator."

Beflissen eilte Effarig zum Lift, um Sadhana zu begrüßen. Sie beschwerte sich über die unvorbereitet anberaumte Sitzung. Ob Meridor die „kleine Sitzung" vergessen hätte.

Das dichte grüne Gezweig streifte Fabius' Kinn und Nase, wie eine heiße Suppenterrine trug er den Topf in Meridors Zimmer. Drinnen nickte er hinter dem Zwergbaum hervor Laine Sorms, der Verwaltungschefin, und Mark Sirhan, dem Leiter der Forschungseinrichtungen, zu. Zwei der Anwesenden kannte er noch nicht: eine Frau mit grauem Haar und einen dicklichen, nervösen Mann. Letzterer redete in nuschligem pazifischem Latein auf Meridor ein. Der war anscheinend nicht bei der Sache, er dirigierte Fabius heran – „Ah, unser Hrengschreck!" – und zeigte auf den Stuhl neben sich.

Fabius entledigte sich des Topfes, das Grünzeug raubte ihm die Sicht; er schob es in die Mitte des Tisches, doch da beklagte sich Sirhan, keiner wünschte, durch das Gewächs behindert zu werden.

Effarig rückte Sadhana den Stuhl zurecht, dann bemerkte er die Pflanze auf seinem Platz. „Doch nicht hier!" fuhr er Fabius an und wollte ihm den Topf wiederum aufhalsen. Fabius wehrte mit dem Ellbogen die Unterschiebeversuche ab.

„Könnt ihr euch endlich einigen?" raunzte der dickliche, nervöse Mann quer über den Tisch. Resignierend hob Fabius den Topf auf die Fensterbank.

Inzwischen eröffnete Meridor die Sitzung. Doch bevor er die Tagesordnung verkünden konnte, fragte Sadhana nach dem Sinn dieser „Alarmaktion", das wichtigste Leitungsmitglied fehle ja.

„Haben wir Kontakt zu Primus?"

Die scheinheilige Frage Meridors brachte Fabius aus der Fassung.

„Nein? Dann müssen wir uns mit Secundus begnügen. Die Schaltung zur OrbStation steht doch?"

Effarig bestätigte knapp.

„Du kannst nicht die Hreng", entrüstete sich Sadhana, „wie Marionetten aus der Kiste ziehen und wieder darin verschwinden lassen!"

„Primus hat vor seiner Abreise Secundus zu seinem Vertreter ernannt. – Aber wir wollen doch nicht wichtige Entscheidungen durch Formalitäten aufhalten."

Wie ein eisiger Hauch wehten Meridors Worte Fabius an. War es Taktik, oder beabsichtigte der Administrator tatsächlich, Gabriell einfach unter „bedauerliche Opfer" zu verbuchen und zu ersetzen? Und er hatte geglaubt, sie schmiedeten auf dieser Sitzung einen Plan, Gabriell zu befreien! – Falls es nicht längst zu spät war. – Er, Fabius, würde diesen Raum nicht verlassen, ehe er mit Meridor eine Rettungsexpedition vereinbart hatte, denn wie man es auch wendete, er trug den Hauptteil der Schuld. Er hätte Georgias Trick rechtzeitig ahnen oder wenigstens für einen sicheren Abzug sorgen müssen.

Mittlerweile war Meridor zur Tagesordnung übergegangen. Doch was er dann mit tönenden Worten enthüllte, war Fabius bereits vertraut.

Die alte Flottenplanung für Pulaster sei zu behäbig. Ein Ruhekissen für Pensionspunktesammler. Ihr zufolge müßten sie nun allmählich Betonquader beim Zwölfinselarchipel in den Stürmischen Ozean kippen, um peu à peu darauf den Weltraumlift zu konstruieren. Eine aufwendige und langwierige Angelegenheit, ein Dutzend Parsec entfernt auf Ganymed von Spezialisten ausgebrütet, die nie im Leben zu einem Hreng aufgeschaut hätten. Wo ihnen auf Pulaster die Probleme unter den Nägeln brannten. Die Siedlung rapide anschwoll. Jedes Jahr mehr Hreng ausgebildet sein wollten, mehr Münder zu stopfen waren – und da sollte er Menschen und Material in ein Projekt stecken, das erst in einem halben Jahrhundert Früchte tragen würde!

Obwohl alles aufgezeichnet wurde, protokollierte Effarig. Ab und an klopfte er Beifall. Sirhan dagegen drehte ständig seinen Reif um das Handgelenk, gewiß hätte er lieber im Labor gearbeitet. Die Frau mit den grauen Haaren schnipste unsichtbare Fussel über den Tisch. Und Meridor verlor sich in Details über die medizinische Betreuung der Siedlungshreng, ohne mit einer Silbe den totgeweihten Gabriell zu erwähnen.

Deshalb schlage er, der Administrator, diesem entscheidungsbefähigten Gremium vor, anstatt des leidigen Lifts einen zweiten, leistungsstärkeren Astroport zu bauen, wenn möglich in Äquatornähe: Tebit.

Nur ein Gesicht zeigte Überraschung – das Sadhanas. Sie legte die Fingerspitzen an ihre halbgeöffneten Lippen, schaute erst erstaunt, dann verwirrt, schließlich eher verärgert in die Runde. Und es war verwunderlich, wenn nicht unbegreiflich, daß Meridor seinen Plan auf dieser Sitzung durchboxen wollte – ohne das Placet des Sektorchefs und bestens im Bilde, wie sich die Ffarhreng dagegen sperren würden.

„Sind wir technisch dazu in der Lage?"

Die Frau mit dem grauen Haar bejahte.
„Forschungsmäßigerseits Einwände?"
Sirhan schüttelte den Kopf.
„Energieversorgung gesichert?"
Der nervöse Mann zerrte am Kragen, als litte er unter Luftmangel. Bereits jetzt laufe das Kraftwerk an der Leistungsgrenze, der Lift freilich werde viel unersättlicher Energie verschlingen.
Wie schnell und glatt die Antworten purzelten! So als wollte man einen neuen Speisenspender aufstellen oder eine Parkbank vor der Pyramide. Selbstverständlich war der Bau eines Objektes von der Größe eines Astroports längst bis ins kleinste durchkalkuliert. Meridor würde niemals einen so weitreichenden Antrag vorbringen, ohne sich nach allen Seiten hin abgesichert zu haben. Womöglich hatte er sogar mit dem anfliegenden Sektorchef konferiert. Wem also wurde diese Sachdiskussion vorgegaukelt? An den Reaktionen konnte Fabius ablesen, daß die Überrumpelungsaktion Sadhana galt. Hatte sie ihm nicht während der Expedition Schwierigkeiten mit Meridor angedeutet? Und hatte Meridor ihn nicht verpflichtet, besonders Sadhana gegenüber die reservierte Haltung der Ffarhreng zu verschweigen?
„Und was sagen die Hreng dazu?"
Effarig flitzte beiseite und hob einen Augenblick später einen altmodischen Dreierbildschirm auf den Tisch. Ein Hrengkopf füllte ihn nahezu aus, Raumdienstlerepauletten auf den Schultern. Gabriells Ebenbild: Secundus. Natürlich stimmte Secundus zu. Seines Erachtens berühre das zweite Kosmodrom nicht einmal den Pulastervertrag, denn es werde – im Gegensatz zum ersten – für die Hreng errichtet, nicht für die Menschen.
„Und Tebit? Die Schwierigkeiten dort sind überwindbar, nicht wahr, Grosser?"
Er, Fabius, wurde als Experte für Hrengverhalten aufgerufen! Um sich brav als Jasager in die fingierte Diskussion einzureihen? Nicht einmal eine vorherige Absprache hatte Meridor für nötig befunden. Der Administrator verwechselte ihn wohl mit Effarig! Er war zwar lediglich ein einfacher Techniker, aber er würde gewissenhaft antworten.
Er könne nur mutmaßen. Jahrhunderte hätten die Ffarhreng fremden Einfluß getrotzt. „Sie haben Wiun-jon umgebracht, und wenn wir nicht schleunigst handeln, werden sie Gabriell töten. Und beide, um unseren Einfluß abzuwehren. Ich glaube, diese Einstellung den Menschen gegenüber werden sie vorläufig nicht ändern."
Betretenes Schweigen. Plötzlich entdeckten sie alle irgend etwas Interessantes auf der kahlen Tischplatte. Außer Sadhana, die die Lippen fest zusammenkniff. Außer Effarig, der wie ein gestörter Roboter mit dem Kopf wackelte.

„Ich verstehe deine Erregung, Grosser, aber wir wollen die Sitzung nicht mit diesem Problem belasten. Darüber muß ein anderer Kreis beraten. Später."

Aufgeschoben. Abgetan. Erledigt. Fabius preßte die Schultern gegen die Lehne. Natürlich fehlten in dieser Runde die Experten wie Lich, aber warum hatte Meridor den „anderen Kreis" nicht längst tagen lassen? Und weshalb rügte der Administrator mit keinem Wort das Versagen als Expeditionsleiter?

„Es geschieht selten, daß sich ein Botschafter der Erde zum Anwalt der Flottenplanung aufschwingt."

Es war so still, daß man Meridors Sessel peinlich laut knacken hörte. Sadhana beklagte sich nicht darüber, als einzige nicht in das Projekt eingeweiht zu sein. Was sie Meridor ankreidete, war, daß hier grundsätzliche Entscheidungen im Handumdrehen gefällt werden sollten. Entscheidungen, deren Auswirkungen sie nicht abzuschätzen wagte. „Muß ein so willkürlicher Eingriff nicht einen tiefen Raum-Zeit-Kegel in der Planung über den Haufen werfen? Was prognostiziert das Orakel?"

„Ach, das Orakel." Wenig aussagekräftig sei es, verschiebe nur Wahrscheinlichkeitsverteilungen. Und bekanntlich sei die Flottenplanung reichlich flexibel und einem breiten Spektrum von Eventualitäten gegenüber abgepuffert.

„Solltest du dich nicht wenigstens mit der Sektorleitung abstimmen?"

Meridor schien einer direkten Antwort ausweichen zu wollen, er lachte bitter und tat so, als wäre die 4,8 Lichtjahre entfernte Sektorzentrale zuständig und nicht der anreisende Sektorchef. Solle er, Meridor, zehn Jahre wegen eines simplen Ja vergeuden? Kein Wunder, daß sich bei einer so trägen Arbeitsweise auf Pulaster seit Jahrhunderten nichts bewegt habe. Weitab von den höheren Instanzen sei man eben auf eigenverantwortliches Handeln angewiesen.

Die Botschafterin lenkte ein. Sie wolle nicht um jeden Preis auf die Weisheit der Flottenplaner pochen. Aber nach den Hreng müsse sie fragen. Secundus' Zustimmung habe nur formalen Wert und dürfe den schwankenden Boden, den Meridor beschreite, nicht kaschieren. „Werden die Ffarhreng Tebits den ersten Bautrupp mit Blumen oder mit Speeren begrüßen, Fabius?"

Fabius seufzte. Wieder wurde er als Hrengspezialist gefordert. Er redete sich damit heraus, daß die Hreng nicht einmal verstehen würden, was gemeint sei.

Sadhana, die auf stärkere Unterstützung gehofft hatte, war enttäuscht. „Erinnert ihr euch an Nozakis Haus? Wollt ihr seine Eigenmächtigkeit im Großen wiederholen? Ohne jedes einzelne Hreng nicht nur für das Projekt, sondern auch für die neue Lebensweise gewonnen zu haben, dürfen wir sie nicht behelligen. Die ursprüngliche

Planung vermeidet den Schock, das Zerschlagen ihrer Kultur, die Entwurzelung.“ Fast flehentlich appellierte sie an das Gewissen der Leitungsmitglieder, an ihre Verantwortung als geduldete Gäste der Hreng.

An Meridor jedoch prallten ihre Worte ab. Jahrhunderte hätten die Menschen darauf gewartet, daß die Hreng von selbst bei ihnen anklopften. Niemand habe sich um die „Wilden draußen im Sumpf“ gekümmert, nicht einmal die Botschafter. Das sei der Kardinalfehler, der endlich bereinigt werden müsse. Allein dieser distanzierten Haltung wegen müßten sie heute überhaupt mit Berührungsängsten kämpfen. Vor ihnen zu kapitulieren hieße, jegliche Entwicklung ans Ende des Vorkegels zu verschieben.

„Ich begreife, daß du gern miterleben möchtest, Titus, wie die von dir gepflanzten Bäume ihre Kronen in die Wolken recken, aber ich kann nicht billigen, daß du deshalb die schnellwachsenden, minderwertigen Sorten auswählst, die alle anderen Setzlinge ersticken. Ich kann nicht billigen, daß du das Einvernehmen zwischen Menschen und Hreng kurzfristigen ökonomischen Vorteilen opfern willst.“

Ökonomische Vorteile? Gewiß, der Lift verschlang mehr Zeit, mehr Material, mehr Arbeitskraft. Sadhana plädierte doch nicht etwa für die größeren Unkosten der größeren Unkosten wegen?

„Du brauchst nur einmal aus dem Fenster zu schauen, Titus. Wieviel häufiger schimmert Stachel in den letzten Monaten hinter den Wolken hervor? Erzähle mir nicht, daß der Zusammenhang nicht statistisch erwiesen wäre.“

Mit einer lokal steigenden Stachelschein-Wahrscheinlichkeit in der Nähe des Astroports – so Meridor – müsse man freilich rechnen. Daß die Hreng damit leben könnten, hätten die pulastrischen Mitarbeiter in der Siedlung vorexerziert. Die Botschafterin möge doch bitte nichts dramatisieren. Außerdem erhöhe ein wenig Stachelschein die Produktivität der Vegetation – ein nicht zu unterschätzender Effekt für die leider noch völlig unterentwickelte Landwirtschaft.

„Und die langfristigen, globalen Auswirkungen?“

Nichts beweisbar, Spekulation.

Eine lokal steigende Stachelschein-Wahrscheinlichkeit – die mathematisch-präzise Formulierung erschreckte Fabius, er sah die Pflanzen in den Hrenggärten welken, die Haustiere krepieren. Er roch die versengte Hrenghaut und hörte das Einarmige befehlen: „Hinweg! Fort!“ Sie hätten rechtzeitig den Rückzug antreten sollen – um Gabriells willen.

„Dir steht es jederzeit frei, Sadhana, die Bevölkerung über unsere Vorhaben abstimmen zu lassen.“

„Du weißt genau, daß der durchschnittliche Bodendienstler nichts gegen etwas mehr Sonnenschein einzuwenden hätte. Du beschwörst ihre Gefühle, ihre Erdsehnsucht, nicht ihren Verstand.“

„Lehrt ihr Botschafter und Menschengärtner nicht, daß der Mensch eine Einheit sei von Verstand und Gefühl?“

„Ich müßte eine größere Versammlung einberufen, die der betroffenen Hreng. Sie sind leider unsere Demokratieformen nicht gewohnt, und das nutzt du aus, um über ihre Köpfe hinweg zu entscheiden. Wie schlimm für dich, solltest du damit Erfolg haben.“

„Wir wollen doch sachlich bleiben.“

„Als die Luivens einst landeten, verliehen ihnen die Hreng einen umständlichen Namen: die freundlichen Halbwesen, die am Rande unseres Nestes saßen. Nicht mehr und nicht weniger sollten wir Menschen ihnen sein. Bescheidene Gäste und Helfer in Sturmesnot. Unaufdringliche Ratgeber. Freigebige Gefährten. – Die einmal angestoßene Entwicklung läßt sich nicht umkehren, und das ist auch gut so. Aber wir müssen auf dem schmalen Grat des Menschlichen, der so schwer aufzuspüren ist, voranbalancieren, auch wenn dies mehr Schweiß und mehr Phantasie und mehr Zeit erfordert.“

Sie hatten ihre Argumente verschossen. Fabius rieb sich die Stirn mit den kalten Fingerspitzen. Lokal steigende Stachelschein-Wahrscheinlichkeit. Ein paar Augenblicke strahlender Stachelschein in Tebit, und die Ffarhreng, allen voran das Einarmige, würden glauben, Gabriell, der Gigant, hätte ihnen das sengende Licht auf den Kamm gehext. Ein paar Augenblicke Stachelschein, und sie würden Gabriell zum glucksenden Begräbnismoor schleppen.

Meridors Blick lastete schwer auf ihm. Die Abstimmung war ein uraltes Ritual.

„Pro?“

Wie erstorben lag ihm die Hand auf der Tischplatte.

„Pro war gefragt“, zischte Effarig.

Glatt war die Plastfläche unter den Fingern. Niemand konnte ihm verdenken, daß er sich aus einer Angelegenheit, die er nicht allseitig beurteilen konnte, heraushielt.

„Contra?“

Nur Sadhanas Arm schnellte nach oben. Sie protestierte ein letztes vergebliches Mal gegen die Verfahrensweise.

Die Sitzung war vorüber. Fabius stand auf, Effarig wollte ihm tatsächlich den verwünschten Blumentopf wieder andrehen. War es nicht voreilig von Meridor, so weitreichende Projekte ohne den Sektorchef anzuschieben? Der konnte sie mit einem Brauenrunzeln umstoßen.

„Glaube manchmal, wohnst noch hinter dem Sumpf, Fabius. Sabotierst erst deinen unmittelbaren Vorgesetzten, und nun dieses Armutszeugnis. Hast wohl nicht die mindeste Antenne? Der Sektorchef reist nicht mit der FLAMMARION an. Falscher Alarm. – Nein, du kannst jetzt nicht mit dem Administrator reden, ich werde dir einen Termin geben.“

„Nicht nötig“, Meridor wies Effarig hinaus, „Fabius Grosser hat immer Zutritt zu mir.“

Die Tür klappte zu. Fabius war allein mit dem Administrator. Draußen regnete es. Grau in grau der Himmel, der Wald, die Siedlung. Irgendwo in diesem Regen saß Gabriell gefangen. Solange es goß, war er vor dem spontanen Zorn seiner Stammesgenossen sicher.

„Ach, diese Botschafter. Sind richtige Flöhe im Pelz.“ Meridor stützte sich mit beiden Fäusten auf seinem Schreibtisch ab und ließ sich langsam auf den Sessel nieder. „Der Mensch hat sich gegen Wind und Wetter schützen gelernt, weshalb sollten sich die Hreng nicht gegen Licht und Sonne bekleiden?

Du willst mich wegen Primus sprechen, bene. Verstehe, wie dir zumute ist, und teile deine Sorge. Werde alles Menschenmögliche versuchen, um unseren Freund aus der mißlichen Lage zu befreien – fürchte nur, das ist nicht viel. Entweder sie lösen von selbst seine Fesseln, oder ... Soll ich das Dorf mit Lichtwerfern niederbrennen? Verhandeln, gewiß. Aber womit ihn freikaufen? Hast du eine durchführbare Idee, Grosser?

Wieso aufgegeben? Glaubst du, er ist mir nicht ans Herz gewachsen? Das erste Hreng, mit dem man sich wie mit einem Menschen unterhalten konnte, nach so vielen Jahren. Bring mir einen praktikablen Vorschlag, und du hast meine Unterstützung. Punctum!

Vorerst aber brauche ich dich hier. Keine Widerrede. Eine Planumstellung ist ein unerhört komplizierter Prozeß, und nicht alle werden frohlocken, wenn der alte Schlendrian ein Ende hat. Ergo benötigen wir sowohl exakte Prognosen als auch stichhaltige Argumente. Du bist auch in Modellierung und Simulation ausgebildet. Wirst mir also Prognosen erarbeiten über das Wachstum unserer Siedlung mit und ohne Lift beziehungsweise mit dem neuen Astroport. Über die Stadt, die wir in Tebit errichten werden. Die Dymamik der Hrengbevölkerung und ihre Nahrungs- und Kleidungsversorgung. Meinetwegen auch über das künftige Wetter, wenn du unbedingt willst. Da die Hreng im Unverrückbaren nicht spuren, werden wir den Astroport eben einige Kilometer entfernt in den Sumpf setzen.

Was ich benötige, Grosser, ist ein realistisches Bild unserer Zukunft auf Pulaster, sagen wir in zwanzig Jahren. Eine Vision, die meine Bodendienstler beflügelt und ebenso die Hrengtrupps. – Da sehe ich keinen Widerspruch, weshalb soll eine Prognose nicht zugleich realistisch und optimistisch sein? Jedenfalls erwarte ich Hochrechnungen, die die Notwendigkeit des Astroports beweisen.

Und laß dich nicht von irgendwelchen Weltuntergangsstimmungen und Stachelscheingerüchten anstecken. Wir wollen gemeinsam etwas aufbauen, da unten im Regen und im Schlamm. Für die Menschen und für die Hreng.“

Die Menschen hatten den Raum besiegt und – beinahe – die Zeit. Sie sprangen von Stern zu Stern, sie froren die Lebenden ein und erweckten die scheinbar Toten zu neuem Dasein. Sie hatten die elektroschwachstarke Wechselwirkung in ihren Dienst gezwungen und sich ein Heer von mehr oder minder intelligenten Helfern geschaffen. Doch auf Pulaster versagte ihr Können. Kosmische Energien, ausreichend, um Ozeane zu verkochen, nutzten ebensowenig wie alle eilfertigen Automaten. Spätestens wenn die Dorfbewohner aus dem Trâl heimkehrten, war es um Gabriell geschehen. Und die kostbare Zeit verrann.

Fabius sorgte sich. Er hatte geglaubt, gemeinsam mit Lich und Sadhana den von Meridor verlangten „praktikablen Vorschlag" rasch austüfteln zu können, doch seit Stunden drehten sie sich im Kreis: Wir wissen nicht, wir können nicht, wir dürfen nicht. Die Brillanten, die sich Lich in der Siedlung wieder angesteckt hatte, blieben matt und stumpf. Hilfesuchend blätterte er in den Büchern der Botschafterin. Als ob er die Schriften der Luivens, M. Carnis' und der anderen Koryphäen der Hrengforschung nicht bis zum letzten Buchstaben kannte.

Sadhana dagegen waren weder Anspannung noch Entmutigung anzumerken. Mit untergeschlagenen Beinen saß sie auf einem Hocker, hatte die Fingerkuppen gegeneinandergelegt und versenkte sich meditierend in die Unendlichkeit des Bildes an der Wand ihr gegenüber, das – Kreis im Quadrat, Quadrat im Kreis – immer feiner, immer kleiner werdende Figuren zeigte, die sich zum Mittelpunkt hin wie bunte Sandkörnchen in einem Trichter verloren.

Draußen, vor dem geöffneten Fenster, stürzte ein wasserfallartiger Regen vom Himmel, prasselte ohrenbetäubend auf das Dach. Die Wolkengebirge schienen allesamt mit einemmal herniederbrechen zu wollen, sie hatten die meisten Straßen in strudelnde Flüsse verwandelt und die Häuser in umbrandete Inseln. In den nächsten Stunden war an einen Fußmarsch zurück zur Pyramide nicht zu denken. Auch dieser Naturgewalt gegenüber erwies sich der Mensch – zumindest vorerst – als ohnmächtig.

„Du solltest dich nicht von der Vorstellung lähmen lassen, daß wir machtlos seien, Fabius."

Die Fransen der Tischdecke baumelten Fabius auf die Knie. Ohne hinzusehen, flocht er kleine Zöpfe. Er begriff ja, daß eine Botschafterin gewissermaßen von Berufs wegen zu Optimismus verpflichtet war, aber die Ausweglosigkeit der Situation konnte sie doch eingestehen.

„Ihr seid absolut überzeugt, daß die Dorfbewohner Gabriell den Reif entwendet haben?"

Stumm nickte Fabius. Ansonsten hätte Gabriell längst in einem unbeobachteten Augenblick einen Notruf ausgestrahlt. Oder der Reif hätte den aussetzenden Puls und die sinkende Hauttemperatur gemeldet.

Sadhana krempelte die Ärmel ihres schlichten dunkelblauen Kleides hoch. Heiß war es nicht, nur übermäßig feucht. „Würden sie den Reif nicht dem Sumpf opfern? Die OrbStation hätte seine Zerstörung registriert."

Ach, Sadhana unterschätzte die Perfektion der Technik. Der Reif hielt dem Vakuum so gut stand wie einigen Megapascal Druck, er trotzte der Weltraumkälte wie der Glut flüssiger Lava. Die Tiefen des Morastes würden lediglich seine Funksignale ersticken. Er war eben eins jener Wunder der Technik, die ihnen hier und jetzt nicht weiterhalfen.

„Fabius, ich bitte dich, nicht auch dort schwarz zu malen, wo ein Streif Hoffnung schimmert. Niemand außer dir selbst macht dich für Gabriells Gefangennahme verantwortlich."

Eine Franse riß. Rote Striemen liefen quer über seine Finger. „Maximal könnten wir mit all unseren OrbStationen, Satelliten und Computern Gabriells Reif orten – falls er noch sendet. Mehr nicht."

„Als ob das nichts wäre!" Lich klappte das Buch zu und klopfte Fabius anerkennend auf die Schulter. „Endlich ein Ansatzpunkt."

Er verlangte über seinen Reif die Kommunikationschefin der OrbStation zu sprechen. Befand sich der Reif im Dorf, war es wahrscheinlich, daß die Hreng Gabriell bisher verschont hatten. Wenn nicht ...

Wieder tastete Fabius nach den Fransen, verdrehte sie und verknotete sie. Vor dem Fenster stürzte das Wasser aus dem Himmel; was nicht fest vertäut war auf den Straßen, wurde weggeschwemmt. Die Piste zum Astroport mußte ein einziger reißender Strom sein, dieser selbst ein See. Keine Fähre konnte da landen. Blieb das Wetter so, verzögerte sich Iris' Ankunft. Seine Iris! Tagelang würde er erzählen müssen, und sie würde doch nur einen Bruchteil verstehen; was wußte sie schon von den Hreng. Und immer noch schwieg sie. Wollte sie, daß er den ersten Schritt tat? Es war alles so kompliziert mit ihr ...

„Datenschutz, was soll der Datenschutz!" Lich stöhnte. „Hier geht es um ein Hrengleben! Könnt ihr Datenfuchser das nicht begreifen?"

Auf einen Wink Sadhanas verstummte er. Sie leitete das Gespräch auf die für alle sichtbare Projektionsfläche um. Die Raumdienstlerin – das blitzende Emblem mit den sich kreuzenden Informationslinien an ihrem Overall verriet ihre Funktion – beteuerte, daß sie nur allzugern helfen und sich über die Bestimmungen hinwegsetzen wolle, läge es in ihrer Macht. Doch würden der Schutz der Indiv-Sphäre, die Anonymität des Aufenthaltsortes und die Privatheit der Reifgespräche nicht bloß pro forma durch das Flottengesetz garantiert; sie wären in die Nachrichtentechnik quasi hineinkonstruiert, und wo überhaupt rein technisch ein Mißbrauch – etwa das Anpeilen von Personen über den Reif – denkbar sei, da wachten die Computer über die Einhaltung der Verbote.

Versteckte sich die Kommunikationschefin hinter Maschinen und Paragraphen, oder war sie tatsächlich so machtlos, wie sie behauptete – trotz und wegen ihrer Technik? Das Wort einer Botschafterin der Erde hätte genügen müssen, um notfalls alle Plomben von den Geräten zu brechen. Aber nein, die Datensicherheitsprogramme wären höchstens, meinte sie, mit expliziter Billigung des Administrators auszuschalten. „Aber Vorsicht. Zur Zeit wird nichts angefaßt, was nicht dem Tebit-Astroport dient."

Sadhana knipste die Projektionsfläche aus. „Ich bin jetzt nicht in der Verfassung, mit Titus zu sprechen. Ich würde mit ihm streiten. Würde andere Probleme anschneiden. – Mit welcher Arroganz er Pulaster nach seinen engen Visionen ummodeln will! Muß er seine Lebenskrise gleich an einem ganzen Planeten abreagieren!"

Sie schritt zum Fenster, kam lächelnd zurück. „Ihr seht, ich ereifere mich bei dem bloßen Gedanken. Das dürfte einer Botschafterin eigentlich nicht passieren. Pulaster raubt eben uns Sonnengeschöpfen allen die Balance. Ich sollte die Kraft aufbringen, Titus sine ira et studio in sein Gleichgewicht zurückzuhelfen. Aber wie kann ich das, wenn er mich ständig mit Hauruck-Aktionen überrascht? Erst mit dem Antitrâlicum – ich fürchte, er gesteht sich immer noch nicht ein, daß ein Resorptionsmittel die Bevölkerungsexplosion auf menschlichere Weise vermeidet – und neuerdings mit dem zweiten Astroport. Ehe es mir gelingt, die Siedlungsbewohner zu überzeugen – nicht einfach zu überreden –, kann es zu spät sein. Wenn ich ein Hreng wäre, würde ich mich von jetzt an ‚Kassandra' nennen."

Das Lächeln war nicht aus ihrem Antlitz gewichen, statt ihren Worten den Ernst zu nehmen, verstärkte es ihn noch. Nun schweifte ihr Blick hinüber zur buntsandenen Quadratur des Kreises, Ruhe schien von dem vielfach symmetrischen Muster auf sie überzuströmen.

Soweit Fabius es einschätzen konnte, hatte sie in vielem recht. Meridor mißachtete manche Spielregeln, die für Erde wie Flotte galten. De facto hatte er die Botschafterin kaltgestellt. Für ihn waren die Hreng in erster Linie eine Störgröße und in zweiter ein schlecht genutztes Arbeitskräftereservoir. Aber Sadhana spürte nicht, daß aus seinen Plänen auch ein Funken des notwendigen Feuers sprühte, daß man auf einem Sumpfplaneten nicht einfach die Hände in den Schoß legen durfte. Diesen Tatendrang als archaisch zu bezeichnen, was wie anachronistisch, wie barbarisch klang, traf wohl etwas daneben.

„Ich weiß, gegen solche Rückfälle ist der Mensch nie gefeit. Fabius, bitte, verhandle du mit ihm."

Hastig trennte er einen Fransenzopf auf. Bevor er den Projektor bediente, wischte er sich die verschwitzten Finger an der Hose ab. Selbstverständlich bewachte Zerberus Effarig den Kanal. Doch nicht mit der üblichen dienstbeflissenen Überheblichkeit, eher bekümmert und verunsichert starrte ihn der Sekretär an.

„Der Administrator ist unerreichbar."

Fabius holte tief Luft und pustete Effarig fast vom Schirm. Er, Grosser, habe immer Zutritt zum Chef! Ob ihm Gabriells Leben nichts gelte! Unfähige Vorzimmerroboter wie er gehörten ...

„Sacht, sacht", mahnte Sadhana.

Effarig rang die Hände. Nicht einmal er hätte Kontakt zu Meridor. „Administrator zum Kraftwerk unterwegs. Regen muß Antennen demoliert haben. Verbindung ist unterbrochen. Was soll ich machen? Sonst wäre längst ein Hreng auf dem Dach, würde reparieren. Oder ich würde ihm ein Hreng nachschicken. Kann ja keinen Menschen raushetzen bei dem Wetter."

Es war vielleicht unfein, daß er sich freute, aber Fabius konnte sich eine tiefe Genugtuung einfach nicht verkneifen. Übertrieben höflich entschuldigte er sich bei Effarig für die voreilige Beschimpfung.

Was er wolle?

Das Codewort mit Meridors Autorisation.

„Ist nirgendwo gespeichert. Habe keine Direktive, wie ich mich in solcher Situation verhalten soll. Dir würde ich ohnehin alles genehmigen, Fabius, aber ohne den Administrator ..."

Fabius schaltete ab und verschränkte die Hände vor der Brust. Wie eine flüssige Wand strömte der Regen in den Vorgarten, ein Wunder, daß der Boden die Wassermassen schluckte. Meridors Schweber würde jetzt nicht auf einer Piste, sondern auf einer Wasserstraße fahren, unbehindert freilich. Nur aussteigen würde der Administrator nicht können.

„Offensichtlich taugt unsere Technik wenig für Pulaster", Sadhana, die am Fenster stand, streckte eine Sekunde lang die Hände in den Regen. Sie betrachtete danach erneut die bunten Sandkörnchen. Was sie von deren bewegungsloser Quadrille ablas? Eine gewisse suggestive Wirkung war diesem Ineins von rund und eckig, diesem sich selbst ins immer Kleinere spiegelnden Formenreigen nicht abzusprechen. War das eins jener halbmagischen, psychologischen Hilfsmittel der Botschafter, über die man in der Flotte munkelte?

„Was enthielten eigentlich die Steinbrocken aus dem Unverrückbaren?"

Diesmal war Lich an der Reihe, sich zu erregen. Hätte Fabius geahnt, daß der Hrengologe durch die harmlose Frage so außer sich geriet, hätte er geschwiegen. Lich haderte mit sich. Der Fund sei zweifellos wissenschaftlich von erstrangiger Bedeutung: Eisenoxid, Rost, Reste einer Speerspitze. Jetzt durfte man Wiun-jons Statuette nicht länger als Unikat aus Meteoriteisen abtun, früheren Metallgebrauch bei den Hrengeng nicht länger bezweifeln. Aber wie teuer mußten sie für diese Erkenntis bezahlen! Am letzten Tag noch hätte er, Lich, die Katastrophe verhindern können, aber da habe seine verfluchte Neugier gesiegt, er wollte eben auch um jeden Preis erfahren, was jener berühmte Hort verbarg – und nun mußten sie um das Leben des treuesten Hreng bangen! Fabius, selbst Georgia, träfe nicht ein Bruchteil seiner Schuld.

Georgia! Gegen ihre Tricks war kein Computer gefeit!

Nach wenigen Augenblicken erschien ihr Gesicht auf der Projektionsfläche. „Ach, Fabi ...“ Sie war zerstreut, wollte wissen, ob er sie schon einmal angewählt habe. „Ich habe fast zwei Tage ununterbrochen gerechnet, die ZAHL ...“

„Und Gabriell wird inzwischen getötet!“ Es war ihm schärfer, anklagender herausgerutscht, als er beabsichtigt hatte, aber Georgia akzeptierte den Tadel. Sie hob den Kopf um ein geringes und erkundigte sich, wie sie helfen könne.

Nachdem Fabius es ihr erklärt hatte, verdrehte sie gekonnt die Augen himmelwärts. „Eure Probleme möchte ich haben! – Ich rufe zurück.“

Sadhana war verblüfft. Wie bewerkstelligte es Georgia ohne das Paßwort, ohne Autorisation? „Das bedeutet, daß eine Lücke im Datenschutz existiert.“

„Du kennst Georgia nicht.“ Lich und Fabius lachten, weil sie beide das gleiche gedacht, das gleiche geantwortet hatten. Georgia schlüpfte genau dort zwischen den Wachprogrammen hindurch, wo jeder andere ertappt und gestoppt wurde. Ein gewisser minimaler Mangel an technischer Perfektion gereichte eben manchmal zum Vorteil.

Langsam schlich die Zeit dahin. Sadhana brühte Tee. Ein feiner Geruch von tropischen Blüten schwebte durch das Zimmer.
Sie sprachen nichts. Ununterbrochen schwappte Wasser aus der Traufe.

Beklommen trat Fabius zu Sadhanas Bücherschrank. Er las die Titel, aber er nahm sie nicht wahr. Hundertmal wünschte er dem Einarmigen und seinen Spießgesellen Stachel auf das Haupt. Diese Mörder – Lichs edle Hrengeng! Höchste Zeit, daß ihnen von den Menschen humanere Sitten eingebleut wurden! – Warum dauerte es so lange bei Georgia?

„Fabius, was glaubst du: Ob sie, wenn der Regen euren Graben zuspült, die Verletzung des Bodens als von selbst gesühnt betrachten?“

Weshalb fragte Sadhana ihn? Lich war der Hrengexperte. „Ich

weiß nur, daß ich hinschwebern werde. Ich schwöre euch, daß ich Gabriell da heraushole.“

Ein leiser Piepton. Fabius stürzte zum Schirm. „Was ist?“

Effarig blickte ihn mit Leidensmiene an. „Habe mit dem Administrator Kontakt, stelle die Verbindung ...“

„Halt! Hat sich erledigt!“ Fabius schaltete ab. Blockierte der ihm gerade jetzt den Kanal! Und draußen versuchten die Wolken, den Sumpf zu ersäufen. Erschöpfte sich ihre Macht denn nie?

Endlich! Das erwartete Tonsignal. Georgias Gesichtsausdruck verriet nicht das mindeste. Ob er höre? Natürlich, was spannte sie ihn so auf die Folter!

„Also: Thermofühler mißt 296 Kelvin, was der momentanen Lufttemperatur entspricht. Audiosonde erfaßt keinen Puls, dafür schwache Hintergrundgeräusche, größtenteils unidentifizierbar – bis auf das Pfeifen eines Sängers. Keine Reaktion auf ein Rufzeichen. Der Reif befindet sich – im Rahmen der Meßgenauigkeit – 17,3 Meter vom Blitzbaum entfernt.“

„Du bist ein Schatz, Georgia, ich werde ...“

„Ah, erkennst du das endlich?“ Sie stützte das Kinn in die Hand und starrte auf den Halsverschluß seines Overalls, offensichtlich wurde sein Abbild zu tief projiziert.

„Wie hast du das nur geschafft?“

„Mein Geheimnis.“ Sie unterdrückte ein Gähnen. „Würde mir wirklich leid tun um Gabriell. Wenn du mich nochmals brauchst ...“ Grußlos verschwand sie von der Projektionsfläche.

„Ich weiß, was du jetzt denkst“, meinte Lich, „aber abgesehen davon, daß Meridor kaum den Verlust eines weiteren Schwebers riskieren wird, ist eine unvorbereitete Einmannaktion Unfug. Ohne einen genauen Plan sind wir mit oder ohne Technik machtlos.“

Zukunft im Zwielicht

Effarig hatte Fabius Speicherkristalle mit Projektunterlagen zugeschickt, nochmals die Dringlichkeit der Aufgabe betont und erkundigte sich nun alle Stunde mit Unschuldsmiene nach dem Vorankommen. Also war Fabius gezwungen, seiner Pflicht zu genügen und einen Teil seiner Zeit und seiner Kraft dem Administrator zu opfern. Er rückte einen Stuhl vor das Terminal, murmelte einige Befehle und faltete die Hände über dem Nabel.

Hinreichend instruiert, erledigten die Computer des XXX. Jahrhunderts, und einen solchen beherbergte die Pyramide, jegliches Problem von allein. An ihre Schöpfer wandten sie sich nur, wenn Daten fehlten, oder bei heiklen, nicht eindeutigen Punkten – mit Ausnahme der Zielstellung, die zu formulieren der Mensch sich vorbehalten hatte. Die künstliche Intelligenz war im Verlauf eines Jahrtausends zum allgegenwärtigen Hilfsgeist herangereift. Seit jener atemberaubenden Epoche des Ein-, Um- und Aufbruchs, wie sie manche Historiker nannten, hatten die Computer es gelernt, sich die Programme selbst zu schreiben, aus ihren Herren durch geschickte Fragen nützliche Informationen herauszuholen, die Ergebnisse in größere Zusammenhänge einzuordnen und in einer dem Homo sapiens verständlichen Form aufzubereiten. Daß sie dabei nicht zufällig ein eigenes Bewußtsein entwickelten, lag weniger an der Eifersucht ihrer Schöpfer, die wohlweislich jeden potentiellen Konkurrenten buchstäblich ausschalteten, als vielmehr an gewissen inneren Beschränkungen ihrer Struktur, die zu beseitigen nicht verlohnte.

Mitunter, wenn das Maß des Menschlich-Nützlichen vom raschen Progreß überrollt wurde, folgten sogar auf zwei schnelle Schritte voran ein wohlbedachter zurück. So hockte Fabius vor einem dreidimensionalen Projektor, dem der antike Schick des XXI. Jahrhunderts anhaftete, fragte über einen mindestens ebenso alten akustischen Kanal nach den bisherigen Prognosen für Pulaster und konnte gegebenenfalls präzisierte Wünsche über eine Tastatur einspeisen, deren Zeichenanordnung noch aus dem Zeitalter von Papier und Druckerschwärze stammte.

Lange vor Fabius' Geburt wurden weitaus effektivere Methoden für die Kommunikation mit dem Computer angewandt. Die direkte Verkopplung des Menschenhirns mit der Maschine hatte sich in der ersten Hälfte des dritten Jahrtausends großer Beliebtheit erfreut; sie wurde jedoch verboten, denn ihr Preis – psychische Schäden und Verzerrungen des Persönlichkeitsbildes – war untragbar hoch. Nur im Rahmen der eigenen fünf Sinne, umkapselt vom Schädelknochen und eingebettet in einen natürlichen Leib, blieb das menschliche Bewußtsein gesund und moralisch intakt.

Meridors Vision der lichten Zukunft Pulasters erstrahlte farbenfroh und plastisch im Projektionsraum. Als sei er ein Außerzeitler und schwebe in den Wolken, erlebte Fabius, wie die Siedlung wuchs und wucherte. Aus dem von Menschen bewohnten Kerngebiet rund um die Pyramide fraßen sich Straßen in den Dschungel, im makroskopischen Zeitraffer brachen aus dem grünen Teppich Hrengburgen hervor, Hafenanlagen walzten die Vegetation längs des Flusses nieder, die grauen Klötze der Fabrikationsstätten füllten das Terrain zwischen Wasserlauf und Stadt, hrengisch kunterbunte Wohnviertel dehnten sich bis zum seinerseits anschwellenden Kraftwerk aus, umflossen es auf dem Weg zum Astroport.

Plus fünfzig Jahre. Wie Nieselnebel überzog die Planungsunschärfe das flache Land und verhüllte Nichtprognostizierbares. Ab und an blitzten aus dem grauen Dunst einzelne harte Konturen hervor: stolze Verwaltungsgebäude und wuchtige Fabrikblocks, runde Arenen, geometrische grüne Parks, spitztürmige Lern- und Forschungsstätten. Dann verschleierte undurchdringliches Zwielicht bis weit über den Astroport und das Meer hinaus die Sicht.

Ein kurzer Befehl, und die intellektronische Linse des Makroskops sprang hinüber nach Tebit, dem vergangenheitszähen, sumpftreuen. Rasch vermehrten sich gelbe Punkte im Urwald: Baubaracken. Dann, wie nach einem chirurgischen Schnitt, klaffte das Dschungelgrün auseinander, das Schwarz der Landebahn rann dicht am Unverrückbaren vorbei. Lautlos und scheinbar mühelos wandelte sich Tebit, so als ob der Astroport aus dem allesgebärenden Sumpf wüchse, ohne Erbauer, ohne den Schweiß von Mensch und Hreng, unberührt von Gabriells Geschick, ohne einen Hinweis auf das, was Meridor nicht einkalkulierte: Blutvergießen.

Eine halblaute Frage, und der Computer ratterte statistische Daten über zu erwartende Arbeitsunfälle herunter. Nach diesen hatte Fabius nicht verlangt. Opfer von Konflikten mit den Hreng? Keine Daten, keine Daten außer jener einen Tragödie Wiun-jons, die der Computer auf seine Weise einarbeitete: Mit einer Wahrscheinlichkeit nahe eins würde die in Tebit entstehende Siedlung nach ihrem Märtyrer benannt werden.

Die werdende Stadt, zuerst nur ein dichtgedrängter Kern von Gebäuden, sog ihre Kraft vom Astroport und verhalf ihm ihrerseits zu fiebernder Aktivität, später stemmte sie ihre Weichteile gegen den Dschungel, automatische Fabriken und Wohnviertel, Wohnviertel und automatische Fabriken, überwucherte selbst den Tahrklamahreng, den Wald-aus-dem-kein-Hreng-zurückkehrt; ein autokatalytischer Prozeß, der einem Malström gleich Hreng aus allen vier Winden in sich hineinstrudelte und Sumpfland überflutete, um es in seinem Inneren zu städtischem Kulturland zu zermahlen. Es war die Vision eines unermüdlichen Architekten, eines nimmer rastenden Baumeisters, des entfesselten Homo faber. Endlich verlor sich auch Tebit unter Dunstschleiern.

Fabius blies die Backen auf. Pfeifend entwich die Luft seinen Lippen. Der Computer hatte ihm nicht mehr und nicht weniger als ein durchgerechnetes Szenarium, so faszinierend wie papiern, präsentiert. Eine Folge steuerbarer Bilder, die ihn an seine Kindheit gemahnte, als er mit Freunden in ebensolcher dreidimensionaler Projektion „Bau von Weltrauminseln" oder „Besiedlung der Galaxis" gespielt hatte.

Wo war die Grenzlinie zwischen Luftschloß und zu verwirklichender Prognose zu ziehen?

Lange nagte er an den Lippen, ehe er einen Ansatzpunkt fand: Bei den Hreng konnte er einhaken, denn vom Bevölkerungswachstum hingen die Ausdehnung der künftigen Stadt, die Versorgung mit Arbeitskräften, der Bedarf an Wohneinheiten, an Kleidung, Nahrungsmitteln und tausenderlei anderes ab. Kaum zu entschuldigen, daß er nach drei Wochen Pulasteraufenthalt nicht mehr wußte, als daß jedes Vollhreng einmal im Jahr ein Ei legte.

Gehorsam fischte der Computer die „Populationsdynamik der Hreng, nach G. & Ch. Luivens, 505 a.c.c." aus den Speichern: Unter Optimalbedingungen verdoppelte sich die Hrengbevölkerung in etwas über vier Pulasterjahren! Bei ungebremstem, maximalem Wachstum entfiel bald auf jedes Vollhreng ein halbes Dutzend Springlinge. Kein Wunder, daß der Administrator eine Pille für die Hreng gefordert hatte.

Zusätzlich lockte die Siedlung von überallher neugierige und auf Halbwesendinge versessene Hreng an. Der winzige Malström drehte sich bereits mit saugender Gewalt; und wenn es nicht gelang, das Zentrum des Strudels zu beruhigen, würde er alles zermalmen. Beköstigten sie die Hreng nicht in der Siedlung, würden diese in der Umgebung räubern, bis kein Baum mehr Früchte trug. Bekleideten sie nicht rechtzeitig alle, würden beim nächsten Stachelschein die Verletzten das Hospital mit ihren bloßen Leibern eindrücken. Hier hatte sich der Mensch, der gekommen war, um zu forschen und zu lehren, zu heilen und zu helfen, eine ungeheure Verantwortung aufgebürdet, nach deren Bewältigung ihn die zukünftigen Hrenggenerationen beurteilen würden.

Aber hatten die Hreng nicht seit je glücklich und zufrieden gelebt – trotz des bedrohlichen Eierberges? Weshalb fraßen die Springlinge von Tebit nicht den gesamten Sumpf kahl? – Nur aus einem geringen Teil der Eier schlüpften Hrengbabies. Hier wurden sie aufgelistet, die Feinde des Geleges: Bohrwespe und Oviraptor, Dotterschimmel und Nestwühle. Merkwürdig, daß sie im Mittel genau die überzähligen Eier vernichteten, so daß die Stasis des Sumpfes gewahrt blieb.

Nein, es lohnte sich nicht, an diesem Punkt tiefer nachzugraben, denn in der Nähe der Siedlung versagten offensichtlich die Eiermörder. „Ursache der erhöhten Schlupfrate: Verfall der sozialen Kontrolle. Forschungsergebnisse bei Lich Oulemm abrufbereit." Verschieben wir's!

Fabius gönnte sich eine Verschnaufpause. Von einer wirksamen Zuarbeit für Meridor war er mit seinen Recherchen im Rösselsprung weit entfernt. Ohne die Grundstrukturen des Modells zu kennen, hatte jedes weitere Rechnen, Prognostizieren oder Nachfragen keinen Sinn. Also wünschte er überblicksweise und vergröbert die hauptsächlichen Regelkreise zu sehen. Bunte Fäden verstrickten sich im Projektionsraum zu einem Netz, das das Werk einer wahnsinnigen Vielfarbspinne hätte sein können, und dieses Gebilde war, so versicherte ihm der Computer, die allereinfachste Version, von der weitere Linien zu streichen das Ganze ins Wanken brächte. Wie die Hüllen ausgesaugter Insekten klebten Namen und Formeln an Knoten und Kanten: Energieeinsatz für Transportzwecke, Versorgungsgrad an antireproduktiven Medikamenten, Materialeinsatz je Quadratmeter Geländeerschließung, Qualifikation mittlerer Hrengkader ... Es war mehr, als ein Menschenhirn zu fassen vermochte. Ehe er sich durch diesen Knäuel fitzte, verstrichen Tage und Wochen.

Mißmutig kratzte er an der Konsole des Terminals. Meridor wollte, daß er die Schwachstellen beseitigte. Wo also waren die Modelle nur ungenügend empirisch abgesichert?

Der Computer reagierte auf eine derart unpräzise Mäkelei so herablassend, wie es ihm seine Konstrukteure, selbstbewußte Systemsynthetiker, einprogrammiert hatten. Was Fabius mit „ungenügend" meine, wie er die Grenze zwischen „genügend" und „ungenügend" definiere. Ziele er auf statistische Unschärfen, auf Schätzwerte oder nicht näher dokumentiertes Expertenwissen? Oder beabsichtige er eine Kritik des Modellansatzes? Daß hinter den einzelnen Formeln möglicherweise jeweils eine Bibliothek von Forschungsberichten lauerte, war klar. Ebenso, daß es anmaßend wäre, darauf zu hoffen, sich im Handumdrehen zurechtzufinden, wo sich Dutzende Spezialisten im Irrgarten der eigenen Gedanken verlaufen hatten. Da half nichts, er mußte sich nach Gutdünken stichprobenmäßig mal in diesen, mal in jenen Punkt vertiefen.

Wiederum griff er auf die Springlinge zurück. Irgendwann würden die drei Inseln vor der Küste nicht mehr für die Unmenge an Gelegen ausreichen. Das Modell aber plante einen tendenziell leicht fallenden Aufwand je „Schlüpfling". Nach einer unüblichen Schaltpause verwies der Computer an das Auskunftssystem „Springlingsaufzucht". Dieses jedoch speicherte lediglich die bekannten „Ovipositionsstätten". Fabius wollte bereits kapitulieren, da kam ihm die Idee, sich den prognostizierten Materialeinsatz aufschlüsseln zu lassen. Und tatsächlich, dort waren „Ovidrome", Eierbewahr- und -burtanstalten, vorgesehen. Deren Konstruktions- und Unterhaltungskosten entsprachen umgerechnet dem Aufwand je „Schlüpfling".

Mit sich selbst zufrieden faltete Fabius die Hände hinter dem Nakken. Es war völlig logisch, daß die Hreng nicht bis in alle Ewigkeit ihre Eier in Nestern aus Zweigen und Blättern deponieren würden. Aber durfte man darauf spekulieren, daß sich auch die Ffarhreng in wenigen Jahrzehnten umstellten? Erfahrungen dafür fehlten, denn selbst die eifrigsten Siedlungshreng schwammen wie ihre Vorfahren jeden Frühling nach Nidus Major, Nidus Minor oder Nidulus. Gelang es aber nicht, die Hreng von der neuen Nistmethode zu überzeugen, brauchten sie Platz für die Gelege, Platz, der in den Plänen nicht einkalkuliert war und der einen weitaus höheren Aufwand je „Schlüpfling" nach sich ziehen würde.

Mit diesem Wert wollte Fabius das Wachstum der beiden Städte nochmals durchspielen. Doch sein Arbeitseifer wurde gebremst. Die Rechenkapazitäten des Computers waren ausgebucht. Daß eine Maschine, die den Programmkoloß des ORAKELS regelmäßig abarbeitete, von einem im Vergleich dazu bescheidenen Modell blockiert wurde, war alles andere als normal.

Enttäuscht stoppte Fabius den Simulationslauf. Er war ja nicht auf das Ergebnis angewiesen. So viele Punkte konnten ähnlich im argen liegen. Manche Teile waren gewiß jahrhundertealt, das Ganze erst vor einigen Wochen zusammengestoppelt worden. Mark Sirhan und seine Spezialisten hatten zweifellos Wesentliches beigesteuert ... Wenn er sich nun bei Sirhan erkundigte?

Der Forschungsleiter war über die Störung wenig erbaut. Selbstverständlich stehe er hinter „Pulaster Global", im Rahmen des gegenwärtigen Status cognoscendi allemal. „Hast du Unstimmigkeiten entdeckt? Das sollte mich wundern."

Fabius stotterte etwas von den Aufwendungen je „Schlüpfling", Sirhan grinst ihn mit der einen Gesichtshälfte an, dann erklärte er, sich langsam erinnernd, daß derartige Größen wohl kaum die Dynamik entscheidend beeinflußten.

Höflich entschuldigte sich Fabius für die Unterbrechung, er habe ja nicht geahnt, daß Sirhan so beschäftigt sei.

„Glaub nicht, daß wir, während die Hreng sich vergnügen, hier Däumchen drehen. Weißt du, was es heißt, von pflanzenphysiologischer Grundlagenforschung weg auf die Konstruktion stachelresistenter Nutzarten umgepolt zu werden? Ganz zu schweigen von zugleich hrengfesten und hrengfreundlichen Geweben. Nicht zu vergessen die langwierigen Tests mit dem Resorptionsmittel. Und zu allem Überfluß sollen wir jetzt ältere Springlinge als Laboranten ausbilden. Grosser, wir brauchen neben Meridor niemanden, der uns Zeit stiehlt." Er bemerkte, daß er sich an einem Unschuldigen abreagierte und kaschierte es durch einen grimmig-schiefen Nun-schalt-aber-ab-Blick.

Ohne zu wollen, hatte er Fabius ein Stichwort geliefert: Stachelschein.

Die Meteorologie, lautete Sirhans knappe Antwort, sei Angelegenheit der OrbStation, was aber die Auswirkung noch unbekannter Expositionsperioden auf eine undefinierbare künftige Landwirtschaft anbelange, das stehe in den Wolken. „Wir sind vielleicht nur armselige Bodendienstler, Antriebswissenschaftler Grosser, doch unser Metier beherrschen wir."

Einige einfühlsame Bemerkungen stimmten Sirhan gnädiger. Man wollte ja miteinander auskommen. Man wußte ja, daß jede einschneidende Planänderung viel Wirbel und Hektik verursachte, wozu sollte man sich das Leben noch gegenseitig erschweren.

„Übrigens, Grosser, du blockierst nicht zufällig unsere Rechenkapazitäten? Nein? Wird hoffentlich keine Folge des Unwetters sein."

Mit einem kurzen Gruß trennten sie sich.

Ratlos lehnte sich Fabius zurück. Grau war die Zimmerdecke weit über ihm. Morgen landete Iris. Ab morgen war er nicht mehr allein. Wenn er nur eine Idee hätte, ihr sein Mißgeschick schonend beizubringen, er riefe sie sofort an. Sie würde ihn unterstützen, und zu zweit würden sie diese vertrackten Prognosen so geschwind wie sonst nur Georgia zusammenbasteln. Zu zweit gelang es ihnen eher, einen Ausweg für Gabriell zu ersinnen. Zu zweit ...

Ein kurzes Signal ertönte. Gewiß Effarig, die Nervensäge. Bitte, heute konnte er mit Resultaten aufwarten: Nicht eingerechnet die Details, die noch zu untersuchen wären, bauten sämtliche Modelle auf der naiven Annahme auf, daß die Hreng alles, was man ihnen auftischte, hübsch brav akzeptierten. Daß sie wie gesittete Erdenbürger oder disziplinierte Kosmonauten spurten. Daß sie, wenn man sie nur recht überzeugte, ihre Traditionen vergäßen und ihre Lehrmeister nachäfften. Möglicherweise taten sie's. Das wollte er, der Neuling, weder behaupten noch bestreiten. Möglicherweise sahen sie den Nutzen für sich ein ... Falls nicht, lag die Zukunft Pulasters im Zwielicht des Ungewissen.

Der Bote

Eine schwache Brise kräuselte die Wasserfläche des Astroports. Dunst verschleierte den dunklen Dschungel. Fast zwei Jahre der Trennung waren für Fabius vorüber. Ein Lob der Flotte, die ihre Schiffe so pünktlich von Stern zu Stern sandte!

Vor eindreiviertel Jahrhunderten hatten sich ihre Wege geschieden, nach dem kurzen, aber heftigen Streit im Schein des boshaft roten Überriesen Lanus A. Iris hatte darauf bestanden, nach Lanus B, der kleineren Komponente des Doppelsternes, überzusetzen; er darauf, mit dem nächstbesten Schiff zurück nach Sol zu fliegen. Noch in letzter Stunde hatten sie Pulaster als Treffpunkt vereinbart. 1007 a.c.c. oder 3110 irdischer Zeitrechnung betrat er Ganymed; Iris reiste unterdessen von Lanus B nach Gamma Virginis und von dort zum Charon, dem neuen „Raumbahnhof" an den Grenzen des Sonnensystems, von wo sie erst 1019 a.c.c. mit der FLAMMARION startete.

Dank ihrer höheren Geschwindigkeit holte sie sein Schiff, die HYPATIA, auf dem Flug nach Pulaster fast ein; zwölf Jahre Differenz schrumpften auf einen Monat – genau wie es die Flottenzentrale vor nunmehr zweihundert Jahren geplant hatte.

In der gesamten Galaxis existierte nichts Verläßlicheres als das „prästabilierte Uhrwerk“ der lichtschnellen Flüge, denn von ihm hingen Wohl und Wehe des Dutzende Parsec weiten Flottenreiches und das Schicksal der raumfahrenden Menschen ab. Wenn irgend etwas Iris' Ankunft noch verzögern konnte, dann war es die pulastrische Nässe.

Obwohl es im Moment nicht regnete, tropfte Wasser von den bauchigen Markisen, die vor den Baracken aufgespannt waren. Zwei mißmutige Bodendienstler wuchteten einen Tisch aus den weiß und kalt erleuchteten Innenräumen. Ein flottenblaues Transparent war vom Dach gestürzt und ersoff nun langsam in den uferlosen Pfützen: „Pulaster grüßt den Sektorchef“. Auch der neue Lack blätterte bereits von den Wänden. Kein Ehrenkomitee empfing die Fähre. Allein Fabius und Nozaki warteten.

Mit sichtlichem Genuß zog der Flottenveteran an einer perlmuttschimmernden Pfeife. Aus dem Regenumhang ragte der Rollkragen eines grau und rostrot gestreiften Pullovers heraus.

„Ob sie die Landung bei dem Wetter wagen?“

„Weshalb nicht?“ Nozaki deutete auf die beiden Bodendienstler. „Umsonst stellen die keinen Abfertigungstisch auf.“

Eine langgestreckte Echse huschte platschend über die Piste. Wie Watte klebte der Nebel an den Bäumen. Welch trister Empfang für Iris! Ohne Musik und ohne Blumen, es sei denn, er pflückte rasch eine Handvoll Grünzeug. Kein Raumhafenhreng würde sie willkommen heißen. Als er damals aus der Fähre stieg, war Gabriell vor ihm her getrabt ...

„Habt ihr euch tatsächlich nicht angerufen?“

Fabius schüttelte den Kopf. Wieviel schöner hatte er sich das Wiedersehen mit Iris ausgemalt! Hell und sonnig. In übersprudelnder Laune. Aber Pulaster hüllte alles in Grau, auch die Gefühle. Er hatte das schlimme Gespräch aufgeschoben, jetzt war es zu spät, Iris auf den Bildschirm zu zaubern und sich die Last von der Seele zu reden. War er Iris nicht stets ein Klotz am Bein gewesen mit seiner langsamen Auffassungsgabe, der mühsamen Laufbahn – und nun mit der unheilbaren Krankheit, die ihn auf einem trübsinnigen Planeten festbannte?

„Als ich das letztemal eine Freundin von einem Astroport abholte, auf diesem winzigen Mond von Alioth IV, sind wir vor Freude so ungestüm mit unseren Skaphandern gegeneinandergeknallt, daß die Helmscheiben Risse bekamen ...“

„Und wen willst du heute in die Arme schließen?“

„Ich?“ Nozaki nahm die Pfeife aus dem Mund und tippte sich mit dem Stiel gegen die Brust. „Ich bin nur neugierig, als Rentner liebt man die Abwechslung. – Außerdem will ich dir helfen, deine Iris zu begrüßen.“ Er zog einen zerknautschten, prachtvoll bunten Blumenstrauß unter dem Regenumhang hervor. „Aus dem eigenen Garten. Wenn du ihn lieber überreichen möchtest?“

Gerührt lehnte Fabius ab.

„Schade, daß ihr eure Zelte nicht bei mir draußen aufschlagen wollt, der Platz ist erstaunlich trocken, trockener jedenfalls als die Siedlung, und herrlich ruhig. Manchmal sogar zu ruhig.“

Das würde sich ändern. In einem Dutzend Jahren würde die wachsende Stadt Aristids einsames Anwesen überrollen. Wie hatte er es überhaupt bewerkstelligt, nun doch im verbotenen Hrengland wohnen zu dürfen?

„Das ist allein Sadhanas Verdienst. Meridor hatte seine Bulldozer schon von der Leine gelassen, da stieß sie auf den entscheidenden Dreh: Was Hreng gebaut haben, darf der Mensch nicht abreißen. Ergo wohne ich bei ihnen sozusagen in Untermiete. Und solange ich sie nicht beim Mittagsschlaf störe, werden sie mich nicht in den Schlamm befördern.“

Ein einzelner Flugsaurier schwebte in einen nahen Baum und glättete sorgfältig die ledernen Flügel. Dann kippte er in seine Schlafposition und hing, mit dem Kopf nach unten und in die Flügel eingewickelt, da wie eine Fledermaus. Die Frösche nutzten das Ausbleiben der Fähre und veranstalteten mitten auf der Piste einen ohrenbetäubenden Quakwettbewerb.

„Ich fürchte, die Fähre fällt heute aus.“

„Weshalb bist du nur so nervös, Fabius? In ein paar Minuten hältst du dein Glück in den Armen. Ich sollte dich direkt beneiden. Traute Zweisamkeit ist das einzige, was mir zur Seligkeit fehlt.“

Platsch, platsch, platsch, schlenderte Fabius zu den beiden Bodendienstlern, die einige Geräte auf dem Tisch von links nach rechts und von rechts nach links sortierten. „Kommt die Fähre nun bald?“

Sie musterten Fabius wie einen vorwitzigen Springling.

„Sie kommt, oder sie kommt nicht.“

„Wenn sie heut nicht kommt, dann kommt sie morgen.“

„Du verpaßt dein Schiff schon nicht, Kumpel.“

Unbegreiflich, daß Meridor zwei volle menschliche Arbeitskräfte damit beschäftigte, Tische hin- und herzurücken! Als ob keine dringlicheren Aufgaben existierten! Platsch, platsch, platsch, stakste Fabius zu Nozaki zurück.

Plötzlich verstummte das Froschkonzert. In flachen Sprüngen räumten die grünen Wettsänger die Piste. Dann geschah alles in wenigen Augenblicken. Ein anschwellendes Donnern; wie ein Ziegel fiel die Fähre weit über dem Dschungel aus den Wolken, bremste ab, setzte, eine Wasserwand vor sich her schiebend, auf, pflügte brausend und pfeifend durch die Pfützen heran. Der Flugsaurier lugte einen Moment zwischen den Flügeln hervor, er schloß sie gleich wieder. Ein Lastschweber mit Bodenpersonal preschte auf die Fähre zu.

Fabius rieb sich die Ohren, in denen es nachdröhnte, dann folgte er dem Schweber.

„Möchte wetten, so eine Wasserlandung ist günstiger", meinte Nozaki, „willst du nicht doch den Blumenstrauß?"

Die Ladeluke der Fähre war bereits aufgeklappt, auch die Gangway schwang nun heran. Die Schleuse öffnete sich, der erste Passagier erschien in ihrem Oval.

„Stell dir vor, wenn der Sektorchef Meridor übertölpelt hat und plötzlich aufkreuzt! – Aber das ist doch ..." Nozakis Gesicht zog sich in die Länge, er verlor die Pfeife aus dem Mundwinkel; Fabius bückte sich nach ihr.

„Diese Ähnlichkeit! Das gibt es nicht ..." Fassungslos starrte Nozaki auf die Gangway. Zwei Mann vom fliegenden Personal, eine dralle Frau in glänzendschwarzen Stiefeletten und drei geschniegelte Flottenpraktikanten stiegen herab.

„So ein Teufelsweib! – Serpika!" Nozaki hastete davon, der Frau in den schwarzen Stiefeletten entgegen. Eine jüngere Raumdienstlerin trippelte unschlüssig am oberen Ende der Gangway auf und ab, eine andere drängte sie beiseite – was trödelte Iris nur!

Nozaki übermannte die Wiedersehensfreude. „Du bist größer geworden, mein Mädchen."

„Und du eingegangen, mein Kosmonaut."

Der Blumenstrauß schwamm im dreckigen Wasser, immer wieder umhalsten sie sich. Ein Bodendienstler verschloß die Schleuse und bummelte gelangweilt die Gangway herunter. Wo war Iris? Er hatte doch aufgepaßt, sie konnte ihm nicht entwischt sein. War sie erkrankt? Hatte sie den BioCheck nicht rechtzeitig absolviert? – Dieser Flottenrentner führte sich auf wie ein junger Fant, leckte der Frau geradezu das Gesicht ab. Ekelhaft!

Fabius zerrte den Kragen seines Zweithemdes weiter. Iris hatte ihn versetzt. Er grub die geballten Fäuste in die Taschen des Overalls und stemmte sie nach unten, daß der Stoff ihm in die Schultern schnitt. Iris – aus und vorbei! Er schluckte eine Beruhigungspille.

Fünf Schritt neben ihm löste sich der platonsche Doppelmensch endlich in seine Bestandteile auf.

Nozaki tänzelte mit gerötetem Kopf heran. „Darf ich dir Serpika vorstellen? Sie hat gewonnen. Diesmal hat sie mich festgenagelt."

„Zweihundertsiebzig Jahre habe ich auf Eis gelegen, um ihn einzukriegen", lispelte sie glücklich.

„Na denn willkommen auf Pulaster!" Fabius' Tonfall war so frisch und lebensfroh, daß ihm selbst davor gruselte.

„Du bist Fabius Grosser, XXVI., nicht wahr? Dann möchte ich dir etwas überreichen." Sie kramte aus der ausgebeulten Seitentasche ihres Kleides einen faustgroßen Plastwürfel hervor.

Das Herz krampfte sich Fabius zusammen: ein Bote. Die Arme

umeinandergeschlungen, schlenderten Nozaki und Serpika zum Empfangstisch vor den Baracken. Iris hatte ihm einen Boten geschickt. Seine Finger schlossen sich um den Würfel und preßten zu, als wollten sie ihn zermalmen. Einen Boten …

Er hob den Würfel vor sein Gesicht und aktivierte ihn. Blitzartig erhellte sich dessen Bildschirm und gab den Blick in eine Kabine frei. Iris saß unter dem in rötlichen Tönen schwelgenden Bild des glühenden Planeten Palrym, das sie selbst gemalt hatte.

Ein Kopfnicken, sie war zum Leben erwacht. „Es schmerzt mich, Fabi, dich enttäuschen zu müssen." Sie beugte sich vor, als könne sie ihn so besser sehen. „Aber wie hättest du an meiner Stelle gehandelt? Mein sehnlichster Wunsch ist in Erfüllung gegangen – und gänzlich überraschend." Eine weiche, strahlende Aura umgab ihr Antlitz, hervorgerufen von dem Kondenswasser, das sich am Bildschirm niederschlug. „Mir wurde ein eigenes Schiff anvertraut, hörst du, ein eigenes Schiff! Wie konnte ich da nein sagen."

Der Lastschweber brauste, Gischt aufwirbelnd, an Fabius vorüber. Er bemerkte es nicht.

„Wenn du den Boten in der Hand hältst, habe ich bereits das Kommando übernommen. Die PYRRHUS ist das phantastischste Schiff, das die Werften im Belt je gebaut haben, ein Langstrecken-IS-Raumer mit drei Tera-Triebwerken, der auf fünf Lichtjahren bis 0,95 c beschleunigt und dann noch stabil fliegt, mit einem Dutzend Exkursern der Lichtmonatklasse und einer Intellektronik, die alles Dagewesene in den Schatten stellt. Bestes, allerbestes XXXII. Jahrhundert."

„Muß ja ein tolles Schiff sein."

„Du freust dich doch mit mir, nicht wahr?"

„Gewiß …"

Iris glitt in die Tiefe der Kabine zurück. „Es ist wirklich bedauerlich, Fabi, daß wir uns so sang- und klanglos trennten, du fehlst mir sehr."

„Glaubst du, du mir nicht?"

„Natürlich, Fabi. Aber schau, du kannst mich wieder einholen. In höchstens drei Jahren SubjZeit, wenn du mit der FLAMMARION weiterfliegst. Meine Weltlinie ist die folgende …"

Das hatte sie sich fein ausgedacht, er schipperte ihr nach wie eh und je …

„Unmöglich, Iris." Seine Finger zitterten. Er faselte etwas von Kältesarg und Immunsystem, als stünde er ihr tatsächlich gegenüber.

„Nichts ist unmöglich, Fabi. Alle technischen Probleme sind technisch lösbar." Sie lächelte zuversichtlich. „Meine Weltlinie kennst du ja nun."

Es war zwecklos, ihr seine Lage zu erläutern. Unsinnig überhaupt, mit ihr zu diskutieren, mit ihr – mit dem Boten, dem Würfel, dem Programm, das ihre Psyche widerspiegelte und ihre Reaktionen imitierte. Allenfalls konnte es Kontakt vorgaukeln und verstaubte einseitige Botschaften übermitteln. Die wirkliche Iris war unendlich weit entfernt.

„Du bist für mich unerreichbar, Iris." Ihr Bild verschwamm vor seinen Augen. Er sprach nicht mehr zu dem Würfel, sondern zu der für immer verlorenen Gefährtin.

„Es gibt kein Unerreichbar, Fabi. Wir lieben uns, da sollten Raum und Zeit zu einem Nichts dahinschwinden. Laß dich einfrieren, Fabi, und warte auf mich." Die Würfel-Iris lächelte mild und jugendhaft wie damals in Kokkygia, doppelt verlockend durch die schimmernde Aura.

„Ich kann nicht, und ich will nicht, Iris. Ich bleibe hier."

Sie hob die Hand, um etwas zu erwidern. Auf jede Bemerkung würde sie etwas erwidern und sich dabei ewig im Kreis drehen, roboterhaft und verständnislos. Seine Finger strichen über die glatte, nasse Oberfläche des Würfels. Das Bild erlosch. Langsam steckte er ihn in die Tasche, berührte dabei eine Plakette: die ZAHL.

Nun trug er deren zwei mit sich herum, denn diese automatische Iris war nichts anderes als jene hochgerühmte Weltsensation, die ZAHL: eben ein Programm, das, wenn man es richtig ansprach, auf ein paar Fragen antwortete und das, zweckmäßig codiert, sich als eine Folge von Ziffern darstellen ließ.

Der Bodendienstler hinter dem Tisch schaute nicht von seinen Geräten auf. „Na, frisch aus dem Raum?" erkundigte er sich.

Frei und ledig

Trotz einer Munterpille saß Fabius bleiern und zermürbt am Computer. Nur aus reinem Pflichtbewußtsein tippte er dann und wann einen wenig zweckmäßigen Befehl ein. Trauer und das Gefühl grenzenloser Einsamkeit wollten nicht weichen. Durch den grauen Projektionsraum stierte er in das Dunkel seiner Zukunft. Er hatte keinen vertrauten Menschen mehr. Die Eltern und Luisa waren längst tot – so wie er für Iris. Wofür strengte er sich noch an? Ohne Iris war sein Leben leer und sinnlos. Am liebsten ließe er sich einfrieren und ihr den Kältesarg nachschicken. Sollte sie seine Leiche auftauen! Es gab einfach nichts, auf was er sich freuen konnte, niemand brauchte ihn. Niemand? Doch, einer war ohne sein Eingreifen verloren: Gabriell. Der Schmerz um Iris hatte ihn in den Hintergrund gedrängt. Um ihn sollte er sich vor allem kümmern. Meridor und der Astroport konnten warten.

Fabius sprang auf und fühlte sich plötzlich voller Energie. Er eilte von der Materialausgabe zu Lichs Haus, von der Ladestation zum

Fuhrpark, von der Forschungsabteilung zum Hafen. Holte sich hier ein Zeltmolekül, da einen Satz Energiezellen, verlangte dort einen Schweber, wofür man ihn auslachte; er beschwor Lich, ihm die wichtigsten Verhaltensregeln Hreng gegenüber aufzulisten, überredete die Chemiker, für ihn ein Hrengschlafgas zu mixen, inspizierte – alles angeblich in Meridors Auftrag – die Boote im Hafen, erbettelte bei dem einen ein federleichtes Plasttau, bei dem anderen ein Paar „unsinkbare" Sumpfstiefel, bei dem dritten eine Infrarotbrille. In der allgemeinen Hektik mit ihrem Hin und Her von Menschen und Material, in den überstürzten Entmottungsaktionen von altertümlicher Technik fielen seine privaten Hamsterzüge nicht auf. Verwalter wie Techniker stritten sich des neuen Astroports wegen um Energiekontingente und Baracken, um Baugerät und vor allem um die wenigen wasserfesten Universalroboter. Ein Fabius Grosser schlängelte sich da erfolgreich durch.

Das Unwetter hatte überall Unordnung gestiftet: Schlammsträhnen und lose Steine auf den Wegen, Büsche mit bloßgelegten Wurzeln in den Vorgärten, herangespülte Pflanzenteile. Es war, wie man Fabius verschiedentlich versicherte, nicht die erste Überschwemmung, es würde auch nicht die letzte sein.

Mehrmals kreuzte Sadhana seinen Weg. Sie entfaltete ebenfalls eine enorme Geschäftigkeit und sprach mit allen Bodendienstlern: pro Generalversammlung oder contra? Befürworteten sie den Bau des Astroports? Aus welchen Gründen?

Sadhana und er lachten bei jeder Begegnung. „Na, Erfolg gehabt?" – „Na, Erfolg gehabt?" – Die Siedlung war eben eng und überschaubar wie eine mittlere Raumstation.

Eins um das andere verfrachtete er die Beutestücke in sein Appartement. Ein um das andere Mal lief er an Georgias Tür vorüber; prikkelnde Gedanken beschlichen ihn. Dort drinnen saß sie, rechnete sie vermutlich. Was, wenn er nun anklopfte, einträte und sich bitter, bitter über Iris' Untreue beschwerte …?

Er war verschwitzt und wollte sich waschen. Doch aus dem Wasserhahn quälten sich nur einige milchige Tropfen, dann gurgelte es hohl in der Leitung. Auf einem Planeten, wo jedes Hälmchen, jedes Blatt troff, versagte die Wasserversorgung! Der dunkle, geheimnisvolle Unterbau der Pyramide, in den sich seit Jahrzehnten kein Mensch verirrt hatte, war zu großen Teilen überflutet. Über welche Rohre oder Risse das Wasser eingesickert sein mochte, wußte niemand; es wurde gemunkelt, daß als nächstes die Energie ausfiele.

Jetzt erst wurde Fabius der Menschenauflauf in den unteren Etagen bewußt, jetzt erst begriff er, was die Unmengen Dreck und Schlamm auf den Korridoren verursacht hatte und wozu die dicken Schläuche dienten. „Hrengarbeit" schimpften die Techniker, die ihre verzärtelten Roboter nicht dem Naß aussetzen wollten. Nicht einmal die Computer rangen sich zu einer präzisen Aussage durch, was wo gestört sein könnte. Es fehlten eindeutig die Hreng, die die Anlage in eigener Regie warteten.

Die Havarie hatte eine besonders lästige Seite. Wie sonst die Springlinge rannten nun die Menschen ins Freie, um ihre Notdurft zu verrichten. Direkt hinter der Pyramide hatte man eigens dafür ein Karree abgesteckt und mit Plastbahnen vor neugierigen Blicken geschützt. Da Fabius keine andere Bleibe hatte als sein Appartement, war er gezwungen, mit diesem Behelf vorliebzunehmen. Zum Händewaschen baumelte ein Schlauch von einer Stange.

Am Nachmittag trieb sich Fabius in den Hangars herum. Die beiden Reparateure, die aus dem XXVI. Jahrhundert stammten, empfingen ihn wie einen verlorenen Sohn, wehrten aber seine Vorstöße auf einen Schweber mit einem grimmigen Lächeln ab.

Diesmal traf er Sadhana beim Hospital, wo sich als einzige in der Siedlung die Hrengmediziner langweilten und über jede Abwechslung freuten. Sie bepackten Fabius für alle Eventualitäten mit Medikamenten, es waren mehr, als er zu fordern gewagt hätte.

Allmählich verscheuchte eine ungewohnte Leichtigkeit die schwermütigen Gedanken um Iris. Eine ansteckende Fröhlichkeit ergriff ihn und verschaffte ihm Zugang zu den Menschen. Ausrüstungsstück um Ausrüstungsstück schwatzte er ihnen ab. Übermütig vor sich hin pfeifend, marschierte er zur Pyramide zurück.

Ich bin frei, jubilierte es in ihm, unglaublich frei. Ich schwimme nicht länger im Schlepptau von Iris und darf endlich für mich allein entscheiden ohne fesselnde Rücksichten. Ade, Hydro/Hydriker! Ich beginne von vorn – weshalb nicht auf Pulaster? Das ist eine Welt so gut wie jede andere, und hier habe ich eine Aufgabe, hier zähle ich, gehe ich nicht unter im Ameisenhaufen der Menschheit. Sogar Freunde habe ich gewonnen, und wenn es mir noch gelingt, Gabriell aus den Klauen des Sumpfes zu reißen, bin ich der glücklichste Mensch auf diesem Planeten. Soll es doch tröpfeln oder in Strippen gießen, soll doch der Nebel aus allen Ritzen kriechen, ich bin frei, unglaublich frei, nichts kann daran rütteln!

In dieser Hochstimmung eilte er aus dem Lift, warf die Arzneipäckchen auf sein Bett, klopfte an Georgias Tür, stieß sie sacht auf. Das Zimmer wurde von spärlichem Licht erhellt, das durch die Glaswand zur Terrasse fiel. Niemand zu Haus?

Die Tür zum Bad – sie bewohnte ein „komplettes" Appartement, kein halbes wie er – stand offen, die Leuchtleiste über dem Waschbecken spiegelte sich in der Badewanne, diese war bis an den Rand mit Wasser gefüllt. Prachtvolle Georgia, den anderen immer um eine Nasenlänge voraus!

Georgia ruhte bäuchlings auf dem Bett, das kupferrote Haar im

Gesicht, so als hätte sie mitten in ihren Berechnungen ein unwiderstehliches Schlafbedürfnis überwältigt.

Ganz leis und behutsam näherte er sich. „Georgia?“

Sie schlug die Augen auf. „Komm zu mir!“

Er kniete vor dem Bett nieder, streichelte ihr über die warmen Wangen.

Sie drehte sich auf die Seite, faßte seine Hand. „Ich gehe fort, Fabi.“

Er war nicht überrascht, nur eine stille Wehmut durchpulste ihn. Georgia würde der ZAHL folgen, und sei es bis ans Ende des Raumes, ans Ende der Zeit. Sie würde diesen Planeten verlassen, der für sie öd und leer war wie all die anderen, auf denen sie vergeblich nach den Außerzeitlern geforscht haben mochte.

„Auch ich habe eine Neuigkeit, Georgia.“

Sie zog seine Finger an ihren Mund und drückte die Lippen darauf. „Ich habe mir vor Tagen die Passagierliste besorgt. Mußte mich doch vergewissern, ob meine so übermächtige Konkurrentin …“ Wie weich ihre Lippen waren!

„Kannst du nicht ein oder zwei Schiffe überspringen? Sie laufen dir nicht weg, deine Außerzeitler.“

„Vier Jahre auf das nächste Schiff warten? Ich stürbe vor Langerweile.“

Sie strich ihm durchs Haar – es war bestimmt dreckig und verklebt –, kräuselte beim Ohr ihre Finger hinein.

„Sei nicht traurig, Fabi. Aber weißt du, tief in mir sitzt so eine Art Dorn. Kaum niste ich mich irgendwo ein, sticht er zu. Und ich bin nicht für Planeten geschaffen, als Beltkind … In meinem Zimmer gab es ein gläsernes Fenster, und gleich dahinter begann die Unendlichkeit mit den Sternen, unter denen ich gespielt habe. Jeden einzelnen von ihnen kenne ich mit Namen. Was waren das für herrliche, klare Tage unter dem sternbesäten, schwarzen Himmel. Doch als Zweitgeborene mußte ich ausziehen, denn der Wohnfels bot nicht genug Platz und nicht genug Luft für zwei Familien … Sie sagen, ich sei umgestellt, angepaßt worden. Aber diese trägen Himmelskugeln lasten auf mir im Schlaf. Von überallher bedrängen mich ihre Gase. Und ich vermisse die Sterne.“

Er stützte sich auf ihr Lager, sie hatte die Augen halb geschlossen. Arme Georgia. Sie hatte soviel verloren wie er.

„Manchmal glaube ich an das Wiederkehrtheorem, Fabius, an den Weg nach vorn/zurück. Mich wird es so weit in den Vorkegel hineintragen, daß ich die Epoche erleben werde, in der wir Menschen die letzte Erdenschwere abschütteln. Wir haben bislang Einsteins Vermächtnis nur bis zur zweiten Dezimale erfüllt, erreichen 0,99 c, mehr nicht, die Außerzeitler vermögen unvergleichlich Größeres.“

Präg dir diese Züge gut ein, Fabius, du bist an einem der raren

Brennpunkte deines Daseins, einem ewigen Augenblick, den du nimmer vergessen wirst, merke dir jedes Zucken der Wimpern, jeden Hauch ihres Wesens.

„Manchmal glaube ich, daß wir Menschen dereinst die Außerzeitler sein und frei und ledig über Raum und Zeit gebieten werden. Befreien wir uns nicht Stück für Stück aus ihrer Verschlingung?"

„Und du hast keine Angst vor dieser Freiheit, diesem Ledigsein?"

Sie sah ihn versonnen an. „Doch. Genau die gleiche wie stets, wenn ich mich dem Kältesarg anvertraue. Man weiß nie ..."

„Vielleicht sollten die Außerzeitler besser ein Mythos bleiben, ein transparentes Ideal, dem man nachstrebt, zu fein gesponnen für die Realität. Wie enttäuschend muß es sein, ihre Geheimnisse in Banalitäten aufzulösen."

„Fabi, Fabi!" Eine Welle von Heiterkeit schüttelte sie. „Du Ahnungsloser!"

Er kämpfte, die Füße gegeneinander streifend, mit seinen Schuhen. Dann polterten sie zu Boden.

„Erinnerst du dich, wie ich im Regen vor deinem Zelt hockte? Du hattest dich zugeknöpft, und ich war zu vornehm, nein, zu eitel, einfach zu dir zu kriechen. – Ach, was schwatze ich vom Wetter und von der Zeit! Der Zeit, von der wir sowenig haben."

„Fenster schwärzen!" befahl Fabius.

Umschwung

Effarig, leicht grünstichig auf dem Bildschirm des Reifs, drängte. „Du wirst eine Überraschung erleben", versprach er.

Wenig erfreut und überhaupt nicht neugierig stieg Fabius in den Lift. Das Herbeizitieren war noch immer ein Vorrecht des Leiters. Wo ein simples Telefonat genügt hätte, beorderte man den Betreffenden, der auf der Stelle seine Arbeit hinzuwerfen hatte, in persona zu sich. Über den Grund ließ man ihn besser im ungewissen, womöglich sammelte er sonst Argumente. Sollte er lieber in seinem Gedächtnis nach Fehltritten forschen!

An einem gab es nichts zu deuteln: Meridor würde rügen, daß er, statt eifrig Prognosen zusammenzuzimmern und Löcher im Modell zu stopfen, durch die Siedlung strich und eine in den Augen des Administrators unsinnige Aktion vorbereitete.

Diesmal empfing ihn Effarig eher gutgelaunt und ohne hinterhältige Freundlichkeit. Welche Überraschung er meine? „Aber, Fabius, dann wär's ja keine mehr." Er rückte mit wichtiger Miene ein CompuBuch beiseite und raunte geheimnisvoll: „Ist eine angenehme Neuigkeit. Wirst staunen!"

Einladend öffnete sich die Tür zu Meridors Arbeitsraum. Der Administrator wirkte abgespannt. Er brütete, den Kopf in beide Hände gestützt, über einer Landkarte, die rechts und links von seinem Schreibtisch herabhing. Fabius hüstelte.

„Grosser, bitte, nimm Platz." Er schob ein metallenes Kästchen mit einem Speicherkristall quer über das Ichthyornisatoll. „Ich muß ein ernsthaftes Wort mit dir reden."

Also die gefürchtete Abfuhr. Der wollte Fabius die Spitze brechen. „Ich sorge dafür, daß Gabriell freigelassen wird. Danach werde ich mit ganzer Kraft ..."

„Das hat seine Wichtigkeit verloren." Meridors Hand klopfte in einem gedehnten Rhythmus auf den Südkontinent. „Tja, Grosser, habe dich verwaltungstechnisch überall abgemeldet. Wirst, wie geplant, deinen Flug fortsetzen." Seine Finger spreizten sich bis zum Stürmischen Ozean. „Dein Problem ist gelöst."

Fabius traute seinen Ohren nicht. Die Biochemiker hatten ihm nicht den geringsten Hoffnungsschimmer gelassen.

Das Gesicht des Administrators war fahl, deutlich zeichneten sich die Falten auf der Stirn und um den Mund ab. „Dein Kältesargproblem meine ich." Er blickte Fabius an – einen Raumdienstler, der ab sofort aus seinen Projekten ausschied.

Einen individuellen Typ von Anabiosekammer herbeizuzaubern, das freilich könne keiner. Zumindest nicht so schnell und nicht auf Pulaster. Es müßten ja ein neuartiger Hilfsmetabolismus erfunden, andere Moleküle synthetisiert, die physiologischen Parameter aufs delikateste justiert werden, nein, auch ohne Fachmann zu sein, wäre verständlich, daß die Biochemiker daran scheitern mußten. Leider hätten derartige Überlegungen für eine Weile die Sicht auf den Ausweg verstellt.

„Simplissime ausgedrückt: Wenn an der Anabiosekammer nichts verändert werden kann, muß man eben deren Benutzer anpassen. Nun schau nicht so entgeistert, Grosser, niemand will dich kyborgisieren. Wir leben ja nicht mehr im XXIII. Jahrhundert."

Er verschränkte die Finger ineinander und bog sie nach hinten durch, daß Fabius jeden Moment auf ein Krachen gefaßt war.

Sein, Grossers, Mißgeschick habe schon andere ereilt. Das Expertensystem habe zwei Präzedenzfälle ausgegraben: 487 a.c.c. auf der HANUMAN bei Formalhaut und 752 a.c.c. auf der LAPIDIMOLITORES bei Phekda, abgesehen von den wenigen Tragödien, bei denen ein Mensch nicht aus dem Kälteschlaf erwachte. Beide Male waren die Betroffenen so gut wie verloren, denn es existierten keine Basen bei Formalhaut und bei Phekda; Rückflug oder Tod hieß die Alternative. Jedenfalls sei die Lösung lächerlich einfach. Ein Immunsystem, das nicht spure, allergisch auf die Kammer reagiere, müsse ausgeschaltet werden. „Auf welche Weise? Da frage die Spezialisten, Grosser. Du wirst dich lediglich einer ausgedehnten medizinischen Prozedur – in der OrbStation, nicht auf dem verseuchten Planeten – unterziehen. Die Zeit bis zum Start der FLAMMARION reicht dafür allemal."

Effarig hatte nicht zuviel versprochen. Fabius starrte auf den bräunlichen Kontinent Arktika und wußte nicht, ob er glücklich sein sollte oder nicht. Den Gedanken, je wieder Wasserstoffdichten zu berechnen, hatte er längst aufgegeben. Und nun eröffneten sich ihm aufs neue die vertrauten Perspektiven. Er würde fliegen. Als Hydro/Hydriker. Er war wie vordem Raumdienstler, konnte – falls er noch wollte – Iris nachjagen oder Georgia begleiten. Lich, Nozaki und Sadhana schrumpften zu Eintagsmenschen, und mit ihnen wurden ihre Probleme unwichtig und lächerlich, und Pulaster verwandelte sich in das, was diese winzige, entlegene Weltenkugel von Anfang an hatte sein sollen: ein Intermezzo, ein Urlaubsabstecher.

Er hatte nicht übel Lust, die Mühseligkeiten und Einschränkungen des Planetendaseins abzustreifen, frei zu sein wie die Außerzeitler, nirgendwo verhaftet und über die kleinliche Geschäftigkeit am Grunde des Luftozeans erhaben. Aber dieses Gefühl trog. Er hatte sich mit Pulaster eingelassen und mußte, wollte er es nicht zeitlebens bereuen, erst die Scherben kitten, die sein Ungeschick verursacht hatte. Erst wenn Gabriell in Sicherheit war, durfte er starten.

Meridor massierte sich die Stirn. Kopfschmerzen. Er schluckte eine Pille. Ob Grosser noch Fragen habe.

Nebenwirkungen?

Der Administrator zuckte mit den Schultern. Freilich müsse er seine Freiheit erkaufen. „Wirst nie wieder einen besiedelten Planeten betreten, nie wieder eine größere Station besuchen dürfen, schon gar nicht Terra, von wo all die Krankheitserreger stammen, gegen die dein Körper keine Verteidigung mehr besitzt."

Ein zu hoher Preis?

„Grosser, seien wir nicht kleinmütig. Ein, zwei IS-Passagen, und dich katapultiert es so weit in den Vorkegel, daß du primo in den Genuß der nächsten, verbesserten Generation von Anabiosekammern gerätst und daß secundo die Medizin hinreichend fortgeschritten sein wird, um entweder jeden gefährlichen Keim auszurotten oder dir dein Immunsystem zu restaurieren. Zufrieden?"

So direkt angesprochen, verhaspelte sich Fabius. Der Umschwung käme zu abrupt, zu unerwartet. Ein tiefer Atemzug. „Außerdem ist es meine Pflicht, vorher Gabriell zu retten."

Eine steile Falte der Betrübnis bildete sich auf Meridors Stirn. Auch ihn plage oft der Gedanke an Primus. Daraus allerdings ...

Ein Tonsignal unterbrach ihn. Ein Techniker beschwerte sich über Verzögerungen. Die neuen Pläne seien noch zu schlecht koordiniert. In einem Hauruck Roboter und Spezialmaschinen anzuwerfen, die ein knappes Jahrhundert vor sich hin gerostet hätten, wäre kein Zuckerlecken. „Die Kollegen sind natürlich nicht begeistert über solche Gewaltaktionen und bezweifeln deren Nutzen." Ein offizielles, klärendes Wort sei notwendig.

Meridor hörte mit Engelsgeduld zu, dann versprach er Abhilfe und schaltete ab.

Seine Stimmung war umgeschlagen. Täglich häuften sich die Schwierigkeiten, und nun platze Grosser noch mit Sonderwünschen dazwischen! Er stehe, quod dixi dixi, zu jedem vertretbaren Rettungsunternehmen, aber daß ein Herr Grosser überall Unruhe stifte, Experten wertvolle Arbeitszeit stehle, die Lagerbestände plündere ...

Mitten im Satz fing er sich wieder. Er wolle nichts übertreiben, es sei ja ohnehin zu spät, daß Fabius aktiv werde.

„Einen Schweber, Administrator, einen einzigen Schweber, und in drei Tagen bin ich mit Gabriell zurück."

„Ein Roboter könnte nicht sturer sein!" Meridor rückte die Karte, die er durch eine heftige Bewegung fast vom Tisch gewischt hatte, wieder in die Mitte und erhob sich. „Zum letztenmal: Ich riskiere keinen Krieg mit den Hreng, und von den Schwebern kann ich keinen verschleudern. Und nun vale! Habe zu arbeiten."

Ein glatter Rausschmiß. Weshalb ärgerte er sich darüber? Auch Meridors Knochen würden nach seinem nächsten IS-Sprung im Sumpf faulen.

Er hatte den Türknauf bereits in der Hand, da drehte er sich noch einmal um. „Weshalb hast du mich eigentlich stets so bevorzugt, Administrator?"

Meridor schoß ihm einen kalten, fast feindseligen Blick zu. „Ich bevorzuge niemanden. Wäge die Brauchbarkeit der Kader ab. Sei froh, daß du davonfliegst. Wer sich in fixe Ideen verrennt, ist für mich nur Schrott."

„Ich bin nicht der einzige, der sich hier in fixe Ideen verrennt!" Er knallte die Tür hinter sich zu.

Effarig schrak zusammen.

Schon sauste Fabius die Treppe hinab, die Bewegung tat ihm gut. Sein Ärger verrauchte, er lachte, daß die Menschen auf den Gängen sich nach ihm umschauten. Welche griesgrämigen Gesichter würden sie nun schneiden, die da oben, Meridor und sein Adept! Einen Schweber würde er sich besorgen, und wenn er ihn stehlen müßte! Sollte Meridor ihm Blitze nachschleudern, ihn trafen sie nicht mehr. In sechs Tagen startete die Fähre. Bis dahin mußte er sich ungeheuer beeilen. Ein bis zwei Tage Schweberflug zum Unverrückbaren, falls er nicht vorher steckenblieb ... Er brauchte die stärksten Lichtwerfer von Pulaster ...

Als er die Tür zu Georgias Appartement aufklinkte, kauerte sie auf einem Drehsessel, einer kürzlichen Bereicherung ihres spärlichen

Mobiliars, und unterhielt sich, anders konnte man es nicht nennen, über das Terminal mit der ZAHL. Ohne ein Wort wies sie mit dem Daumen über die Schulter. Fabius argwöhnte sofort, daß es ihm auch diesmal nicht gelingen würde, sie mit seiner Neuigkeit zu überraschen. Und tatsächlich: „Herzlichen Glückwunsch, Kosmonaut Grosser!“ stand mit Kakao auf der weißen Tischplatte geschrieben.

Im Gegenschein des Datenprojektors loderte ihr Haarschopf wie eine Flamme. Feuer, das anderes Feuer entfachte. In den dunklen Jahrhunderten hätte man sie als Hexe verbrannt.

Endlich hämmerte sie ein „finito“ in die Tasten und schwang herum. „Ich weiß alles. – Diesmal kann ich nichts dafür, Effarig drängte es mir regelrecht auf.“ Sie rollte mit den Augen und blinzelte ihm zu. „Was willst du tun?“

Mit einem Satz war Fabius bei ihr, drückte ihr einen Kuß aufs Haar und gab dem Drehsessel einen Schubs. „Zuerst möchte ich mit dir Gabriell zurückholen und dann mit dir abreisen. Seinerzeit habe ich im voraus für die FLAMMARION angeheuert.“

Sie stoppte ab und dirigierte ihn auf den Stuhl. Ihr reiche erstens *eine* Expedition auf dieser ungastlichen Welt. „Wie willst du hingelangen? Den nächstbesten Schweber überfallen, den Fahrer fesseln und lospreschen? Ich halte mich dann besser für die Grosser-Rettungsmission zur Verfügung.“

In ihren Augen war er also sentimental. „Und zweitens?“ fragte er, Unangenehmes ahnend.

„Zweitens würde ich mir an deiner Stelle genauestens überlegen, was mir die größere Freiheit verheißt: für den Rest meiner Tage im Raumschiff eingesperrt zu sein oder für den Rest meiner Tage auf einem Planeten festzusitzen.“

Ob sie ihn schon satt habe? Sie wolle nur sein Bestes, sie schneide sich ja ins eigene Fleisch, wenn er Pulaster wähle. Aber wie sie sich kenne, und einmal nüchtern betrachtet, ewig werde ihr Zusammensein nicht währen, und später sehne er sich vielleicht nach Freunden und einer zeitlich zusammenhängenden Existenz an einem vertrauten Ort, doch das sei ihm dann verwehrt. Meridors Hinweis auf den medizinischen Fortschritt? Wunschtraum oder Pokerspiel.

Er seufzte. Ihre Art, mit der eigenen wie mit der fremden Psyche zu rechnen, ging ihm ab. Woher sollte er wissen, was er in zehn Jahren SubjZeit fühlen würde? Viel wichtiger erschien ihm für den Moment, daß er sofort einen Schweber kaperte. An Ausrüstungsgegenständen mangelte es ihm nicht. Wie gut, daß er vorgesorgt hatte.

Georgia lachte. „So gefällst du mir, Fabius. Caesar wird dich den Löwen vorwerfen.“

Der Projektionsraum erhellte sich, eine Ziffernreihe marschierte auf. Georgia flitzte hinüber und fluchte leise vor sich hin.

Fabius, der hinter sie getreten war, schlug die Hände zusammen.

„Du also belegst die komplette Computerkapazität! Hätte ich mir denken können."

„Schon seit wir zurück sind."

Er klatschte wieder in die Hände. „Du wirst mir bei den Löwen Gesellschaft leisten."

Die Stachelfarm

Die kostbare Zeit rieselte Fabius durch die Finger wie der Sand eines Stundenglases. Schwindlig wurde ihm, wenn er die Tage bis zum Start der letzten Fähre zählte. Mit den Medizinern der OrbStation hatte er umsonst gefeilscht. Einige Stunden Gewinn bei der Zerstörung seines Immunsystems nutzten nichts, solange er an den Startplan gebunden war. Verstrich die Zeit weiterhin so rasend, mußte er Gabriell noch mit dem Copter im Vorbeiflug entführen!

Dazu zögerte Lich, ohne ausgefeilte Strategie zum Unverrückbaren aufzubrechen, außerdem hatte ihn eine ärgerliche Unpäßlichkeit gepackt. Doch auf Lich und sein Wissen über die Hreng wollte Fabius nicht verzichten.

Vielleicht wendete sich diesmal ihr Glück. Die ersten Hreng kehrten von der Oviposition zurück. Sie, eine geschlossene Nestlingsgruppe, waren in einem Dorf weit im Süden, dicht an der Grenze Tebits, beheimatet. Im Dschungel verbreiteten sich Neuigkeiten wie der Sturmwind. Konnten sie etwas über die Geschehnisse im Unverrückbaren aufgeschnappt haben? Möglicherweise war sogar eins von ihnen willens, ihn zu unterstützen. Ein Hreng als Gefährte wog im Urwald Lichtwerfer und Peilsender, Giftindikator, Ultraschallgerät und notfalls sogar Lich auf.

Also eilten Fabius und Lich die verschlammte Betonstraße zur Stachelfarm entlang, wo die Hreng arbeiteten. Lich beklagte seine schlechte Kondition, er atmete schwer. Selbstverständlich hätte er sich mit Medikamenten vollpumpen können, doch handelte es sich nur um eine Bagatelle. Das Wetter könnte schuld sein, das Tief, mit dem die Frühjahrsstürme herantobten.

Das „Starklichtversuchsfeld", so die offizielle Bezeichnung, versteckte sich auf der dem Meer zugewandten Seite der Siedlung hinter einem Schutzwall von massigen Pseudoaraukarien. Das fast kreisrunde, helligkeitsüberflutete Experimentalgelände verdankte seine Existenz einer Vorgängerin Meridors, die, pflanzenphysiologisch interessiert, das Phänomen der Stachelflora ergründen wollte. Sie fragte schon damals, vor einem knappen Jahrhundert, nach der Lichtbeständigkeit der „normalen" Pflanzen und nach den Prozessen, die das explosive Wachstum der Stachelarten ermöglichten.

Als Meridor kurz nach seiner Amtsübernahme die alte Anlage überholen und erweitern ließ, zielte er auf mehr ab als auf diese in seinen Augen „rein akademischen" Forderungen. Wie verhielt sich die Flora unter längerem Stachelschein? Würde sich eine neue, stabile Pflanzengemeinschaft herausbilden, oder würde nach kurzer Frist jegliches Grün – die Stachelpflanzen inbegriffen – verwelken? War es möglich, stachelresistente Pflanzensorten zu züchten? Konnte die Produktivität der Stachelarten auch auf „normale" übertragen werden?

Weißen Zuckerhüten gleich stand greller Schein auf dem dunstgeschwängerten Land, sich nach oben hin verdichtend und von dunklen Kappen, den Lichtwerfern, bekrönt. Masten umsäumten die „Lichtung", ein Netz von straffen Drähten, an denen die Lampen hingen, überspannte sie. Hin und wieder erloschen einzelne Strahlenhüte, andere flammten an ihrer Statt auf. Drunten, zwischen den dampfenden Gewächsen, bewegten sich schemenhaft Menschengestalten.

Vom Rand des hellen, grünenden Chaos spähten Lich und Fabius nach Hrengsilhouetten aus. Hinter hoch aufgeschossenen, bambusartigen Schäften hervor näherte sich ihnen eine der Schattenfiguren: Mark Sirhan. Er begrüßte sie mit verkniffener Freundlichkeit wie ein jovialer Teufel.

„Siehst heute leichenblaß aus, Oulemm", bemerkte er.

Lich betastete seine Wangen, als wolle er deren Farbe überprüfen, dann erkundigte er sich nach einem Hreng mit Namen Quellerich und dessen Nestlingen.

Die „Kollegen", wie Sirhan sich schief grinsend ausdrückte, wären aus unerfindlichen Gründen, kaum hätten sie die Geräte angefaßt, zu ihren „Tonnen" davonspaziert, sie müßten jedoch, das hätten sie versprochen, „jeden Moment" zurückkehren.

Oh, die Momente der Hreng! Mißmutig zupfte Fabius ein langes, scharfrandiges Blatt von einem der Schäfte. Der Moment eines Hreng konnte dauern. Für sie mochte die Zeit eine Art unerschöpflicher Sumpf sein, formbar und nachgiebig, ihm, Fabius, glitt sie, wenn er sie festhalten wollte, aus den Händen.

„Bräunt euch inzwischen ein wenig", schlug Sirhan vor und komplimentierte Fabius auf einen schmalen Steinpfad, der sich, beiderseits von den zackigen Schatten der Pflanzen benagt, in das Versuchsgelände hineinwand.

Blinzelnd schritt Fabius voran. Die Lichtwerfer über ihnen strahlten wohltuende Wärme aus, ein Labsal für die von der Dauernässe verschrumpelte Haut. Ein Plastpodest zwei Meter zur Linken, wohl zum Aufbewahren von Gefäßen gedacht, lud zum Verweilen ein. Lich stolperte darauf zu und setzte sich nieder. Noch kein einziges Mal an diesem Tag hatten seine Ohrbrillanten geblinkt.

Plötzlich klang Sirhans Stimme durch den Stengelwald. „Bitte, Sadhana, was führt dich zu mir?"

Eine schwache Brise bewegte die Pflanzenschäfte. Wie übermannshohe wogende Getreidehalme gestatteten sie mitunter einen Blick auf Sadhana und Sirhan. Die Botschafterin streckte die Arme nach den Seiten aus und drehte sich genüßlich langsam im Lichtschein. Sirhan richtete einen umgeknickten Stengel auf. Ob sie Titus stürzen wolle?

Fabius spitzte die Ohren. Meinte Sirhan den Administrator? Schmiedeten die beiden ein Komplott? Ähnliches sollte auf entlegenen Basen vorgefallen sein, wo, Lichtjahre von jeder Flottenbehörde entfernt, einzelne Chefs sich zu Miniaturdiktatoren aufschwangen oder aber die Besatzung einen mißliebigen Vorgesetzten sang- und klanglos abwählte. Ein Forschungsleiter war von seinem Flottenrang her ein ernst zu nehmender Kandidat, würde der Posten des Administrators – gleich aus welchen Gründen – frei.

Mucksmäuschenstill lauschte Fabius. Das pulastrische Ränkespiel ging ihn, den Raumdienstler auf Urlaub, nicht das mindeste an. Er bog einige der störenden Stengel beiseite.

Sadhanas rostbraune Kleiderärmel flatterten im grellen Licht. Sie wolle, die Hälfte ihrer Worte erstickte im Rauschen der Schäfte, sie wolle niemanden absetzen, wie könnte sie auch. Sie habe lediglich den Wunsch, sich aus erster Hand zu informieren. Hätte sie mit ihren Befürchtungen über die Stachelwirkungen recht oder Titus mit seinem Zweckoptimismus?

Es war eine naive Frage. Wissenschaftlich gesicherte Ergebnisse konnte Sirhan noch lange nicht vorweisen, und zu einer privaten Meinungsäußerung würde er sich nicht hinreißen lassen.

Graue Dämmerung hüllte das Feld ein, Stachelscheinpause für die Stengel. Fabius drehte sich zu Lich um. Der kauerte auf dem Plastgestell, als schliefe er.

Sirhans Baßstimme hallte herüber. Den Jägern und Sammlern, das habe er nie bestritten, schade ein Zuviel an Licht. Für Ackerbauern dagegen – unter fleißigen Hrenghänden könnte eine Zweitflora entstehen, das sei zumindest im Laborversuch geglückt, Pflanzen mit höherer Assimilationsrate, die Nahrung lieferten und Fasern für Textilien. Zwei Jahrzehnte gezielter genetischer Eingriffe … Pulaster sei sowenig ein Rührmichnichtan wie Terra. Die Hreng müßten sich entscheiden. Aber wer bequeme sich ohne ein wenig Druck auf dem Weg des Fortschritts voran?

„Ich glaube, ich höre Hrengeng." Lich quälte sich auf. Er war sich, obwohl Fabius keine Andeutung des charakteristischen Pfeifens vernahm, seiner Sache gewiß. „Meine Migräne ist fast verschwunden." Die Brillanten blitzten endlich.

Fabius bedauerte es, den Rest des Gespräches zu verpassen. Lauschen war eine Unsitte nahe an der Grenze zum Vergehen gegen die IndivSphäre. Das allein hätte ihn nicht gehindert, doch die Zeit verflog …

Bedächtig schritt Lich voraus. Büsche mit lederartigen Blättern, weniger grell beleuchtet, lösten die Stengel ab, ihre Zweige krümmten sich unter der Last violett schimmernder Beeren. Sie stiegen über armstarke Rohre, Schilder verkündeten die Pflanzensorte, Datum der Aussaat, Belichtungsregime. Dann, hinter brusthohem, haarfeinem, im Winde säuselndem Gras schwenkte der Pfad auf eine Wiese zu.

„Wir suchen noch Partner zum Tricktrack“, schallte es ihnen entgegen.

Etwa ein Dutzend Menschen aalten sich im Schein der Lichtwerfer. Die einen lasen; ein stark behaarter Mann tippte mit den Füßen im Rhythmus stummer Musik gegen den Boden; andere vertieften sich in Videos; ein Pärchen hatte sich an den äußeren Rand abgesondert. In Haufen lag die Kleidung neben ihren Besitzern.

Kaum zu glauben, daß mitten am Tag so viele Bodendienstler auf Hrengmanier Freischicht feierten!

„Normalerweise nutzte auch ich den ‚Paradiesgarten‘.“ Lich krempelte die Ärmel hoch, um mehr von der liebkosenden Helligkeit einzufangen. „Nach ein paar Tagen Dauerregen fragt man nicht, wann der Dienst endet, um ein paar wärmende Strahlen zu erhaschen.“ Selbst Meridor schien, wie Lich beteuerte, diese Disziplinlosigkeit stillschweigend zu respektieren.

An der anderen Seite des Versuchsfeldes trafen sie endlich auf die Hreng, riesenhafte, grobschlächtige Saurierkerle für einen, der ihres Anblicks entwöhnt war. Zu fünft rammten sie mit viel Gepfeif und Muskelächzen Stangen in den Grund, Halt für Kletterpflanzen. Sie staken in weiten grauen Dreibeinern, ihre Häupter wurden von wagenradartigen schwarzen Sombreros beschattet. Zusätzlich trugen sie Brillen, Gummihandschuhe und Stiefel. Nach Hrengmaßstäben waren sie kaum weniger verhüllt und umkapselt als ein Mensch im Skaphander.

Mindestens fünf Centis verstrichen, indem die Hreng ihre neueste Namensverwirrung vor Lich ausbreiteten und er die einzelnen Identitäten auseinandertrieselte.

Quellerich hieß längst nicht mehr Kvehl-hrich, hörte aber aus purer Menschenfreundlichkeit noch auf seinen Grasmaskenträgernamen; für seine Nestlinge und ebenfalls für Lich war es seit der Oviposition Ssâr-mel, Das-von-der-Melbremse-Gestochene, und schon als solches nicht sonderlich gut auf Sumpf und Dschungel zu sprechen. Desto williger und weitschweifiger malte es die Attacken des erzürnten Insekts aus. Etwa in Augenhöhe wölbte sich aus der grünen Haut seines Oberschenkels eine Beule, groß wie ein Fußball. Ohne die Medizin der Menschen wäre Ssâr-mel monatelang mit steifem Bein gehumpelt.

Vom Unverrückbaren hatten sie nichts gehört, denn sie wären zu Nidulus, der nächsten Insel, geschwommen.

Und während der Magna Reunio?

„Haben die Halbwesen bei aller gebührenden Hochachtung vor ihrer Weisheit je mehr als die Hälfte dessen verstanden, was Vollhreng untereinander austauschen?“ Ihr Stammesfest, darauf lief es hinaus, würden sie nicht durch Klatsch entweihen.

Und vorher oder nachher?

Kurz und gut, sie wußten nichts. Eins um das andere wollten sie nun, mit den behandschuhten Armen windmühlenflügelschlagend, ihre Abenteuer auf der mühseligen Schwimmpartie zu Nidulus und zurück schildern. Während sie die Wogen auf See höher und höher türmten, wurde Fabius ungeduldig. Er unterbrach sie: Bei soviel Mut und Tapferkeit – wäre eins von ihnen bereit, hilflose Halbwesen nach Tebit zu begleiten, um einen ihrer eigenen Artgenossen zu befreien?

Vielleicht hätte er Tebit nicht erwähnen sollen, vielleicht hätte er mit hrengisch langen Umschweifen beginnen müssen, vielleicht waren gerade Quellerich und seine Nestlinge Gabriells Stamm oder ihm persönlich nicht gewogen, die Absage fiel eindeutig aus: Tebit sei ein wildes Land und die Ernährung dort miserabel, schon auf dem Weg zur Oviposition hätten sie Konserven aus der Siedlung eingepackt. Medizin gegen Bremsenstiche sei in Tebit unbekannt, außerdem wohnten dort starke und unwirsche Hreng, die sich einen Gefangenen weder abhandeln noch rauben ließen.

Eine Chance war verspielt. Und die Zeit rann ihm durch die Finger.

Sumpffieber

Die Wetterprognose verhieß nichts Gutes. Um das Zwölfinselarchipel im Östlichen oder Stürmischen Ozean herum verknäulte ein weitverzweigtes Tiefdrucksystem die tropisch warmen und feuchteschwangeren Luftmassen; in einem riesigen Wind- und Wolkenstrudel staute sich ihre Energie. Thrr-Zuhrr-Khrr, der Felszerschmetterer in der Mythologie der Hreng, stampfte mit seinen baumzerknickenden und inselersäufenden Nestlingen über die aufgewühlten Wasser, um in einem unvorhersagbaren Augenblick das feste Land anzuspringen und den Sumpf mit gewaltigen Klauen umzupflügen. Er war zu zeitig geweckt worden in diesem Jahr, Thrr-Zuhrr-Khrr, und die Wut darüber kochte in ihm.

Fabius wußte um die Risiken, die er einging; er konnte ihnen nicht ausweichen. Mit hochgeschlagenem Overallkragen stemmte er sich gegen die Böen, die Laub und hilflose Insekten über die Straßen der Siedlung wirbelten. Es dämmerte, und mit ein wenig Phantasie konnte er hinter den dichten Wolkengeschwadern, die gegen die Pyramide anrannten, die nahenden Stürme erahnen. Doch seine Zeit lief ab, an diesem heulenden und brausenden Abend verstrich die letzte Gelegenheit, noch rechtzeitig zum Unverrückbaren zu jagen, noch rechtzeitig zurückzupreschen.

Hinter den Fenstern der Siedlungshäuser flackerte das Bunt der Videogeräte. Da schwelgten die Bodendienstler bei einem Glas Pulasterwein in erdsehnsüchtigen Schnulzen aus sentimentalen Jahrhunderten und verschafften sich so die blutigen oder amourösen Abenteuer, die sie auf Pulaster vermißten.

An dem von dornigen Büschen flankierten Tor seines Vorgartens begrüßte ihn Lich. Noch während er Fabius ins Haus bat, erkundigte er sich nach dem Schweber.

„Georgia kümmert sich darum."

Fabius sparte sich alle Erklärungen, wie sie in die Verwaltungscomputer einen „virtuellen" Schweber einzuspeichern gedachte, wie sie die Schweber-Einsatzplanung straffen und, ohne daß jemand Verdacht schöpfte, per saldo einen Schweber „herausoptimieren" wollte.

Lich hatte sich genau so eingerichtet, wie es einem Hrengologen zustand. Hrengmasken zierten die Wände, beinahe jede Tür wurde von den fratzenhaften Pfählen der Dämonenscheuchen bewacht, auf Borden tummelten sich Schnitzwerk, Hrengspielzeug, magische Figuretten. Jeder Erdenbürger wäre inmitten von soviel Zauber rettungslos verhrengt.

„Ich bin in Eile, Lich. Hast du gepackt?"

Lich antwortete nicht. Er nahm einen Pfeil von der Wand und preßte die steinerne Spitze gegen seine Handfläche, als wollte er sie durchstechen. Sein Gesicht war fahl und angespannt. „Ultra posse nemo obligatur, Fabius. Niemand ist zu mehr verpflichtet, als er vermag."

Welch häßliche Ausrede eines von Angst erfüllten Feiglings! Fabius wandte sich brüsk ab. Wieder wertvolle Augenblicke verschwendet! Er knallte die Tür hinter sich ins Schloß. Schwarz und düster ballten sich die Wolken am Himmel. Am anderen Ende der Siedlung röhrte eine Maschine. Kaum auf den Weg achtend, hastete er an den im Wind knatternden Büschen entlang. Glimmende Insekten trieben ihm entgegen.

„Halt, Fabius!"

Er ignorierte den Ruf.

„Warte auf mich!"

Lich keuchte heran, von einem Sack über der Schulter gebeugt.

Wortlos empfing ihn Fabius, dann beschleunigte er den Schritt wieder. Lich paßte sich seinem Tempo an, er torkelte und ächzte. Noch vor der nächsten Kreuzung erbarmte sich Fabius seines Gefährten und nahm ihm die Last ab. Die Laternen warfen verwaschene Lichtflecke auf den Beton, kein Mensch war unterwegs.

Hinter den Hangars war es stockdunkel. Sie tasteten sich vorwärts, da stolperten sie schon über die gestapelten Ausrüstungsgegenstände.

„Georgia?"

Der leise Ruf verhallte. Hoffentlich stieß sie nicht auf Schwierigkeiten.

Lich stöhnte und wankte auf eine Kiste zu. Als fröstele er, kroch er in sich zusammen.

Die Migräne? Lich schwieg sich aus, was einer Bestätigung gleichkam. Unwillig schrammte Fabius mit der Stiefelspitze an einer Kiste entlang. Lich hatte sich den geeignetsten Moment ausgesucht, um krank zu werden.

Über den grauen Boden, nur ein paar Meter entfernt, huschte ein schattenhaftes, raschelndes Etwas. Eine Tirambia phosphoreszierte gespenstisch grün in einer Hangarecke.

Wenn sie die Nacht mit Höchstgeschwindigkeit über das Meer brausten, erreichten sie bei Dämmerung die Küste Tebits. Die günstigste Route verlief durch den Sumpf bis dicht an das Unverrückbare heran. Falls ihnen das Wetter die Pläne nicht durchkreuzte – wo Georgia nur herumtrödelte!

Jaulend und singend sprang unweit ein Rotor an. Mit einem Getöse, das die gesamte Siedlung wecken mußte, näherte sich der Schweber, donnernd laut quirlte er die Luft auf, dann sackte er ausbrummend auf den Beton.

Georgia stieg herab. „Ach, der Herr Hrengologe auch freiwillig zum Selbstmordkommando?"

Fabius klappte die Ladeluke auf und begann die Ausrüstung zu verstauen. Lich dagegen zog sich japsend die Sprossen hoch und verschwand wortlos in der Kabine.

In Minutenschnelle hatte Georgia und Fabius die Fracht eingeschichtet. Die Luke schlug zu, sie standen einander gegenüber.

„Viel Glück, Fabius."

„Viel Glück, Georgia."

Sie verabschiedeten sich, als gelte es für immer, was sehr wohl möglich war. Dann hangelte er sich hinauf.

Lich hatte sich quer über den badewannenförmigen Hrengsitz ausgestreckt. Fabius tippte ihn an. „Lich?"

Doch der regte sich nicht. Behutsam schüttelte ihn Fabius an der Schulter. Noch einmal, entschlossener. Flach und stockend ging der Puls.

Fabius beugte sich hinaus. „Lich ist ohnmächtig geworden."

Er hievte ihn über die Brüstung des Schwebers, Georgia fing ihn schimpfend auf.

„Ruf einen Arzt."

Er wartete, bis sie Lich unter den Achseln gefaßt und rückwärts laufend in den Hangar gezogen hatte, dann startete er und fuhr durch die spärlich erleuchteten Straßen. Grell stach die Pyramide gegen den schwarzen Himmel ab. Hinter Meridors Fenstern brannte noch Licht.

Vorsichtig manövrierte er um die Straßenecken. Wie dunkle, drohende Hreng ruhten hinter ihm die Lichtwerfer auf der Plattform, gewaltige Apparate von mehr als normalem Kaliber. – Georgia hatte den Straßenreinigungsschweber gestohlen!

Der Weg hinab zum Hafen führten vorbei an Baracken und abgestellten Maschinen. Es war, als wollte die Siedlung kein Ende nehmen. Eine steife Brise blies ihm ins Gesicht, doch er schloß das Verdeck nicht, denn der Sturm vermittelte ihm ein Gefühl von Geschwindigkeit.

In diesem Moment flammten die Hafenlaternen auf. Geblendet trat er auf die Bremse. Sein Reif meldete sich, gleichzeitig das Funkgerät des Schwebers. Die Flucht war entdeckt.

Er blinzelte, riß den Schweber herum, hielt auf die Mole zu, das Fahrzeug glitt ins Wasser. Brausend und gischtend jagte er den Alten Strom hinab. Nacht und Dunst verschluckten die Siedlung. Ruckhaft tanzte der Schweber über den Wellen, begleitet vom unablässigen Fiepen des Reifs. Dann mischte sich ein weiteres Geräusch in den Lärm. Ein Lichtstrahl tastete aus den Wolken nach ihm: ein Copter. Es half nichts, daß er den Rotoren das Letzte abverlangte, der Copter rauschte über ihn hinweg, senkte sich und versperrte ihm mit den Kufen den Weg. Haken schlagend zog Fabius vorbei und gewann, ehe ihn der Copter erneut überholte, ein Dutzend Meter. Wenn er je gelernt hätte, einen Copter zu steuern, wären die Rollen jetzt anders verteilt! Noch hatte er eine Chance, das offene Meer zu erreichen.

Erst als ihm ein Schweber vom Ufer her den Weg abschnitt, gab Fabius auf. Zwei Bodendienstler sprangen auf seine Maschine, knoteten Seile um die Lichtwerfer und nahmen ihn ins Schlepptau. Merkwürdigerweise versuchten sie nicht, ihn vom Steuer zu drängen. Im Gegenteil: Sie wahrten Distanz und achteten peinlich darauf, daß ja kein Schlingern des Schwebers sie mit ihm in Berührung brachte.

Willenlos folgte Fabius ihnen zum Hospital. Dort empfing ihn Georgia. „Lich hat das Sumpffieber."

Abschied von Pulaster

Meridor besaß keine Grube mit hungrigen Löwen, in die er Fabius hätte werfen können, und da er ihn vor dem nächsten Fährenstart auch nicht in die OrbStation abschieben konnte, sprach er die einzig mögliche Strafe aus: Pyramidenarrest.

Unter anderen Vorzeichen hätte Fabius die Frist entgegen Meridors Absichten als eine kurze Folge von Flittertagen genossen, denn Georgia teilte seine Gefangenschaft, doch kaum widmete sie sich für einige Stunden der ZAHL, verfinsterte sich seine Stimmung wieder. Dann beugte er sich über die Terrassenbrüstung und stierte mit gelähmtem Gehirn auf die nebelverhangenen Häuserzeilen und die zwischen ihnen wogenden Sombreros hinab, bis ihn der durchweichte Overall zurück ins Trockene trieb.

Es schmerzte ihn, daß er Lich nicht im Hospital besuchen durfte. Videogespräche fruchteten wenig, denn Lich, wenn überhaupt bei Bewußtsein, litt unter merkwürdigen Störungen seines Gesichts- und Gehörsinnes. In fiebriger Geistesverwirrung pries er seine Krankheit als ein heiliges Feuer, als die heiße Umarmung der Sumpfwelt für diejenigen, die sie am treuesten begehrten, als den engen Flammenofen, durch den sich jeder wahre Hrengologe zwängen müßte, der den Spuren der Luivens bis zum verheißenen Einssein mit den Hrengeng folgen wolle.

Die Mittel der Mediziner dämpften seinen Wahn kaum; jedes Sumpffieber sei einzig in seiner Art, erklärten die Ärzte Fabius, keiner der raren Fälle gliche einem anderen, die Erreger ähnelten sich nicht, und daher sei es zwecklos, spezielle Antibiotika zu entwickeln. Zu selten für eine systematische Forschung erlaube sich die fremdartige Mikrobenwelt Pulasters einen Übergriff auf terrestrische Lebewesen.

Drei Tage verflossen so mit Wechselbädern von zukunftsoffener Zuversicht in Georgias Gegenwart und dumpfem Brüten in ihrer Abwesenheit. Am vierten, nur wenige Stunden vor dem Start, rief Sadhana an. Ob sich Fabius von Pulaster verabschieden wolle? Sie habe sich bei Meridor für ihn verbürgt und schlage einen Ausflug zu Nozaki vor.

Wenig später saß Fabius neben ihr im Schweber. Regen verschleierte die dunkle Wand der Uferbäume und die niedrig über dem aufgepeitschten Fluß jagenden Pteranodontiden. Sadhana überließ ihn seinen Gedanken und Gefühlen. Kein Schmerz war in ihm, kein Sichaufbäumen, eine ruhige Gleichgültigkeit durchpulste ihn wie das Stampfen des Schwebers auf den Wellen. Er hatte abgeschlossen mit diesem Planeten, mit der widerwärtigen Nässe, dem grauen Himmel und dem wabernden Grün. Zufällig hatte seine Weltlinie die Bahn Pulasters berührt, zufällig, ohne Zweck und Ziel, und mit derselben mathematischen Bedeutungslosigkeit würden sich die beiden Kurven wieder voneinander lösen.

Nozakis Haus tauchte hinter dem Regenvorhang auf. Sadhana bremste, sie stiegen aus. Eine Bö pustete ihm Tropfen ins Gesicht. Gekreisch zerlöcherte spitz das Säuseln des Regens. Ganz nah trällerte eine helle Stimme ein Lied in einer ihm unbekannten Mundart.

Vor dem Haus rackerte Serpika und sang dabei. Sie grub um und jätete Unkraut, sie las Schnecken und Insekten von den Blättern. Ihre drallen Arme waren bloß, ein buntes Tuch verhinderte, daß ihr das Haar vor die Augen fiel. Fabius fand es beinahe unschicklich, daß sie, wenn sie bei diesem Hundewetter arbeiten mußte, dennoch fröhliche Weisen schmettern konnte. Nur ungern erwiderte er ihren übertriebenen, feuchten Händedruck.

Serpika war erfreut über den Besuch. In holprigem Flottenlatein ereiferte sie sich für Spritzblumen und Hrengkresse, Lautlose Dolden und Gallknötchen. Sie wies, von ihren Erfolgen entzückt, auf braunbefiederte Stengel und Beete voller spiralförmig geringelter Fingergurken und einen Teppich weißer duftender Sumpfsternchen. – Und er stand im Regen und spielte Sadhana zuliebe den interessierten Zuhörer. Die Worte, Namen ohne Sinn, schallten zu dem einen Ohr hinein, zum anderen hinaus. Ameisenfleißig hatte diese Kleingärtnerin die Bezeichnungen aus „Alles über Pulaster" gepaukt, jetzt rasselte sie sie herunter; es wäre Dummheit, sich nur einen einzigen zu merken, Eintagsnamen von Eintagsblumen, an die sich nach seiner nächsten IS-Passage niemand erinnern würde ...

„Wo ist Aristid?"

Die Frage riß Serpika mitten aus dem schönsten Erzählen, sie verhaspelte sich, schnipste mit den Fingern. „Wo schon – bei den Hreng."

Ein breiter Pfad, der direkt hinter dem Haus begann, schlängelte sich in den Dschungel hinein. Erst als Fabius allein über die armstarken Wurzeln balancierte – sie waren glitschig vom Regen und krochen so dicht nebeneinander über den Boden, daß er keinen Fuß zwischen sie zwängen konnte – erst da wurde ihm klar, daß Pulaster ihn nach wie vor in seinen Bann geschlagen hatte. Er hätte ja Sadhanas Angebot ablehnen können, er hätte ja Aristid über den Reif heranrufen können – aber nein, er wollte sich an der Sumpfwelt reiben, sie gab ihn nicht frei, noch am letzten Tag nicht.

Echsen streckten grünschuppige Köpfe aus dem Unterholz, eine Raubschrecke stakste majestätisch schwankend eine Ranke herab, hieb blitzschnell mit ihren Chitinklauen nach einem Frosch, benagte dann das zappelnde Wesen. Ein Stiefeltritt zermalmte beide.

Das war die Wirklichkeit Pulasters: fressen und gefressen werden. Leben um des Todes Preis. So sinnlos wie seine Versuche, Gabriell zu retten in dieser irrwitzigen Welt. So sinnlos wie Meridors Pläne.

Ein eitler Tanz ums Nichts. Was bedeutete schon ein Menschenschicksal, ein Hrengschicksal angesichts des ewigen Werden und Vergehens? Hier fehlte jede Ordnung, in die man sich sinnerfüllt fügen konnte, hier herrschte es noch, das Chaos, aus dem sich der Mensch so mühsam emporgerungen hatte, hier herrschte es noch und zog jeden, der sich ihm näherte, zum Ursprung zurück, verwandelte bewährte Kosmonauten in Sumpfsternzüchter und Liebhaber Lautloser Dolden.

Ein Haufen von stinkenden Speiseresten und Verpackungsfetzen, von Scherben und Rost und zerquetschten Zweigen verriet die Nähe des Hrengdorfes. Durchsichtige Maden mit roten und grünen und braunen Innereien – und keine kürzer als ein Finger – krochen darauf herum. Kleine Vögel und Flugsaurier pickten nach ihnen, jauchige Lachen sickerten aus dem Haufen hervor.

Ekel würgte Fabius. Er wandte sich ab – und rannte einem Hreng gegen die Krallenzehen.

Das Hreng leerte einen Kübel Abfälle über Fabius' Kopf hinweg aus. Es trug um den linken Arm eine gelbe Ordnerbinde, ein goldglänzendes Oval baumelte ihm vom Hals. Mit gedrechselten Kommunikatorhöflichkeiten biederte es sich an, erkundigte sich bei dem „Freund der Hreng" nach dessen Begehr und versprach, ein „aufmerksamer Cicerone" zu sein.

Doch als Fabius nach Nozaki fragte, klopfte das Hreng den verbliebenen Unrat aus dem Kübel und ließ sich entgegen seinen Behauptungen gerade noch dazu herab, Fabius vage die Richtung anzudeuten, in der es das „dampfspeiende Halbwesen" vermutete.

Im Gegensatz zum Unverrückbaren schützten das Dorf der Siedlungshreng keine Palisaden, auch vermißte Fabius den Dorfplatz. Sowenig wie es einen Rand besaß, existierte eine Mitte. Hier ein windschiefes Springlingslanghaus, da ein lehmgelbes fensterloses Rundgemäuer, das den Namen Hrengburg voll verdiente, dort fünf aneinandergeklebte Schaumplasthäuser, dazwischen Bäume mit zerschrammter Borke, Tische, deren Platten in Augenhöhe den Weg verstellten, aber auch tiefe Gruben ohne Abdeckung, in denen Frösche und Insektenlarven schwammen. Hier ein Stück Knüppeldamm, da schlecht verfugte Betonplatten, dort ein Schlammpfad.

Weil die eigentliche Siedlung den Jahr um Jahr heranströmenden Hrengmassen nicht sogleich Platz bot, richtete sich jedes Hreng so gut ein, wie es eben konnte. Die einen brachten die geflochtenen Zäune des Marschlandes mit, die anderen ihre Echsenfanglöcher, die dritten schichteten wie ihre Vorfahren Kochmeiler aus heiß faulendem Blattwerk, die nächsten ahmten die Halbwesen nach und stibitzten, was ihre Klauen faßten: Plastsessel nach Menschengesäßmaß, Pingpongtische und Waschbecken. Was der Computer aus der Vogelperspektive der Planung als einheitliches und abgezirkeltes Wohngelände gezeichnet hatte, entpuppte sich in der Wirklichkeit als wurzelhaft krummes Sumpfgewächs. Die Ffarhreng des Unverrückbaren hätten sich über ihre verhexten Artgenossen entsetzt.

Zwei Hreng in fleckigen Overalls rempelten Fabius an. Im letzten Moment wich er ihren Hinterextremitäten aus. Ein Stück weiter warfen sich Springlinge grüne Früchte wie Medizinbälle zu. Ein Sänger stürzte, in den höchsten Tönen pfiepend, aus dem Gezweig und streifte ihn mit den Krallen an der Schulter. Erschrocken lehnte sich Fabius an einen Baum, da rann ihm klebriges Wasser in den Nacken. Eine Nestlingsgruppe stapfte hektisch an ihm vorüber, sie buckelten Stämme und zerbeulte Kartons. Eins schaukelte heran, beugte sich grätschbeinig herab und bestürmte ihn mit rasch gepfiffenen Fragen.

Nein, er war nicht der Mensch, der die Saubermäuse liefern wollte, und er warb auch keine Helfer für die Textilfabrik an. Und weshalb die Grasmaskenträger heute länger in der Schule blieben, wußte er schon gar nicht.

Dann verhedderte sich sein Fuß in Plasttrossen, gleich daneben trat er in einen bräunlichen Bovist. Fluchend wischte er sich den Stiefel mit nassen Blättern sauber. War er deshalb in den Sumpf geschwebert, um zum Abschied über eine Müllhalde zu spazieren? Welche geeignetere abstoßende Erinnerung konnte er sich für die Verbannung in die leere Kühle des Raumes wünschen!

Ein Hütteneingang von der Größe eines Hangartores. Drinnen brodelte es in verdreckten Glasröhren. Ein stechender Duft wehte heraus. Das war kein milder Muhrlik, kein sanfter Hrisal, dieser Geruch konnte einen Menschen aus den Stiefeln kippen. Und tatsächlich, direkt hinter dem Eingang schlief ein Hreng wie umgestoßen auf der Seite, es schnaubte und zuckte im Rausch mit den Tatzen, ein zweites Hreng hantierte in der Tiefe des Baues mit tönernen Schüsseln und Krügen. Das also waren die neuen Freunde Aristids.

In einem Graben tummelten sich Springlinge – zwischen abgenagten Knochen, Plastbechern, ölig glänzenden Pfützen und Kot. Dieselben, die am Vormittag proper und diszipliniert die Schule in der Siedlung besuchten? Sie ließen Schildkröten um die Wette laufen, schubsten sie an, versperrten ihnen mit Ästen oder Gedärm den Weg und piepsten dabei vor Begeisterung. Droben am Hang ruhte ein wohlgenährtes Hreng auf seinem Schwanz und schaute ihnen behäbig zu.

Andere Hreng balgten sich, als wären sie Springlinge. Sie rangen miteinander ohne erkennbares Ziel, aber ihre Kämme schimmerten violett, also war es Ernst. Da erblickten sie Fabius, pfiffen erstaunt – und kämpften weiter. Die angeblich wilden Hreng des Unverrückbaren benahmen sich weitaus friedlicher. Berücksichtigte „Pulaster Global“, und sei es andeutungsweise, wie sich das Verhalten der Hreng, die von der Menschenkultur überrollt wurden, deformierte?

Man mußte sie schleunigst, darin hatte Meridor recht, ausbilden und ihnen einen Teil der erdrückenden Arbeitslast überantworten.

„Sie wissen nicht, womit sie sich die Zeit vertreiben sollen." Nozaki stand wie aus dem Boden gewachsen neben ihm. Er nuckelte an seiner Pfeife und schickte blaue Wölkchen in den Niesel. „Wird besser, wenn ich ihnen das Schmauchen und ein paar Kartenspiele beigebracht habe." Dann musterte er ihn vom Scheitel bis zur Sohle und wiegte dabei abschätzend den Kopf. „Schön, daß du dich verabschiedest. Weniger schön, daß du uns verläßt."

„Hast du von ihnen etwas über Gabriell erfahren?"

„So gut funktioniert der Buschfunk nicht." Natürlich hatte sich Nozaki unter den Hreng umgehört, doch die Entfernung nach Tebit war einfach zu groß.

Langsam marschierten sie zurück. Hreng stampften an ihnen vorbei und spritzten sie voll Morast. Der Zwerg unter Riesen mußte eben aufpassen, daß er ihnen nicht zwischen die Pranken geriet.

„Du hast das Menschenmögliche versucht, Fabius."

Wie oft hatte er in den letzten Tagen diesen Satz ertragen müssen! Selbst Georgia verschonte ihn mit dieser Plattheit nicht. So oder so, Pulaster und die starrsinnigen Hreng waren stärker als er; Fabius Grosser kniff einmal mehr – wie damals als Knabe vor dem nächtlichen Dschungel. Redete sich noch mit der Einsicht heraus, daß man rechtzeitig seine Grenzen erkennen und sich beschränken sollte. Im Raum freilich, da wäre er wieder der kompetente und versierte Hydro/Hydriker, der seine Aufgaben mit Bravour bewältigte. Es tat ihm nur leid um Gabriell, das gutmütige Wesen, das keiner als seinesgleichen betrachtete, Menschen nicht und Hreng nicht, dem niemand zu Hilfe eilte.

Später saßen sie in Nozakis behaglichem Haus. Ein wenig Flottenkitsch, metallgefaßte Steine und Plastiken von Weltraummonstern, der auf Aristids Konto ging; ein wenig Erdkitsch, bestickte Kissen, handgehäkelte Deckchen, den Serpika durch Raum und Zeit geschmuggelt hatte. Ein auf seine Weise glückliches Paar. Das seine Beschränkung akzeptiert hatte, in ihr zufrieden lebte. Durfte er sie dafür tadeln?

Trotz des anregenden, nach Jasmin duftenden Tees quälte sich die Unterhaltung lustlos dahin. Vergebens bemühte sich Sadhana um einen munteren Ton. Ihre witzigen Anspielungen prallten von Fabius ab. Geplauder über Blumen und Wolken. Gärtnergeschwätz. Nichts für einen, der von interstellaren Wasserstoffwolken, von „ausgebrannten" Routen und Nova-Stoßfronten erzählen könnte. Aber weshalb beklagte er sich? In einer Woche SubjZeit wuchs ohnehin über alle, mit denen er hier Tee trank, das Sumpfgras. Es war merkwürdig, jetzt, da ihn die Schlingpflanzen nicht mehr befingerten, da ihm der Regen nicht mehr in den Kragen troff, leistete er sich sentimentale

Gefühle für diese kraftstrotzende Wildnis. Lange würde er zehren müssen von diesem Planetenunikum; sie würde ihn von allen anderen Kosmonauten unterscheiden, diese Reise in die Welt der Eintagsmenschen.

Wortkarg und abwesend verabschiedete er sich von Aristid und Serpika. Dann blickte er aus der Kabine des Schwebers hinaus auf die hohen, unendlich vielgestaltigen Sumpfzypressen und Pseudoaraukarien am Ufer, auf den bleiern trägen Alten Fluß. Es war das unwiderruflich letzte Mal.

„Eine meiner abgeleiteten Maximen ist", meinte Sadhana, „stets so zu handeln, daß ich es später nicht bereue."

„Und bei uns lautete ein Sprichwort: Mit nichts ist man so freigebig wie mit gutem Rat."

Rückstart

Das also war Pulaster gewesen. Nunquam reverteris, nie wirst du zurückkehren. Diesmal wog die alte Wahrheit doppelt schwer, denn von nun an mußte er sie meiden, die bewaldeten Gestirne mit ihren wolkenverhangenen Himmeln. Schau dich gut um, Fabius, nie mehr wird dein Fuß Gras niedertreten, nie mehr wird der Wind dir Tropfen ins Gesicht blasen, nie mehr wird das Quärren und Zirpen und Kreischen des Urwaldes an dein Ohr schrillen.

Gemächlich hakte das Hreng am Abfertigungstisch Fabius auf seiner Liste ab. Im Gegensatz zur Ankunft gab es nichts zu überprüfen, nichts zu kontrollieren. Das Hreng ersparte ihm auch jedes kommunikatorhöfliche Lebewohl. Für dieses Hreng war er ein unbedeutendes Halbwesen, das aus dem weiten Schwarzen Windraum auftauchte und wieder darin verschwand, wie ein Hauch auf sturmgewohnten Eilanden, der verwehte, ohne Spuren zu hinterlassen. Schau es dir gut an, Fabius, dieses Hreng mit der seltsam inversen Perspektive, ähnelt es nicht Gabriell wie ein Nestling dem anderen? Nie mehr wird sich ein wuchtiges Hrenghaupt zu dir herabneigen, nie mehr wird ein Hrengkamm deinetwegen von Aufmerksamkeit gesprenkelt, nie mehr wirst du dich an borkig rauhen Hrengbeinen vorbeidrücken. Es gleicht Gabriell, ohne Zweifel, Gabriell, den du so schmählich verraten hast.

Allein Sadhana geleitete Fabius und Georgia zur Fähre. Keiner von ihnen sprach mehr als das Notwendigste. Nunquam reverteris. Der Beton der Piste schillerte von Öl. Klobig und dem Augenschein nach absolut flugunfähig gluckte der Hybrid von Flugzeug und Rakete über den Hilfstanks. Die Flügel waren bereits in die für den

Start optimale Position gedreht worden. Ein Schweber raste in einer Wolke Gischt vorüber. Sie hatten die Gangway erreicht.

„Adieu, Fabius. Ich wünsche dir eine glückliche Zukunft."

Ehe er es sich versah, hatte Sadhana ihn an sich gepreßt, so als wäre er einer der Ihren, als kennte sie ihn von Kindertagen an.

Auf der Gangway wurde sie ihm wieder bewußt, die Pulasterschwere, der Planet zog an seinen Gliedern, versuchte, ihn festzuhalten, hängte sich an den Koffer. Dabei konnte er seine Habseligkeiten an den Fingern abzählen: den Stein von Kokkygia, Luisas Kassette, Iris' Boten und ein paar nützliche Dinge für die Zeit bis zum Kälteschlaf, wenig für das Leben danach. Pulaster war ihm kein Erinnerungsstück wert, es würde nur Gabriells Anblick heraufbeschwören.

Auf dem oberen Absatz streifte Georgia ihre Kapuze ab, die überflüssig geworden war. Der Wind zauste ihr Haar. Sie atmete tief und langsam die feuchte Luft ein. Hinter ihr gähnte das Oval der Schleuse.

Schau dich um, Fabius, da unten winkt Sadhana, dort hinten lehnt sich die altersschwache Baracke gegen die Wand des Dschungels. Das Schild PULASTER ASTROPORT I. Das unendliche Meer des Waldes. Das unendliche Meer der Wolken. Pulaster.

„Komm, Fabius."

Er stand da, zitterte, er konnte sich nicht losreißen.

„Fabius!"

Er öffnete den Mund, um etwas zu sagen – der Wind war so frisch, die Tropfen streichelten ihm die Haut, und ringsum rief der Urwald mit tausend Stimmen.

Georgia setzte ihren Vakuumkoffer ab. Aufseufzend packte sie Fabius bei den Schultern. In ihren Augen schwamm Traurigkeit. Sie küßte ihn lange, dann nahm sie den Koffer auf und schloß die Schleusentür hinter sich.

Ich bin immer nur geflohen, erklärte ihr Fabius stumm, während er die Gangway hinabschritt, ich bin zeitlebens davongerannt, zuerst aus dem Wildland, dann aus Kokkygia selbst. Wenn ich jetzt wieder weglaufe, werde ich es mir ewig vorwerfen. Es schmerzt mich so, Georgia ...

Noch vor den Baracken holte er Sadhana ein.

„Erleichtert?" Mit unverhohlener, herzlicher Freude strahlte sie ihn an.

„Nein und ja." Es fiel ihm schwer, sich über seine Gefühle Aufschluß zu geben. Hatte ihn die Angst vor der Endgültigkeit abgestoßen? Fesselte ihn die schwierige, fast irreale, Menschenmögliches übersteigende Aufgabe? War er so stark mit dem Planeten und seinen Bewohnern verwachsen?

Der Schweberbus schoß über die Piste zur Siedlung. Pseudoaraukarien und Zykadeen, Lilienbäume und Platanenartige bildeten Spalier. Er war verrückt, aus seiner glatten Laufbahn zu springen, mitten hinein ins Ungewisse!

Sekundenlang strömte der rote Abglanz auf ihn nieder, dann überrollte ihn der Donner. Der Stachelvogel war auf dem Weg.

Bei der Pyramide stoppte der Schweber, nachdem er Sadhana an ihrem Haus abgesetzt hatte, zum zweitenmal. Erstaunlich viele Bodendienstler, auch Hreng schlenderten vor dem Portal auf und ab. Sie mußten ihn für einen Wahnsinnigen halten, die armen Pulasterfreiwilligen, die sich auf fünf, zehn oder mehr Jahre verpflichtet hatten und nichts quälender herbeisehnten als ihren „Tag des Aufstiegs".

Zwei Gestalten lösten sich aus der Menge: Meridor und, ihm auf den Fersen, Effarig. Daß der Planetenchef ihn in persona begrüßte, machte Fabius stutzig.

„Also ist es wahr, Grosser."

Das Getuschel ringsum verstummte.

„Fürchte, du hast einen Fehler begangen, Grosser. Unterstehst als Flottenangehöriger meinen Anweisungen." Er stemmte die rechte Faust in die Hüfte. „Kann keine Querulanten dulden auf Pulaster. Kennst die Paragraphen. Bisher habe ich deine Eigenmächtigkeiten nicht geahndet."

Meridors kompromißlos kalte Stimme erschreckte Fabius. Die Bodendienstler vor dem Tor betrachteten angelegentlich den Beton zu ihren Füßen.

„Kurzum: Übermorgen mit der nächsten Fähre verläßt du meinen Planeten. In vier Jahren fliegt die AL-FABRI an. Bis dahin wähle: Kältesarg oder Gehilfe in der OrbStation."

„Nein!" Schließlich verschenkte er nicht seine Weltraumzukunft, um in der OrbStation eingesperrt zu werden. „Nein. So einfach jagen Sie mich nicht von Ihrem Planeten, Administrator. Ich zerreiße mein Flottenpatent! Bestrafen Sie mich nach Recht und Gesetz, aber hier, ohne mich abzuschieben."

Erleichtert? Jetzt war er es. Und darüber hinaus ein wenig stolz, wenn er die Wirkung seiner Worte bedachte. Verzicht auf Beförderung, Verzicht auf Flottenpension, für die Bodendienstler der letzte Beweis seiner Geistesgestörtheit. Legt sich mit dem mächtigsten Mann ein Lichtjahr im Umkreis an!

Meridor lächelte müde. „Fürchte, Grosser, du ..."

Ein feines hohes Pfeifen hallte durch die Siedlung, klang von den Wänden der Pyramide wider, geisterte über Straßen und Plätze. Die Hreng richteten sich kerzengerade auf, ihre Kämme wechselten in atemberaubender Schnelligkeit die Farben, erst waren sie dunkel gefleckt, dann olivgrün gesprenkelt, zum Schluß rötlichbraun.

„... du unterschätzt meine Befugnisse."

Das Pfeifen drang von überallher, quoll aus jedem Reif, schallte aus den geöffneten Fenstern. Effarig justierte einen Kommunikator in rascher Folge auf unterschiedliche Hrengsprachen.

„... kein Zauberding, nur Halbwesenschmuck, Auf-schwankendem-Boden-Wandelndes. Drücke hier, und ein Feld erfreut dich mit seinem Farbenweben. Leider beherbergt dieses kunstlose Metallband sonst keine Magie, die ich, Gab-hriell, dich lehren könnte."

„Darf ich dich freundlichst daran erinnern, daß es in meiner Macht steht, die vielfach Beglückten mit Worten wie Rauch und Rauch wie Worten gnädiger zu stimmen, wenn sie morgen bei Tagesanbruch ins Unverrückbare heimkehren? Ich halte dir zugute, daß du dich selbst erboten hast, das schimmernde Wunder zu erklären. Nur deshalb habe ich es dem Schrein entnommen. Wo also ist sein Zauber verborgen?"

Das Pfeifen brach ab, Augenblicke später verstummten die Kommunikatoren. Fabius lachte vor nervöser Freude auf: Gabriell lebte und hoffte auf Hilfe. Und wie ein lautstarkes Echo brandete ein Lachen der Befreiung von den Etagen der Pyramide, durch die ganze Siedlung. Schlauer Gabriell! Er hatte einen Schamanen beschwatzt, den Reif zu entwenden, er hatte den winzigen Riegel beiseite geschoben und die Notruftaste eingerastet. Und er hatte genau im rechten Moment sein SOS gesendet.

Die Hreng trommelten mit den Hintertatzen auf den Beton, Effarig trat an Meridor vorbei auf Fabius zu und überreichte ihm demonstrativ den Kommunikator. Die Arbeitsgeräusche im Hafen setzten aus, über die Brüstungen der Terrassen schauten Menschen gestikulierend herab. Sein Reif, desgleichen Meridors und Effarigs, signalisierten einlaufende Anrufe.

Der Administrator wußte sich auf die Stimmung in der Siedlung einzustellen. „Hol Primus raus, Grosser", sagte er, „dann sprechen wir uns wieder."

4. Buch

Der Sumpf

Jeder Tag ist eine Schale

Gij: An jenem Tag zersplitterte das Bild, das wir uns von den Hrengeng gemacht hatten, in tausend schillernde Scherben. Treter-der-roten-Ameisen, unser engster Freund, Ratgeber und Dolmetscher, war verschwunden, als hätte es nie existiert. Wir irrten, hüterlosen Springlingen gleich, durch das Unverrückbare ... Dann glaubten wir, Treter-der-roten-Ameisen an seiner Narbe zu erkennen. Es nannte sich Das-im-Regen-hockt-und-harrt und bestritt jede Identität mit dem früheren Ich. Heute erheitert uns das simple Mißverständnis, das uns erstmals mit einer fundamentalen Lebenseinstellung der Hreng konfrontierte: Jeder Tag ist eine Schale. Damals aber schien eine unsichtbare Wand zwischen dem vernunftbegabten Säuger und dem vernunftbegabten Saurier emporzuwachsen. Waren unsere Maßstäbe ungeeignet, das Wesen der Hrengeng auszuloten?

Chad: Vielleicht sind sie's. Sich auf das Gegenteil zu versteifen wäre überheblich. Erinnerst du dich an das Gleichnis von Krug und Zollstab? Die starre Latte schmiegt sich nicht gegen die bauchige Wandung. Unser Computer würde sie dennoch anlegen, winzige Dreiecke auf den gebrannten Ton kritzeln und uns endlich einen sehr guten Näherungswert für das Volumen präsentieren. Auf ähnliche Weise könnten wir die Hrengeng in abstrakten Kategorien beschreiben – was gewiß einmal nötig ist –, ihre soziale Psyche sezieren, ihre Riten und Mythen strukturell-funktional analysieren; das Ergebnis wäre hinreichend exakt, wenn auch kaum menschlich faßbar. Es würde Vorhersagen gestatten, aber ob wir die Hrengeng damit besser verstünden, sozusagen von Säuger zu Saurier, wage ich zu bezweifeln.

Gij: Also wollen wir den Krug mit Wasser füllen ...

Chad: Ein Verfahren, das nichts Irrationales an sich hat ...

Gij: Und sollten dabei einige Tropfen verlorengehen, wir haben das gewölbte Innere des Kruges dabei nicht nur ermessen, sondern buchstäblich „erfüllt". „Jeder Tag ist eine (neue Ei-)Schale" heißt: Jeden Tag schlüpfe ich aufs neue, jeden Tag bin ich ein anderes. Alles verändert sich im ewigen Sumpf, so auch ich. Weiß ich, welches Gelüst mich im nächsten Moment überfällt? Weiß ich, welche Abenteuer des Körpers oder des Geistes mir der Abend zuträgt? Weiß ich, welche Träume des Nachts an mir rütteln werden? All dies wirkt auf mich, all dies wandelt mich, mein Ich ...

Chad: Wenn sie sich in eine solche Abstraktion verrennen würden ...

Gij: Mein Ich ist eine Wolke im Wind, die zerfasert, sich zusammenballt, sich niemals gleicht.

Chad: Auf dem Alten Planeten sagte Heraklit: Panta rhei, alles fließt. Wir steigen in denselben Fluß und doch nicht in denselben ...

Gij: Wir sind es, und wir sind es nicht.

Chad: Kehren wir zu den Hrengeng zurück. Namen markieren für sie Ein- und Abschnitte des Lebens. Stoßen sie auf einen tödlichen Sirenenbaum, reißt ihnen Thrr-Zuhrr-Khrr das Dach über dem Kopf weg, erbeuten sie ein Stegoceras, versinkt ihr geliebter Nestling im Sumpf, erleben sie ihren ersten Trâl oder ihren letzten, das huscht nicht spurlos an ihnen vorbei wie im Film, das krempelt sie um, drum ist es nur konsequent, die Veränderung mit dem Namen anzuzeigen …

Gij: Wie die Menschen in früheren Jahrhunderten, als auf der Erde der Brauch herrschte, in Namen und Titel sexuelle Beziehungen oder berufliche Karriere auszudrücken.

Chad: Doch nicht allein das äußerlich Einschneidende formt und prägt sie. Manch kleine, nach unserer Anschauung banale und gewöhnliche Begebenheit erschüttert ihr Inneres, der Flug einer Libelle etwa oder die verborgenen Blüten einer Orchidee. Welch waldesfrische Gefühlswelt steckt in dem Sprichwort von der täglichen Schale!

Gij: Mich fasziniert das uns fremde Zeitempfinden. Für die Hrengeng ist jeder Tag ein erster Tag. Für sie zählt der Augenblick, sie sind changierende Geschöpfe des Hier und Jetzt. Wesen, die jeden Moment erleiden oder genießen und die von Leid und Genuß umgemodelt werden. Wesen, die sich als ein Stück des Sumpfwaldes nie aus diesem lösen, weder in Taten noch in Gedanken – im Gegensatz zum Menschen, der dem Jetzt in die Vergangenheit entflieht oder in die Zukunft vorauseilt, der aus dem Hier in die Ferne abirrt, der sich durch Selbstdressur, durch Technik und im Extremfall durch Drogen von seiner Umgebung abkapselt, der nicht richtig „präsent" ist.

Chad: Was ihm seine Kulturleistungen erst ermöglichte. – Aber da wir über den ewigen Wandel sprechen, müssen wir auch die Konstanten benennen, sei es das Flußbett, sei es die feste Hülle des Ich. Wenn nichts besteht, woran soll sich das Individuum klammern? Wird es nicht, verletzbar und nackt, von den Böen des Schicksals gebeutelt?

Gij: Deine Frage klingt, als ob sich ein Hreng nicht auf seine Nestlinge verlassen könnte.

Chad: Das Gegenteil ist der Fall. Individueller Wandel und gemeinschaftliche Beständigkeit ergänzen einander wie im Dschungel, wo das Werden und Vergehen der einzelnen Pflanzen und Tiere den gleichen Wald wieder und wieder aufs neue erzeugt …

Gij: Abgesehen von schlimmen Naturkatastrophen, vom Stachelschein oder von dem Wüten Thrr-Zuhrr-Khrrs.

Chad: Doch selbst die Wunden verwachsen, und genauso findet das einzelne Hreng Schutz und Halt in der Stammesgemeinschaft und in der wechselnden Rolle, die es in ihr lebt. Diese Rollen, Wächter am Gelege etwa, Springlingshüter oder Zauberkundiges, werden ihm nicht aufgezwungen, das Hreng „spielt" nicht, erweckt nicht falschen Anschein, es *ist* Wächter, Springlingshüter oder Zauberkundiges und offenbart sein neues Wesen gegebenenfalls im Namen.

Gij: So wie es den beginnenden Trâl allen verkündet, indem es ein Infix zwischen die Silben des Namen schiebt oder diesen werbend mit seinem Angebeteten tauscht.

Chad: Die Nestlinge verwirrt die Umtauferei nicht. Sie verwechseln nicht wie Computer und Bürokraten einen Namen mit seinem Träger, sie kennen einander und vermögen die neuen Namen als Lebens- und Wesensäußerung zu deuten.

Gij: Interessanterweise gilt gerade die Schale, die täglich birst, den Wandel symbolisiert, zugleich als Inbegriff der Kontinuität: Die Hrengeng bewahren ab ovo in einer Hautfalte ein Bruchstück des Eies auf, aus dem sie schlüpften, ihr „Erbe"; in irdischer, säugerhafter Metapher die Nabelschnur, die sie mit den Ahnen verbindet.

Chad: Womöglich fällt es den Hrengeng noch schwerer, uns zu verstehen als umgekehrt. Wie erschraken Treter-der-roten-Ameisen, der später im Regen hockte und harrte, und seine Stammesgefährten, als sie erfuhren, daß wir unsere Namen stets beibehielten! Damit erschienen wir ihnen so steinern starr, so tot. Fühlten die Halbwesen denn nicht das Auf und Ab der Stimmungen? Nahmen sie denn die Regungen in ihrem Inneren und das brodelnde, wechselhafte Leben um sie herum nicht wahr? In gewissem Maße mußten sie uns beides tatsächlich erst lehren.

Aus: Gij und Chad Luivens: On-hreg-on-hfar-on-trach, Wald-und-Wasser-und-Wolken, der Planet der Hrengeng

Ein wenig standhafter Copter

Dröhnend kämpfte der Copter gegen die Böen an. Schauer peitschten die Scheiben, die Maschine stampfte und schlingerte. Manchmal packte sie der Wind und schleuderte sie ein Dutzend Meter abwärts, daß Fabius der Magen hüpfte und es ihm in den Ohren knackte. Wolken und Meer waren hinter dem dichten Tropfenvorhang allenfalls zu erahnen, und selbst wenn ein Blitz den Himmel zerfetzte, traten nur gespenstisch dunkle, formlose Massen hervor.

Drei Stunden flog Fabius bereits durch den Hexenkessel der Frühjahrsstürme. Das Rattern, Jaulen, Brummen, der eintönig trübe Anblick versetzten ihn in eine Art Trance, er war weder munter noch müde, und die Gedanken flatterten ihm davon. Ab und an informierte ihn der Bordcomputer: „Windgeschwindigkeit wachsend. Flugstabilität beeinträchtigt. Empfehle Abbruch."

Viel lieber, als von der vorprogrammierten Maschine wie ein Paket nach Tebit befördert zu werden, hätte er neben einem Piloten aus Fleisch und Blut gesessen, einem Gesprächspartner, der seine Angst teilte und seine Entschlossenheit. Doch so weit reichte die Hilfsbereitschaft der Pulastermenschen nicht, und das einzige Anerbieten, das Sadhanas, hatte er ausschlagen müssen. Einen Administrator konnte man neu benennen, aber eine Botschafterin? Umsonst hatte sie versucht, seine Bedenken zu zerstreuen: Falls ihr etwas zustieße, tauten die Wachhabenden der OrbStation ihren Nachfolger aus dem Kältesarg.

„Funkkontakt gestört. Energieverbrauch zu hoch. Empfehle Abbruch. Empfehle Abbruch."

Er ignorierte den Ratschlag des Bordcomputers. Der Ausfall der Funkverbindung bedeutete an sich keine Gefahr, aber er vereinsamte dadurch noch mehr. Schon jetzt, über der Wasserwüste, und erst recht in Tebit war er allein auf sich angewiesen. Meridor riskierte wirklich nicht viel – schlimmstenfalls, einen Störenfried loszuwerden. Gewiß, die Zeit hatte gedrängt, jede von langer Hand geplante Expedition mußte zu spät kommen. Allerdings hätte der Administrator wenigstens eine bescheidene Hilfsmannschaft in der Nähe des Unverrückbaren stationieren können – für diese hätten sich auch Freiwillige gemeldet. Immerhin waren ihm während der überstürzten Vorbereitung von den Siedlungsbewohnern viele technische Raritäten zugesteckt worden: Energiezellen und Infrarotbrillen, Horchgeräte und chemische Analysatoren, sogar knopfgroße fliegende „Sondierer", die seines Wissens im XXIX. Jahrhundert wegen möglicher Verletzungen der IndivSphäre verboten worden waren, computerisierte Glasperlen für die Hreng und „selbsteingrabende" Lichtpfähle. Plötzlich hatten sich ihm alle Türen geöffnet: Brauchst du? Willst du? Würde es dir nützen, wenn?

Selbst Lich raffte sich von seinem Krankenlager auf und diktierte verworrene und ein wenig weltfremde Verhaltensregeln: Hüte dich vor dem Furor! Und wenn sie dich jagen, verbirg dich bei den Sirenenbäumen! Versuche, die Hrengeng zu rühren, wie Gabriell die Menschen rührte! Appelliere an ihre Springlingsliebe! Bring sie zum Lachen, denn Lachen verbindet! Sei ein Hreng!

Der Himmel explodierte in einem schmerzhaften Gleißen. Hinter dem Schwarz der Lider zeichnete sich, noch immer grell, ein Zackenbild ab. Der Copter, von einer Nebenentladung getroffen, torkelte und verlor an Höhe. Fabius schleuderte es nach vorn, nunmehr im dunklen Negativ stand der erloschene Blitz vor der Regenwand. Tiefer und tiefer sackte die Maschine, die Rotoren heulten schrill auf und verlangsamten ruckend den Sturz. Für einen Augenblick tauchte aus dem Toben der Elemente ein finsterer Schemen auf – ein Flugsaurier oder die Spitze eines Kliffs? –, dann gewann der Copter an Höhe und stampfte weiter voran.

„Alles in Ordnung?"

„Defekte durch Selbstreparatur beseitigt." Es klickte, der Bordcomputer gab ein Geräusch von sich, als atme er ein. „Drei Sicherungen durchgebrannt. Kein Kontakt zum Hauptcomputer. Rotoren überbeansprucht. Kein Notlandeplatz im Nahradar. – Ich bin noch nie durch ein derartiges Unwetter geflogen. Meine gesamte Maschinerie leidet darunter. Empfehle dringendst Abbruch. Empfehle dringendst Abbruch."

Die Tirade des Computers ärgerte Fabius. In Kokkygia hätte ein Techniker, der einem Allerweltsgerät pseudoemotionale Formulierungen einbastelte, nur Spott geerntet.

„Besteht eine akute Gefahr für meine Person? Nein? Also erspar mir die Gefühlsausbrüche."

Wieder flammte es vor dem Copter aus dem Grau in das Grau. Fabius wischte sich ein Sichtloch in der beschlagenen Scheibe frei. Die Meteorologen hatten ihn gewarnt. Was heute durch die Luft tobte, sei nur ein Vorgeschmack auf Thrr-Zuhrr-Khrr.

„Wie weit ist es noch?"

„Überfliegen soeben die Küste Tebits."

„Kannst du etwas tiefer gehen?"

Gehorsam senkte sich der Copter. Ein einzelnes Blatt, groß wie eine Tischplatte, klatschte gegen die Scheibe und wurde weitergestrudelt. Der Copter hüpfte und schlingerte wie ein Korken auf einer aufgewühlten Wasserfläche. Eine düstere Masse wuchs aus dem Regendämmer auf: der Wald. Nur wenige windzerzauste Wipfel reckten sich über das wogende Dach Tebits hinaus. Ab und an saugte eine besonders starke Bö Blattwerk in die Höhe.

„Ziel unmittelbar voraus." Sekundenlang stoppte der Copter, dann wechselte er die Flugrichtung. Mitten durch den Baumteppich wand sich nun die Schneise der Schweber. Sie endete in einer Lichtung, die zackig ausuferte und auf der, dem Augenschein nach intakt, die beiden Fahrzeuge parkten. Rings um sie jedoch waren die Photonenpfähle umgestürzt oder zerknickt, Buschwerk und Unterholz zertrampelt.

Schaukelnd glitt der Copter hinab. Fabius beugte sich nach vorn, bis seine Stirn die kalte, wasserverschleierte Scheibe berührte, und musterte die Schweber. Der eine war abgekippt. Sein Heck stak mindestens einen Meter tief im Boden. Der andere ruhte auf seiner Kissenumfassung, so wie sie ihn abgestellt hatten. Und der Sturm pfiff.

Dahinaus mußte er. Jetzt. Mitten hinein in das Blättertreiben, Regengeprassel. Hatte er denn nie vorher bedacht, auf welch aussichtsloses Unternehmen er sich einließ? Wie sollte er allein all die Hindernisse überwinden? Wie den Sumpfwald heil durchqueren? Wie die Hreng umstimmen? Nicht aus Feigheit hatte ihn niemand begleitet; man mußte schon Fabius Grosser heißen, um unvernünftig und halsstarrig die Ohren allen Einwänden zu verschließen. Aber zu dieser Erkenntnis gelangte er zu spät ... Wenigstens könnte er abwarten, bis der schlimmste Sturm sich legte ...

Polternd stieß er den Ausstieg auf. Automatisch entfaltete sich die Klapptreppe. Das Unwetter schlug ihm mit voller Macht ins Gesicht. Erbsgroße Tropfen klatschten auf ihn ein. Ohrenbetäubend heulte der Wind. Die Rotorblätter bogen sich wie dünne Zweige.

Tief gebückt watete er zu den Schwebern. Der eine war unrettbar eingesackt. Auch unter dem anderen hatte der morastige Boden nachgegeben. An einigen Stellen war seine Verkleidung eingedellt, und achtern bedeckte ihn eine grünliche Substanz, Schimmel ähnlich; nicht einmal der Sturm blies sie ab.

Er faßte die Haltegriffe des Schwebers und hangelte sich zur Kabine hinauf. Auf eine leichte Berührung hin öffnete sich das Verdeck. Darunter roch es muffig. Doch die Bereitschaftslampe glomm verheißungsvoll. Bedächtig nahm er Platz und drückte auf den Startknopf. Das Fahrzeug ächzte, dann japste der Motor, der Schweber ruckte, vibrierte – und plötzlich war es still: Überlastung. Aus eigener Kraft kam das Fahrzeug nicht frei, vielleicht aber genügte ein kräftiges Hreng, um es flottzuheben.

Kaum schwang er sich wieder hinaus, verfing eine Bö sich in seinem Overall und warf ihn in den Matsch. Halb laufend, halb kriechend erreichte er den Copter.

Im Schutz des Cockpits besah er sich stirnrunzelnd die hinter den Sitzen verkeilte Ausrüstung. Alles würde er sich keinesfalls aufbürden können. Das Notwendigste, der Gürtel mit den Geräten, war in der Pulasterschwere schon zuviel. Reichlich behindert wandte er sich zum Ausstieg.

„Wie lange gedenken Sie fernzubleiben?“

Die Frage des Bordcomputers verwunderte ihn. „Woher soll ich das wissen?“

„Standfestigkeit unter den herrschenden atmosphärischen Bedingungen nicht gewährleistet. Bei Windstärken über sechs erhöhte Wahrscheinlichkeit von Rotorblattvibrationen im Resonanzbereich. Böen von mehr als dreißig Metern je Sekunde gefährden die Gesamtstabilität. Optimale Unterbringung im Hangar ist zu bevorzugen.“

Resignierend löste Fabius den Gürtel. Niemand hatte ihn vor der geringen Standfestigkeit des Copters und der Furchtsamkeit seines Bordcomputers gewarnt. Also mußte er Meridors kostbares Transportmittel zurückschicken – und vorher die Ausrüstung in den Schwebern verstauen. Viermal kämpfte er sich schwer bepackt durch den Regen, dann hatte er den Copter geräumt. Er speicherte dem Bordcomputer eine Nachricht ein, wie er die Schweber vorgefunden hatte. Wenn das Unwetter abgeflaut war – und es schien, als ob seine Macht bereits gebrochen wäre –, konnte er ihn jederzeit über den Reif anfordern.

Kaum hatte er den Raum unter den Rotorblättern verlassen, brauste der Copter davon.

Thrr-Zuhrr-Khrr

Der Pfahl überragte Fabius nur um ein geringes. Er war neu; dort, wo der Regen die rötliche und bräunliche Erdfarbe abgewaschen hatte, glänzte das frisch beschnitzte Holz, aus den Ritzen perlten bernsteinfarbene Harztropfen. Ein sattblauer Furorkamm bekrönte den Stamm, doch unter jenem verlor sich die Ähnlichkeit mit einem Hreng. Anstelle der vorgewölbten Mundpartie zierte eine spitze Menschennase das Antlitz, hölzern schweres Haar umfloß die unhrengischen Ohren, die Lippen waren zum Schrei geöffnet, eng umschloß der Kragen des Overalls den Hals. Der unbekannte Künstler hatte, obwohl die Form insgesamt starr und klobig, eben pfählern, geriet, auf kein Detail verzichtet: Die Brusttaschen waren angedeutet, ebenso die Taschen auf den miteinander zu einer Säule verwachsenen Beinen. Und was hing nicht alles am breiten Gürtel! Vom Funkgerät bis zum Arzneikästchen war nichts vergessen. Nur der erhobene Arm, der den Handlichtwerfer wie einen Speer führte, nahm sich etwas befremdlich aus. Man konnte fast meinen, jemand habe Modell gestanden.

Fabius runzelte die Stirn. Mußte dieser hölzerne Mensch, wenn er sich ihm gegenüber aufbaute, nicht wie sein Spiegelbild wirken? Unwillkürlich schwang er den Lichtwerfer. Er verzog den Mund zu einem stillen Schrei, auch die Falten, die vom Kinn aus die Mundwinkel umrundeten und auf die Nasenflügel zuliefen, stimmten. – Dieser Pfahlmensch war sein getreues Abbild! Die Hreng hatten ihn, Fabius Grosser, XXVI., geboren in Kokkygia, als Dämonenscheuche verewigt. Er, der harmlose Exkosmonaut, als Geisterschreck! War er denn so furchtbar? So gewaltig und abscheulich? Er spürte geradezu die Hrengmagie, die sein hölzernes Simulacrum ausstrahlte. Es war größer als er und stärker, es hielt ihn fest. Vorsichtig tasteten seine Füße rückwärts; er wollte Abstand gewinnen.

Mit einemmal keimte Argwohn in ihm auf. Verstohlen wandte er sich um: Drei Speerträger ruhten nur wenige Schritt hinter ihm auf ihren Schwänzen und betrachteten ihn kammwiegend. So also fingen sie Geister oder Halbwesen! Man stellte deren Konterfeis vor dem Dorf auf, und wenn sie heranschlichen, verwunderten sie sich und blieben stehen. – Und er war ihnen wie der dümmste Waldschrat in die Falle getappt.

Da er ohnehin nicht damit gerechnet hatte, Gabriell heimlich entführen zu können, schickte sich Fabius in das Geleit der Speerträger. Allerdings antworteten sie weder auf seinen Gruß, noch gingen sie auf eine Plauderei über den Dauerwolkenbruch ein. Um sie nicht durch eine falsche Bemerkung herauszufordern, verstummte auch er.

Zwei weitere Dämonenpfähle trugen eindeutig die Züge Lichs und Georgias. Ihr rotes Haar war zu einem blau durchsetzten Kamm stilisiert worden, der wie eine gefrorene Fahne im Wind wogte. Unerreichbare Georgia! Sicherlich war sie schon in den Todesschlaf des Kältesarges geglitten.

Auf dem holzgepflasterten Platz vor dem Tor pustete eine Bö Fabius beinahe um. Um die Palisaden hatten sich schwarze Pfützen gebildet, die Luft war schwülwarm und keineswegs angenehm frisch, wie man es nach einem Unwetter erwarten sollte. Selbst die Hreng schienen davon beeinträchtigt, die Speerträger prusteten laut, als sie ins Dorf marschierten. Rechts und links klapperten die Wächtermasken.

Im Unverrückbaren herrschte das blanke Chaos. Mehrere Springlinge waren dabei, ihre Langhäuser abzudecken. Sie verschnürten die Dachbalken zu Bündeln und stapelten sie an der Umfriedung. Buschwerk rollte, vom Wind getrieben, umher, bis es sich an den Palisaden verfing. Hreng trabten, schwer mit Stämmen oder tönernen Gefäßen bepackt, durch das Dorf. Aufgeregt kreischten die Sänger. Rechter Hand die Burgen der Vollhreng waren zerstört, als hätte ein mutwilliger Gigant sie auseinandergerissen; nur die Grundmauern aus dicken Pfählen und festgestampftem Lehm standen noch, aus den Eingängen plätscherten gelbliche Rinnsale.

Die Speerträger führten Fabius bis unter den Blitzbaum. Dort schnitzte, unberührt von dem Tohuwabohu ringsum, ein Hreng mit alter, grauvernarbter Haut an einem Dämonenpfahl. Gesicht und Kamm verbarg es unter einer ledernen Maske, in die Spiegelscherben wie falsche Augen eingelassen waren.

Fabius sammelte sich und rasselte eine Grußformel in den Nitze, die auch Lich nicht mit klangvolleren Adjektiven und freundlicheren Substantiven hätte spicken können. Dann fragte er geradeheraus nach Gabriell.

Vor sich hin zischend, hämmerte der Hrengschamane mit einem steinernen Stichel an dem Pfahl, der allmählich die Physiognomie eines Hreng annahm. Bei jedem seiner Hiebe stoben Späne auf und wehten davon. Ausladende Kiefer kamen zum Vorschein, die Hornlappenbildungen um die Nasenlöcher, die zurückgesetzte steile Hrengstirn.

Plötzlich straffte sich der Schamane. Mit herrischer Geste rammte er den Pfahl vor Fabius in den lehmigen Boden. „Erkennst du Keines-Wesens-Nestling nicht?"

Dieser Pfahl war keine Dämonenscheuche, sondern eine Gedenkstele, wie sie die Begräbnisstätte am Rande des offenen Sumpfes säumten. Der alles andere als furorstrotzende, zur Seite geknickte Kamm verriet auch ohne Bemalung Schwäche und Trauer. Hatten sie Gabriell längst geopfert? Die Vollhreng waren ja, nach dem Trubel im Dorf zu urteilen, bereits zurück.

Fabius legte den Kopf in den Nacken und blickte dem Hrengschamanen in die schwarzglänzenden Augen. „Es ist mein Nestling. Ich bin gekommen, es zu holen."

Hölzern starr, als wäre es selbst eine Stele, belauerte ihn das Hreng.

„Ich weiß, daß mein Nestling lebt. Gebt es frei, es hat nichts verschuldet. Wir Halbwesen haben das Tabu gebrochen. Und ich schwöre euch, daß wir euer Dorf nicht mehr behelligen werden."

Das Hreng ließ den Pfahl umkippen, Fabius sprang zurück.

„Es ist tot, tot, seit es eurem Zauber anheimfiel. Weshalb über Tote reden?"

„Weshalb Lebende töten? Ihr habt schon Wiun-jon ermordet. Ich gestatte nicht, daß ..."

Eine Hrengpranke senkte sich von oben auf Fabius herab. Eine einzelne Kralle, dem Zeigefinger des Menschen entsprechend, lastete auf seiner Schulter.

„Das Sumpfland ist nicht deine Welt, Halbwesen. Geh fort zu deinen Nestlingen, geht fort in den Schwarzen Windraum."

Die Kralle rutschte ab, Fabius rieb sich das mißhandelte Schlüsselbein. Wenn der Appell an Verstand und Mitgefühl nichts fruchtete, blieb die Drohung. Trotz des Windes, der an dem Overall zerrte und ein hohles Pfeifen in seinen Ohren erzeugte, war ihm erstickend warm. Von einem nahen Baum brach ein meterlanger Zweig herab und schlug in ein Beet.

Um seinen Worten mehr Gewicht zu verleihen, stellte sich Fabius breitbeinig in Positur, ein David, der einen Goliath erschrecken wollte.

„Ich warne euch. Wenn ihr euch an meinem Nestling vergreift, werde ich meine Dämonen gegen euch entfesseln. Sie werden eure Burgen", er hob die Stimme, „wie loses Laub vom Boden fegen, sie werden die Früchte eurer Gärten zermalmen und mit euren lächerlichen Dämonenscheuchen Ball spielen. Ich warne euch, denn ich gebiete über die Schwärze des Windraumes und das Gleißen Stachels!"

Blitzgeschwind stürzte sich der Schamane auf ihn, wie die eisernen Klauen eines Roboters schnitten ihm die hornigen Finger ins weiche Fleisch des Armes. Wütend wand sich Fabius in dem Griff, das Hreng achtete nicht auf sein Zappeln. Gemächlich streckte es die freie Drachenpranke nach dem Reif aus, der allein ihn zu seinen Mitmenschen zurückbringen konnte, rüttelte daran, schrammte ihn rücksichtslos über die Handwurzel. Das Gerät piepste Alarm. Unbarmherzig hebelte der Schamane an dem Reif, bis dieser über die Knöchel hinwegkratzte.

„So ruf doch die Schwärze des Windraumes oder das Gleißen Stachels zu Hilfe – oder beweise deine Macht, indem du Thrr-Zuhrr-Khrr bannst. Verschont er das Unverrückbare, sollst du mit Keines-Wesens-Nestling davonziehen."

Wie ein lästiges Insekt schubste ihn der Schamane von sich. Fabius strauchelte, nur mit Mühe bewahrte er auf dem glatten Boden das Gleichgewicht. Dann betastete er seinen Unterarm, die Hand. Das Blut quoll in dicken Tropfen aus den Schürfwunden. Hastig durchwühlte er das Apothekenkästchen, schluckte eine Schmerztablette. Angenehm kühl zischte der Sprayverband auf die Haut.

Unterdessen drosch der Schamane mit einem steinernen Hammer auf den piepsenden Reif ein. Hageldicht fielen die Schläge. Steinsplitter spritzten durch die Luft. Ob das Gerät zerstört wurde oder nicht, für Fabius war es verloren.

Mit winzigen Schritten wich er zurück und lief dann hinüber zu der freien Fläche, wo noch vor wenigen Tagen sein Zelt gestanden hatte. Die Hreng, damit beschäftigt, ihre Häuser zu demontieren, kümmerten sich nicht um ihn. Der ehemalige Lagerplatz war zerwühlt und zu großen Teilen überschwemmt. Es quiekte und quärrte aus dem Morast; ein Säuger, wie ihn die Hreng sonst in Koben hielten, steckte die spitze Schnauze hervor, dann wühlte er sich mit den nackten rosa Pfötchen wieder ein.

Fabius kauerte sich auf seine Fersen. Er schwitzte am ganzen Körper, und die Muskeln zitterten. Ohne den Reif war ihm der Rückweg abgeschnitten. Freilich, die Schweber verfügten über eigene Funkgeräte ...

Schwarze, zerfaserte Wolken rasten über den grauen Himmel. Der Wind verstärkte sich wieder zu fauchendem, geiferndem Sturm. Gelbe Knollen kollerten und hopsten über den Boden. Der Blitzbaum sang im Luftstrom. Selbst die Hreng hatten Mühe, ihre Lasten wohlbehalten durch die Böen zu lavieren. Allein Diogenes schaute, jenseits von Furcht und Hoffnung, dem Treiben und Getriebenwerden zu.

Diogenes? Das Hreng im Tonhügel hatte nur einen Arm! Durch die Windstöße zu einer Zickzacklinie gezwungen, kämpfte sich Fabius zu der Tonne durch. Ohne Zweifel: das Einarmige!

Ehe Fabius es sich versah, hatte dieses seinen einen Arm ausgestreckt, ihn gepackt und zwischen die wuchtigen Beine gezogen, wo er, obwohl das Einarmige hockte, bequem Platz fand.

„Wo ist dein Vorgänger?“ fragte er, als er sich von seinem Schreck erholt hatte.

„Seine Augen hatten genug geschaut, seine Ohren genug gehört; die alten Schalen und den warmen Regen seiner Springlingstage hat ihm niemand zurückgebracht.“

Hinter ihm waren graue Bauchhaut und rissige Kehlhaut und harsche Ellbogenhaut. Rechts und links flankierten ihn die von vielen Narben gezeichneten Schenkel. Wind und Regen konnten ihn nicht mehr erreichen. Er war geborgen. Bitterkeit überflutete ihn.

„Du bist schuld, du, Einarmiges. Du hast Wiun-jon getötet, und du warst es, das Gabriell gefangen hat. Du bist schuld.“

„Meine Nestlinge ruhen im Sumpf. Was ist das Leben als ein kurzer Traum?“

„Dann hilf mir, ehe du aus deinem Traum erwachst. Wo ist mein Nestling?“

Ohne Vorwarnung rückten die Tatzen des Einarmigen zur Seite; Fabius hechtete ins Freie.

Der Sturm schleuderte ihn sofort zu Boden. Wolken von Laub, Ästen, Insekten, Holzsplittern wirbelten durch die Luft. Ein ohrenbetäubendes Krachen und Brausen erfüllte den Dschungel. Der Himmel war ein Hexenkessel von dahinquirlenden, sich ineinander verkeilenden Wolken – und während er sich an Grasbüscheln festkrallte, sah er ihn, Thrr-Zuhrr-Khrr, den er hätte aufhalten sollen, den Riesen, der mit seinem einzigen Fuß das Sumpfland zerschmetterte und sein Haupt über den Wolken, die ihn umtosten, verbarg.

Springlinge, die kleinen zuerst, dann die größeren, schossen in schier endloser Reihe in des Einarmigen Tonne hinein. Unglaublich, wieviel Springlinge die Tonne faßte, so als wäre sie das Tor zu einem unterirdischen Gewölbe.

Dann hüpfte der letzte Springling heran. Ein dickes Aststück schlug Fabius gegen die Wange. Halb betäubt kroch er zurück zur rettenden Höhlung. Über ihm kochte der Himmel, entlaubte und zerknickte Stämme fielen aus den Wolken, und er kroch, bis das Einarmige nach ihm langte, ihn ins finstere Innere pferchte, mit seinem breiten Rücken den Mund der Höhlung verschloß.

Drinnen roch es nach Hreng, und Platz war keiner. Eng gedrängt, zitternd, hockten sie aneinander. Die vorjährigen Schlüpflinge wurden in die hinterste Ausbuchtung der Tonne gedrückt, das hereinsikkernde Wasser reichte ihnen bis zum Hals. In der Dunkelheit schnaubten und schnauften sie und pfiffen leise und ängstlich. Thrr-Zuhrr-Khrr aber ließ seine Muskeln spielen. Man hörte die Palisaden splittern, und die Säuger, deren Wühlverstecke aufgepflügt wurden, vor Todesschreck quieken. Man hörte die Urwaldriesen ächzen, man hörte den Blitzbaum, der mit feinem Singen dem Baumzerschmetterer trotzte und dabei Thrr-Zuhrr-Khrr all das opferte, was die Hreng

ihm geopfert hatten. Man hörte ein Vollhreng getroffen aufpfeifen, man hörte die Regenflut wie aus einem umgekippten Ozean herniederprasseln, man hörte Thrr-Zuhrr-Khrr stampfen und wüten und wüten und stampfen ...

Plötzlich war es still. Totenstill.

„Dein Nestling ist in jenem Bau“, sagte das Einarmige und gab das Eingangsloch frei. „Du hast zweihundert Herzschläge Zeit, ihn herauszuholen und Unterschlupf bei dem großen Mahrr-Baum jenseits der Palisade am Knüppeldamm zu suchen. Wagst du es?“

Als wäre seit Tagen eine verborgene Feder in ihm immer mehr zusammengepreßt worden, schnellte Fabius hinaus. Er flog in der unheimlichen, heißen, vibrierenden Stille über Blattwedel und Bohlen, über tote Sänger und Beete, deren Unterstes zuoberst gekehrt war. Dort die Ruine der Hrengburg, ja, waren diese denn unterkellert? Halb verschüttet gähnte zwischen zwei unversehrten Eckpfeilern eine Nische in der dicken lehmgelben Wandung, und darin kauerte Gabriell, lebendig, ohne Fesseln. Weshalb rannte er nicht davon?

„Gabriell, auf, auf!“

Er vergaß, daß der Nitze noch auf die Sprache der Ffarhreng eingestellt war, doch Gabriell verstand auch so und deutete zum Himmel hinauf. Dort, im Auge des Orkans, wurden die Wolken immer dünner, Stachel brach durch, Stachel, auf den in die Stille des Sturmes hinein der Dschungel mit einem verhaltenen Stöhnen antwortete.

„Deck dir was drüber, los, beweg dich!“

Er zog an Gabriell, und Gabriell trat sich frei. Der Lehm auf seiner Haut bildete einen natürlichen Schutzpanzer, ein breitblättriger Zweig beschirmte den Kamm.

Sie kletterten durch eine Bresche, die Thrr-Zuhrr-Khrr in die Palisade geschlagen hatte. Schon fauchte der Urdämon aus Luft und Wasser erneut heran. Sie staken im Schlamm fest, Fabius bis über den Nabel, Gabriell, selbst bis an die Hüften einsinkend, schleifte ihn mit. Wo war der mächtige Baum, der Obdach bot? Im zerwühlten Unterholz um das Dorf schauten aus manchen Wurzelhöhlungen Hrenggesichter – Gesichter von Feinden, von möglichen Verfolgern ...

Die zweihundert Herzschläge waren ausgeklopft. Thrr-Zuhrr-Khrr raste heran, baumzersplitternd, astzerschmetternd, sumpfzerpflügend. Fabius grub sich in den schlüpfrig-zähen Morast. Gabriell wälzte sich über ihn. Schwer lastete das Hreng auf ihm, nicht schwer genug, als daß sie, während es ihm in den Ohren knackte und sauste, von unsichtbarer Faust hin- und hergeschoben wurden, doch schwer genug, daß er mit abgeschnürter Brust, die Wange in den Schlamm gebettet, inmitten des herabströmenden Wassers, inmitten der knarrenden Stämme, des Heulens und Kreischens schließlich das Bewußtsein verlor.

Schmerzen überall. Wie eingedrückt die Brust, jeder Atemzug eine Tortur. Die Beine zerschunden. Wie wundes Fleisch die Arme. Der Rücken verkrümmt. Vor ihm verschleierte Scheiben. Der Schatten eines Hreng zu seiner Rechten.

„Wasser“, flüsterte er, „Tablette.“

Gabriell flößte sie ihm ein. In sich gekehrt, verfolgte Fabius, wie das Medikament die Schmerzen vertrieb. Tropfenweise gewann er sein Denkvermögen zurück. Waren die Glieder noch heil? Dreck klebte an den verschorften Händen. Der Overallärmel war aufgeschlitzt, blau und geschwollen die Haut unterhalb der Schulter. Das Armaturenbrett des Schwebers war ebenfalls mit Schlamm beklekkert. Weshalb fuhren sie nicht?

Er stützte sich ab und schaute hinaus. Hinter einem dichten Vorhang von Regen ragte eine klobige Silhouette aus dem angespülten Buschwerk, einem Fels nicht unähnlich: der zweite Schweber. Er war abgekippt, zu zwei Dritteln in den Morast gerutscht, nur das Vorderteil mit der Kabine lugte noch heraus.

„Springt er nicht an?“

Unnatürlich schief klemmte Gabriell in dem Hrengsitz. Er war schmutzig, und sein Kamm war zur Seite geknickt wie der der Gedenkstele. Seine Kräfte, meinte er, reichten bei weitem nicht aus, um den Schweber freizuschaufeln oder freizustemmen. Die Niederschläge hatten die schweren Fahrzeuge unterspült und den Boden aufgeweicht. Wenn erst einmal das Geflecht der Wurzeln von der scharfen Schweberumrandung durchschnitten war, hielt ihn nichts mehr – schon jetzt hatte er Schlagseite.

„War ich lange bewußtlos?“

Gabriell nickte auf Menschenweise. „Einen Abend und eine Nacht. – Ich zweifle, daß es eine gute Idee war, davonzulaufen. Sobald sie Thrr-Zuhrr-Khrr abgeschüttelt haben, werden sie uns verfolgen. Und ihr Kamm wird rot leuchten.“

„Na und?“ Fabius tastete seine Rippen nach Brüchen ab. Daß er sich im wesentlichen unverletzt fand, beruhigte ihn. Binnen kurzem würde der Copter sie abholen, die Mediziner würden die Abschürfungen und Prellungen behandeln, und Meridor würde niemals wagen, ihn, den Helden, zu bestrafen.

Vorsichtig rekelte er sich. Jetzt, da seine Lebensgeister erwachten, meldete sich auch der Magen. Er polkte die Klappe des Nahrungsspenders auf und kaute einen synthetischen Fruchtwürfel. Draußen kreiselte die Nachhut Thrr-Zuhrr-Khrrs über die Lichtung. Eigentlich sollte er sich als nächstes waschen und einen Ersatzoverall überstreifen.

„Ich bin ein Feigling.“ Gabriell knickte die Beine ein. Dreck platzte von den schuppigen Knien, die nun die rechte Hälfte der Scheibe verdeckten. „Ich hätte niemals um Hilfe rufen dürfen. Ich hätte mein Los tapfer erdulden müssen. Schuld lastet auf mir, sollte um meinetwillen ein Halbwesen Opfer des Sumpfes werden."

Was jammerte Gabriell? „In wenigen Stunden feiert man uns in der Siedlung."

Die Saurierhände, zwischen den Krallen hafteten Blattreste, schurrten verkrümmt über die Armaturen. „In wenigen Stunden versackt der Schweber, die Ffarhreng ringsum im Dschungel werden triumphieren." Sein Sessel kippte nach hinten, daß der Schweber sacht wippte. „Und ich bin müde. Ich will schlafen und nie wieder erwachen." Er verbarg das Gesicht hinter den Pranken.

„Und der Copter? Was ist mit dem Copter?"

Da Gabriell nicht antwortete, glitt Fabius an das Funkgerät. Ein hohles Knacken ertönte. Er probierte es auf anderen Kanälen, das Knacken blieb. Hatte ein Blitz die Elektronik zerstört? Verhinderten Gewitter den Empfang? Jetzt verstand er Gabriells Verzweiflung: Kein Copter war unterwegs. Oder vielleicht doch? Nein, Meridor würde das vereinbarte Signal abwarten oder zumindest ein Nachlassen des Unwetters.

Besorgt öffnete er den Ausstieg. Der Regen spülte alle Illusionen weg. Ein bräunlicher Teich hatte sich um die Schweber gebildet, sie glichen sinkenden Meeresschiffen. Wie lange noch, und der Sumpf hatte sie verschlungen?

Wasser schwappte ihm in die Stiefel. Wenigstens einen Meter war der Schweber eingetaucht. Blasen blubberten an der Wandung empor, braune Schlieren strudelten herauf. Hier war alle Mühe verloren. Was der Sumpf sich einverleiben wollte, rückte er nicht mehr heraus.

Oben, in der Kabine, schnaufte Gabriell. Bisweilen zuckten seine Glieder im Schlaf. Wie erschöpft mußte er sein, wenn ihn in höchster Lebensgefahr die Müdigkeit so übermannte!

Fabius klappte die Ladeluke auf, über deren unteren Rand bereits die braune Brühe eindrang. Lichtpfähle, ein Echolot, Kartons mit Ersatzteilen – unnützes Zeug, achtlos warf er es in das Wasser, stellte sich darauf. Kein Reservesender, kein Reservereif, nicht einmal eine simple Funkbake. Und wie und wo sollten sie sich draußen im Dschungel vor den Hreng verstecken? Womöglich wurden sie längst beobachtet?

„Wenn ihr da seid", schrie er in den Nitze, „zeigt euch gefälligst, feige Bande!"

Nur Wind und Regen rauschten in den Zweigen der Büsche.

Gabriell war von dem Ruf erwacht. Sein Oberkörper füllte den Ausstieg nahezu aus, der Kamm glänzte naß und grau.

„Wir retten uns in den Dschungel. Je eher, desto besser!"

„Ich habe geträumt. Ich war wieder Springling, aber kein Stachelhreng. Wir haben in den Gärten ‚Wo ist die Schildkröte?' gespielt und …" Mit einem klagenden Triller brach er ab.

Fabius sortierte die Ausrüstung. Arznei war wichtig, dazu Zelt, Nahrung, Waffen.

„Du Halbwesen ahnst nicht, was es heißt, sich durch den Dschungel zu kämpfen! Die Bäume halten dich mit Zweigen und Wurzeln fest. Überall lauern Bestien und Insekten. Sirenen und Dämonen locken dich ins Verderben …

„Ich Halbwesen ahne nicht, was es heißt, sich durch den Dschungel zu kämpfen …" Hastig durchwühlte Fabius den Laderaum. Hatten sie nicht einen einzigen Handlichtwerfer? Da: ein Buschmesser samt Futteral für Gabriell. „… aber ich weiß, was es bedeutet, sich jetzt untätig in sein Los zu schicken."

Gabriell zwängte sich aus dem Schweber. Platschend plumpste er in den Morast. „Entschuldige, ich bin so ausgelebt. Wohin willst du entfliehen?"

„Zu freundlichen Hreng, im Notfall bis zur Pyramide."

„Ich widerspreche nicht."

Endlich suchte sich Gabriell eigenes Gepäck zusammen. Für ihn barg der Laderaum, in den mehr und mehr Wasser strudelte, einen in der Mitte geteilten Hrengrucksack. Nahrungspäckchen verschwanden darin, ein Kommunikator, Seil, Ultraschallgerät und Sombrero. Fabius trieb zur Eile. Jeden Augenblick konnten die Hreng des Unverrückbaren sie überfallen. Ein letztes Mal kroch er in den Schweber, drehte am Funkgerät: hohles Knacken. Das war der wirkliche Abschied von der Zivilisation. Seine Hand strich über die glatte Verkleidung des sinkenden Fahrzeugs.

Er watete voraus zum Rand der Lichtung. Es schmatzte bei jedem Schritt. Schlammaufpflügend trapste Gabriell hinterher.

„Ich möchte etwas vorschlagen. Zur Küste zu siedelt mein Stamm. Wir müßten Tahrklama-hreng, den Wald, aus dem kein Hreng zurückkehrt, umrunden, vielleicht glückt es uns."

Das Elend der Hreng

Die Hreng unterschieden dutzenderlei Arten von Wald, für die der Nitze nur wenig präzise Bezeichnungen bereithielt: Schlingwald und Gartenwald, Düsterwald und Schummerwald, Nebelwald, Hellwald und Nachtwald. Zumeist umfing Fabius eine dunstige Dämmerung, denn das mehretagige Blätterdach der Platanen und Lilienbäume, der Zykadeen und Pulastersequoien, der Pseudoaraukarien, Nuß- und Eukalyptusbäume schirmte das diffuse Licht des Wolkenhimmels beinahe vollständig ab. Der dünne Schein, der durch die Kronen sickerte, erzeugte eine schmutzigweiße Flora, von der sich die mannigfaltigen und bunten schmarotzenden Pflanzen, die Orchideen in den Astgabelungen kräftig abhoben. Wo aber das Blattwerk auch nur ein zweigumzappeltes Fensterchen zum trüben Firmament öffnete, breiteten sich hohe Farne mit riesigen Wedeln aus, erblühten Sumpfgewächse, sproß vielstengliger Niederwuchs aus dem Morast.

Mochten seine Vorfahren vor wenigen Jahrtausenden die irdischen Urwälder als Jäger und Sammler durchstreift haben, er, Fabius, eignete sich nicht dafür. Er vermochte kaum zu glauben, daß sich die menschliche Physis seither nicht grundlegend gewandelt haben sollte. Waren diesen angeblich barfüßigen Steinzeitmenschen denn nicht die Knöchel alle fünf Schritte ungeknickt? Hatte ihnen denn nicht jeder vorschnellende Zweig die Haut aufgeritzt? Hatten sich ihnen denn nicht die Wadenmuskeln verkrampft? Seiner technischen Hilfsmittel beraubt, hatte ein Mensch im Dschungel die Überlebenschance einer Schildkröte ohne Panzer.

Dazu hielt ihn Gabriell in Hast. Das Saurier-Ungetüm im zerfetzten Flottenoverall marschierte mit gewaltigen Sätzen voraus mitten durch das spärliche Unterholz, durch zähen Schlamm und über Pilze, deren Hüte Fabius die Knie verschleimten. Die Lianen, die es mit kräftigen Hieben zerschnitt, pendelten ihm ins Gesicht, das Kraut, das es niedertrampelte, ringelte sich ihm um die Beine, die Brettwurzeln und umgestürzten Bäume, die es schnaubend überstieg, zwangen ihn zu Umwegen. Manchmal faßte er die glitschig bemooste Rinde und wälzte sich mühsam hinüber, nahm dabei blaue Flecke und Abschürfungen in Kauf. Trotz des Piekens, Brennens, Juckens knauserte er mit den Vorräten seiner Apotheke.

Vor kurzem hatten sie eine Zone Nachtwald passiert, wo zerlappte Schwämme und faulende Baumstämme gespenstisch fahl glommen und unheimliche Schreie und Pfiffe durch die Finsternis gellten. Nun, im helleren Schlingwald, fehlten die Baumriesen mit ihren Blätterschirmen. Dafür wucherte die ineinander verfitzte Buschvegetation dicht aus dem nachgiebigen Boden. Ein schwieriges Gelände, selbst für ein machetenschwingendes Hreng. Mehr als anderswo jagten hier gefährliche Kleintiere: eine Alligatorenart, die die Hreng den „tückischen Fußbeißer“ nannten, Eiräuberechsen, Spinnen mit daumenstarken Beinen und Skorpione. Fesselpflanzen verwandelten jeden Schritt in ein Wagnis. Und dennoch schöpften sie gerade hier Hoffnung, denn Gabriell verkündete, daß sie endlich dem Bannkreis des Unverrückbaren entflohen wären. Nicht daß ihre Verfolger nun resignieren und umkehren würden, nein; aber sie brauchten nicht mehr zu fürchten, daß jedes Hreng, dem sie begegneten, ihr Feind sei.

Tatsächlich deutete bald einiges auf die Anwesenheit von Hreng hin. Der Schlingwald verlor an Undurchdringlichkeit, die Fessel-

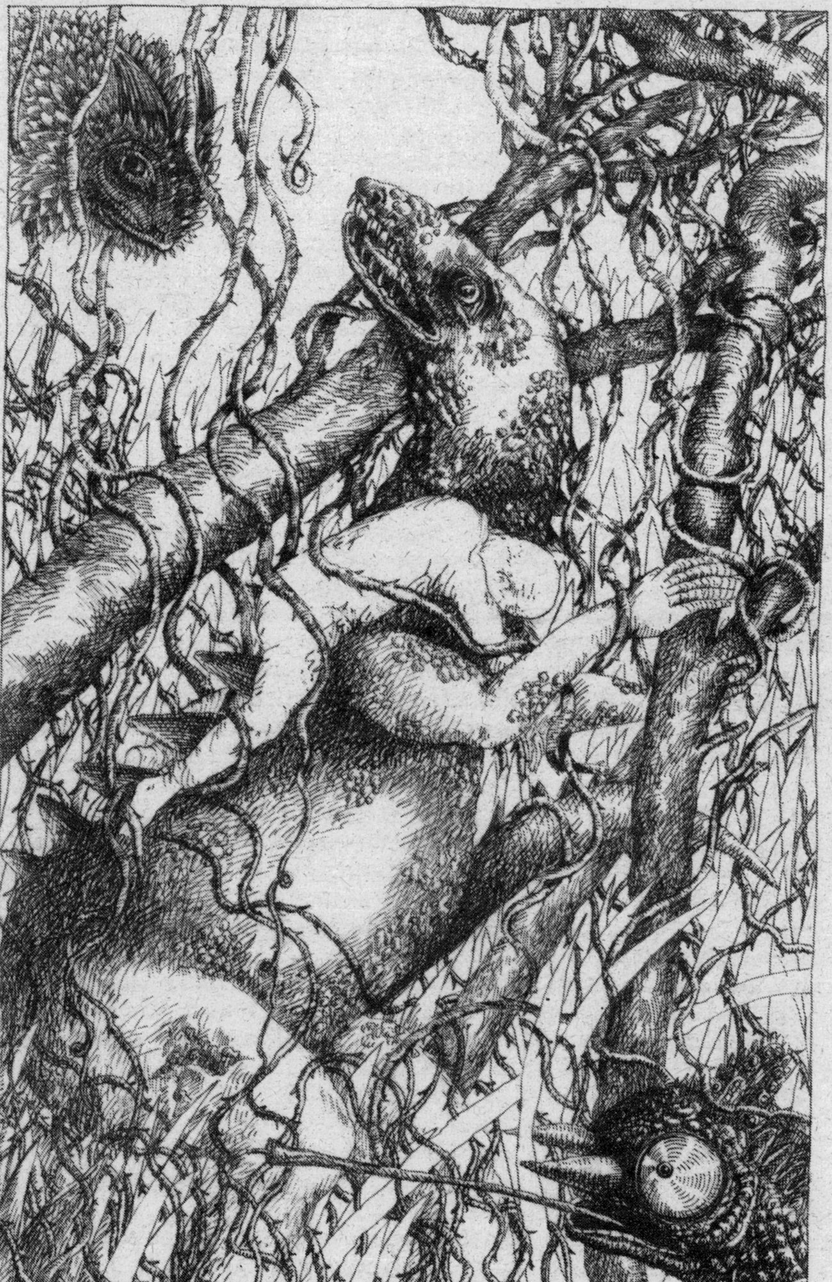

pflanzen wurden rarer, die dornigen Sträucher schienen halbwegs gerodet zu sein, dafür entdeckte Gabriell genießbare Früchte an den niedrigen Bäumen und gedrungenen Büschen. Sie waren in ein Stück Wald verschlagen worden, das im Wechsel der Hrenggenerationen bald kultiviert wurde, bald verwilderte, je nachdem, wo der Stamm seine Burgen aufschüttete.

Thrr-Zuhrr-Khrr hatte auch hier gewütet. Häufiger erklomm Fabius umgestürzte Bäume, einmal packte ihn Gabriell wie ein Kind unter den Achseln und hob ihn darüber, meist aber wichen sie dem Hindernis aus. Sie bewegten sich ohnehin in einem wilden Zickzack voran, und er war gezwungen, sich blind auf Gabriells Orts- und Richtungssinn zu verlassen; einen Kreiselkompaß einzustecken, hatte er vergessen.

Um eine dieser liegenden Baumruinen wimmelte es von Kleinechsen und Pterodaktylen. Bei ihrer Annäherung flatterten die Flugsaurier auf, die Echsen trollten sich zischend. Fette grüne Fliegen schwirrten über einem fast gänzlich ausgeweideten Kadaver. Schwanzknochen und Extremitäten waren vom Fleisch entblößt, nur an den Rippen hingen größere Brocken. Blutig glotzten die Höhlungen der Augen aus dem Schädel. Unterhalb des Kammes hatte ein Ast dem Hreng das Rückgrat zerschmettert. Fabius würgte es, er wandte sich ab.

Gabriell krächzte zwei Töne, die der Nitze mit einem „Ach weh!" übersetzte. „Als ich Springling war, ist einer meiner Nestlinge auf diese Art umgekommen. Wir sind zu dritt durch einen Nebelwald gerannt, weil wir glaubten, ein Dämon jage uns. Ein Trichterbaum brach um, vielleicht war er unterspült. In unserer Angst haben wir nicht aufgepaßt. Es hätte auch mich treffen können."

Eine freche Agame schlüpfte an Fabius vorbei und schnappte sich einen Fleischfetzen. Gabriell hieb mit der Machete nach ihr, verfehlte aber das flinke Tier. Bedrückt nahmen sie ihren Marsch wieder auf.

Inzwischen hatte Fabius einen Blick für die Hrenggärten entwikkelt. Zäune, aus Ruten geflochten, umfriedeten sie. Viele Zaunteile aber waren umgekippt, einzelne zerknickt, ein Stück Flechtwerk hing sogar im Geäst eines Baumes.

Allerhand Getier machte sich nun in den verwüsteten Pflanzungen zu schaffen, rattenähnliche Säuger wühlten nach Knollen, auf den Hinterbeinen balancierende Echsen fraßen schmackhafte Blätter von niedrigen Zweigen.

Gabriell zögerte, die fremden Gärten zu betreten. Da sie jedoch keinen Pfad entdeckten, waren sie schließlich dazu gezwungen. Erstaunlicherweise reparierte kein Hreng die Zäune, und keins verscheuchte die Kleinsaurier, die genüßlich Beeren und Früchte vertilgten. Auch Gabriell konnte nach einer Weile der Versuchung nicht länger widerstehen und bediente sich reichlich mit Leckerbissen, die ihn von einem Wurstbaum herab anlachten.

Geruhsam wanderten sie weiter. Der Oberkörper des Hreng schaukelte im Takt der Schritte langsam nach links, langsam nach rechts, langsam nach links, der Schwanz hinterließ eine Schlangenspur. Manchmal richtete sich Gabriell gerade auf, drehte lauschend den Kopf, dann trottete er weiter, langsam nach links schaukelnd, langsam nach rechts schaukelnd. Fabius blieb möglichst in der Schleifbahn des Schwanzes, denn allzuoft hatten Gabriells Tatzen tiefe Löcher in den schlammigen Boden gedrückt.

Eine dichte Reihe intakter Dämonenpfähle markierte das Ende der Gärten. Sie starrten mit winzigen, stechenden Augen weit über Fabius hinweg gegen die grüne Wand eines Düsterwaldes. Wahre Säbelzähne wuchsen aus ihren gefletschten Mäulern, die Kämme strotzten vor Zorneskraft, und aus den Fingern sprossen ihnen Krallen, gegen die Gabriells Machete wie Spielzeug wirkte. Das Unverrückbare hatte sich nicht durch so gewaltige Furchtgestalten geschützt.

Flüsternd neigte Gabriell sein Haupt herab: sein Piepsen ging im Gekreisch des Urwaldes unter. Er mußte sich wiederholen, direkt in den Nitze sprechen. „Da drüben beginnt Tahrklama-hreng. Wir haben die Richtung etwas verfehlt."

Zurück? Und die Verfolger? – Ohne seine Einwände zu beachten, stapfte Gabriell los. Schon nach einer kurzen Strecke wichen sie von der eigenen Fährte ab. Ein breiter Hrengpfad erleichterte ihnen den Marsch. Sollten sie den Kontakt suchen oder meiden? Gabriell schien den Pfadbenutzern geradewegs in die Arme laufen zu wollen. Vielleicht hatte er recht.

Wenig später zerschnitt den Gartenwald ein Band der Zerstörung. Buschwerk und alles Unterholz waren zu einem verfitzten Brei niedergewalzt worden – wie von einem Schweber. Geborstene Stämme und Gezweig bedeckten den zerstampften Boden. Lediglich die Urwaldriesen hatten der zermalmenden Kraft getrotzt, jüngere Bäume waren umgerissen worden, zwischen ihnen staken schiefe Dämonenscheuchen, vielfach zerschrammt und gespalten. Ein süßlicher Gestank verpestete die Luft.

Gabriell hielt plötzlich inne. „Sie sind nicht aus dem Unverrückbaren, pfeifen einen anderen Dialekt. Ich muß sie nach dem Weg fragen." Dann gab er durch einen gellenden Hrengruf seine Anwesenheit kund.

Die Hreng waren so sehr in ihrem Kummer befangen, daß sie keine Augen für das Halbwesen hatten. Drei von ihnen waren gegen eine bemooste Brettwurzel gebettet, sie bluteten, und des einen Bein war gebrochen. Die anderen kümmerten sich um ihre Nestlinge, bastelten aus stangenförmigen Ästen und Lianen eine Schiene, stillten den Blutfluß durch graugestreifte Blätter. Schließlich, als sie das

Bein geschient hatten, wandte sich eins der Hreng Gabriell zu. Weißer Schorf baumelte ihm von der Schulter herab. Fabius' Nitze übersetzte nur stockend, auch Gabriell verstand nicht alles.

Unglück auf Unglück hatte den Stamm heimgesucht. Thrr-Zuhrr-Khrr war über ihr Dorf hergefallen, und nicht zufrieden damit, Burgen und Gärten zu verheeren, hatte er die Vorratsgruben aufgewühlt und Fruchtbeutel wie Krüge, auch den Salzvorrat in die Luft geschleudert und unrettbar verstreut. Stachel hatte sein Gleißen dem weichenden Sturmgiganten nachgeschickt und manchen verletzt, der, dem Tosen entronnen, sein Hab und Gut einsammeln wollte. Zu schlimmer Letzt seien die Triceratopen, der Stolz des Dorfes, in Panik geraten, hätten in wilder Stampede die Gärten niedergetrampelt, und wer sie wie diese Nestlingsgruppe aufzuhalten trachtete, wurde von den Rasenden angegriffen. „Wenn wir sie noch verlieren, wird Not in unsere Hütten einziehen, Alte und Springlinge werden darben, und manche, die Thrr-Zuhrr-Khrr verschont hat, werden verhungern."

Erschüttert hörte Fabius zu. Wieviel hätte hier ein Arzt, ein Copter auf Suchflug ausrichten können! Für die tausendfältigen Sturmschäden in Tebit allerdings würden die Mittel der Siedlung nicht ausreichen. Und was bedeutete es schon, die Folgen *einer* Naturkatastrophe zu lindern, wenn sich fast jedes Jahr ein anderer dämonischer Unhold an den Sumpfbewohnern austobte. Da hätte es eines ausgefeilten Warnsystems bedurft, vor allem aber einer besseren Kommunikation. Hier sollte sich der Mensch engagieren. Die Hreng durch Halbwesentechnik einander näherzurücken hieß, sie auch den Menschen näherzurücken. Und davon hing in der Endkonsequenz die Zukunft Pulasters ab.

Er knöpfte seinen Arzneikasten auf; ein wenig Sprayverband, mehr konnte er diesen geplagten Riesen nicht anbieten.

Gabriell hatte sich währenddessen nach dem Weg zum Meer erkundigt. Sie sollten einem Wasserlauf folgen, der „Straße der Muschelhändler". Aber würden nicht gerade dort die Hreng des Unverrückbaren sie vermuten? Sein Argwohn wurde noch bestärkt, als das Hreng mit dem herabbaumelnden Schorf zum Himmel wies: Ob dies ihr Begleiter sei.

Unter den grauen Wolken kreiste flügelklatschend ein Sänger. – Ein Sänger: Hätscheltier und Jagdgefährte, Spion und Bluthund der Hreng.

Eier müssen sterben

Fabius stakste, wie er meinte, mit letzter Kraft über glucksende Graspolster. Nicht einmal die fleischfressende Pflanze, auf der eine festgeklebte Großlibelle zappelte, erweckte sein Interesse. Sie erinnerte ihn vage an einen gepolsterten Sessel, lud zum Verweilen ein. Sein Mittagsmahl hatte er mit einem Traubenzucker-Vitaminkonzentrat, einer Anregungs- und einer Schmerztablette sowie mehreren Handvoll Wasser frisch von einem trichterförmigen Blatt bestritten. Wie aufgezogen setzte er nun Fuß vor Fuß, beseelt von dem einzigen Wunsch, bis zum Abend durchzuhalten.

Manchmal glaubte er, Menschenschreie zu hören, Sinnestäuschungen ohne Zweifel im Gebrumme und Gequärre über dem Fenn. Es klang, als ob die Forscher der frühen Expeditionen ihn in altertümlichen Sprachen warnen wollten. Dann schockte ihn ein klarer Ruf: „Komm nach Haus, Fabius!" – die Stimme seiner Mutter. Er hatte die furchtbare Nacht in Wildland mit zusammengebissenen Zähnen ausgeharrt und eilte nun heim, dem Haus am Hügel entgegen, übermüdet, erschöpft, doch auch stolz über die bestandene Mutprobe.

Unversehens prallte er gegen die harten Zacken, die den Rücken des Hreng vom Kamm abwärts teilten. Gabriell drehte sichernd sein Haupt. „Dort drüben!"

Auch auf Zehenspitzen vermochte Fabius nicht, über das hohe Gras, die Büsche mit den flauschigen weißen Samenständen, die verkrüppelten Zypressoiden zu spähen.

„Ein Gelege. Fragen wir." Zielsicher lief Gabriell auf einen Werder, eine flache Erhebung im feuchten, morastigen Gelände, zu. Hier spielten in einem Hain von niedrigen Zykadeen, deren stumpfen Stämmen vielgliedrige Blattwedel entsprossen, zwei Wächter mit kurzen und langen Knöchelchen. Auf Gabriells Zupfiff ließen sie von ihrer Partie ab und bleckten nach Art der Flußhreng vom Alten Strom zur Begrüßung die Zunge.

Schleppend dolmetschte der Nitze: Das Wetter. Thrr-Zuhrr-Khrr, der sie verschont hatte. Der Stachelvogel und der Schlaf des Giganten. Schlechte Zeiten für Hreng und Sänger. Dann wechselten sie das Thema. Das Halbwesen, hilflos wie ein Springling, was suche es im Sumpf? Gefahrvoll sei der Weg zurück zu seinesgleichen. Schlechte Zeiten also auch für Halbwesen.

Fabius mischte sich mit keinem Wort in die Unterhaltung. Während er der lückenhaften Übersetzung lauschte, nahm er das Gelege etwas näher in Augenschein. Ein kniehoher Wall von welken Zweigen barg in sich drei Dutzend Eier, groß wie Kinderköpfe, braun, grün und dunkelrot marmoriert.

Plötzlich knirschte es unter seinen Füßen. Er war auf Schalen getreten! Aus dem niedergetrampelten Gras ringsum schimmerten die Reste weiterer Eier. Die Wächter schienen ihre Pflicht nicht gerade mit Ernst und Eifer zu erfüllen.

Nun entdeckte er auch im Gelege zwei Eier, deren Schale gesprungen war. Ihm gegenüber hockte sogar ein Insekt, wespenähnlich, aber grobschlächtig wie eine Gurke, auf einem Ei und bohrte seinen violetten Stachel hinein. Fabius hastete um das Nest herum, riß einen Zweig aus der Umrandung und verscheuchte das Tier.

Durch seine hektische Rettungsaktion hatte er die Aufmerksamkeit der beiden Wächer geweckt. Mit einer unbeholfenen Pantomime wiederholte er den Vorfall und bedeutete wort- und gestenreich, daß sie sich gefälligst um die Brut kümmern sollten.

Die Hreng neigten die Häupter herab, Verwunderung färbte die Höcker ihrer Kämme dunkler. „Eier müssen sterben."

Nun war Fabius an der Reihe zu staunen. Er zeigte auf die Eibruchstücke am Gelege. „Sie mußten sterben? Alle?"

„Noch mehr."

Gabriell bückte sich, hob eine Schale auf, musterte sie von nahem, darauf hielt er sie Fabius herunter. Dies sei eine Rarität, der Überrest eines „Halbhreng"-Eies. Rauh fühlte sich die Scherbe an.

Weshalb gestatteten die Wächter, daß ihr Nachwuchs verdarb? Wodurch unterschieden sich Halbhreng von anderen Hreng? Er wollte nachhaken, doch Gabriell drängte zum Aufbruch. Die leider nur so kurze Rast war vorüber.

Und wieder schwankte Gabriells Oberkörper langsam nach links, langsam nach rechts. Mit kraftlosen Sprüngen eilte Fabius dem Hreng hinterher. Bald blieb er zurück, der Morast umklammerte saugend und schmatzend die Stiefel. Nach wenigen hundert Schritt stützte er sich mit den Händen auf den Knien ab. Jetzt auf das weiche Moos sinken und schlafen! Aber der Abend war längst nicht heran.

Ächzend blickte er auf. Gabriell war aus seinem Gesichtsfeld verschwunden. Er hetzte voran. Schier endlos führte die Schleifspur des Schwanzes über Kraut, Pfützen, Farne. Gabriell! Er stellte den Nitze auf äußerste Lautstärke. Gabriell!

Erschöpft vom kurzen Spurt taumelte er nieder. Kalte Nässe benetzte sein Gesicht. Er durfte nicht aufgeben, um Himmelswillen nicht aufgeben! Schnell eine Munterpille geschluckt. Wenn er Gabriell verlor, verschlang ihn die Wildnis …

Platschend nahte Gabriell, beugte sich herab.

„Ich bin völlig ausgelaugt", bekannte er, „mein Körper muß rasten, schlafen."

„Nicht hier." Gabriell zerrte ihn hoch, stieß ihn voran. Eine Schlange, blau gefleckt, wand sich vor ihnen durch die schwarzen

Spiegel der Wasserlachen. Er fand keinen Rhythmus, er schlurfte, strauchelte, knickte um. Gabriell stützte ihn, zog ihn weiter.

Auf einem Werder gönnte ihm Gabriell die ersehnte Ruhe. Akkurat und geschwind entkrauste sich das Megamolekül, das Stück Zivilisation in der Wildnis. Er hakte den Gürtel auf, es tat gut, den eingeschnürten Bauch herauszurecken. Ungeschickt wuchtete er die Stiefel von den Füßen. An der Wade, knapp oberhalb des Stiefelschaftes, ringelte sich ein grünes Etwas wie ein Wurm um sein Bein. Er streifte das Ding beherzt ab – den Tentakel eines fleischfressenden Schlingkrautes. Ein Striemen rohen Fleisches kam zum Vorschein, beinahe schwanden ihm die Sinne. Gabriell half ihm, sprühte den Verband darauf. Endlich durfte Fabius, die Füße voran, in sein Zelt kriechen. Erleichtert aufseufzend, streckte er sich aus.

Die schlanken Stämme der Zykadeen gestatteten einen Blick weit über das Sumpfland. Nur wenige hundert Meter entfernt drohte düster der Tahrklama-hreng in den grauverhangenen Himmel. Allmählich dämmerte es.

Wenn er gehofft hatte, nun schlafen zu können, so wurde er enttäuscht. Die Munterpille wirkte. Sein Leib war reglos und tot wie ein Felsblock, doch sein Geist schwirrte und irrlichterte. Gabriell saß vor dem Zelt, er wiegte noch immer den Oberkörper im Takt des Marsches. Träumte er? Nein, Gabriell polkte an den Krallenzehen, suchte sich nach Zecken, Bohrwürmern und anderem Ungeziefer ab.

Mit enormer Anstrengung überwand Fabius die Starrheit und pfiff.

Gabriell zuckte herum. „Du schläfst nicht?“

Er schüttelte betrübt den Kopf.

„Uns trennen noch Tage vom Meer.“

Sie schwiegen, und ohne daß er es wollte, marschierte er wieder dem nach links und rechts schwankenden grünbezackten Rücken nach. Schlingpflanzen, Morastlöcher, faulende Baumleichen. Der finstere Nachtwald. Das Gelege. Eier müssen sterben.

Natürlich mußten sie sterben, nicht alle, aber immerhin ein beträchtlicher Anteil. Das war das Gesetz des Sumpfes. Seine Pflicht vernachlässigte nur derjenige Wächter, der zuwenig Eier dem Verderben preisgab oder zuviel. Denn der Stamm mußte fortdauern trotz schlechter Ernten und trotz guter Ernten, fortdauern, wenn Thrr-Zuhrr-Khrr wütete, und ebenso, wenn Thrr-Zuhrr-Khrr sich gnädig zeigte. Wie anders als durch Eiermord sollten sie die übermäßige Fruchtbarkeit eindämmen? Allzubald würden sonst die Gärten, die Säuger in den Koben, die Herden der Triceratopen den Appetit der Springlinge nicht mehr stillen können, die Nestlingsgruppen wären gezwungen, in jungfräuliche Dschungel auszuwandern. Wo aber gab es noch unkultiviertes Land, Wälder ohne Gärten, ohne Hreng? Die schmalen Streifen zwischen den Dörfern, bloße Pufferzonen, zählten nicht. Wollten sie nicht verhungern, mußten sie in letzter Konsequenz fremde Stämme verdrängen. Und dies bedeutete das für Hreng Unvorstellbare: Krieg.

Einen Ausweg, meinte Gabriell, hätten seine Artgenossen nie berücksichtigt – falls sie überhaupt je über ihr Dasein nachdachten und nicht Generation auf Generation den ausgetretenen Pfaden ihrer Vorfahren wie mit Scheuklappen folgten. Er verspräche sich immensen Nutzen davon, die Fesseln der alten Tabus zu sprengen, Feuer zu entfachen und Erze zu schmelzen, um mit eisernen Werkzeugen dem Boden ein Vielfaches an Ertrag abzuringen. Auf welche Frist freilich dieser erste Schritt zu höherer Produktivität ausreichen würde, wußte er nicht zu sagen.

In der hereinbrechenden Dunkelheit huschten Schemen über das Sumpfland, Flugsaurier auf der Jagd. Dunstschleier wallten aus dem Gras auf, das Gebrumme der Taginsekten wurde von dem Zirpen nächtlicher Sumpfgrillen und dem Gequärre der Frösche abgelöst. Zwischen den Büschen bewegten sich schattenhafte Gestalten. Wie leise Flötentöne drang Gabriells Stimme an Fabius' hellwaches Ohr.

„Im Eiermord verbirgt sich das Geheimnis unserer Beständigkeit. Instinktiv erahnen die Wächter, wie viele Schlüpflinge dem Stamm frommen. Sie sorgen dafür, daß im Wandel der Individuen die Gemeinschaft ewig gleich stark weiterlebt. – Hast du dir die Schalen des Halbhreng-Eies angeschaut?"

Gabriell wälzte sich herum, er lag nun flach auf dem Bauch, ein Menschendrachen beim Philosophieren. Der Nebelhauch aus seinen Nüstern wehte am Zelt vorbei.

„Sie sind selten, diese Eier. Aus ihnen würden Hreng schlüpfen wie ihr. Männliche oder weibliche Hreng. Halbhreng. Sie werden unbedingt ausgemerzt, auch wenn keine Bohrwespe zusticht, denn sie gefährden die Stabilität der Art. – In euren Büchern habe ich gelesen, daß unsere Geschlechtigkeit von zwei in einem abnorm sei, die unerklärliche Ausnahme, die nicht im Gefolge einer natürlichen Evolution entstehen könne. Ich bezweifle, daß es der Außerzeitler bedurfte, um uns zu dem zu machen, was wir sind. Wir Hreng sind unser eigenes Züchtungsprodukt, das Ergebnis von Jahrhunderttausenden Selbstdomestikation. Aber wer begann damit und wieso?"

Ein abendlicher Schauer verwischte die Konturen der Zykadeen. Fern schwebten einzelne Pfiffe über dem Sumpf. Selbst wolkenhaft, segelten Flugsaurier unter den Wolken.

Fabius rieb sich den linken Ellbogen, auf dem er sich abgestützt hatte. Er wagte nicht, Gabriell zu unterbrechen, denn in seinen Augen geschah Unerhörtes: Gabriell offenbarte sein Wesen. Das Hreng Primus, das bislang stets mechanisch nachgeplappert hatte, was ihm seine menschlichen Lehrmeister eingetrichtert hatten, entwickelte eigene, einleuchtende Gedanken.

Aber beurteilte Gabriell, wenn er die Vorfahren der Hreng mit den

Menschen auf eine Stufe stellte, seine Artgenossen nicht doch nach unpulastrischen, irdischen Maßstäben? Formte er nicht das Bild der Hreng nach dem der Halbwesen? Immerhin gestattete ihm diese Sicht, die Hreng über die Menschen zu erheben – als die vollkommeneren Wesen, die Vernunftträger mit der längeren Geschichte, die ihre biologische Natur nach ihrem unerforschlichen Ratschluß manipuliert hatten.

„Früher habe ich gemeint, alle Hreng müßten Stachelhreng werden wie ich. Aber würde ihnen das tatsächlich zum Vorteil gereichen?"

Einer der Flugsaurier glitt ohne Flügelschlag heran und landete sanft in der Krone einer Zykadee.

„Nächstes Frühjahr gebe auch ich mich dem Trâl hin. Hlan-ci hat so lieblich für mich gesungen, und es hat mir seinen Namen angeboten. Wo mag Hlan-ci jetzt sein, und was mag Hlan-ci jetzt sein?"

Und wie mochte es Georgia ergehen? In diesen Tagen startete die FLAMMARION aus dem Orbit: Georgia war eingefroren. War wie tot. Außerhalb seiner Zeit ...

Wattig weich gewann die Müdigkeit Gewalt über Fabius. Der Sänger im Wipfel der Zykadee reckte die Flügel und strich ab. Schemenhaft leicht tanzte er mit seinem Gefährten über den Fenn. – Der Sänger! Fabius rammte mit dem Kopf gegen das niedrige Dach des Zeltes. Hastig kroch er hinaus und schubste Gabriell an, der die Augen geschlossen hatte.

„Zwei Sänger!" gellte er in den Nitze.

Der Saurierkörper krümmte sich, als hätte ihn ein Stromstoß getroffen; die Tatzen krallten sich in die Grasnarbe, ein krachender Schwanzschlag, und Gabriell, kerzengerade aufgerichtet, lauschte, äugte, sicherte.

„Sie umzingeln uns. Schneiden uns den Weg ab."

Vor Aufregung zitternd, zerrte Fabius an seinen Stiefeln. Unmöglich paßten sie über die Füße. Und viel zu langsam schrumpfte das Megamolekül. Und Gabriell sah ihm seelenruhig zu.

„Fliehen wir!"

„Wohin?" Gabriells Schwanz peitschte den Boden. „Ich hätte im Unverrückbaren sterben sollen. Jetzt reiße ich dich mit ins Verderben."

Fabius fluchte. Diese Stiefel, so geschmeidig und wartungsfrei, bekam er heute nie und nimmer an die geschwollenen Beine.

„Fertig, Gabriell?" Er raffte Zelt, Stiefel, Nitze zusammen. Dort drüben stemmte sich der Tahrklama-hreng, der Wald, aus dem kein Hreng zurückkehrte, einer schwarzen Mauer gleich in den düsteren Horizont.

„Dorthin?" Gabriell wiegte sich wie ein Baum im Sturm. Dann schnallte er den Rucksack über. „Du hast recht, es ist deine Chance."

„Es ist unsere Chance!"

Aststückchen, vielleicht auch Insekten, stachen ihm in die Sohlen, scharfe Gräser zerschnitten ihm die Knöchel. Selbst die Nässe auf dem Moos hatte sich in beißende Säure verwandelt. Und hinter ihnen pfiffen die Verfolger, kreisten sie ein.

„Abkürzen ...! Daherum ...! Einfangen!“ Getreulich übersetzte der Nitze die Kommandos.

Es war ihm bald gleichgültig, wo er hintrat, ob auf einen Skorpion oder in ein abgrundtiefes Sumpfloch. Sie hetzten ihn, und er floh. So einfach war das. Der Atem rasselte ihm in der Lunge, es pikte ihm in den Seiten, aber seine Beine brachten trotz tagelanger Anstrengung ohne neuerliche Tablette die Kraft auf, zu rennen und zu rennen und zu rennen. Wie an einer unsichtbaren Leine raste er hinter Gabriell her, der, den Schwanzzipfel hochgereckt, dahinpreschte und mit wuchtigen Tritten zermalmte, was vor ihm auftauchte, ob Busch, ob niedriger Baum, begleitet von den beiden Sängern, die, erfreut von der Hetzjagd, ihre hellen Pfeiflieder hinausschmetterten.

Ein hoher, abscheulicher Dämonenpfahl. Dann umfing sie die Dunkelheit des Düsterwaldes, des Tahrklama-hreng. Gabriell hielt inne. Fabius humpelte noch neben ihm, dann sackte er auf das nasse Kraut, lachte und weinte. Sie waren gerettet.

Vor den Hreng.

Das Paradies der Hreng

Mittag im Düsterwald. Dunkelgraue Nebelgespenster zwischen wurzelhaft runzligen Stämmen. Bartflechten von knorrigen Ästen, verschlissenen Spinnweben gleich. Modergeruch wie in dumpfen Höhlen. Klamme Stille.

Nie vorher hatte er solche Torturen erdulden müssen. Die geschwollenen Füße brannten und pochten. Blase saß an Blase, Bluterguß an Bluterguß, Schnitt an Schnitt. Zu allem Unglück hatte er den Arzneikasten verloren und war nun den Schmerzen ausgeliefert. Ohne Tabletten würde er die Nächte leidend durchwachen müssen, ohne Munterpille tagsüber die Müdigkeit nicht bezwingen können. „Ich will nicht mehr“, flüsterte er, „ich will nicht mehr.“

Gabriell, der gegen einen Baum gelehnt ruhte, klopfte sich mit der Tatze auf den Schenkel, eine Geste der Resignation. Die Verfolger würden am Waldrand lauern, stumm wie Dämonenscheuchen, und ihnen die Flucht aus dem todbringenden Baumreich verwehren.

Was eigentlich war das Gefährliche am Tahrklama-hreng?

So genau, meinte Gabriell, wisse das kein Hreng. Er selbst spüre die Bedrohung, die wie ein raubgieriger Quetztalcoatlulus über ihnen schwebe, die sie aus dem Stammesdickicht anspringe, von den Wipfeln niedersinke – aber er mißtraue seinem Instinkt und wolle am liebsten das unsichtbar Furchterregende als Aberglauben ängstlicher Waldhreng abtun. Daß wilde Großsaurier hier lebten, wo sie kein Hreng jagte, reiche als Erklärung allein nicht aus. „Es heißt, auf dem Tahrklama-hreng lastet der Fluch der Giganten."

Fabius quetschte mißmutig an den Verletzungen herum, bis ein wenig Blut herausquoll. Wie sollte er sich ohne Verband behelfen? Er legte sich zurück, gittern verschränkten sich die Kronen über ihm. Von den Bartflechten tropfte es milchig herab. Nirgendwo schimmerte ein Fleckchen Grün.

„Meine Heimat grenzt an die Rückseite des Waldes. Als ich noch Springling war, hielt ich die schweigende Wand des Tahrklama-hreng für den Eingang des Todessumpfes. Trotzdem hätte ich mich um eine Schuppe wie ein älteres Hreng, das mein Stamm geächtet hatte, in seine würgenden Arme geworfen – damals, als meine Nestlinge mich, weil ich ein Stachelhreng war, von ihren Spielen ausschlossen. Vielleicht war ich tatsächlich zu fix und zu egoistisch ... Damals fühlte ich mich trostlos einsam. Ich wollte sie strafen und mich, da ich mich haßte, zerstören. Glücklicherweise besann ich mich und suchte statt dessen bei den Halbwesen Zuflucht."

Niedergedrückt kreuzte Fabius die Arme über den Augen. Gleich welche Gefahr die Düsternis der Bäume verbarg: Was ein Hreng tötete, würde einen Menschen dreimal vernichten – abgesehen davon, daß er ohne Gabriell keinen Tag überlebte.

Ein weiches Etwas kroch ihm über die Hand, er schüttelte es ab: einen Wurm, schleimig und schwarz wie totes Geäst. „Meine Füße schmerzen, Gabriell."

„Und mich hungert." Das Hreng verschnürte den Rucksack und schnallte ihn sich auf. Verhalten pfeifend beklagte es sich: Die Bäume spendeten keine Früchte, die Büsche erstickten unter Flechten, im faulenden Laub wucherten ungenießbare Stockschwämme. Waren Hunger und Gift das Geheimnis des Tahrklama-hreng?

„Wandere allein weiter, Gabriell, solange deine Kraft reicht."

Gabriell schaukelte heran und beugte sich über ihn. Der warme Hrengatem roch säuerlich. „Manchmal begreife ich dich Halbwesen nicht." Die Tonlage des Nitze schwankte. „Du beschämst alle Hreng durch Tollkühnheit und unverzagten Mut, doch kaum hast du dich wund gelaufen, willst du sterben."

Beleidigt stützte sich Fabius auf. „Du ahnst nicht ..." Die dünnen, blutverkrusteten Strümpfe zwickten und rieben, und als er die Füße in die Stiefel zwängte, stach es, als risse die Haut in Fetzen. Er klammerte sich an einen Krallenfinger Gabriells und humpelte einige Schritte. Bei der kleinsten Anspannung, beim Auftreten, beim Abrollen hätte er schreien mögen.

Mitleidig zirpend hockte sich Gabriell hin. „Krieche auf den Rucksack.“

Das Angebot war Fabius peinlich. Durfte er ein vernunftbegabtes Lebewesen als Reittier benutzen? Aber in Anbetracht seiner Füße ...

Zaghaft bestieg er den behelfsmäßigen Hrengsattel. Er wußte nicht, wo er sich festhalten durfte, und er saß zu niedrig, als daß er den wuchtigen Hals umfassen konnte; direkt vor seiner Nase spreizten sich die Rückenzacken, weiter oben zuckte der Kamm. Mit nicht geringer Überwindung preßte er die Hände gegen die schuppige, aber wenigstens trockene Haut. Ruckhaft erhob sich Gabriell.

Langsam nach links schwankend, langsam nach rechts schwankend, trabte das Hreng los. Links und rechts und links und rechts. Draperien von Bartflechten streiften Fabius, die Luft war kühl und dumpf. Vorsichtig neigte er seinen Kopf zur Seite. Ein leichter Schwindel überrieselte ihn: Er ritt! Fast drei Meter schwebte er über den verschlungenen Wurzeln und den schwarzen Pfützen, über den grellgelben und grellroten Tupfen der Stockschwämme. Es war berauschend. – Lauf, Gabriell, lauf!

Tatsächlich beschleunigte das Hreng den Schritt, beugte den Oberkörper nieder, galoppierte! Da hatte er sich durch Morast und hohes Gras gequält, war über Wurzeln gestolpert, hatte sich vom bodenlebenden Ungeziefer piesacken lassen, und dabei lag die bequeme Lösung so nahe! Er kramte in der Overalltasche nach einem Traubenzucker-Vitamin-Konzentrat, der hungrige Gabriell hatte es mehr als verdient, doch das Konzentrat war aufgeweicht, er leckte sich die Finger ab; welch abstruse Idee, ein Hreng mit irdischen Vitaminen füttern zu wollen.

Plötzlich schnaufte Gabriell und bremste so abrupt den Lauf ab, daß Fabius unsanft gegen die Hornzacken stieß.

„In diesem Wald sind Hreng, Hreng im Trâl. Ich verstehe das nicht.“ Schon eilte er weiter.

Die Nähe seiner Artgenossen beflügelte Gabriell. Fabius packte fester zu, um nicht den Halt zu verlieren. Bei jedem Satz federte er hoch. Bei jedem Satz prallte er auf den harten und scharfkantigen Inhalt des Rucksacks. Tote Zweige kratzten ihn, einmal verfing sich eine Bartflechte in seinem Haar und riß ihn fast herab – ein lumpenartiges, modriges Gebilde, das von braunen Käfern wimmelte.

Gabriell reagierte auf keinen Zuruf, ignorierte sogar beherztere Püffe. Rannte er nicht geradewegs in sein Verderben? Vielleicht klaffte, von Gebüsch verdeckt, vor ihnen ein schroffer Abgrund? Vielleicht fletschte ein hungriger Tyrannosaurus, letztes Überbleibsel einer von den Hreng ausgerotteten Fauna, bereits die Zähne? Vielleicht lockten feindliche Hreng – Hrengfresser – Gabriell an? Verzweifelt rüttelte er am Kamm, der sich von der Basis her giftgrün einfärbte. Die Finger wurden ihm klamm und steif, und wenn auch die

Füße weniger schmerzten, so scheuerte er sich jetzt Schenkel und Gesäß wund.

Endlich mußte Gabriell verpusten. Dampfwolken stoben aus seinen Nüstern. „Ich höre Tiere poltern", pfiff er.

In der tristen Dämmerung des Waldes vermochte Fabius nichts zu unterscheiden. Allerdings mengten sich in den schnarrenden Atem Gabriells das Kreischen von Flugsauriern und ein nahes Brüllen. Unter einem trägen, schleppenden Stampfen erzitterte das fahle Gesträuch.

Ein gewaltiger Schädel, hornbewehrt und in einen wulstigen Knochenkragen auslaufend, zerteilte das Unterholz. Wie ein dreifach gehörntes Rhinozeros preschte das Ungetüm, ein Triceratops, auf sie zu, unter dem spitz herabgebogenen Oberkiefer wurde eine fleischige rote Zunge sichtbar; es grunzte markig.

Gabriell wich keinen Zentimeter von der Stelle, spielte sturer Saurier gegen sturen Saurier. Viel zu spät wollte Fabius vom Rucksack rutschen, doch da stoppte das Triceratops – es stand so dicht vor ihm, daß er die Hörner hätte antippen können.

Ohne zu zögern, packte Gabriell das Triceratops an den beiden längeren Stirnhörnern und ruckte den wuchtigen Kopf hin und her. Mit einem tiefen, für ein Hreng nicht hörbaren Brummen antwortete das Tier. Ein Loch im Knochenkragen verriet, daß es mitunter angepflockt wurde.

Neuerlich erschollen Stampfen und Grunzen. Zwischen den düsteren Stämmen brausten weitere Triceratopen in einem Tempo heran, das die Klobigkeit ihrer Leiber Lügen strafte. Sie bedrängten sich, pufften sich gegenseitig mit den Hörnern; auch einige Jungtiere tummelten sich in der Herde.

„Wenn wir Pech haben, schließen sie sich uns an", sagte Gabriell. Er hob sein Haupt zu einem schrillen, durchdringenden Pfiff. „Geht heim! Nach Haus, marsch!"

Andächtig horchten die Triceratopen.

„Trollt euch!" Gabriell drehte das nächststehende Tier und schob es, bis es widerwillig davonschlurfte.

Fabius wurde währenddessen hin und her geschleudert. Die Rükkenzacken Gabriells spreizten und stauchten sich. Unter der bald runzligen, bald glatten Haut spannten die Muskelpakete, daß er Mühe hatte, sich festzuhalten. Gleich darauf erschütterte eine Serie heftiger Holper seinen Sitz: Gabriell teilte Fußtritte aus. Endlich trabten die Triceratopen davon.

Erleichtert schöpfte Fabius Luft – doch da galoppierte Gabriell abermals los. Wie von einem Dämon gehetzt, schoß er durch die finsteren Hallen des Waldes, unbeirrbar, unbezähmbar. Zweige stachen auf Fabius ein, ein Dorn schlitzte ihm den Ärmel auf. Struppiger verwoben sich die Bartflechten; sie zerfetzten wie verschlissene Vorhänge, wenn Gabriell hindurchsprang. Sonderbare, fast menschliche Rufe flirrten aus dem Dämmer in den Dämmer. Dampffähnchen flatterten empor – oder waren es nebelhafte Pflanzen? Eine Felszacke tauchte vor ihnen auf, Gabriell schrammte an ihr vorbei ..., einzelne Steine, halbversunkene Findlingsblöcke ..., Gabriell stolperte, fing sich, hastete weiter.

Fabius verhakte die Füße in den Schulterriemen des Rucksacks. Wollte Gabriell sie umbringen? Er mußte die wilde Jagd beenden! Zuerst zögernd, später entschlossener prügelte er auf den beschuppten Hals ein – zuckend trat da eine Ader hervor. Er riß dann, als alles nichts fruchtete, kräftig am Kamm.

Gabriell stand. Stand, äugte über die Schulter und schimpfte in den höchsten Pfeiftönen. Wer er wohl glaube, daß er sei! Ihn am Kamm zu ziehen! Wenn ein Ritt dem Halbwesen nicht passe, könne es ja die eigenen Füße benutzen! Er, Gab-hriell, sei ein freies Hreng und dürfe eilen, rennen, wetzen, wann, wo und wie er wolle! Nichts als Anmaßung steckte in diesen Halbwesen, unverschämteste Anmaßung und Kommandiersucht!

Er hechelte, und der Oberkörper dehnte sich und schrumpfte dann wieder zitternd.

„Du bist so verändert, Gabriell?“

„Ich will zu meinen Freunden, liebenden Freunden. Sie helfen uns. Du, Halbwesen, kannst davon freilich nichts erahnen.“

Knatternd verstummte der Nitze.

Schon begann die Schaukelei von neuem. Ein abgemagerter Sänger tanzte vor ihnen zwischen den ausgebleichten Flechtenvorhängen – lautlos und gespenstisch wie eine Sinnestäuschung. Woher kamen Sänger, die Begleiter der Hreng, in diesem Niemandswald?

„Gabriell, ich habe Angst! Wenn nun keine freundlichen Hreng dich locken, sondern Feinde, Hrengfresser, Giganten?“

Das Schaukeln verlangsamte sich. „Trâl impliziert Freundschaft. Ich rieche Trâl. Ergo ...“

„Kein Hreng ist je aus diesem Wald zurückgekehrt. Vielleicht haben sie sich sämtlich zu Tode gehetzt? Vielleicht verwirrt dieser Geruch deine Sinne?“

„Ihr Halbwesen verschmäht die Hälfte der Wahrheit. Eure abstrakte Logik ist auf einem Auge blind. – Sie wollten nicht zurückkehren! Denn da vorn jubiliert der Wald des ewigen Trâl! Dort werde ich meinem Nestling aus Springlingstagen begegnen. Dort werde ich mich mit Hlan-ci vereinigen, dort werde ich glücklich sein.“

„Und weshalb rast du dann so unvernünftig? Du brichst dir noch ein Bein an der Schwelle deines Paradieses.“

„Wir sind in einem Hungerwald, ohne Früchte, ohne genießbare Wurzeln. Da vorn herrscht Überfluß an allem.“ Gabriell senkte das Haupt zum Galopp.

„Das ist eine Falle, Gabriell, eine tödliche Falle!“
„Kein Hreng je zurückkehrt!“ pfiff Gabriell im Takt seiner Schritte. „Kein Hreng je zurückkehrt!“
Ein wenig mehr Licht sickerte durch die Wipfel, schmutziggrau und grün schlingerten die Bartflechten. Und Steine überall, von braunem Moos bewachsen.
„Kein Hreng je zurückkehrt!“
„Du bist wahnsinnig, Gabriell!“
„Und du ein dummes, lächerliches Halbwesen. – Kein Hreng je zurückkehrt! – Laß meinen Kamm in Frieden, oder ich zerschmettere dich!“
„Ihr idiotischen, bornierten Saurier verschließt euch jeder Vernunft. Renn nur zu in dein Verderben! Ich schaffe es schon allein, mich bringt der Wald nicht um. Renn nur zu!“
„Und ihr bornierten, idiotischen Säuger legt euch freiwillig auf Eis, zwängt euch in unbequeme Harnische und gestattet Maschinen, euch zu drangsalieren. Das nennt ihr Vernunft. Wir Hreng haben die Giganten besiegt, und wir hätten alle Winkel der Galaxis erobert, wäre dies unser Ziel gewesen. Säuger! Wie kann man nur mit dem Mund nuckeln! – Ich komme, Nestlinge, ich komme!“
In Erwartung der Katastrophe krallte sich Fabius fest. Das Hreng war keinem Argument mehr zugänglich, pfiff in einem fort Unverständliches und raste, raste. Er schmiegte sich gegen die knorpligen Dorsalzacken. Wiederholt ertappte er sich bei dem Wunsch, daß der Alptraum vorbei sein möge, gleich ob durch einen Abgrund, ob durch einen Giganten.
Und dann bremste Gabriell schnaubend und mit vibrierenden Flanken. Die schwarzen Stämme des Düsterwaldes waren verschwunden, statt ihrer wuchs vor ihnen ein mächtiger Baum aus vielen dikken Wurzeln auf. Sanft wippend, lief Gabriell auf ihn zu, streichelte mit seinen Pranken die gelblich und hellgrün gemaserte Rinde und sank gegen den Wurzelstock.
Fabius glitt vom Rucksack und massierte sich die verkrampften Muskeln. In den Füßen pikte und stach es, trotzdem war er froh, wieder auf eigenen Beinen zu stehen. Gabriell wirkte wie geistesgestört, wälzte sich zwischen den Wurzeln, zwängte sich in deren morsche Zwischenräume und pfiff und flötete leis vor sich hin. „Kein Hreng je zurückkehrt.“ Aus dem knorrigen Geäst schauten magere Sänger herab.
„Alles in Ordnung, Gabriell?“
„Welche Wohltat!“ Er streckte die gespreizte Krallenhand Fabius entgegen. Langsam und genüßlich schurrte er gegen die Rinde. „Das ist das Paradies, oh, du armes Halbwesen. – Rette mich davor!“
„Der Nitze krächzte, und Fabius meinte, sich verhört zu haben. „Sirenenbaum! Lockt mich und lockt mich wie ein Geliebtes. Wel-

che Freude, du süßer Springling, du." Sattgrün glänzte Gabriells Kamm. „Verstopfe die Poren!"

Heller perlten die Pfiffe, reihten sich in liedartigem Rhythmus. Der Nitze weigerte sich, sie zu übersetzen. Doch Fabius hatte begriffen. Der Baum betörte Gabriell durch Trâl-Düfte, und die Hreng rochen mit dem Kamm. Womit sollte er ihm die Poren verschmieren? Suchend umrundete er den Stamm. Überall sprossen junge Triebe aus dem Wurzelbereich. Skelettreste zerbröselten unter seinem Tritt. Haarwurzeln umrankten wie Würmer brüchige Knochen. Moos überzog einen länglichen Unterkiefer, der sehr wohl der Unterkiefer eines Hreng sein konnte. War dies das Geheimnis des Tahrklama-hreng?

Hrengisch singend suhlte sich Gabriell im weichen Moder zwischen den Wurzeln, quetschte, während er sich herumwälzte, den Rucksack ein, entblößte auch das, was Hreng sonst den Halbwesen nicht zeigten. Plötzlich sprang er auf und taumelte ab vom Stamm. „Fa-bi-us!" Doch wie mit unsichtbaren Gummibändern fing ihn der Sirenenbaum wieder ein.

Fabius traten die Tränen in die Augen. Womit nur sollte er die Poren verkleistern? Gewohnheitsmäßig tastete er nach einem Anregungsmittel, langte dabei in das zerweichte Konzentrat – eine klebrige Traubenzuckermasse!

„Komm zu mir", flötete Gabriell, „komm zu mir."

Mit knapper Not entschlüpfte Fabius den nach ihm haschenden Klauen. Vorsichtig näherte er sich erneut dem Hreng, das glücklicherweise, umnebelt von Lust, kaum beachtete, was hinter seinem Rücken geschah. So schnell wie möglich rieb er ihm die Zuckerpampe in den Kamm.

Japsend erholte sich Gabriell. „Das war der Wald der Freuden", stotterte der Nitze.

Gebeugt und ohne ein einziges Mal Fabius anzublicken, sortierte er aus dem zerknautschten Rucksack das demolierte Ultraschallgerät und die Nahrungskonzentratpäckchen aus, die sämtlich aufgeplatzt waren.

„Eigentlich kenne ich mich mit Sirenenbäumen aus. Dieser hier muß zu einer besonderen Art zählen. Sein Duft ist so überaus stark, so überaus echt. Nur deshalb konnte er mich überlisten. Beinahe hätte ich mit meinen Knochen seine Wurzeln gedüngt."

Eine ruckhafte Erschütterung lief durch die gewaltige Saurierbrust, ein Hrenglachen. „Manchmal seid ihr Halbwesen ganz nützlich. Obwohl ich mich nach einiger Zeit gewiß allein befreit hätte. Wozu habe ich bei der Flotte gelernt, meinen Körper zu beherrschen!"

Die Stadt der Giganten

Die Hand eines Riesen hatte Unmengen von Felstrümmern über den sanft ansteigenden runden Berg inmitten des Tahrklama-hreng verstreut. Die meisten davon tarnten sich mit stachligem graugrünem Kraut oder fleckigem Gebüsch, oder sie verwitterten unter den Wurzeln verkrüppelter Bäume. Wasserlachen, von fallenden Tropfen gesprenkelt, glänzten in den Senken. Vierschrötige Echsen watschelten breitbeinig vorüber.

Der Sturm hatte einen hohen Laubbaum umgerissen. Die ausgefranste Wurzelscheibe war hochgekippt, verkrümmt griffen die geborstenen Wurzeln in die Luft. In der Grube darunter schimmerte hell wie weißer Marmor ein freigelegter Felsquader. Dieser Lichtschein im tristen Grau des entschwindenden Tages hatte Fabius und Gabriell herbeigelockt.

Zerschrammt und von feinen Wurzelhärchen benagt, gab der Steinblock die Reste eines Reliefs preis, das die Elemente nahezu ausradiert hatten. Die Umrisse waren mehr zu erahnen als abzulesen; lehnte man sich gegen die Wurzelscheibe und kniff die Augen halb zu, fügten sie sich zum Fragment eines Bildes. Drei kopfstehende Figuren, Hreng im Profil, schritten ehrwürdig einher – mit dem typischen Hintereinander der beiden Beine und des Schwanzes und der gerade aufstrebenden Zackenlinie des Rückens. Allein schon der Fakt, daß Hreng einst Stein behauen und sich porträtiert hatten, war erstaunlich, denn er unterhöhlte die These von ihrer angeblichen Geschichtslosigkeit: Ein Auf und Ab der Kulturen wurde wahrscheinlich.

Immer mehr trat nun hervor: Striche, die man für Sprünge im Gestein hätte halten können, schmückten, sei es als Andeutung eines Gewandes, sei es als kettenartiger Zierat, die Körper der Hreng. Eine weitere Gestalt, ebenfalls in Seitenansicht, überragte kopfunter die drei Hreng um das Doppelte.

Vernehmlich zischte Gabriell: Sie standen vor dem Konterfei eines Giganten! Das merkwürdige Haupt des größeren Wesens durfte nicht über seine Hrengähnlichkeit hinwegtäuschen, der Aufbau war Kopfputz, Maske. Wie alt mochte dieses Relief sein? Zwei Jahrtausende oder zwanzig, zweihundert? Fabius fröstelte, vergegenwärtigte er sich den Abgrund an Zeit, der sich vor ihm auftat. Das Porträt eines Giganten würde die Hrengologie umstülpen – Lich wäre nicht der einzige, der aus dem Häuschen geriete, eine archäologische Expedition müßte starten ... Ja, wenn sie beide je die Siedlung erreichten.

Zärtlich fuhr Gabriell mit seinen ungeschlachten Pranken über den Stein, knipste Wurzeln ab, polkte braunes Erdreich aus den Ritzen, kratzte es von den Rändern. Es war schon spät, die Wolken verdüsterten sich, bald würde die Nacht herabsinken. Eine neuerliche Figur, ebenfalls strichverschlungen, gewandet, geschmückt oder gefesselt, je nachdem was man hineindeuten wollte, kam zum Vorschein und neben dem Haupt des Giganten ein Rund, umgeben von einem zerfaserten Zackenkranz, Pfeile verschleudernd: Stachel, vermutlich Symbol des Schreckens, der Macht, der Herrschaft.

Sänger flatterten heran, abgemagerte Kreaturen, und äugten auf sie herab. Schon verhüllte die Dunkelheit die Konturen. Eilends kümmerte sich Fabius um einen windgeschützten, einigermaßen trockenen und vor allem nicht zu steinigen Platz für das Zeltmolekül. Gabriell bettete sich direkt neben ihn auf den schlüpfrigen Boden.

Während sich das Zelt entkrauste, durchwühlte Fabius den Rucksack vergebens nach Eßbarem. Die Nahrungspäckchen waren aufgegessen oder verdorben, am Sirenenbaum zermahlen worden. Einige Blätter voll Wasser stillten den Durst und betäubten den Hunger.

Er ringelte sich in sein Schneckenhaus und verschloß den Eingang. Aber er konnte den Dschungel nicht aussperren; die zerschrammte Gigantenfigur wurde in seiner Phantasie lebendig und stieß die Nüstern vor Unmut in den Himmel. Noch nie hatte ein Mensch durch diesen Spalt in das Land der Vergangenheit gespäht. Und kein Hreng war je von hier zurückgekehrt. Ob die Felstrümmer ringsum mit ähnlichen Reliefs verziert waren? Zu schade, daß er Lich nicht herbeiholen oder wenigstens anrufen konnte.

Unzweifelhaft gehörten die Steine zu einem vorgeschichtlichen Bauwerk – und dies, obwohl die Kunst der Architektur den Hreng von den Experten abgesprochen wurde. Waren die Trümmer nun Bruchstücke eines zyklopischen Palastes, einer Stadt mit hohen Türmen und breiten Mauern oder eines Mausoleums, in dem die Giganten ihre Toten aufbahrten? Hatten sie mit den Sirenenbäumen die zudringlichen kleineren Vettern abgewehrt? Oder angelockt, eingefangen, versklavt? Fürchteten und verehrten sie Stachel? Unter dem Hügel nahe dem Unverrückbaren hatte sich Rost von uralten Werkzeugen befunden, Rost, der bereits wieder mineralisiert war. Lich wüßte Erklärungen. Und wie seine Ohrringe funkeln würden …

Fabius schlitzte das Molekül auf. Allein der schwache Schimmer von Fäulnis und die fliegenden Glutpünktchen der Leuchtinsekten minderten die Finsternis. Unweit grunzte es. Raschelte es im Gestrüpp. Flitzte es über Steine: die „Säuger der Nacht".

„Gabriell", flüsterte er in den Nitze, „stammen die Werkzeuge oder Waffen beim Unverrückbaren von diesen Giganten hier? Was denkst du?"

Ein Pfeifen verriet, daß Gabriell noch wach war. „Es gibt so viele Möglichkeiten", antwortete er ausweichend.

„Das Relief muß keinen wirklichen Giganten darstellen, es könnte einen Ausschnitt aus der Legende illustrieren."

„Die Überlieferung spricht von den Giganten als den grimmigen Herrschern, die meine Ahnen und alle Hreng wie Arbeitsvieh und Mastsäuger zusammenpferchten, einspannten und abschlachteten.“

Die Lautstärke des Nitze schwankte, so als ob Gabriell seine Stimme abwechselnd hob und dämpfte.

„Und du, Gabriell, was glaubst du?“

Das Hreng prustete und drehte sich ächzend und umständlich in eine bequemere Position. Er sei sich nicht sicher, er könne es auch nicht begründen, aber als er das Relief betrachtete, habe er den Eindruck gewonnen, daß die Giganten keinesfalls eine andere Art, etwa vernunftbegabte Tyrannosaurier, seien, sondern gewöhnliche Hreng, die die persönliche Macht aufgebläht habe. Er mutmaße, daß ... ein Stachelhreng über seine Nestlinge ... Fürsten und Könige ... grausam ...

Der Nitze krächzte und knackte, schließlich verstummte er. Den Geräuschen nach kramte Gabriell im Rucksack. Dann ertönte die muntere Stimme des Kommunikators. Freundlichst bat er seinen verehrten Sumpfgefährten, sich die Giganten als weit fortgeschrittene Hreng vorzustellen und sich versuchsweise, wenn er dazu geneigt sei, Folgendes auszumalen:

„Sie hatten den Funken Stachels in ihren Burgen gesät und Feuer geerntet, sie hatten den Sumpf verletzt und Erz geschürft, sie führten, wo andere noch die steinerne Keule schwangen, eherne Waffen und Schilde. Tebit wurde von ihnen erobert, danach schickten sie ihre Krieger aus, um den gesamten Weltkreis zu unterjochen. Mit ihrer Macht wuchs ihre Stadt, die jetzt tief im Sumpf begraben ist, Pracht und Verschwendungssucht zogen in ihre Paläste ein, und sie suchten sich gegenseitig auszustechen. Eines Tages aber, da sie selbst zerstritten waren, erhoben sich die Geknechteten auf allen vier Inseln des großen Wassers. Sie siegten, und damit ihr Sieg von Dauer sei, richteten sie die Welt danach ein. Sie versenkten die eisernen Waffen und Werkzeuge, sie verboten, den Sumpf zu ritzen, und sie löschten den Funken Stachels. Bald waren die Gigantentechniken vergessen. Auch teilten sie den Wald unter die Dorfgemeinschaften auf und sorgten durch strenge Tabus und Sitten dafür, daß jeder Stamm das Gartenland der Nachbarn respektiert und daß alle Hreng, die Stachel in sich tragen, und alle Halbhreng schon im Gelege vernichtet werden.“

Fabius knurrte der Magen, aber er verspürte keinen Hunger. Gabriell übertraf im Spekulieren sogar Lich. Wenn Gabriell die Wahrheit erraten hatte, dann hatten die Hreng ihre Fortentwicklung willentlich gestoppt, die vorhandenen Technologien auf Steinzeitniveau zurückgeschraubt und eingefroren. Was für ein Planet! Nie hätte er bei den in den Tag träumenden Sauriern solche weitreichenden Entscheidungen vermutet.

Ringsum der Dschungel war voller Geräusche. Leis, wie unter weichen Pfoten, raschelten Blätter, und sonderbar grollte es weit entfernt am Himmel – nicht von Donner und nicht von brandendem Wind in den Wipfeln. Insekten, nachtaktive Echsen und Säuger krabbelten unter Gezweig und Gebüsch, selbst das Zeltmolekül gab knisternde Geräusche von sich, ein Knacken und Knirschen überall, ein Schleichen und Lauern und dieses ferne Dröhnen. Doch er verspürte keine Furcht, er hatte Gabriell an seiner Seite, und er ruhte auf den Trümmern einer uralten, selbst von den Hreng vergessenen Stadt. Was, wenn sich die verschütteten Gewölbe plötzlich öffneten und sie, aus langem Schlaf erwacht, heraussträten, die mächtigen Ahnen der Hreng? Wie kümmerlich ihre Nachfahren doch lebten, Kriege und Ausbeutung hatten sie abgeschafft, nicht aber Hunger und Krankheiten und lähmende Dämonenfurcht und den gelegentlichen Mord an einem Außenseiter…

Zwei Punkte leuchteten im Dunkel auf, etwas prallte ihm gegen die Brust, er kippte hintenüber gegen das sich versteifende Molekül. Während er um Hilfe brüllte, schützte er mit dem linken Arm den Kopf und hämmerte mit der zur Faust geballten Rechten auf den gepanzerten Rücken des Angreifers ein. Gabriell reagierte prompt, eine Tatze streifte seine Seite, er fürchtete schon, von dem Freund zerquetscht zu werden. Doch da verringerte sich der Druck: ein Fauchen, Zischen; Speichel oder Blut spritzte ihm ins Gesicht. Der unsichtbare Feind krallte sich an seinem Gürtel fest, schnürte ihm den Leib zusammen, wurde weggerissen. Ein gellendes Blöken und darauf ein Krachen zeugten vom Ende des Kampfes.

Fabius richtete sich ächzend auf. Bei den Rippen sickerte es ihm warm durch die Stoffetzen des Overalls. Der Schreck pochte ihm noch in den Ohren, als er die Wunde befühlte. Sanft säuselnd erkundigte sich Kommunikator-Gabriell „angelegentlichst“ nach dem Wohlergehen.

„Erhol mich schon wieder“, behauptete Fabius tapfer und kroch in die schützende Hülle des Zeltes zurück. Die Wunde piekte und pulste, er hätte einen Arzt nötig, dringend nötig gehabt. Ohne ein Wunder – er sollte sich nicht selbst belügen – würde er die Strapazen der nächsten Tage nicht überleben. Diese eine Verletzung mochte er verkraften, aber ohne Nahrung, ohne Schutz vor Bestien …

„Seit Hrenggedenken mahlen die Hreng die gleichen Früchte zu Mehl“, wehte die dünner gewordene Stimme des Kommunikators zu ihm herüber, „seit Hrenggedenken errichten die Hreng auf dieselbe Weise ihre Burgen, seit Hrenggedenken bewohnt jede Sippe ihr angestammtes Dorfgebiet. Und dabei soll es bleiben. Wir brauchen keine Giganten, wir brauchen keine Geschichte, wir brauchen nicht die Segnungen eurer Zivilisation.“

Betroffen stützte sich Fabius auf die Ellbogen. Nasse Finsternis hatte Gabriell verschlungen.

„Wir Hreng sollten euch Halbwesen in den Weltraum zurückschikken und alles vergessen, was wir je von euch gelernt haben."

„Woher dieser plötzliche Gesinnungswandel, Gabriell?"

„Ich darf mich in aller Bescheidenheit brüsten, eingesehen zu haben, daß mein Volk in grüner Vorzeit den rechten Weg gewählt hat. Wir Hreng kennen weder Kriege noch Knechtschaft. Wir Hreng haben uns Scheiterhaufen und brennende Dörfer erspart, wir Hreng haben uns nie in Lager oder Kasematten gepfercht. Wir Hreng mußten nie durch tote Flüsse oder Ruinenwüsten waten."

Fabius krampfte sich das Herz zusammen. Ihm war zumute wie damals, als er in einer Schulstunde erstmals konkreter von den Greueln der Vergangenheit erfuhr.

„Du sprichst nur von den dunkelsten Kapiteln. Hat man dir in der OrbStation nicht ein umfassendes Geschichtsbild vermittelt?"

Bilder? Bei allen Geboten der Höflichkeit, die hätten sie ihm wie einen Makel ihrer Säugerart verheimlicht. Hätten ihn mit abstrakten Ideen abgespeist, mit „historischen Verstrickungen und vermeidbaren Episoden", mit der „langfristigen Entwicklung von Widersprüchen", die „differenziert zu betrachten" wären. Er, Gabriell, habe in der Tat Bilder sehen wollen, habe die Menschheitsgeschichte spüren, riechen, hören wollen. Schon in der OrbStation habe er sich gefragt, ob „wir Saurier durch all die historischen Notwendigkeiten hindurch" müßten.

Fabius rieb sich über die schmerzenden Rippen, seine Finger verklebten. Er konnte Gabriell verstehen – und ebensogut die Instruktoren in der OrbStation. Es fiel nicht leicht, einem außerirdischen Intelligenzwesen die Abgründe der Geschichte zu enthüllen, die stets auch menschliche Abgründe waren. Lieber versteckte man sie hinter abstrakten Kategorien oder salbungsvollen Worten; verbarg sie zuallererst vor sich selbst. Da vergaß man lieber, als daß man sich erinnerte, pries statt dessen den erblühenden Frühling des Quintär. Nein, er war es Gabriell schuldig, daß er diesen Fragen nicht auswich.

Lange hatte er nicht akzeptieren wollen, was Menschen einander und der Natur angetan hatten. Konnte man es überhaupt aus dem Abstand von Jahrhunderten begreifen? Mußte man da nicht vermuten, daß der Mensch schon als Lebewesen, ganz im Innersten, auf fatale Weise falsch konstruiert war, so daß er weder seinesgleichen noch sonst irgend etwas auf der Welt schonte? Den namenlosen Millionen freilich, denjenigen, die sich in allen Zeitaltern für ihre Mitmenschen aufgeopfert hatten, tat man damit unrecht. Doch womit sollte er Gabriell überzeugen? Sollte er sich gegen die Brust schlagen und volltönend verkünden, daß „wir Menschen" diese Epoche überwunden hätten, daß die letzten Jahrhunderte die Gutartigkeit der Spezies bewiesen?

Merkwürdig metallisch und maschinenhaft umbrandete das Grollen in der Schwärze der Nacht Gebüsch und Gefels, so als würde sich tieg unter den Trümmern der einstigen Stadt die verlorene Macht regen, die die giantischen Ahnen der Hreng einst besessen hatten, so als könnte jeden Moment die harsche Kruste des Sumpfes reißen und hervorbrechen, was so lange untot geruht hatte. Doch nein, die Epoche der Giganten war endgültig und unwiderruflich vorüber, so wie sich nun vielleicht die der Hreng ihrem Ende näherte.

Ein pelziges Tier, kaum größer als eine Maus, wollte in das Zelt schlüpfen, er jagte es mit einer reflexmäßigen Armbewegung davon. Jetzt, in der Nacht, beherrschten sie Pulaster bereits, die Ursäuger. Ein kurzer Kataklysmus, etwa wenn ein Zuviel an Stachelschein die normale Vegetation verbrannte – so wie damals am Ende der irdischen oberen Kreide die Verdüsterung des Himmels Flora und Fauna vernichtet hatte –, und sie gewännen die Oberhand über die behäbigeren Saurier.

„Wir Hreng hätten", begann Gabriell von neuem, „bis in alle Zukunft unsere Waldgärten gepflegt und den ewigen Sumpf verehrt, wärt ihr Menschen nicht aus den Wolken herabgestiegen. Eure Siedlung hat uns Sumpfwesen aufgeschreckt und stürzt alles um."

Unvermittelt keimte in Fabius der Verdacht auf, daß nur der Kommunikator-Gabriell die Menschen so freundlichst massiv attackierte, daß der Nitze statt „aufgeschreckt" „aufgeweckt" übersetzt und eine andere Sicht geboten hätte. Dazu irritierte ihn das Dröhnen, das schwerer und vibrierender den Dschungel erfüllte.

„Aber bist du nicht stets für Fortschritt eingetreten, dafür, Not und Elend auszumerzen – Primus?"

„Das Stachelhreng Primus gehorchte getreulichst der Stimme seiner Natur. Doch Primus ist während der Gefangenschaft in den Sumpf eingegangen, weshalb also, wenn die Kritik gestattet ist, beschwörst du die Dämonen der verhallten Namen?"

Fabius leckte an der verklebten Hand, die dicke, verkrustete Flüssigkeit schmeckte salzig.

„Wer garantiert, daß nun, da die Flotte uns Hreng aus dem Dschungelschlaf gerüttelt hat, der Gigant-tief-in-uns nicht beim Scheine Stachels seinen blutigen Kamm erhebt?"

Das Pochen in der Wunde war verebbt. Fabius bettete den Kopf auf die Arme, vor seinen geöffneten Augen stand undurchdringlich schwarz der Zelthimmel. Gabriell sollte wissen, daß es kein Zurück gab. Daß auch die ausgeklügeltsten Tabus die Hreng nicht auf alle Ewigkeit in ihrer selbstgewählten Nachsteinzeit festbannen würden, daß früher oder später die gestoppte Entwicklung freibrechen würde. Die Anwesenheit der Menschen, ihre geschichtlichen Erfahrungen mochten dann den Hreng sogar nutzen. Aber durfte er Gabriell gegenüber wirklich reinen Gewissens beteuern: Wir helfen euch, ihr werdet einen friedlichen, opferlosen Fortschritt erleben? Konnten die Hreng von den Menschen das vorläufige Endprodukt der Menschheitsgeschichte entlehnen? Die Frage so zu stellen hieß, sie zu verneinen. Es sei denn, die Hreng wären – aus unerfindlichen Gründen, über die ein Lich nachgrübeln mochte – doch die besseren Menschen.

„Letztlich kommt es auf euch selbst an, Gabriell."

Das Dröhnen schwoll zu einem ohrenbetäubenden Donnern an, das schließlich genau über ihnen in der finsteren Pulasternacht schwebte: ein Copter!

Fabius schnellte aus dem Zelt. Ein Lichtkreis tanzte, die Räder der Rotorblätter markierend, in der Luft. Hell erleuchtet hing die Kabine in seiner Mitte.

Er stolperte über die Felsen, er ruderte mit den Armen und schrie aus Leibeskräften, bis ihm schier die Lunge zerriß.

Und Gabriell pfiff, daß sich einem die Haare sträubten. „Hierher, landet endlich!"

Hätten sie nur einen einzigen Lichtwerfer besessen!

Es war sinnlos. Der Pilot dachte nicht daran, mit einem Suchlicht den Boden abzutasten. Gemächlich, fast verschlafen, flog er über den Tahrklama-hreng. Allmählich verrollte das Donnern. Zu Tode enttäuscht schaute Fabius dem entschwindenden Schein nach. Bittere Rinnsale liefen ihm über die Wangen. Nie war er der Rettung so fern gewesen.

Frühstück im Freien

Fabius war ohne Medikament eingeschlafen, und er war nach kurzem schreckhaftem Erwachen ohne Medikament munter geworden. Sein Körper, gewohnt an Kältesärge und Dienst in beliebigen Intervallen, schüttelte nach und nach die Wirkung jahrlangen maschinenhaften Aus- und Angestelltwerdens ab und erinnerte sich wieder an den eigenen Rhythmus, die eigenen Bedürfnisse. Und deren wichtigstes war im Augenblick das nach etwas Nahrhaftem. Selbst die beißende Enttäuschung, vom Copter nicht entdeckt worden zu sein, trat dahinter zurück.

Sorgsam strich er über die glatte Oberfläche des Zeltes, um es zum Schrumpfen zu bewegen. Aber die gespannte Zelthaut verkrauste sich nicht, und auch alle weiteren Versuche, das strukturell-intelligente Molekül durch sanfteres oder heftigeres Antippen umzustimmen, schlugen fehl. Wie ein leerer Insektenkokon nach dem Schlüpfen lag es auf der welligen Grasnarbe. In Zukunft würde er sich wie Gabriell mit einer Decke von Blättern begnügen müssen. Die Wunde an den Rippen schmerzte nicht mehr, rauher Schorf überzog sie. Er knotete den zerrissenen Overall über ihr zusammen, um sie vor Dreck und Nässe zu schützen.

Die Hände in die Seiten gestemmt, schaute er sich nach seinem Gefährten um. Morgennebel krochen zwischen Felsen und Bäumen wie lebendige Wesen, beim leisesten Luftzug tropfte es von den Zweigen. Stille herrschte über den Trümmern der einstigen Stadt im Herzen des Tahrklama-hreng. Die Säuger schliefen schon, die Saurier noch.

Gabriell saß gravitätisch vor dem Relief aus der Vergangenheit. Er war so sehr in die Betrachtung versunken, daß er erst auf den zweiten Zuruf sein Haupt umwendete.

„Wie wünschte ich, eines optischen Aufzeichnungsgerätes habhaft zu sein“, säuselte der Kommunikator, „ohne Beweis wird man und Hreng uns der schamlosesten Aufschneiderei zeihen.“

Kopfschüttelnd schaltete Fabius den Nitze ein. Leider hatte sich das Gerät über Nacht nicht erholt, wahrscheinlich war eine Energiezelle entladen. Er vermochte sie jedoch ohne Werkzeuge nicht gegen die des Kommunikators auszutauschen, was er liebend gern getan hätte, denn der veränderte Tonfall Gabriells irritierte ihn. Manchmal hatte er den Eindruck, als rede er mit einem fremden höflich-kalten Hreng, und manchmal, als mache sich Gabriell über ihn lustig. Auf jeden Fall aber rückte das Sumpfwesen an seiner Seite weit hinter die Barriere aus Worten und Formulierungen.

„Wir werden zurückkommen“, versprach er, „mit allem ausgerüstet, was nötig ist. – Übrigens, kennst du zufällig irgendeine Pulasterpflanze, die für Menschen genießbar ist?“

Verständlicherweise hatte sich Gabriell, freundlichst bemerkt, nie dafür interessiert, und auch ihn, Fabius, plagte im Moment weniger die akademische Frage nach Inhaltsstoffen und Energiegehalt, sondern ordinärer Hunger, der ins monströse anschwoll, wenn er daran dachte, daß ihn Hunderte Kilometer Dschungel vom nächsten Speisenspender trennten. Ringsum die Mangrovenartigen, die Nuß- und Lilienbäume trugen reichlich Früchte – für Hreng. Auf den Trümmern der Gigantenstadt wucherte ein üppiger Gartenwald, seit Hrenggedenken ungepflegt, doch von einem saftig-reifen Überfluß, daß einem das Wasser im Munde zusammenlief. Und er sollte inmitten des Hrengschlaraffenlandes verhungern!

Fabius wußte, daß er dramatisierte, daß der leere Magen ein schlechter Ratgeber war, aber er neigte dazu, das Risiko lieber bei vollen Kräften einzugehen, als die Zerreißprobe für sein Verdauungssystem bis zum letzten hinauszuzögern. Auf äußere Hilfe durfte er nicht bauen. Auch falls Meridor den Copter ein zweites Mal auf Suche schickte, fehlte ihnen jedes Mittel, diesen heranzurufen.

In der Zwischenzeit hatte Gabriell die Umgebung gründlich gemustert. Nun schwankte er los, geradewegs auf einen sich niedrig verzweigenden, breitkronigen Baum zu, von dessen Ästen gurkenähnliche Früchte herabhingen – einen Wurstbaum. Er pflückte eins der grün und blau gestreiften Gebilde und beteuerte dabei höflichst, daß diese „harmlosen Springlingsleckerbissen" gewiß auch „auf Menschen ungiftig" wirkten.

Von Zweifeln befallen, wendete Fabius das weiche Ding hin und her. Mit spitzen Zähnen nagte er dann die „Baumwurst" an. Sie schmeckte bittersüß und ein wenig speckig. Ekel schüttelte ihn und trieb ihm den Speichel in den Mund. Da half nur eins, er mußte den Abscheu vor dem Fremdartigen bezwingen. Entschlossen biß er in die graublaue teigige Masse. Happen um Happen schluckte er hinunter, und Happen um Happen gewöhnte er sich an die eigentümliche Geschmackskombination und den strähnigen Widerstand des Teiges. Bald spuckte er wie Gabriell die knochenharten Kerne in hohem Bogen aus. Platschend schlugen sie in eine Pfütze.

Gar nicht so übel, eure Würste."

Es stieß ihm auf, er rülpste und erschrak darüber, wie ihm die Magendämpfe aus dem Mund pufften. Er kannte dergleichen nur aus historischen Schilderungen, hatte es nie am eigenen Leibe erfahren. Tierisch war es, kreaturhaft – er verhrengte. War das so schlecht? Hatte es ihm Lich nicht sogar anempfohlen? Und fühlte er sich dabei nicht hrengisch wohl?

Er kaute mit vollen Backen, würgte hinunter, ließ Luft entweichen, puhlte sich mit Zunge und Fingern die Strähnen zwischen den Zähnen heraus, trank ein paar Schluck Wasser von einem schalenförmigen Blatt, das ihm Gabriell ehrerbietigst anbot.

Noch ein Würstchen? – Ja, bitte!

Welch ein Unterschied zu den abgezirkelten, auskalkulierten, ätherischen Vitaminpellets in einer Schiffsmesse! Gewürze hin, Gewürze her, bei diesem bittersüß-graublauen Mampf hatte man wenigstens etwas Festes, Substanzhaftes im Mund, etwas, was den Zähnen Widerstand bot, sich nicht von allein verflüssigte, sondern zerkleinert werden mußte. Er sah sich bereits wie ein Hreng Fleisch verzehren, Naturfleisch von abgeschlachteten Tieren, das seit dem empfindsamen XXV. Jahrhundert verpönt war. Unmoralische Wünsche weckte dieser Pulasterdschungel, die rohen Jäger-und-Sammler-Gelüste der Urmenschen.

Noch ein Würstchen? – Fabius winkte ab.

Er lümmelte sich auf eine Wurzel des Wurstbaumes und horchte in sich hinein, wie es in seinem Magen arbeitete. Eher mit Neugierde als mit bangen Ahnungen wartete er ab.

Wenn er es recht bedachte, war das Leben im Sumpf dem in den Schiffen oder in der Pyramide auf gewisse Weise überlegen. Er benötigte vermutlich keine Pillen mehr, um zu schlafen, die Nahrung war von einer Explosivkraft, die ihn vom Kopf bis Fuß durchrüttelte, und er spürte jeden einzelnen geplagten Muskel seines Körpers so vibrierend deutlich wie sonst höchstens während einer autogenen Leibesschulung. Im gleichförmigen Flottenalltag wurde jedes grellere Erlebnis tunlichst vermieden. Normalität und Routine führten da das Zepter wie daheim in Kokkygia, das sich zuallererst um die Stabilität seiner Kreisläufe sorgte. Das große romantische Abenteuer Weltraum – wie lächerlich, daß er so naiv auf die Flottenwerbung hereingefallen war.

In seinem Magen gluckerte und rollte es. Ein Krug Hrisal hätte der Verdauung gewiß nicht geschadet. „Euer Provinzplanet hier“, philosophierte er laut, „atmet mehr sinnvolle Lebendigkeit als der Schwarze Windraum. Nun, der ist ja auch nur ein leerer Zwischenraum – abgesehen vom interstellaren Wasserstoff natürlich.“

Gabriell warf das Holzstöckchen beiseite, mit dem er eben noch die Krallenzehen gesäubert hatte. „Wolltest du, falls die Frage freundlichst erlaubt ist, nicht wieder auf einem Schiff anheuern?“

Zögernd wehrte Fabius ab. Er müsse noch vielerlei abwägen. Der Preis sei ihm zu hoch. Iris und Georgia würde er ohnehin nie einholen, und auf den Raumdienst war er nicht so erpicht wie früher. Aber wozu sich jetzt den Kopf zerbrechen?

Die Baumwürste rumorten in seinem Bauch, sie erzeugten geräuschvolle Blähungen. Beunruhigt massierte er sich den Magen.

„Darf ich wohlmeinend darauf hinweisen, daß der Freund-der-Hreng seinen Freunden gleich über dem ewigen Augenblick, dem Hier-und-Jetzt, sein Später vergißt? Andere Halbwesen weilen mit Gedanken wie Taten weit im Vorkegel.“

Es stimmte, er ließ sich, seit er den Sumpfplaneten betreten hatte, viel zu sehr von den Ereignissen treiben. Gewiß, sie waren übermächtig und entzogen sich seinem Willen. Doch zumindest von nun an sollte er sein Geschick in die eigenen Hände nehmen und sich etwa selbst überlegen, wo sein Platz auf Pulaster war.

Eine Anstellung in der Pyramide scheidet aus. Eine im Kraftwerk vermutlich ebenso. Willst du dich vorzeitig als Rentner einigeln? Schau dich um, du hast dich in diesem Wald mitten unter die Zeugen einer ungeheuerlichen Vergangenheit verirrt. Wieviel interessante Arbeit schlummert hier! In der Siedlung nicht weniger, denn Meridor wird den Astroport aus seinen Plänen streichen und statt dessen den Kosmolift errichten müssen. – Die Ffarhreng mit den Menschen auszusöhnen wäre schwierig und unsicher im Erfolg, aber eine Anstrengung wert. Vielleicht ergäbe sich ein Ansatzpunkt über Unwetterwarnungen? Die Springlinge müßte er von der Gigantenfurcht befreien ... Am besten schlösse er sich auf der nächsten Magna Reunio einem Hrengstamm an ... Dann könnte er mit ihnen von Hreng zu Hreng reden ... Welch herrliches Leben als Hreng unter Hreng! Er müßte nur noch Eier legen lernen ...

Fabius rülpste. Beim Giganten tief im Sumpf, enthielt die Frucht ein Halluzinogen? Es fehlte noch, daß er zu phantasieren begann!

„Auf, Gabriell, warum trödeln wir? Weshalb sind wir nicht längst unterwegs?"

„Ich zittere ...", der Kommunikator pausierte, als hätte Gabriell den Faden verloren. „Sirenenbäume ... zweites Mal erleiden ... ceterum: Es ist so lieblich hier. Als ob Gesang über allem schwebe."

Mit einemmal stachen tausend winzige Nadeln auf die Magenwände ein.

„Bieg den Kopf herab", schimpfte er, „ich schmiere dir den Kamm neu ein, und dann los, aber celerrime!"

Das größte Hreng auf ganz Pulaster

Endlich, endlich lichtete sich der Düsterwald. Ein Spalier von Dämonenpfählen, die mit allen Attributen des Schreckens von der messerscharf geschliffenen Kralle bis zur Steinschleuder ausgestattet waren, markierte die Grenze des Tahrklama-hreng. Sie, das Halbwesen und das Hreng, hatten gemeinsam die Giganten überlistet und den tödlichen Wald unversehrt durchquert. Nach links schwankend und nach rechts schwankend, trottete Gabriell voran. Geschwächt vom Durchfall und ohne alles Zeitgefühl klebte Fabius am Saurierhals. Irgendwann, Stunden mochten vergangen sein, bremste Gabriell seinen Lauf.

„Mit Verlaub, Hrengworte schallen am mein Ohr."

Er bückte sich, damit Fabius zu Boden gleiten konnte. Wie ein Betrunkener torkelte er auf einen Stamm zu und sackte auf die erstbeste morsche und pilzbewachsene Wurzel.

„Ohne übertreiben zu wollen", behauptete Gabriell, daß ihm die Pfiffe vertraut seien: die Sprache seines Stammes. Sie verhießen leichteren Weg und Schutz in der Nacht, vielleicht sogar Halbwesenspeisen für Fabius und baldigen Kontakt mit den Menschen. „Wenn ich dich freundlichst bitten dürfte, der Ruhe zu pflegen? Ich werde eilen, meine Nestlinge zu begrüßen."

Schon eilte er. Trampelte laut pfeifend einen Busch nieder und verschwand zwischen den Stelzwurzelzelten zweier Mangrovenartiger.

Viel zu spät rief ihm Fabius nach, daß er ihn nicht allein lassen solle. Er fühlte sich ausgelaugt und zerschlagen, trotzdem streckte er die steifen, verspannten Glieder und erhob sich schwerfällig. Noch immer gärte es in seinem Magen. Speckigscharfe Dämpfe arbeiteten sich hoch. Auch der Hunger, den die andersartig beschaffenen Pulasterproteine nicht hatten stillen können, war inzwischen zurückgekehrt. Um sein Kinn herum war harter, borstiger Bart gesprossen, milchigweiße Schnipsel wie Fischschuppen hingen in den Stoppeln, Haut von Gabriells Rückenzacken, die er, ohne es zu merken, abgescheuert hatte.

Mißtrauisch musterte er die Umgebung. Schimmerte da nicht ein bleicher Totenschädel neben einer veralgten Wasserlache? Er warf ein Stück Borke, der Schädel erzitterte, löste sich in hundert Teile auf und flatterte als ein Schwarm weißer Schmetterlinge empor. Die Furcht entlud sich in einem nervösen Lachen.

Da kiekste ihn etwas in die Kniekehle: eine Echse! Zur Flucht war es zu spät, so stellte er sich tot, während das Tier die Stiefel beschnupperte. Es war für pulastrische Verhältnisse nicht einmal besonders groß, gut einen Meter hoch wölbte sich der gepanzerte Rükken. Übergangslos verschmolz die hornige Haut des breitnüstrigen und breitmauligen Kopfes mit den Platten des Schildes. Der massige Körper war ringsum mit einem Kranz von spitzen Stacheln bestückt, ein feister Schwanz mit einem hammerförmigen Ende schleifte nach.

Das Tier umrundete ihn und stupste ihn mehrmals gegen die Beine, dann besann es sich wohl, daß dies nicht das rechte Futter sei, und trollte sich.

Erleichtert seufzte er auf, zum Lachen war ihm nicht mehr zumute. Ungelenk stakste er auf und ab. Weshalb Gabriell nur so lange palaverte?

Seine Geduld erschöpfte sich. Er knipste den Kommunikator auf höchste Lautstärke und schrie nach dem Gefährten. Dann horchte er, doch das Gerät fing keine Antwort auf. In den Zweigetagen der Bäume kreischten Urvögel, unsichtbare Störenfriede rumorten im Unterholz. Dazu knackte und schlurfte es gräßlich – ein schwergewichtiger Dschungelbewohner walzte heran.

„Wieso meldest du dich nicht, Gabriell?“

Sechs Hrengbeine zerteilten das Buschwerk wie Gras, stampften heran, wurden langsamer, stoppten. Fabius schaute an den turmartigstolz gereckten Leibern auf. Die drei Hreng kehrten ihre Daumen bei gespreizten Fingerkrallen gegen sich: Willkommen auf gut hrengisch. Ihre Pfiffe übersetzte der Kommunikator nicht.

Unverzüglich formulierte Fabius eine kurze Begrüßungsrede von Säuger zu Saurier, von Halbwesen zu Hreng, er hatte ja Übung darin. Die Hreng grätschten sich herab und inspizierten ihn mit neugiergesprenkelten Kämmen. Dann tauschten sie im wahrsten Sinne des Wortes über seinen Kopf hinweg ihre Meinungen aus, während der Kommunikator wiederum kapitulierte. Unter anderen Umständen

wäre es eine Kleinigkeit gewesen, ein Programm für ihren Dialekt vom Hauptcomputer anzufordern. So aber war er gezwungen, durch weitläufige Gesten sein Begehr anzudeuten. Mit dem Körper schwankend, ahmte er den Gang eines Hreng nach. Wo ist es? Wo ist Gabriell?

Sie verstanden nicht.

Er imitierte Gabriells typisches Kamm- und Prankenschlenkern, doch da verpatzte ihm ein Schluckauf die Vorführung, brachte ihn aus dem Takt und aus dem Konzept, spülte erneut Säuerliches empor und war durch kein ruhiges Atmen, kein Zusammenpressen der Zähne und Brustmuskeln zu dämpfen.

Die Hreng beobachteten die gezappelte und gewackelte Pantomime mit ungeteiltem Interesse. Bald schüttelten auch sie Krämpfe, die entfernt an Hicken und Schlucken erinnerten: Sie lachten. Schließlich wischte sich das eine über die Nüstern, löste ein ausgehöhltes Horn von seiner Halskette und reichte es Fabius herab. Das zweite bot ihm aufeinander klappernde Muschelschalen an, das dritte ein rundes Astgeflecht, winzig nach Hrengmaßstäben, vielleicht ein Behältnis, vielleicht Zierat. Entlohnten sie ihn für den Spaß? Gestenreich dankend, steckte Fabius die Gaben ein. Die Hreng kicherten mit hauchdünnen, geflöteten Tönen.

Beschenkt und unglücklich blickte er ihnen nach. Sollte Gabriell etwas zugestoßen sein? Er konnte sich nicht vorstellen, daß ihn Gabriell im Stich ließ.

Noch war kenntlich, an welcher Stelle Gabriell in das Unterholz eingedrungen war. Vorsichtig bog er die Zweige auseinander, folgte der Fährte von zertretenen Pilzen und Farnen. Die Schwäche saß ihm in den Knochen, und seine Füße pikten. Oft genug rutschte er von den Wurzeln ab, die sich glitschig und bewachsen über den Boden schlängelten. Schmetterlinge, handtellergroß, umgaukelten ihn.

„Gabriell!“ Die Furcht, den Freund zu verlieren, überwältigte ihn. In panischer Eile hastete er voran, blind gegenüber den Eidechsen an den Stämmen, den Urvögeln auf den Ästen, den buntscheckigen Blättern, taub gegen das Gekreisch in den Wipfeln, ohne einen Gedanken an klaffende Alligatorenrachen und Skorpione.

Nach kaum hundert Schritten fand er den Vermißten. Um ihn herum war das Kraut niedergetrampelt, waren die Farne ausgerissen, Buschwerk beiseite gedrückt. Ein Kampf?

Gabriell gab kein Lebenszeichen von sich. Reglos wie sein eigenes Standbild ruhte er auf dem Schwanz, kerzengerade, als hätte er einen Baumstamm verschluckt, doch kleiner als gewöhnlich, ineinandergesackt. Schlapp hingen die schuppigen Pranken herab, der Kamm, dunkelbraun wie angekohltes Holz, war abgeknickt. Die weitgeöffneten Augen glotzten ins Leere.

„Was ist mit dir, Gabriell?“

Er faßte einen Krallendaumen und zog mit beiden Händen daran. Der Hrengarm federte zurück.

„Bist du krank?“ – Keine Reaktion.

„Schläfst du?“

Er rüttelte an Gabriells Bein, es war warm, und in einer seitlichen Arterie pulste das Blut. Hatten die Hreng ihn vergiftet? Zu Stein gehext, hypnotisiert?

„Du bist doch ein aufgeklärtes Hreng, ein Weltraumhreng, ein Stachelhreng. Bei dir wirkt keine Magie.“

Er versuchte, Gabriells Rücken zu erklimmen, wollte ihn kräftig an dem empfindlichen Kamm reißen. Die Haut war ungewohnt weich und glatt, er rutschte ab, schrammte mit dem Knie gegen die Dorsalzacken. Den Rucksack hatte Gabriell korrekt und ordentlich neben sich abgelegt.

„Träumst du? Bist du in Trance?“

Er schnitt einen langen Farnwedel ab und fuhrwerkte, damit hochspringend, Gabriell vor den Augen herum. Das Hreng rührte sich sowenig wie ein stromloser Roboter.

Fabius vergaß den Schmerz in seinen Füßen. Er verteilte Tritte gegen Gabriells Schienbeine, zerrte an den Zacken des Rückens, an einzelnen Hornblättchen, nahm zum Schluß verzweifelt Anlauf und rannte mit aller Macht gegen Gabriell an, wie hingemauert widerstand der.

So erreichte er nichts. Genausogut hätte er einen Felsen anrempeln können. In der dicken Haut war Gabriell unverletzlich. Da drang nichts durch. Keine Gewalt, nicht einmal Stachel konnte das Hreng aus seiner Erstarrung erlösen. Entweder wurde Gabriell von allein geheilt, oder er starb an diesem Ort. Und es sah so aus, als wolle er letzteres. Deprimiert kauerte sich Fabius neben den Freund, lehnte den Kopf an dessen Unterschenkel und wartete.

Es dämmerte bereits, als er aus unruhigem Schlaf erwachte. Gabriell hatte sich in den vergangenen Stunden um keinen Millimeter bewegt. Im Gegenteil, es schien, als sei er ein paar Zentimeter in den Boden eingesunken. An die Schweber denkend, sprang Fabius auf. Eine Idee, eine zündende Idee, bevor es zu spät war! Wie würde sich Lich verhalten? Gab es denn nichts, das ein Hreng mehr fürchtete als den Tod? Zaghaft keimte eine Idee.

Er tastete über Gabriells weiche Bauchhaut, grub die Finger in die Falte, berührte die Schale, das Erbe, das magische Verbindungsstück mit den Ahnen. Als hätte er einen Schalter umgelegt, ruckte und pfiff Gabriell, drohend hoben sich fünf hornige Finger zu jeder Seite.

„Möge das Halbwesen Keines-Hreng-Nestling bitte freundlichst unbehelligt in den ewigen Sumpf heimkehren lassen.“ Schützend fielen, während Fabius auswich, die Pranken über die Bauchpartie.

Erleichtert blickte er zu dem reglosen Haupt Gabriells auf. Keines-

Hreng-Nestling? Also hatten sie ihn zurückgewiesen, hatte ihn der eigene Stamm verstoßen. Wahrscheinlich hatte Gabriell die wachsende Kluft zu seinesgleichen immer stärker gespürt und insgeheim gehofft, daß er in das traute Nest der angestammten Gemeinschaft, aus dem er als Springling vertrieben worden war, zurückschlüpfen durfte. Vielleicht hatte er deshalb den Weg über sein Dorfgebiet gewählt. Ja, er konnte Gabriells Enttäuschung nachempfinden. Aber sie war noch lange kein Grund zum Verzweifeln. Wenn man sich dem Geschick nicht entgegenstemmte, wurde man von ihm eben in den Sumpf gedrückt.

„Ich existiere wohl überhaupt nicht für dich, du Unhreng? Bin ich nicht wie dein Nestling? Wirft man den Nestling den wilden Triceratopen, den Skorpionen und blutrünstigen Flugechsen vor? Dir ist wohl gleichgültig, ob mich der Sumpf verschlingt? Marschierst einfach zu deinen ehemaligen Stammesgenossen, sagst: ‚Guten Tag, hier bin ich!' und erwartest, daß sie dich an ihre Brust drücken. Du mußt ihnen beweisen, daß du ihr Nestling bist! Auf, streng dich an, du sturer, hirnloser Saurier! Begreifst du denn nicht, daß du das wichtigste Hreng bist auf diesem nassen Planeten? Daß von dir, Primus – oder Exprimus meinetwegen –, mehr abhängt als von jedem anderen Wesen auf Pulaster?"

Fabius rang nach Luft. Die Rhetorik des Zorns beflügelte seine Gedanken, er erkannte so klar, als gleißte Stachel durch die Wolken, Gabriells einzigartige, königliche Rolle und seine Verknüpfung mit dieser. Gabriell war der Schlüssel zur Zukunft Pulasters und er, Fabius, vielleicht der Schlüssel zum Schlüssel.

„Begreifst du nicht, daß du das Bindeglied bist zwischen Menschen und Hreng, du Wanderer zwischen den Welten beider? Begreifst du nicht, daß du Verantwortung trägst für deine hundert Millionen Nestlinge? Du hast für sie, die noch ohne Wissen sind, bei den Menschen gelernt. Du sprichst für sie, für alle Hreng, am Beratungstisch. Du brauchst lediglich mit der Faust auf den Tisch zu pochen, und Meridor wacht aus seinen Träumen auf. Kein Halbwesen vermag wirklich zu ermessen, was ihr Hreng benötigt, aber du kannst es. Du stehst genau in der Mitte. Deshalb darfst du nicht resignieren. Sei ein Hreng!"

Die Anfeuerungsrede hatte Fabius erschöpft. Er fühlte sich selbst entflammt, seine Wangen, seine Stirn brannten. Doch der Stachelaugenblick war vorüber. Er hatte viel ungereimtes, hochgestochenes Zeug geschwatzt, und der Kommunikator mochte seine absurden Höflichkeiten, gedacht, um Mensch und Hreng einander freundlichst anzunähern, noch beigesteuert haben. Er war ja kein Zauberer, daß er Berge, und seien es nur Fleischberge, durch Worte versetzte.

Entkräftet glitt er auf nasse, klebrige Schlingpflanzen. Ein wenig Ruhe durfte er sich und seinem ergrimmten Magen schon gönnen.

Solange diese Statue von Hreng bei ihm hockte, würden sich keine Raubechsen heranwagen.

Ein feuchter Atemhauch berührte ihn. Gabriells Haupt beugte sich ganz dicht zu ihm herab.

„Du hättest andere Helfer gewonnen", bemerkte Gabriell mit der präzisen Säuselstimme des Kommunikators, „oh, Aller-Hreng-Freund. Aber welches Hreng darf sich eines solchen Nestlings rühmen wie ich?"

Das Raft

Den Augen der Hreng verborgen, umkreiste ein flinker Mond Pulaster. Mit dem behäbigen, breitgesichtigen Gefährten der Erde konnte er sich nicht messen, weder als Spiegel der Sonne noch als Urheber der Fluten. Obwohl lediglich die von Stachel erzeugten schwachen Gezeiten den Planeten umrundeten, wetteiferten Ozean und Dschungel um den Besitz der Küstenzone. Hier drängte der Urwald vor, Jungpflanzen wurzelten, ersten Vorposten gleich, in den angeschwemmten Schlickmassen, dort wich er zurück, und allein die Bastionen uralter Baumriesen trotzten noch dem Auf und Ab der Wogen. In manch schlimmen Sturmtagen raubte das Meer dem Wald, was er in Jahrhunderten beständigen Wachstums erobert hatte. Dann füllte Treibgut den weiten Golf des Sinus Hrengum, und die gestürzten Bastionen trieben bis an den Hrengstrand nahe der Menschensiedlung.

Die Tage, die Gabriell durch Busch und Schlamm, durch Tang und Sand, durch mündende Wasserläufe, Buchten und seichte Haffs marschierte, verschmolzen für Fabius zu einer einzigen, sich unendlich wiederholenden Traumszenerie, die dichter, farbiger, kräftiger war als alle bisherigen Erlebnisse. Er roch das Salz des Meeres und den Moder an Land, die harzenden Bäume und Gabriells erhitzte Haut, er spürte die Wärme des Hreng, die Erschütterung beim Schreiten, die Nässe auf der Haut, die peitschenden, streichelnden Zweige. Etliche Sorten Regen lernte er zu unterscheiden, so den sanften, rieselnden Niesel, den großtropfig erfrischenden Blätterrüttler und den trommelnden Begleiter der Stürme. Er aß, was Gabriell empfahl, gefaßt auf Durchfall, Krämpfe, Erbrechen. Doch die Maschine, die sein Körper war, barst nicht, sondern setzte sich zur Wehr, verdaute, verkraftete.

Der Himmel bezog sich düsterer, der Regen, der ihnen selten eine Pause gegönnt hatte, verstärkte sich zusehends. Bäche rannen von Gabriells Kamm herab, vereinigten sich rechts und links der Rückenzacken zu Strömen, die an den Flanken Wasserfälle bildeten. Der

Overall war Fabius längst bis auf den letzten Faden durchweicht, im platternden Naß konnte er den Kamm kaum mehr erkennen. Der Wind frischte auf, wannenweise schütteten die Bäume das Wasser von sich.

Gabriell duckte sich, Fabius kletterte hinab, krallte dabei die Finger in die harte Haut des Hrengschwanzes, um sich keinen Augenblick von seinem Beschützer zu trennen. Trübe Fluten wallten um seine Beine, sanddurchmischt, schaumbekrönt. Donnernd raste die Brandung gegen das Ufer.

Vor ihnen wölbte sich eine Wurzel auf, mächtiger, als daß man sie hätte mit beiden Armen umfassen können. Schweigend wies Gabriell aufwärts zum massigen, dunklen Turm eines Baumes. Und Fabius verstand, ohne daß ein Wort gefallen wäre: Am Stamm wollte Gabriell Zuflucht suchen.

Wassersträhnen strudelten ihnen entgegen, die Wurzel bot kaum Halt. Gabriell schob Fabius voran. Breiter als ein IndivHaus und immens verzweigt wuchs der Baum vor ihnen auf. Die dichte Krone schirmte den Sturzregen halbwegs ab, am knorrigen, wie aus Hunderten dicken Tauen zusammengedrehten Stamm jedoch rauschte das Naß herab. Auch aus den Zweigen troff es, Lianen schwangen unrhythmisch in den Böen. Da war nichts mit gemütlichem Ausruhen, die Beine von sich strecken, sich gegen den Stamm lehnen. Er saß auf der Wurzel, ein Reiter ohne Sattel und Zügel, der Mühe hatte, nicht abgeworfen zu werden.

„Hier lang!“ krächzte der Kommunikator. Gabriell faßte ihn bei der Hand, zog ihn enger heran an den Stamm, höher hinauf, dahin, wo schwarz und weit genug selbst für ein Hreng ein Loch im Baum klaffte, so als seien die Einzelstämme hier nachlässig verdrillt worden.

Welch ein Wunder! Draußen wüteten Sturm und Wolkenbruch, und sie saßen in anheimelnder Dämmerung, trocken und behütet. Jetzt, da ihn der Regen nicht mehr kühlend wusch, überflutete ihn Wärme. Er atmete tief und zitterte ein wenig, sei es vor Erleichterung, sei es vor Erschöpfung. Dann kroch er neben Gabriell an die Öffnung und starrte hinaus in das Toben der Elemente. Empfand Gabriell auch diese wohlige Zufriedenheit?

Der Kommunikator gab keinen Piepser von sich. Auch Knipsen und Schütteln erweckten ihn nicht zum Leben. Das letzte ihrer Hilfsmittel ... Er wog es in der Hand, holte aus und schleuderte es in die strudelnden Fluten.

„Was nützt einem dieser Schnickschnack?“ haderte er laut. „Man schleppt ihn mühsam mit, und im entscheidenden Moment streikt er. – Da staunst du, Gabriell, ja? Das Halbwesen plappert, und du weißt nicht, was. Pfeif drauf! Wenigstens hat dieser Höflichkeitstick ein Ende.“

Gabriell beschrieb mit den Krallenfingern wacklige Kreise, donnerte auch mit der Pranke gegen das morsche, flechtenbehangene Holz, die Gesten mochten Verzweiflung signalisieren oder sonst etwas, es hatte kaum Sinn, darüber nachzugrübeln. War dies der gepriesene Kontakt? Sobald der Übersetzungsautomat versagte, konnte man allenfalls gemeinsam Regentropfen zählen. Ein winziger Mensch, zerschrammt und abgerissen, neben einem Koloß von Saurier – wie sollten sie eine gemeinsame Sprache finden?

Ruckhaft schlingerten die Lianen. Der Baum ächzte und stöhnte. Schwall auf Schwall platschte aus der Krone. Der Regen toste, als ob tausend wahnsinnige Trommler auf tausend zersprungene Trommeln einhieben.

Fabius ertrug die Unruhe der Natur nicht länger. Er tastete sich ins Innere der Höhlung vor. Ihm war heiß, und er schloß die Augen. Sofort schwindelte ihm, das Gefühl zu schaukeln überwältigte ihn.

Gleichermaßen schwankend, verdeckte Gabriells wuchtiger Leib den Eingangsspalt, gab bald links, bald rechts einen Streifen Grau frei. Übel konnte einem werden von dem Gewackel. Was bezweckte Gabriell damit? Fröstelnd setzte sich Fabius auf. Aufschluß verhieß allein noch der Kamm, dieses Stimmungsbarometer. Und das zeigte Ärger an, vielleicht auch Angst.

Dann verebbte das Brausen. Er wäre gern in der Baumhöhle geblieben, hätte ein wenig geruht, geschlafen, aber er konnte seinen Wunsch Gabriell nicht einmal durch ein Paar zusammengeschmiegte Hände unter der Wange und durch gesenkte Lider mitteilen. Obwohl er sich sträubte, zerrte ihn das Hreng hinaus – vielleicht hatte es seinen schwachen Widerstand überhaupt nicht bemerkt?

Der Rucksack war kalt und naß und kein bequemer Sattel. Gabriell stieg über schwarze Wurzeln, zwischen denen Schlick und Zweige angeschwemmt worden waren. Das unerbittliche Meer hatte eine Schlacht gewonnen. Wo eben noch Sumpfsternchen geblüht hatten, rollten nun die Wellen gegen freigespültes Wurzelgeflecht.

Gabriell folgte der Strandlinie, und das war Fabius recht so, denn er konnte über das Meer blicken, hinaus auf den Sinus Hrengum, wo fern hinter dem grauen Horizont die Siedlung lag. Mußten sie einem wachsamen Copterpiloten nicht ins Auge springen: ein einsames Hreng an weiter Küste, das einen ebenso einsamen Menschen trug? Aber Meridor sandte den Copter nicht ein zweites Mal aus. Flugsaurier segelten statt dessen im zerfasernden Himmelsdunst. Ab und an stießen sie nach einem Fisch herab. Elasmosaurier reckten ihre schlanken Hälse aus dem Wasser, sie verleibten sich, mit den Kiefern mahlend, treibende Pflanzenreste und hilflos paddelnde Landtiere ein. Dort, jenseits des schmalen Wasserarmes, am Ufer, tummelten sie sich besonders dicht. – Am Ufer!

Schon schloß sich ihr Weg zum Kreis. Kaum hundert Hrengschritt, und sie standen wieder vor dem hohlen Baum. Gabriell setzte Fabius behutsam ab. Mit einem Krallenfinger ritzte er Buchstaben in die veralgte Rinde: INSULA NAVIGANS. Schwimmende Insel.

Meeresgrün und Waldesgrün begannen sich um Fabius zu drehen. Dann schwappten sie über ihm zusammen.

Wiedergeburt

Düsternis und feuchter, einschläfernder Moderbrodem erfüllten den Bauch des Baumes. Dumpf rauschten die Wogen, sanft schaukelten die Flechten, die von der finsteren Kuppel herabhingen. Manchmal glommen Insekten auf – wie rote, tanzende Augen. Das morsche Holz dämpfte jedes Geräusch, jeder Kontrast verschwamm in dem trüben Dämmerlicht, das durch den Höhlenmund hereinquoll.

Fabius fror. Zum erstenmal in der Sumpfwelt fror er bis ins Mark. Stachel hätte scheinen, ihn durchglühen sollen, vielleicht wäre ihm davon warm geworden. So aber klapperten ihm die Zähne aufeinander, über den Rippen zitterten die Muskeln, und die Füße hatten sich in gefühllose Eisklumpen verwandelt. Allein die Stirn war heiß, und das Blut hämmerte ihm gegen die Schläfen.

Gabriell schien seine Not zu erahnen. Atemrasselnd beugte das Hreng sein Riesenhaupt zu ihm herab – ein Anblick, so furchtbar und drachenhaft schrecklich mit den steinartigen braunen Zähnen, der quallenhaft lebendigen Zunge, den breiten, saugenden und schnaubenden Nüstern – und dann senkte sich der hornige Saurierfinger quer über seine Stirn, unmenschlich kalt und rauh, Schauer über Schauer auslösend. Sacht, doch magenaufrührend und ekelerregend, schwankte die winzige Insel.

Voll zappelnder Ungeduld fuhr er mit den Händen in sein Haar, daß der angenehme normale Schmerz über die Kopfhaut hüpfte und die pochende Pein ein wenig erleichterte. Der Körper aber war wie erstorben, starr, empfindungslos.

Wieder schlurfte Gabriell heran, in den Pranken einen Packen süßsäuerlich duftendes Grün, aus dem Käfer und Maden herabpurzelten. Lage um Lage warf Gabriell ihm über, Zweigwerk, Laub, schlammiges Moos, als wollte er ihn lebendig begraben. Die Last schnürte ihm die Brust ab. Ein Kribbeln und Jucken, dem er nicht entfliehen konnte, breitete sich über seinen Leib aus. Und das Getier wimmelte auf ihm herum, als wäre er schon ein Fraß für die Würmer. Er wollte das stinkende Zeug beiseite schieben, doch die Arme versagten ihm den Dienst – und Gabriells Drachenfratze schwebte, zähnefletschend und ohrenbetäubend schrill pfeifend, über ihm.

Allmählich wurde ihm wärmer. Die Blätterdecke dampfte; der

dünne Nebelschleier verteilte sich im spärlichen Lichtschein. Wohltuend und beruhigend strömte die Fäulnishitze durch seine ledern kalte Haut, sickerte in die Muskeln, kroch in die Knochen. Gabriell nahte, ein Blatt zwischen den Krallen, Wasser darin. Gehorsam öffnete er den Mund, die kühle Brühe rann in seine Kehle. Es würgte ihn, er schluckte die Bitterkeit hinunter.

Pfeif bitte nicht so laut, lieber Gabriell, es tut mir weh, flüsterte er. Zugleich wußte er, daß Gabriell nur ganz leise auf Hrengweise säuselte, um ihn zu trösten und in den Schlaf zu lullen. Er war ja nicht allein, von aller Welt verlassen, er hatte ja Gabriell, einen treuen Gefährten. Tränen der Rührung traten ihm in die Augen. Guter Gabriell, hilf mir, du machst es schon richtig, bleib bei mir.

Die Wurzeln ächzten und knarrten. Der mächtige alte Baum vibrierte im Sturm. Zähe Finsternis wucherte aus den hintersten Winkeln der Höhlung, schwärzer noch als jede Pulasternacht. Am Spalt schnaufte und röchelte Gabriell. Eine Schlange, lang und daumenstark, schlüpfte an dem träumenden Drachen vorbei. Angelockt von der Wärme, kringelte sie sich neben ihn in das faulende Laub. Er betastete den glatten, zutraulichen Leib.

Hellwach wälzte er sich in seinem Feuer, streckte Hände und Füße aus dem heißen Pflanzenbett. Schweiß verklebte ihm Stirn und Haar. Noch nistete in seinem Körper der Schmerz, doch das Fieber schnitt ihm die Spitze ab. Ja, er sollte ihn sogar begrüßen, den Schmerz, der ihn mit der Welt verband. Wie wunderbar dicht und feinmaschig war diese Finsternis, wie wunderbar prall und deftig diese Gerüche, wie wunderbar stark und tiefgründig dieses Baumesseufzen und Baumesstöhnen, das Selbstgespräch des Pflanzenwesens, das ihn barg und schützte. Sogar das Schaukeln, der Feind seines Magens, trug eine Botschaft heran, die des Meeres in seiner Unermeßlichkeit.

Das Fieber fiel, und das Fieber stieg. Gabriell roch, wenn sich sein dunkler Leib in die Höhlung schob, nach Salzwasser. Er brachte bald kühle Blätter, die, auf die Stirn gelegt, das Stechen linderten, bald einen Trunk von herben Pflanzensäften, Hrengmedizin, die bleischwer durch die Kehle rann und weder nützte noch schadete; er richtete, wenn der Schüttelfrost Fabius verkrümmte, die wärmende Zweigdecke neu. Draußen wurde es nachtschwarz und tagesdämmrig und wieder nachtschwarz. Und das Fieber stieg, und das Fieber fiel.

Manchmal glaubte er, den geflöteten Singsang zu verstehen, mit dem Gabriell an seinem Lager wachte: Er sah die Hreng bei der täglichen Plackerei in ihren Gärten, er sah sie durch Flüsse und Meerengen schwimmen und Fische jagen, er sah sie mit ihren Springlingen spielen und ihnen all die kleinen Handgriffe lehren, die für ein Leben im Dschungel nötig sind. Dann wieder drang rauh und rissig die fasrige Wandung auf ihn ein, er spürte die Maserung und die Narben, die von den uralten Schnitzzeichnungen geblieben waren. Geometrische Figuren erahnte er, Punkte wie von Sternbildern mit Stachel im Zentrum – und am äußersten Rand die ferne Sonne.

Stunden später schlug er die Augen auf. „Gabriell", begann er matt, und das Hreng wandte sich nach ihm um, „weißt du, wenn wir erst in der Siedlung sind ..." Er lachte, und flankenzitternd fiel Gabriell ein. „... wenn wir erst in der Siedlung sind ..."

Gabriell nickte, eine gewaltige, stolze Aufundabbewegung des Hauptes. Er verschränkte die Hände unter dem Nacken und blickte an Gabriell vorbei in den trüben Schein des Pulastertages.

Ein Schwall von Insekten schwirrte in die Baumhöhle. Auch kleines Geechs, Leguane, Kröten, Molche raschelten harmlos verstört herein. Ein sanfter Stoß erschütterte sein Lager. Schlapp und schwach richtete er sich auf. Frösche hüpften beiseite und drückten sich, den Kehlsack blähend, an die Wand. Eidechsen, mäuseäugige Kleinsäuger, überall wimmelte es von ihnen. Auf Händen und Knien schleppte er sich dem Höhlenmund zu, der wie von Morgensonne hell und heller erleuchtet wurde. Die Schlange glitt, die Reste ihrer alten Haut abstreifend, neben ihn. Gabriell, der menschenfreundliche Drachen, half ihm auf. Sicherer schon hielt Fabius sich an einer der Holzwülste fest, die den Spalt umrahmten.

Jeder Tropfen, und es gab Tausende davon auf Blättern und Halmen, warf ihm verschwenderisch die blitzend klaren Farben des Regenbogens zu. Die niedrigen Stämme ringsum hüllten sich, wo immer die schräg herabfallenden Strahlen sie trafen, in einen schillernden, irisierenden Flor; aus der Krone troff es wie funkelnde Diamanten, Reflexe huschten über Schattenecken. Auf den schwarzen Pfützen schwamm glühendes Silber, das sich jenseits der Sandbank über das ruhige Meer wie eine schwingende metallene Brücke bis zu den Küstenbäumen fortsetzte.

Gabriell stülpte sich einen Schild von farndurchflochtenen Zweigen über das Haupt.

Fabius aber trat ungeschützt hinaus, hinein in den heißen, gleißenden Sonnenschein und breitete die Arme sehnsüchtig aus. Denn er war eben doch kein Hreng.

Inhalt

Horst Beseler

Tule Hinrichs' Sofa

2. Auflage · 376 Seiten · Ganzleinen 9,70 M

Die Geschichte spielt irgendwo im Norden, in einem kleinen Ort an der Autobahn, die es vorher dort nicht gab. Hier leben Milli und Marcel, beide 16jährig und kurz vor dem Abschluß der Schule. Hier leben auch ihre Eltern und Lehrer Levenich …

Sie schreien das, was sie zutiefst bewegt, nicht lauthals auf der Straße aus. Die Menschen, die Horst Beseler im Zueinander und mit ihren Problemen vorführt, sind stille Menschen, nicht duldend zwar, aber doch stark im Ertragen von Schmerz, Enttäuschung, Schicksal, manche schroff nach außen, verschlossen, andere lustig, leichtlebig auch, alle aber voller Leidenschaft und tüchtig im Leben …

Milli und Marcel lieben sich nicht wie Kinder, sondern sind beschäftigt auch mit dem großen Erlebnis der Sexualität. Freundin Yvonne hat ihre wilde Geschichte mit einem rauhen Dumperfahrer, dann wird sie gleich zweimal enttäuscht. Uneins mit sich lebt Millis Mutter, die meint, ihr Leben sei verpfuscht …

Levenich, nach dem Norden strafversetzter Lehrer und geschieden, ihn halten alle für kalt, aber er weiß in einem entscheidenden Augenblick zu handeln.

Sonntag, Berlin

Tilman Röhrig

In dreihundert Jahren vielleicht

144 Seiten · Pappband 5,20 M

Das Dorf Eggebusch im Oktober 1641. Seit dreiundzwanzig Jahren ist Krieg, und der fünfzehnjährige Jockel und die gleichaltrige Katharina kennen von Geburt an nichts anderes. Selten nur haben sie Zeit füreinander. Ihr Tag ist damit angefüllt, das Nötigste zum Überleben zu besorgen und vor herumstreunenden Soldatenhorden auf der Hut zu sein. Seit mehr als zwanzig Jahren haben sich die Frauen und ihre Töchter immer wieder vor der rohen Lust der Söldnerheere zu verstecken versucht. Auch Katharina muß ihre kleinen rötlichen Locken opfern. Die Eltern vermummen sie in alte Lumpen und beschmieren ihre hellen Wangen mit Ruß aus dem Kamin. Wenn einer von denen Katharina anrührt, schwört Jockel, „dem schneid ich die Kehle durch". Seine kaum eingestandene Liebe zu Katharina ist eine Hoffnung gegen die Not; eine Hoffnung, die auch dann Bestand hat, als plündernde Soldaten wieder einmal das Dorf verwüsten und die Pest wie ein drohender Schatten über Eggebusch liegt.

Verlag Neues Leben Berlin

Ruslan Kirejew

Ein Mann von Format

Roman

Aus dem Russischen von Charlotte Kossuth
252 Seiten · Ganzleinen 8,50 M

Wer ist eigentlich dieser Swetschkin? Ein Durchreißer im Konfektionsbetrieb? Er löste das Problem der Maschinen, und wenn früher die Greifer nicht mehr faßten, die Steppfüße brachen, die Räder sich nicht drehten, die Federn nicht federten, so bricht nun nichts mehr, und alles Nötige federt, aber trotzdem ist Swetschkin kein Mechaniker. Ja, er hat's geschafft, daß die Farben nicht „ineinanderfließen“, aber er ist kein Chemiker. Er hat den uralten Konflikt mit dem Handel beigelegt, der in der Hochsaison verlangt, das Sortiment zu ändern, dieweil die Mode davongeeilt ist, aber er ist kein Warenkundler. Ist auch kein Kaufmann, obwohl nun im Betrieb kein Fetzen mehr verlorengeht. Ein Mann von Format – so preist ihn der Journalist Karmanow in einem Zeitungsartikel. Doch je näher er Swetschkin kennenlernt, desto verdächtiger wird ihm dessen Perfektion.

Helmut Sakowski

Wie ein Vogel im Schwarm

Roman

2. Auflage · 192 Seiten · Ganzleinen 7,90 M

Wie ein Vogel im Schwarm lebt Käthe Lindner mitten unter den Leuten, zufrieden mit ihrer Tätigkeit als Raumpflegerin, zufrieden mit sich und der Welt. Doch eines Tages ist es vorbei damit. Man hat ihr die Brille zerschlagen, sie erstattet Anzeige. Und nun beginnt eine turbulente Geschichte, und „unversehens befindet man sich mitten unter Bewohnern einer Stadt, ‚auf der Strecke zwischen Berlin und Warnemünde', im Kreise einer Hausgemeinschaft, deren Gemeinsamkeiten, Liebes- und Ehegeschichten, Ränke und Streitereien, Wünsche, Pläne und Konflikte den Inhalt bestimmen. Sakowski führt in das Milieu von Reinemachefrau und Hausmeister, Eisenwarenhändler, Maurer und einer aus alten Zeiten übriggebliebenen Generalswitwe. Einbezogen sind auch Intellektuelle in einer Villa, weil Raumpflegerin Lindner dort für Sauberkeit sorgt und Maurersohn Timm die Architektentochter Gina liebt …
Ereignis folgt auf Ereignis. Vom Halbstarkenkrawall am Hauptbahnhof bis zur gestörten Liebesszene im Gerümpelschuppen auf dem Hinterhof steckt jeder Abschnitt voller Handlung."

Sonntag, Berlin

Verlag Neues Leben Berlin

Manfred Freitag/Joachim Nestler

Der Entwurf oder Pfeifen habe ich nicht gelernt

Roman

284 Seiten · Ganzleinen 8,80 M

Der sensible Filmstudent Christian, von seinem Freund Klaus gelegentlich „Hölderlin“ genannt, fühlt sich zu der hübschen Konstanze vom Jugendwerkhof hingezogen, „dem Ideal proletarischer Naivität in mädchenhafter Form“. Klaus, der stets dabei ist, sich für andere „Lebensentwürfe“ auszudenken, die Filmszenarien gleichen, will auch für die keimende Liebe der beiden Schicksal spielen, was in Christian Gegenkräfte weckt.
Der Roman führt zurück in die fünfziger Jahre unseres Jahrhunderts. Damals begann sie, die Zeit der Entwürfe, die aufregend war und voller Gegensätze. „Eine Geschichte, lebendig und dicht, reich an Dialogen und einer Bildsprache, die an Verfilmung denken läßt.“

Der Morgen, Berlin

Kurt David

Rosamunde, aber nicht von Schubert

Erzählungen

2. Auflage · 168 Seiten · Ganzleinen 6,90 M

ROSAMUNDE? David denkt an die von Schubert, muß jedoch die andere, die flotte Polka, in Moll, in Dur, mal schnell, mal langsam, Stund um Stunde und immer wieder auf dem Akkordeon spielen. Warum einer an bestimmten Tagen auf seiner Trompete aus dem Fenster bläst ICH WEISS NICHT, WAS SOLL ES BEDEUTEN, DASS ICH SO TRAURIG BIN?, erfährt er spätestens, wenn die Trompete verstummt. Daß MOZARTS GRAB nicht in Karlovy Vary sein kann, weiß er zwar, überzeugt sich aber trotzdem davon.

„Kurt David ... stellt sechzehn Geschichten vor, die zeitlich von Kindheitserinnerungen über Schilderungen der Kriegs- und Nachkriegswirren bis hin zu Episoden und menschlichen Begegnungen in unseren Tagen reichen ... Geschichten, die zum Nachdenken anregen, die in uns nachschwingen, wenn das Buch schon beiseite gelegt ist."

Neue Zeit, Berlin